운한
雲漢

운한雲漢 2

초판 1쇄 찍은 날 | 2015년 1월 22일
초판 1쇄 펴낸 날 | 2015년 1월 31일

지은이 | 소하
펴낸이 | 예경원

편집 | 유경화

펴낸곳 | 예원북스
등록번호 | 제396-2012-000132호
등록일자 | 2012. 7. 25
YRN | 제1-0092호

주소 | 경기도 고양시 일산동구 무궁화로 8-28 삼성메르헨하우스 712호 (우) 410-837
전화 | 031-819-9431 팩스 | 031-817-9432
http://cafe.naver.com/yewonromance
E-mail | yewonbooks@naver.com

ISBN 979-11-5630-293-3 04810
ISBN 979-11-5630-291-9 (세트)

운하 雲漢

소하 장편 소설

YEWONBOOKS ROMANCE STORY

2

目次

第十一章　교룡(蛟龍)

채규는 허름한 누옥(陋屋)을 보았다.

며칠 최소한만 쉬고 말을 달려와 도착한 이곳, 서한식으로 지어진 누옥이 차가운 빗줄기에 검게 젖어 그를 바라보고 있다. 덩치 큰 무사 둘이 그 앞을 지키고 있었다.

"비켜라."

채규의 말에, 무사들은 그 답으로 칼자루에 손을 가져갔다. 채규의 수하들도 칼자루에 검을 가져갔다. 양측의 무사들이 서늘하게 대립하는 중에, 누옥의 문이 열렸다.

"어, 규."

안에서 중간 정도 되는 몸집의 남자가 모습을 드러냈다. 키는 오히려 채규보다 작았으나 저 어깨에서 나오는 힘도, 저 팔로 휘두르는 창술도 무시무시하다는 건 채규도 알았다. 젊은 시절 저 남자의 무위는 하늘 높이 치솟았었다. 더 작고 호리호리한 갈회징에게 단박에 깨지긴 했지만, 적어도 그전까지는 스스로도 최고인 줄 알고 살았다.

지금, 그 남자는 짙은 눈썹 아래 부리부리한 눈으로 채규를 보며, 입에는 웃음을 달고 있다.

좋은 말로는 호탕해 보인다 할 수도 있지만, 그를 너무 오래 알아온 채규에게 그 웃음은 항상 비웃는 것으로만 보였다. 자기보다 약하거나 굽혀야 할 상대는 죄다 비웃음의 대상이라, 채규는 볼 때마다 비위가 뒤틀렸다.

"드디어 왔군! 어서 와! 내가 참 많이 기다렸지!"

"반나절 정도 궁둥이 붙이고 있다가 갈 줄 알았는데, 아직도 나를 기다리고 있을 줄은 몰랐군— 상산공."

남자가 크게 웃었다.

"왜 그러나. 내가 부하들만 심어놓고 갔을 줄 알았어? 내가 그러할 거라 기대한 거 아닌가."

"기대하기야 했지. 우동관 자네를 만나는 건 싫은 일 중 하나니까."

상산공 우동관. 젊은 시절부터 천하를 꿈꾸었던 자, 그리고 이자가 교룡(蛟龍)일지 와룡(臥龍)일지 그저 그런 구렁이 중 한 마리일지는 내년이나 내후년이 되어야 알 것이다.

우동관이 안을 가리켰다.

"들어오게, 규. 이 집이 말이야, 다섯 해 전보다 더 낡았더군. 부하들더러 치우라 했는데, 아직 엉망이야."

"이번에 헤어지면 한 이십 년쯤 안 만났으면 좋겠군."

우동관은 껄껄 웃으며 들어갔다. 뒤따라 누옥 안으로 들어가자, 채규가 발을 뗄 때마다 삐걱삐걱 소리가 울려댔다. 비를 피하던 새들이 놀라 푸드덕 날아갔다.

"앉게."

우동관은 탁자 앞에 놓인 의자를 가리켰다. 채규가 먼저 앉자, 우동관도 앞에 털썩 앉았다.

화양에서 우아하게 자라난 채규와는 달리, 우동관은 북쪽에서 야만족들과 북명과 싸우며 자라났다. 도련님답게 살 수 있다면 살지 못할 바는 아니지만, 상산 우씨 집안은 병사들과 어울려 치고받고 싸우며 자라는 것을 명예로 아는 집안이었다.

전투적 가풍에 이어, 무인임을 자랑하며 상산을 차지하고 야심을 태우던 집안이지만 저 우동관의 할아버지 때 상산은 남위에 복속되었다. 그리고 그 화의의 표시로 우동관이 황성으로 보내지며, 막채규와의 악연은 시작되었다. 어린 시절을 황성에서 같이 보내지 않았다면 평생 만날 일도 없었을 것이며, 이리 얽매일 일도 없었을 것이다.

몇 년 후, 우동관은 장남인 형이 선대 상산공인 아버지 손에 죽으며 상산공이 되었다. 막채규가 형의 뒤를 이은 것은 훨씬 뒤였다.

"내게 대단한 손님들을 보냈더군, 우동관."

"고르고 골라 보냈는데 그리 다 죽여 버리면 어떻게 하나."

"내가 죽인 게 아니야. 내 아들과 황제, 그 수하들이 죽였지."

"그건 들었지. 죽여줬다던데. 아까워! 그 녀석이 내 아들이라면, 하녀의 아들이건 노비의 아들이건, 아니, 야만족 여자에게서 났어도 나는 그 아이를 대장군으로 키우고 우리는 천하를 얻었을 거야!"

"어차피 내 아들이야."

"그러니 하늘이 실수한 거지! 하필이면 그 화양에, 자네 아들이라니. 내 사위로라도 들이고 싶은데, 그런데 자네가 반대했지."

"나보다는 아내가 반대했지."

"자네 아내는 아직도 예쁘겠지."

채규는 속에서 불길이 치솟아 올랐다.

"이미 불혹이네. 그만 잊지?"

"불혹이라도 유미흔이지. 쉰이 되어도 유미흔, 환갑이 되어도 유미흔."

"불혹이든 스무 살이든 내 아내네."

"내 아내가 될 여자를 자네가 빼돌린 거잖아."

"그 덕에, 화양과 화서는 계속 평화로워졌지. 자네 부인들이 제일 좋아하는 곳이 바로 화서항과 화양이 아닌가. 화서항의 시와 옥비녀, 화양의 노래와 비단옷. 우리들 덕에 자네 부인들이 예쁜 옷 걸치고 옥비녀 꽂고 살 수 있는 거야."

"자네는 전쟁을 너무 싫어하는 것 같아."

"싫어서 싫은 거네. 형이 벌인 보잘것없는 전쟁으로도 화양은 너무 많은 것을 잃었으니."

"아아, 존경스러운 자네 형님."

형은 나가기만 하면 세상이 자기 발아래로 들어올 줄 알고 나갔다. 그런데 호구는 오히려 형이었다. 그 형이 벌인 전쟁들 덕에 뒤이어 화양공이 된 막채규는 성의 상당수를 포기하는 대가로 간신히 평화를 유지할 수 있었다.

북명이 쳐들어왔을 때, 부유하다는 것 외에는 크게 내세울 것이 없던 화양은 무슨 수라도 써야 했다. 당시 막채규에게는 그 북명군을 막아낼 장수도, 방법도 없었다. 유능한 장수들을 데리고서도 연패를 당한 황제를 원망하며, 막채규는 최대한 원군을 보내지 않으며 기회를 엿보았다. 욕을 먹든 원성을 받든 비웃음을 사든, 화양을 지키려면 무엇이든 해야 했다.

"우공, 왜 그런 짓을 한 건가."

"살수들 보낸 거?"

"황상을 없애고 싶었다면, 길목에서 붙들거나 뒤따라가 아무 데서나 치던가 했어야지. 왜 내 성, 바로 내 앞에서 그런 짓을 한 거지. 덕택에 나는 물론이요, 아내도, 아들들도 위험했지. 내 성에서 나를 망신시켰어!"

"내 의도는 아니었네. 황제가 협잡을 쓴 거라고."

"뭐."

"자네하고 전쟁을 할 생각은 없어. 어차피 자네는 내가 이기면 저절로 복종할 사람인데 내가 뭐 하러 시비를 걸겠나. 나는 그저, 다섯 해간 궁에 처박혀 있던 황제가 황성을 나오기에 수하들을 시켜 그 뒤를 쫓게 한 거야. 그런데 말이지, 황제는 황성을 나오더니 갑자기 사라졌어."

"둔갑술이라도 부린 건가."

"그렇다면 신기하기야 하겠다만, 황제는 우리들 모두가 아는 길로 오지 않았지! 없어졌던 길로 온 거라고."

"어디?"

"소금하의 아태관."

"그곳 수로는 막혔네."

"그래, 동량 전투 직전에 북명군이 소금하를 통해 남하하는 것을 막으려고 아태관의 군사들이 그 절벽을 깨뜨려 수면을 얕게 만들었지. 덕택에 큰 배로는 통과할 수 없게 되었고, 아태관이 버려지며 융금도 버려지게 되었지. 그 덕에 그 아들딸이 그 고생을 하게 된 거고."

"그래, 그런데 어떻게."

"수로를 다시 파냈더군."

"어떻게?"

"그야, 나는 모르지! 황제는 무슨 방법을 썼는지 수로를 파냈어. 그리고 융금 앞을 지나 자네 앞에 나타난 거야. 마촉 장군이 지키는 수채 앞은 밤에 돌아간 것 같더군. 규모 자체가 크지 않으니 금방 나간 거야. 그동안 내가 보낸 추격대는 황제의 술수에 속아 화양의 북쪽으로 가서 화양성을 습격했지."

"그 멍청한 명령이 그럼."

"그래. 아무리 내가 막 나가도 말이야, 규. 그런 명령까지는 내리지 않

아. 그건 황제가 일으킨 습격이야. 황제의 협잡이지. 게다가 융금도. 융금과 융금에 주둔하는 화양군은 황상이 지나가는 것을 뻔히 보아도 자네에게 보고하지 않았어."

"늦었겠지."

우동관의 입술이 웃음을 보이며 이가 드러났다.

저, 더러운 웃음.

막채규는 뺨이라도 갈겨주고 싶은 심정이었다.

"나는 사실만 말하는 거야. 사. 실. 만. 해석은 자네가 할 일이야."

화가 치미는 것은 어쩔 수 없었다.

이 우동관은 그런 막채규의 속을 알고 있을 것이다. 겉으로야 우동관은 화통하고 감정적인 무인이고, 채규가 냉정한 문인으로 보인다. 그러나 우동관이 얼마나 야비할 정도로 냉정한지 아는 것은 막채규고, 막채규가 때때로 얼마나 감정적이 되는지를 아는 것 역시 우동관이었다.

"그리고 말이야……."

우동관은 무릎을 툭툭 치고는 채규를 물끄러미 보았다. 상대를 불쾌하게 할 말을 하려면 그전에 약 올리듯 이런다. 이것은 채규를 가장 짜증나게 하는 우동관의 버릇이다.

"할 말 있으면 얼른 해."

"자네 아들과 황상은 어떠하던가."

"자네가 알 바 아니지."

"황상이야말로 자네 아들을 처음으로, 아니, 유일하게 인정해 준 존재가 아닌가."

"그리고 아들을 쫓아낸 것도 그 황제야."

"당시 상황이 복잡했던 건 자네도 알잖아. 그런데 그 상황이 여전히 같을 리는 없지. 황제도, 자네 아들도 입장도, 생각도 달라졌어."

"그 아이가 황제를 만난 것은 알고 있어. 그리고 이미 무슨 이야기가 나왔는지 내게 이야기했어. 그 아이는 화양에 남겠다고 분명히 말했어."

"그래?"

"그래. 그러니 그 점은 더 신경 쓰지 말고, 마음 놓고 반란을 일으켜. 내가 황상께 자네가 역심을 품고 있다고 굳이 말하지 않아도 될 정도로, 자네는 대놓고 움직이고 있지만 그래도 나는 의리를 지켜 일러바치지는 않겠네."

"이봐, 규!"

"반란 잘 일으키게. 패하게 되어 목이 잘릴지, 내년에 내가 인사드리러 갈 황제가 될지, 어차피 자네 하기 나름이지."

우동관이 웃었다.

"그전에, 자네 안위부터 걱정하지그래."

"걱정 마. 나는 자네가 어떻게 되는지 다 보고 자네가 죽은 다음에 죽을 테니."

"이봐, 규. 지금 화양의 병권은 동량 전투 후로는 암묵적으로는 자네 아들이 다 가지고 있다고 봐도 되네. 자네 병사들은 자네 말은 안 들어도 자네 아들 말은 다 듣게 되었을 거야."

"긁을 생각이라면 그만두게."

"아냐, 정말이야, 규! 그런데 말이야. 지난 동량 전투 때 자네 행동으로 황제는 지금 자네를 완전히 믿지는 않아. 그런 마당에 내가 반란을 일으키면, 황제는 언제 배신할지 모르는 화양을 두고 나와 싸워야 하는데 자네를 계속 제후 자리에 앉혀둘까?"

"그래서 황상이 아들과 협상을 한 거란 건가. 인정해 줄 테니 나를 몰아내라고?"

"그 자리에서 무슨 이야기가 오고 갔는지는 황제와 자네 아들만 알겠지. 그리고 지금 자네가 족친다고 그 아이가 제대로 말할 것 같지도 않지만, 그래도 의심은 해봐."

"그만."

"인정하라고, 규. 그 아이가 지금 제대로 움직이면 자네 자리는 없어. 자네 아들들은 누구 편을 들까. 자네일까, 형일까."

"아버지는 나고, 그 녀석은 이복형이야."

"그러면 적어도 조용히 있기만 하겠군. 어차피 자네는 기댈 아버지도 아니고, 믿을 아버지도 아니지."

우동관의 눈에 비웃음이 어린 것을 보며, 막채규는 이번에는 자신이 우동관에게 걸려들었음을 인정해야 했다.

"내 집안일이야."

"규, 나는 자네를 너무 오래 보아왔어. 자네의 속을 내 속처럼 알고, 자네가 다음 할 일을 내 다음 걸음을 아는 것만큼이나 잘 알지. 나도 자네의 역린을 알고, 자네도 내 역린을 아니까."

"이간질할 생각이라면 그만둬. 자네는 내 적이고, 우리는 서로 공평하게 싫어하지."

"이간질은 맞지. 그래, 이간질이야!"

"그 말을 하려고 나를 부른 건가. 내 집안일은 내가 알아서 하네. 굳이 자네가 훈수 두지 않아도 되는 거야."

"그것만은 아니지. 지금 자네, 내가 이길지 황제가 이길지는 모르지? 그런데 나는 내가 이길 것 같아. 자네도 그렇게 생각해 줬으면 좋겠어."

"그럼, 나더러 지난 전쟁처럼 도우라는 건가."

"도와? 허, 참. 그게 도운 건가."

"나는 할 수 있는 한은 다했어. 그 상황에서 내가 군사를 이끌고 북명이라도 도울까?"

"그래, 결정적이지도 않으면서도 생색만 낸, 그 배신들 말이지. 도움이라면 도움이지. 꽤 크게 되었어. 그대로 북명이 이겼다면, 자네 아들이 이기지 않았다면, 아주 도움이 되었을지도 모르지. 하지만 아니잖아?"

채규의 눈에 분노가 일었다.

"이봐!"

"그리고 자네는 자네를 믿었던 몇 안 되는 자를 배신했지. 그 전쟁에서 대가를 치른 건 자네가 아니라, 바로 그 사람들이고 말이야."

"그게 최선이었어!"

"아, 알아. 자, 그럼 가봐. 양릉에 들렀다 얼른 가봐야지. 그리고 자네 아내가 여전히 예쁘면 좋겠어."

결국 일어날 일이 일어났다.

채규의 손이 우동관의 얼굴을 후려갈겼다.

사량은 흰 종이를 앞에 두고 벌써 반나절째 바라만 보는 중이었다. 아침부터 들여다보고 있었지만 오후 해가 저물도록 종이는 아직도 백지다.

원래대로라면, 오늘은 소홀히 하던 바느질을 배울 생각이었다. 단단히 결심했으나, 한 시진은커녕 일각 만에 포기당했다.

장 부인이 소개해 준 침모는 사량을 아무리 가르쳐 봤자 바늘에 실 꿰는 것 이상은 가르칠 수 없다는 것을 확인한 뒤에 말했다.

"낭자, 솜씨 좋은 침모 몇을 소개해 드릴 터이니, 바느질거리가 생기면 그냥 맡기세요."

"그래도 좀 배우고 노력하면 나아지지 않을까요."

하며 바느질한 걸 보였으나, 사량은 침모에게서 사징의 서예 선생들과 같은 표정을 보았다. 절망, 경악, 공포. 글렀다, 이 아가씨. 어디서부터 고칠 수도 없이 그냥 글러먹었습니다. 노력하지 마세요. 노력 자체가 낭비입니다.

사량은 부탁했다. 그래도 기본은 하는 게 좋지 않겠느냐, 아녀자가 되어 옷에 난 구멍 하나 꿰맬 수 없는 것도 흠이지 않느냐, 제발 저 좀 살려주세요, 이대로 시집가서 들키면 망신이에요!

부리는 바늘만큼이나 날카로운 얼굴의 침모는 고개를 저었다.

"낭자, 옷에 구멍이 나거든, 바늘에 실을 꿰지 말고 그 옷을 모아 침모를 찾으세요. 낭자께서 손을 대면 그 옷은 그대로 걸레가 될 것입니다. 그리하면, 침모는 일거리가 생겨 좋고 낭자와 낭자의 낭군님은 옷을 버리지 않아 좋지요. 아셨죠?"

시집가기 전에 옷 수선하는 법 정도는 배워두려 했던 사량은 포기하기로 했다. 그래도 화양의 요리를 배울 때는 분위기가 제법 좋았다. 며칠 전 화양에서 가장 유명하다는 생선찜 요리와 돼지고기 완자탕, 야채 볶음 등을 찬모를 불러 배웠다. 만들어 내어놓자, 긴장했던 시녀들은 한 입씩 맛본 뒤에 이거 참 맛있다며 칭찬했다. 장 부인도 생선살을 한 접시 가득 담으며 말했다.

"어휴, 저는 또 우리 마님처럼 요리도 못하시면 어쩌나, 부자가 쌍으로 그리된다면 참 한탄할…… 아니, 아닙니다."

그리고 그 장부인은 어차피 입는 것은 남의 손에 맡겨도 되는 거라며 사량을 격려했다.

이제 출타한 무염의 아버지가 돌아오면 곧 동생에게 혼서가 갈 것이다. 사량은 동생에게 그 혼서가 가기 전에 미리 편지를 보내야 한다.

그런데 무슨 말부터 꺼내야 할지 모르겠다.

'날이 맑고 화창하고 좋아서 구름 한 점 없이 푸른 하늘이 펼쳐지고' 로 시작하여 줄줄 딴소리를 적은 뒤 맨 마지막에, '참, 혼서가 갈 거랍니다. 남편은 막무염입니다. 하, 하, 하!' 라고 끝내 버릴까.

될 리가.

'결혼하자고 덤빈 사람이 있어요. 막무염인데 허락해 줘요, 동생.'

역시, 될 리가.

'이미 순결이……'

동생이 무염을 죽이러 달려올 테지.

사량이 골머리를 앓는 동안, 황상의 하사품인 비둘기들은 새장에 앉아 원숭이를 노려보는 중이었다. 비둘기에게라도 물어보고 싶은 심정이었지만, 녀석들은 깃털이 뭉텅뭉텅 빠져 처량하게 앉아 있는 중이라 답할 여유가 없어 보인다.

무염은 정말로 저 새장을 부엉이 탕탕이 쉬는 횃대 옆에 걸어두었고, 탕탕은 새장 앞을 떠나지 않고 입맛을 다셨다. 사량이 발견하였을 때 비둘기들은 공포에 질릴 대로 질려 깃털을 뚝뚝 흘리며 울고 있었다. 무염의 길고 긴 화풀이에 다 죽어가는 새들을 불쌍히 여긴 사량은 그들을 내원으로 데리고 왔다.

구구거리는 녀석들을 보며, 사량은 황상이 왜 이 녀석들을 준 건지 궁금했다. 구경하라고 준 것 같지는 않고(설마), 아무리 귀한 새라 하나 주인을 익힌 청구는 동전 한 닢으로도 팔 수 없다.

항상 주인에게 달려간다는 말은 과장이고, 어디에서 날리든 지정된 장소로 날아가 편지를 전하는 능력이 있는 것뿐이다. 사량에게는 그 능력도 요긴하지만, 몇 배로 영리하고 요긴한 금양 부엉이가 있는 무염에게는 그저 못생긴 새들일 뿐이다.

사량은 다시 백지를 보았다.

아, 그래, 동생에게 편지를 써야지.

무염더러 알아서 하라고 하면…… 그것 역시 안 된다. 그 남자가 동생에게 멀쩡한 편지를 보낼 리 없다. 실컷 약 올리는 말을 적은 뒤에 마지막에야 써 넣을 것이다. '어이, 융금백. 네 누나하고 결혼을 좀 해야겠다.' 역시, 사징은 무염을 죽이러 올 것이다.

사량은 머리를 쥐어뜯으며 엎드렸다.

아. 정말이지. 난처한 남자를 만나 버렸다.

더욱 위험한 것은, 그런 난처한 남자인 주제에 결정적일 때마다 항상 무염이 하고 싶은 대로 흘러간다는 것이다.

팔보산을 떠날까 말까 하고 있었더니 동생을 어떻게 설득했는지 쉽게 떠날 수 있게 만들었고, 중원 축제를 보러 가자는 꼬임에 얼렁뚱땅 넘어가 따라갔다가 가슴이 꽝꽝 울리게 되었고, 그가 다쳤을 때는 너무 걱정되고 안타까워서 찾아갔다가 돌이킬 수 없게 되었다……. 그날, 정말 아파 죽는 줄 알았다.

"아아."

완전히 홀린 기분이다.

돌이켜 보면 볼수록 이 남자와 함께한 이래, 사량은 단 한 번도 승리한 적이 없었다. 죄다 이 남자 마음대로 흘러갔다. 그리고 그리 떠내려간 뒤에 정신 차려보니 그 남자의 품 안에 갇혀, 꼼짝도 할 수 없게 되었다.

백전백승이구나, 이 남자.

이런 남자와 혼인하고 부부가 되면, 사량이 강하게 나오면 그 불쌍한 표정으로 애걸할 테고, 약하게 나오면 이때다 싶어서 자기가 원하는 대로 다 할 테지.

제대로 낚인 것이다. 상복 입고 홀로 단정하게 지내던 팔보선자든 단호한 융금의 숙녀든, 그 남자 앞에서는 그저 순진한 시골 아가씨. 이야말로 외지에서 외간 남자의 유혹에 넘어가 결혼까지 약조한 순진한 처녀의 이야기가 아닌가.

그리고 이걸 동생에게 설명해야 한다.

"……."

사량은 다시 종이를 바라보곤, 그냥 붓을 놓았다.

"나중에 보낼래."

하루하루 보내다 보면 언젠가는 동생에게 할 말이 생각날 테지.

그리 결론을 내리고 종이를 접고 먹과 붓을 치우려던 사량은 책상 모서리에 턱을 얹고 물끄러미 바라보는 무흔과 마주하게 되었다. 이제는 친해진 원숭이가 무흔의 머리 위에 앉아 있었다.

"웬일이신가요, 작은 공자님."

"저기요, 숙녀님. 원랑이랑 재랑이가 이야기하는 것을 들었습니다. 숙녀분이 우리 형제 중 하나와 혼인할 거라 하던데요."

"아, 맞아요. 그런데 그건 왜 묻나요?"

"우리 형제들 중 하나와 결혼한다면 말이지요, 둘째 형님은 혼처가 정해져 있는지라 셋째 형님과 저만 남는데, 제가 먼저 혼서를 보내면 저하고 할 수 있지 않을까요."

사량은 멍하니 천장을 보았다. 공자님, 큰형님은 왜 빼시나요. 그분도 총각이랍니다.

"그건 곤란하겠어요, 소공자님."

"제가 마음에 들지 않으시나요."

정말 풀이 죽는 아이의 표정에 사량은 미안한 마음이 들었다.

"소공자님은 저의 무엇이 마음에 드나요."

"원숭이도 있고, 팔보산으로 가면 원숭이도 많고 앵무새도 많다면서요. 곰도 있고 표범도 있고, 또 숙녀분은 제가 본 여인 중 가장 예쁘고요."

"마지막 말은 왠지 구색 같긴 하지만 넘어가도록 하겠어요. 그런데 그게 곤란하네요."

"왜요?"

"형제의 혼인이란 순서가 있어야 하는 거랍니다. 일단 큰형님이 혼인을 하고 그다음 형님들이 다 혼인을 하고 나야 우리 소공자의 순서가 와요."

"누님은 형님들보다 먼저 시집갔는데요."

"남녀는 그 순서를 지키지 않아도 된답니다. 자, 그러니 형님들이 혼인할 때까지 기다려야 하는데…… 어쩌나. 그러면 적어도 십 년이 걸리고, 저는 그전에 시집을 가야 하지요."

"그런데, 저기. 큰형님도 혼인을 하여야 합니까."

"당연하죠. 큰형님도 혼인을 하고 부인을 두고 자식들이 생기고…… 효도도 받아야 하고……."

말을 하면 할수록 사량은 그 커다란 남자와 한 지붕 아래에서 살 생각에 아득해졌다. 지금도 저리 기고만장인데, 혼인하고 완전히 그의 여자가 되면 꽉 잡혀 살 것 같다. 동으로 가라면 동으로 가고 서로 가라면 서로 가고. 아, 아버지 어머니, 죄송해요. 제가 이리 남자에게 잡혀 살게 될 줄은 저도 몰랐어요.

"저기, 효도는 제가 하면 안 될까요? 형님이 혼인하여 다른 집으로 가는 것은 싫습니다. 게다가 지금도 효도를 하고 있지 않습니까."

"지금…… 하는 것을 효도라고 하기에는…… 조금 곤란하지 않을까요."

"그럼 이제부터 효도하면 되지 않을까요. 그러면 형님은 효도할 사람이 생기는 거니, 떠나지 않으셔도 됩니다. 네?"

"그게……."

"이런, 막내야. 네가 융 선생을 해고시키려고 단단히 결심을 했구나."

"형!"

막내 공자가 얼른 등을 돌리고 무염의 품 안으로 폴짝 뛰어들었다. 무염은 무흔을 번쩍 들어 팔에 앉혔다. 무염의 등 뒤에는 무릉과 처음 보는 소년이 서 있었다.

사량은 일어나 그들을 반겼다. 무릉은 알지만 소년은 처음 본다. 사량이 묻는 눈빛을 보내자, 무염은 둘을 소개했다.

"무릉이는 지난번에 봤지? 그리고 이 아이는 무건이, 우리 둘째. 거기 숨지 말고 이리 와라, 동생아."

무염은 기둥 뒤로 슬그머니 사라지려던 무건을 잡아끌었다. 무건은 벌벌 떨며 인사를 했다.

"아, 안녕하, 시, 십니까."

무건은 막씨 집안 남자 중에 가장 사내다운 얼굴이었다. 그러나 소년의 눈에는 경악, 공포, 혼돈과 붕괴가 모두 담겨 있었다.

놀란 사량은 무염을 돌아보며 내가 무슨 잘못이라도 한 것이냐 물었다. 그러자 무염은 귀에 대고 작게 속삭였다.

"여자들을 매우 무서워해요. 범아 궁주처럼 사내나 다를 바 없는 여인 앞에서도 어는데, 당신처럼 온몸으로 '나는 여자다!' 라고 외치는 여자 앞에서는 제대로 서 있지도 못하지."

"그러면 어떻게 해요."

"별수 없지. 어쩔 거야. 사량이 남자가 되지 않는 한 계속 저럴 텐데. 자, 동생들아. 여기, 이 숙녀분은 융금의 갈사량. 다 알지?"

무릉은 해사한 얼굴로 활짝 웃으며 말했다.

"지난번에는 제가 제대로 인사도 못 드려서 참 안타까웠습니다. 가만있자, 숙녀분은 형님 여인이라 이미 글렀으니 행여 동생이 있으신가요."

"네, 있어요."

그리고 사랑이 이어서 더 말하기도 전에 무염이 말했다.

"정말 천하절색이란다."

사랑이 놀라서 보았다. 지금 무슨 소리 하는 건가요. 동생들 앞에서 가장 중요한 정보를 빼놓고 이야기하면 어떻게 해요! 그러나 무염은 무시했다.

무릉은 기대에 찬 눈으로 물었다.

"정말입니까?"

"그래. 사랑이 팔보선자라면, 그 동생은 팔보선녀더라. 내, 그런 미모는 평생 본 적이 없었지. 한 가지 단점을 제하고는 아주 완벽하더구나."

"그 단점이 뭡니까."

"만나보면 알 거다. 장담하지. 너희 둘 다, 사랑의 동생을 보면 한순간도 눈을 뗄 수가 없을 거란다. 무건이 너도 말이다."

"공자."

사랑이 그만하라며 눈치를 주었으나 무염은 역시 무시했다.

무릉이 웃으며 말했다.

"그래도 그렇지, 혼인할 숙녀분을 앞에 두고 그 동생분 미모를 칭찬하다니요. 여인이란 원래 빈말이라도 네가 제일 아름답다, 칭찬하여야 하는 법입니다."

"그게 사실인 걸 어쩌니, 큰 동생아. 나도 그 동생을 보았을 때 그 미색에 넋을 놓았지. 한동안 어지간한 사람들은 죄다 짐승으로 보이더라. 아, 사랑은 아니니까 그런 표정 짓지 말자."

사랑의 부아가 치민 얼굴을 보면서도 무염은 천진하게 말했다.

"사랑, 사랑도 인정하잖아. 동생이 당신보다 예쁘다는 거."

"인정은 하는데 그리 놀리지 말자고요. 동생은 그런 칭찬을 별로 좋아하지 않아요."

"왜? 누가 봐도 절색인데. 절색을 절색이라 칭하는 게 무슨 잘못인가."

"다들 자기 얼굴만 보면 표정이 이상해진다고, 그게 싫대요. 별난 짐승 취급하는 것 같다고, 무척 불쾌하다고 한 적도 있어요."

"이런, 당신 동생은 자기 얼굴이 어느 정도인지 본인만 모르는 건가."

"징이는 거울도 잘 안 봐요. 머리도 항상 제가 빗겨주고, 옷도 제가 골라줘서."

"그럼 자기 얼굴이 어떻게 생긴 건지도 모른다는 건가. 아니면 기준이 없다는 건가."

"미추를 구분 못하는 거예요. 못생겼던 잘생겼던 우열을 논하지 않는달까. 다 똑같게 본다고 할까."

"이를 어쩌나. 무릉아, 화양 제일 미공자 막무릉이 가도 다른 남자하고 똑같겠다니."

사량은 급히 무염의 옷자락을 잡아당겼다.

"동생 가지고 그만 놀려요. 아무리 그래도 용금의 백이고, 내 혼주이고, 공자의 처남이 될 텐데! 자꾸 그리 놀리면 화낼 거라고요!"

사량이 발끈하자 무염은 미안한 시늉 비슷한 것을 해 보였을 뿐이다. 무릉도 그제야 속은 것을 알고 한숨을 내쉬었다.

"공자, 동생이 좀 여자처럼 생기고 어려 보이는 건 알겠는데, 그걸 가지고 놀리면…… 놀리면!"

"알았어, 알았어, 안 그럴게."

무염은 무흔을 흔들며 웃었다.

"당신 동생이 오면 내가 아주 예의 바르게 잘해줄 테니, 화내지 말자."

사량은 더 화를 내보려다가 그 웃는 얼굴을 보고 말문이 막혔다. 역시, 역시, 잡혀 버렸다. 더 화도 못 내겠다. 끝장났어, 끝장났어. 이제 끝이야. 남편한테 평생 쥐어 살 거라고.

"왜 그래. 화내지 말자니까."

"알려 하지 말아요. 제후 나리께서 언제 오시는지나 말해줘요."

"곧 오실 거야. 저런, 내 마누라 될 날이 그리 기다려지나. 재촉하시는 것 보게."

"그런 거 아니라니까요! 동생한테 편지를 써야 하니 그렇죠! 공자가 워낙 심술을 부려놨어야지! 동생이 놀라고 진정하고 참은 다음 답장하는 데만도 열흘이 걸릴 거라고요."

"그냥 다 저질렀다고 하면 되잖아. 그러면 간단할 것을 왜."

"세상에! 그걸 말이라고 해요! 동생이 당장 공자를 죽이러 올 텐데요."

"그러면 당신이 덮쳤다고 해. 화양의 막무염이 정조를 잃었다며 통곡을 하여 그 소리에 화양성이 무너질 지경이라 책임져야 한다고."

"공자! 동생들 앞에서 무슨 소리예요!"

"우리 아무 일도 없었는데 왜 그리 발끈하세요. 그냥 말이 그렇다는 거지, 말이. 동생들아, 이분은 숙녀이고 이 형은 군자란다. 우리는 아직 손도 안 잡은 사이야."

그리고 싱긋 웃었다. 무릉이 한숨과 함께 이마를 짚었다. 아이고, 어머니. 우리 형님 보십시오. 무건은 이제 사색이 되었고, 아무것도 모르는 무흔은 과자를 먹으며 고개만 갸우뚱했다.

사량은 울고 싶었다. 또 당했다, 또 당했어!

다행히 보다 못한 무릉이 나서주었다.

"형님, 형수님 좀 그만 놀리세요. 혼인도 전에 위신 없이. 이러면 형님이 굉장히 가볍게 사는 분인 줄 알겠습니다."

"어차피 내가 단정한 편은 아니었잖니. 그리고 지금 와서 깨달아봤자 늦었어, 사량. 못 무른다."

"공자!"

"제발요, 형님. 제가 도저히 못 견디겠습니다. 그리고 형수님, 형님이 이리 보여도 우리 형제들은 형님께 많은 신세를 지고 있습니다. 부디, 급하거나 모자란 것이 있으면 여기 이 막무릉에게 말씀하세요. 형님이 너무 괴롭힌다 싶으면, 그것 역시 말씀하시고요. 아무리 신세진 것 많은 형님이라지만 형수님을 괴롭히는 건 또 다른 문제지요."

"말만도 고맙네요."

"형님이 안 계셨더라면 우리 성이 이렇게 남아 있지 못했을 순간들이 많습니다. 동량에서도 그렇고, 또 그전에 아버지께서 크게 편찮으셨을 때 형님 덕에 무사히 넘어갔던 적이 있습니다. 아버지께서 한 달이나 인사불성이셨는데, 그때 어머니께서 제후의 인을 형님께 넘기고 형님이 성을 지키셨지요."

"그런 일이."

사량의 얼굴이 창백해졌다.

"형님이 안 계셨다면 아주 위험했을 겁니다. 당시 화양의 군세는 지금만큼 정리되지 않아 약했으니까요. 그날 이후 저는 물론이요, 어머니도 무척 감사하고 성민들도 형님이 있다면 안심합니다. 어머니는 저더러 그 핑계로 형님께 일을 다 미뤄놓고 놀러만 다닌다 하는데, 그건 제가 자질이 없다 보니 그리된 거고요."

무염이 웃으며 끼어들었다.

"저런. 네가 게을러도 이해하라고 하는 거구나. '자, 형수님. 제가 원래 이런 놈이니 형수님 남편을 부려먹어도 이해해 주세요.' 이거지, 뭐. 속지 마, 사량."

"네, 바로 그거지요. 자, 형수님. 제가 좀 놀더라도 이해해 주세요."

사량은 웃었으나 목 언저리가 서늘해지는 것은 어쩔 수 없었다. 등 뒤로 아주 무서운 것이 온 기분이었다.

"그리고 형님, 진지하게 말씀드리는 건데 형수님 선물 산다고 혼자 나가지 마십시오. 형님 같은 분이 나갔다간 등골을 남김없이 빼 먹힐 거라고요."

"너 데리고 나가도 소용없는 건 매한가지지. 물건보다는 물건 고르러 오는 아가씨들 유혹하느라 바빠서 이 형이 벗겨 먹히든 뜯겨 먹히든 관심도 없을 거다."

"어이쿠, 형님."

농담이 오고 가니, 사량도 기분이 풀어져 편안한 얼굴로 형제의 이야기를 들을 수 있었다.

이복형제인데도 사이가 좋아 보여 다행이란 생각이 들었다. 막채규보다는 오히려 이 무염이 삼 형제의 아버지같이 보인다는 생각도 들고.

막씨 형제들은 내원에서 저녁을 먹고 차까지 나누어 마셨다. 무염은 무흔을 보내는 김에 어머니를 만나러 간다며 동생들을 몰고 갔다. 어머니까지 모신 자리를 마련하겠다는 말도 잊지 않았다.

그렇게 와글와글한 막씨 떼를 모두 돌려보낸 뒤, 사량은 옷을 갈아입고 잠들 준비를 했다.

몸을 눕히고 휘장을 치니, 그 사이로 달빛이 희미하게 비껴들었다. 귀뚜라미 소리가 들리는 가운데 사량은 자려고 몸을 눕혔다. 그때 휘장 너머로 큰 그림자가 보였다.

"누구예요?"

"나야."

그 나직한 목소리에 사량은 긴장이 풀어졌다.

무염의 목소리다.

"동생들은요?"

"어머니에게 인사한 뒤 다 제각기 돌아갔지. 제집이니 제 방으로 가는 거야."

"그럼, 공자는 왜 여기로 온 건데요."

"동생들에게 빙 둘러싸여서 우리 둘은 제대로 이야기도 못했잖아. 그래서 돌아왔지."

무염이 휘장을 걷고 얼굴을 내밀었다.

"무슨 수로 들어온 거예요? 아무리 공자라 하나, 그래도 사내인데 이 늦은 시간에 어떻게."

"어머니가 본관에 계시니 아예 경계도 안 하더군. 담 넘을 필요도 없이 문으로 들어왔지. 한마디 해야겠어. 이리 허술해서야."

"이 내원은 도둑들만 감시하면 되는데, 이 화양성의 담을 넘을 도둑은 없잖아요."

"나는 이 성에서 당신을 도둑맞은 적이 있지."

그리고 무염이 웃으며 다가왔다.

물끄러미 보고 있자니, 사량은 이 남자가 그날 팔보산 기슭에서 본 그 남자와 정말 같은 남자인가 싶었다.

그때의 무염은 재만 남은 사람 같았다. 바람 한 번만 불면 다 날아가 버릴, 그렇게 재만 남은 남자. 무모할 정도로 죽음에 부딪혀 대며 온몸으로 비명을 지르던 그런 남자였다.

같이 지내면서 그런 남자가 아니란 것을 알게 된 건지, 아니면 정말 변한 건지는 모르겠다.

그저 이렇게 문득 바라보니 완전히 다른 남자가 이 앞에 있다.

심술부리는 거야 달라지지 않았고, 유리하면 덤벼들고 불리하면 한없이 불쌍한 표정을 짓는 것 역시 달라지지도 달라질 리도 없지만, 지금의 그는 여름의 풀처럼 생기 있다. 잿더미 속에서 전혀 다른 존재가 새로 태어난 것 같다.

언제부터였을까. 중원절, 귀신의 가면이 불에 타버린 그날부터였을까. 아니면 그보다 더 전이었을까, 그도 아니면 원래 이런 남자였던 것을 나만 몰랐던 걸까.

"왜 그렇게 보는 건데."

"흠, 동생들 앞에서 실컷 놀리더니, 또 놀릴 게 있나 궁금해서요."

"아냐. 오늘 무릉이가 말할 때 갑자기 토라지기에, 이 잘생긴 얼굴로 위로하러 온 거야."

"이 기고만장. 토라진 건 아니에요. 그냥, 당신이 그때 영주의 인을 받아 제후 대행을 했다니, 무서운 생각이 들어서요."

화양공이 앓아누운 상황에서 대행으로 공무를 처리한다는 것은, 반란이나 침략이 일어날 시 표적이 된다는 의미이기도 하다.

위급한 상황이 벌어졌을 때 진짜 후계자가 어리거나 모자라면 큰 성의 여인들이 쓰는 방법이다. 보통 그 일을 맡는 것은 성주의 동생이나 서자들로, 가장 믿을 만한 사람에게 맡기는 가장 위험한 자리다.

"사량, 나도 그 일이 무슨 의미였는지 알아. 그래도 여기서 공자라고 불리는 값은 해야지. 게다가 나도 죽기 싫어서 어떻게든 성은 지켜냈잖아."

"그렇게 공자는 항상 앞으로 가야 하는군요."

지켜야 할 것은 많은데 지켜주는 이는 없이.

"내 할 일이지. 게다가 그때는 나 혼자 죽기 싫었는데 지금은 당신 두고 죽을 생각이 아예 없어."

무염의 손이 사량의 볼을 어루만졌다.

"정말로."

사량은 손길을 느끼며 쓸쓸한 마음이 들었다. 안쓰럽다, 이 사람. 그리고 이런 사람하고 같이 살면 슬플 일이 참 많을 것 같다. 항상 가장 위험한 곳으로 보내야겠지. 그리고 나는 홀로 남아 당신 걱정만 하며 지낼 테고.

"공자, 그냥 우리 성으로 오는 건 어떨까요. 공자 하나 정도는 내가 책임지고 데리고 있을게요."

"그곳은 군사도 없는데 내가 뭘 해."

"몇 년 지나면 군사가 모이긴 할 테니, 기다리면서……. 아, 우리 성에도 대장간이 있어요. 어린 시절부터 배워왔으니 몇 년 손 놓고 있었다 하더라도 대장장이 이 씨한테 배우면 금방 늘 테죠. 어때요?"

"당신 동생이 기가 차겠군."

"걱정 마요, 동생이 공자를 괴롭히면 내가 혼내줄게요."

"혼내줘? 당신이? 동생에 관한 한 갈 봉사던데. 내가 당신 동생이 구박한다며 매달려 봐, 당신은 동생한테 한번 갔다 오고 난 다음 '별일 아니네요. 공자가 오해한 거예요.' 하고 넘어갈 거야. 당신 친정으로 갔다간 나는 처남살이만 단단히 할 테지."

"공자가 조금만 친절하면 되는데 왜 그래요."

"싫어. 지금이 최선이야. 당신 동생은 정말 얄미워서 뭐라도 한마디 해야 한다니까."

"거봐요, 동생 잘못이 아니라 공자 잘못이라니까요. 이런 공자의 입을 다물게 하려면 어떻게 해야 할까요."

"글쎄."

무염의 손이 턱 언저리를 더듬더니, 입술이 쇄골에 닿았다. 뜨겁고 간지러운 느낌이다.

"내가 어떻게 하면 될까. 그런 생각은 하나도 못하게 만들려면 말이야."

목에 닿는 무염의 숨소리가 달아오른 것 같아, 사량은 당황해 고개를 젖혔다.

"저기, 저기요. 이러지 말아요."

"내 손길이 안 그리웠나."

"손도 안 잡아본 사이라면서요. 계속 손도 못 잡아본 사이로 혼례 전까지 지내지요, 뭐."

"화났네, 화났어."

웃음 섞어 하는 말에 사량은 부아가 치밀었다.

하여간 이러면서 슬쩍 넘어가려고.

"쫓아내지는 않을 테니 일단 여기 앉아요."

사량은 몸을 빼고 침대를 두드렸다. 무염은 순순히 침대에 앉았다.

오늘 오후에도 보았건만, 단둘이 앉아 마주 보는 무염은 낮의 그와는 다르다. 눈에 담긴 경애와 욕정의 격이 다르다 보니, 그때는 얄미워서 죽을 것 같더니 지금은 왠지 만져 주며 바라보고 싶다. 사량은 그의 머리카락을 쓸어 올리곤, 그 이마에 입을 맞추었다. 따뜻한 이마가 입술에 닿자 기분이 좋아졌다.

"안 된다면서 왜 이러시나."

"안달하라고. 이걸로 끝일 줄 알아요."

"이런, 그러지 말자. 지금 내원에 주인도 없고 아이도 없잖아. 응? 더 해줘."

"알고 온 거군요."

"무흔이가 다 일러바쳤지. 아버지 돌아오실 때까지 어머니는 본궁에 머무르실 거라던데."

"부인은 그곳에서 무엇을 하시나요?"

"동생 말로는 서재에서 책을 본다 하시는데. 이것저것 시키기도 하시고. 오랜만에 본관에서도 마님 노릇을 하시는 중이시지……."

무염의 손이 허리를 쓸어 올렸다.

"그리고 여기는 비었고 말이야."

"유혹하지 마세요. 안 되는 건 안 되는 거니까."

"소리 안 지르게, 조심조심 정중하게 하면 안 될까."

"이봐요, 막무염 공자님. 공자는 정중하게 덤빈 적이 한 번도 없다는 거 몰라요?"

"처음에야 내가 급해서 그런 거고, 이제부터는 조심조심 상냥하게 다루지. 어차피 사량은 내 여자고, 할 날도 많은데."

그 말에 얼굴이 확 붉어졌다.

"안 된다고요."

"알았어. 그럼 당신이 나를 마음대로 다뤄보든가. 하라는 대로 다 하도록 하지. 시켜만 봐."

"무슨……."

뭐라 한마디 하려던 사량은 그의 기대에 찬 뜨거운 눈에 고개를 숙였다. 그리 빤히 보면 쑥스럽잖아요.

사량의 볼 언저리를 매만지던 손길이 머리카락 속으로 천천히 파고들어 오며, 무염이 속삭였다.

"예쁘네."

"또 얼렁뚱땅 하고 싶은 대로 다 하려고."

"그렇다면 허락할 수 있는 것은 어디까지인데? 정해놓고 시작하지. 절대 안 넘을게."

가까워진 무염의 가슴에 묵직하게 무게가 실리자 사량은 당황했다.

"그…… 알았어요. 약간, 아주 약간만 허락해 줄게요."

"그러니까 어디까지."

"만지기만."

"만지는 것까지만?"

"네. 만지기만 해요."

큰 손이 천천히 목덜미를 더듬고 어루만진다. 그저 손길만 스쳤을 뿐인데 사량은 목 안에서 나른히 한숨이 나오는 것을 막을 수가 없었다. 무염의 입술이 다가와 입술을 덮고, 목을 감싸는 손에도 힘이 들어갔다. 사량은 고개를 숙이며 입술을 뗐다.

"너무 진하잖아요."

"알았어."

무염의 손이 이번엔 소매 속으로 파고들어 왔다. 애욕이 실린 손가락이 팔 아래를 건드린다.

"간지러워요."

"손은 허락해 준다며."

"간지러워서."

"그럼 다른 곳."

"네?"

무염의 손이 앞섶을 헤치고 들어와 젖가슴을 드러냈다. 그건 안 된다 말하려 했지만, 열망 어린 무염의 눈을 보니 그 눈에 대고 차마 엄격해질 수가 없었다. 또 시작이다. 당신이 내 부탁 안 들어주면 나는 죽어요, 라는 이 표정.

무염의 입술이 어깨에 얹히고 손은 옷자락을 당겼다. 옷이 흘러내리며 희고 풍만한 젖가슴이 훤히 드러났다. 무염은 뜨거운 한숨과 함께 젖가슴을 어루만지며 손가락으로 분홍색 유두를 이리저리 건드렸다.

"으음."

저릿저릿 좋은 감각이 올라와, 사량은 몸을 움츠리며 신음을 참았다. 그 반응이 좋은지, 무염은 손끝으로 유두 끝을 건드리고 굴리고 다시 건드리고 굴렸다. 자극에 곤두서는 유두가 부끄러워진 사량은 고개를 돌렸다.

"제…… 발. 너무 짓궂게 하지 말아요."

"싫지, 그건."

무염의 입술이 젖가슴 끝을 삼켰다.

"악!"

사량이 비명을 질렀다. 입술 안쪽의 매끄러운 부분이 유두 위를 덮고, 뜨거운 숨소리를 내며 천천히 빨아들인다. 음미하듯 깊은 신음을 내며 그리하다, 혀를 내밀어 핥고 다시 덮었다. 처음에는 부드러웠으나 점점 강해지며 소리도 커졌다. 빨아들이는 끈적끈적한 소리, 혀가 유두를 퉁겨내는 질척질척한 느낌에 사량은 입술 아래를 물고 신음을 냈다.

"음— 아. 염, 너무…… 진해요, 역시."

그럼에도 몸은 풀려 나갔다. 어느새 그의 목을 안고 그가 젖가슴에 매달리도록 하고 있다. 무염은 팔 안으로 파고들며, 혀와 입술로 더 진하게 젖가슴을 애무했다. 사량은 턱에 힘이 들어가고 발끝도 긴장으로 떨렸다.

"제발…… 이러면…… 소리가 나오잖아요. 아!"

순간 저릿할 정도로 강력한 압박이 들어왔다. 입으로 세게 빨아들인 것이다.

사량은 놀라 신음을 질렀다가 얼른 입을 틀어막았다.

"만지기만 하라고 했잖아요!"

"어디로 만지라는 말은 안 했잖아."

"가만, 지금 뭐 하는 거예요."

어느새 무염의 몸이 위로 올라와 있고 사량은 그 아래 누워 있다. 사량은 천장을 가리는 그의 건장한 몸을 보며 침을 삼켰다. 아, 언제 이리된 건가.

"이거 좀 불공평한 것 같네요."

"아, 그러면 나도 벗을까."

"그런 건 아니고!"

"그럼 이대로 하지."

옷은 완전히 젖혀져 있고, 풍만한 가슴은 위로 솟아 있다.

무염은 그리 드러낸 젖가슴을 양손으로 잡고 주물렀다. 그 묵직한 손길에 몽롱해져 가는 것을 느끼며, 사량은 애무에 몸을 맡겼다. 만지는 곳은 젖가슴인데 다리 사이가 뜨거워지고 있었다.

손이 내려가 허리를 만지고, 속옷 안으로 들어갔다.

"하…… 하지 마요."

"뭘 하지 말까, 응?"

손이 속 깊이 들어가며 엉덩이를 쓸어내렸다. 뜨겁고 큰 손 안에서 사량의 몸은 그저 한 줌 거리였다. 몸을 뒤틀자, 그 손은 엉덩이 사이로 스며들 듯 들어와 갈라진 틈을 훑었다.

"흐윽!"

사량은 그 자극에 신음이 나오는 것을 참으려, 입술로 손가락을 가져가 물었다. 무염의 손이 옷 속에서 나오더니 속옷의 허리끈을 잡았다.

"뭐 하려고요!"

"만지기만 한다고 했고, 어딘지 정하지는 않았잖아."

끈이 풀어지며, 달빛 아래로 체모가 드러나자 무염은 사량의 다리를 벌리고 자신을 향하게 했다.

뭘 하려고 이러나 싶어 긴장하고 있는데 허벅지 사이로 뜨겁고 뭉툭한 것이 닿았다.

"까아!"

기겁해 몸이 퉁겨 오를 뻔했다. 그러나 무염이 허벅지를 꽉 잡았다.

"뭐 하는 거…… 예요! 아윽! 염, 제발!"

뜨겁고 물컹한 것이 끝을 건드리고 그 속의 점막을 핥아 올리고 다시 그 끝을 건드리더니 감쌌다.

농밀한 움직임이 예민한 살에 닿자 꿀 속에 잠기듯 몸이 몽롱해져 갔다. 발발 떨리고 숨이 턱턱 막힌다.

"으응. 아!"

입을 대고 아래를 핥는다.

이런 게 가능이나 한지, 사람이 하는 건지 처음 알았다. 처음에는 충격받고, 그 느낌이란 것이 너무 지독히 달아서 견디기 힘들었다.

"흐읍, 염. 아, 하지 말아요. 하지…… 아흑!"

눈앞이 흐려지며 몸이 파들파들 떨린다. 달콤한 것을 혀로 천천히 즐기듯 덮어 누르고 휘젓고 건드린다. 그 느리고 황홀한 자극에 눈앞이 저릿해지며 몸에 힘이 들어갔다. 찐득하고 달콤하고 뜨겁게 녹아내린다. 신음을 흘리지 않으려고 이를 악물고, 그것으로는 막기 힘들어 양손으로 입을 막았다.

몸이 손쓸 수 없을 정도로 달아올라 정신이 오락가락했다.

"하아."

"사량……."

그가 속삭이고는, 다시 핥아 올렸다. 사량은 비명을 지르지 않으려고 입을 더 세게 틀어막아야 했다. 눈앞이 흐려지며 정신도 흐트러진다. 혀가 깊숙하게 파고들어 왔다.

"그, 그만……! 제발 부탁할게요! 으!"

무염이 입술을 뗐다. 간신히 숨 돌렸다 생각하는데, 그의 손가락이 다리 사이를 파고들어 와 예민한 부위를 굴리고 건드리고 다시 굴렸다. 이미 자극이 될 대로 된 부위라, 그리 건드리니 더 미치겠다.

"으, 으."

사량은 이불 속에 얼굴을 묻고 간신히 참아내며 몸을 뒤틀었다. 젖은 속살이 환락의 절정에 닿아 움찔댔다. 몽롱하다. 격렬한 한 번을 찾아 몸이 안달하는 것을 스스로도 느끼고 있었다. 다리를 오므리고 싶었는데 무염이 너무 꽉 잡고 있어 꿈쩍도 못한다.

"제…… 제발…… 그만…… 그만해요."

"그럼, 한마디만 하면 되는 거야. 그러면 더 안 괴롭혀."

무염이 속삭이며 손가락을 더 깊이 밀어 넣었다. 흥분한 속살이 그 손가락을 빨아들이는 것이 사량에게도 분명히 느껴져, 정신이 혼곤한 와중에도 부끄러워 죽을 지경이었다.

"이리 안달하면서. 응?"

볼은 있는 대로 붉어져 있고, 땀으로 젖어가는 축축한 몸은 그 손가락에 희롱당하며 숨을 몰아쉬고 있다.

무염이 부드럽게 속삭인다.

"한마디만 해."

"으. 염, 제발!"

그 손가락이 진하게 움직이자 속살이 반응하며 입맛이라도 다시듯 질척대는 소리를 낸다.

너무 솔직한 몸에 사량은 울고 싶을 지경이었다.

이 음란한 꼴이라니, 이게 뭔가.

"한마디만."

절대로 안 된다, 넘어가면 안 된다 하면서도 아래로부터 물큰물큰 몰려오는 감각에 미치겠다 싶었다. 이대로 나가면 아주 부끄러운 소리를 내고 말 것 같아, 사량은 입을 다시 틀어막았다.

읍, 하고 올라오는 신음을 참고 허리와 허벅지에 힘을 주어 어떻게든 버텨보려 했지만 그가 잡고 있으니 꿈쩍도 할 수 없고, 안으로 들어오는 손가락의 움직임은 더 깊고 진해지기만 했다. 안을 훑고, 끝을 문지르고, 다시 훑고 건드리고 쓸어 올렸다.

흥건하게 피어오르는 쾌감에 어떻게든 그에게서 벗어나고 싶어서 눈물이 그렁그렁 올라왔다.

"사량—"

사량은 결국 고개를 끄덕였다.

"그것만으로는 안 되겠는데."

"왜…… 요."

"그것만으로는 부족하지."

얼굴이 더 붉어지며, 사량은 차마 그를 쳐다보지 못하고 작게 말했다.

"넣어도 돼…… 요."

"좀 더 제대로. 모자라, 사량."

손가락이 속살 사이로 들어오더니 힘이 꾹 들어갔다.

"으흑!"

이미 예민해질 대로 예민해진 부위로 다시 자극이 오자 도저히 견딜 수가 없었다. 사량은 떨리는 목소리로 말했다.

"제발……!"

드디어 손가락이 나가더니 무염이 옷을 젖혔다. 달빛 사이로 이미 흥분할 대로 흥분한 그것이 드러났다. 단단히 발기한 것을 본 사량은 정말 억울해졌다. 이 사람, 자기도 흥분했으면서! 저래 놓고 나만 괴롭혀.

젖어 녹아내리는 속살 위에 그 뜨겁고 단단한 것이 닿았다. 사량은 비명을 지르지 않으려고 이불을 꽉 잡고 입술을 물었다.

"저런, 사량……."

애정과 동정이 담긴 목소리가 들리더니, 그 모든 것을 작정하고 방해하겠다는 듯 허리를 잡아 올리고 그대로 세게 찔러 넣었다.

"……흡!"

허공에 뜬 몸이 그가 들어오며 크게 흔들렸다. 다리를 움츠리고 고개를 젖혔을 때 그가 다시 들어오며 부딪혀 왔다.

"악!"

녹을 대로 녹은 다리 사이가 단단한 그가 파고들어 오자 흡수라도 할 듯 출렁이며 아득해진다. 그가 신음을 토하며 다시 들어왔다. 깊고 뜨겁게 들어오자 정신이 산산이 흩어졌다. 너무해, 원망의 소리가 나오려는 순간에 다시 허벅지 사이로 그의 몸이 들러붙고 뜨거워진 안으로 굵고 단단한 것이 꾹 파고든다.

"으읍."

이제 포기다. 견딜 수가 없다. 그대로 온몸이 무너지며 몸을 맡기고 열기에 정신을 던졌다. 그가 몸을 안고 입술을 덮고 혀를 세게 밀어 넣더니, 허벅지 사이로 다시 살 부딪히는 소리를 내며 거듭거듭 들어왔다. 사량이 숨을 헐떡이며 정신을 차렸을 때는 이미 그의 아래에서 그가 들어올 때마다 신음을 흘리고 있었다.

"아, 공자…… 하, 악!"

어떻게든 신음만은 참아보려 애쓰는 사량의 모습을 보며 무염이 웃었다. 세게 부딪혀 밀리고, 다시 부딪혀 밀려났다. 과연 어디까지 참을 수 있을지 시험이라도 하는 것 같았다.

"하아!"

"참지 마……!"

"아, 하지만…… 하지만 밖에…… 아……!"

퍽퍽 세게 밀쳐 올릴 때마다 몸이 들썩이고 부딪히는 살 소리가 터졌다. 사량은 무염의 목덜미에 얼굴을 묻고 그 목을 안은 채로 그가 박아 올라올 때마다 허리와 엉덩이를 뒤틀어 붙였다.

"……으읙! 하아."

머리가 뒤로 젖혀졌다. 침대 모서리까지 밀려나며 머리카락이 침대 밖으로 흘러내렸다. 허벅지 사이가 녹아들 것 같고, 몸이 작신작신 떨려왔다. 이미 녹은 몸이 그 공격에 다시 녹아내리며, 절정에 다다르자 다리 끝에 힘이 들어가고 온몸이 그를 향해 애원하듯 달라붙었다. 흥건한 땀이 둘 사이를 더 젖게 했다.

"사량……!"

그 손이 목덜미를 안아 가슴으로 당겼다. 속 안이 움찔대고, 사량의 손가락에 힘이 들어가며 뜨겁게 젖어 번들대는 그의 등에 박혔다. 그 움직임에 그가 환호하듯 더 세게 들어왔다.

"으…… 웅! 너무…… 너무…… 웃. 윽!"

"질러. 어서—"

센 힘이 아래에서 위로 밀쳐 올리며 배 아래로 그 몸이 흠뻑 들러붙어 왔다. 몸이 부딪혀 위로 올라가고, 다시 부딪혀 또 올라갔다. 연달아, 정말 엄청난 기세로 쳐올린다.

"흐!"

사량은 그 품에 얼굴을 묻고 신음과 울음을 흘렸다. 이제 너무 녹아 견디기도 힘들다.

순간 그가 세게 치고 올라오더니, 짧은 신음을 흘렸다. 환희가 눈앞으로 격렬하게 번뜩이고 명멸하다가 암흑과 함께 뚝 끊어졌다. 사정의 순간 침묵했고, 마침내 다 끝나자 그가 한숨을 토해냈다.

"하……!"

무염은 마지막 한 방울까지 다 토해낼 때까지 가만히 숨을 몰아쉬고 있다가 사정을 완전히 마친 뒤에 몸을 뺐다.

이렇게 깊게 들어와 사정하는 것은 의외라, 사량은 눈물범벅인 얼굴로 그를 보았다.

"또 우네."

사량은 눈가를 훔쳤다. 그치려고 해도 눈물이 뚝뚝 흐르는 건 막을 수가 없었다. 결국, 훌쩍훌쩍 울면서 무염의 몸을 쳤다.

"너무해요. 너무해……! 다 들었을 거야!"

"저런, 저런. 뭐 어때. 귀 막고 자줄 거야."

"공자! 이거, 정말."

바동대며 몸을 쳐대자 큰 손이 사량의 젖은 몸을 쓸어 담듯이 안았다. 젖은 바위 같은 가슴이 이마와 턱에 닿았다. 사량은 훌쩍대다 조용해졌다. 무염의 손이 턱을 건드리곤 입술 사이로 손가락을 밀어 넣었다. 손가락은 사량의 혀를 애무하듯 만졌다.

"기녀를 알아보라고 해야겠군."

"네?"

"방중술에 뛰어난 기녀를 말이야."

"거긴 왜요?"

"내 정욕이 넘쳐서."

사량이 당장에 두 팔로 무염의 어깨를 잡고 흔들었다.

"정욕이든 의욕이든 그게 넘치면 나한테 풀지, 왜 기녀를 찾아요!"

이성이고 체면이고 뭐고 없이 단박에 뛰쳐나온 말에, 무염의 얼굴에 화색이 돌았다.

"목소리가 크네."

"의욕이 넘치든 음심이 넘치든 왜 다른 데로 가냐고요!"

"목소리 크다니까."

"다 해줄 테니 그런 데는 가지 말아요!"

"정말 커."

"그러…… 읍!"

무염은 다음 말은 입술로 덮어버렸다. 놀라 가만히 있는데, 밖에서 기척이 들렸다. 방문이 열리며 무슨 일이지? 하며 중얼거리는 소리도 들려왔다.

사량은 손에 얼굴을 묻고 몸을 웅크려야 했다. 무염은 부끄러움에 엎드려 달달 떠는 사량을 보며 물었다.

"그런데 그거 정말 그래도 되는 건가."

"뭘."

"다 풀라고."

"일부러 그런 거죠?"

무염은 실실 웃었다.

"기녀를 찾는 건 말이야 어떻게 해야 우리 사랑을 제대로 보낼 수 있는
지, 다 익힌 다음 혼인할 생각이라서 그래. 말 한마디 못할 정도로 녹여
버릴 거야."

"지금보다 더 하겠다고요?"

"그럼. 지금이야, 이 정도로 눈물 뚝뚝이지만 그다음은 아예—"

무염은 사량의 허벅지를 쓸어 올리며 귓가에 속삭였다.

"아주 제대로 녹여 버릴 거야. 기절을 시켜 버려야지."

"그래도 싫네요. 나 말고 다른 여자들이 득실득실대는 데로 보낼 수 없
어요."

"벌써 마누라 노릇인가."

"공자는 내 거니까 가지 말아요. 여자 있는 데는 갈 수 없게 만들어 버
릴 테니 각오해요."

"내가 왜 다른 여자를 봐."

"인기 많다면서요."

"거짓말이었어. 사실, 하나도 없어."

"정말?"

"정말로. 여자들이 나를 쳐다보는지 아닌지도 사실 잘 몰라. 제대로 본
적도 없고 말이야. 자, 이리 와봐."

그리고 품으로 오라는 듯 몸을 들었다.

언제 나머지 옷도 벗어 던졌던 건지, 달빛 아래로 서로의 벗은 몸이 완
전히 드러났다.

넓은 어깨, 단단한 가슴과 배, 그리고 허벅지 사이 체모와 그 위에 있는 그의 성기가 보인다.

그 역시 바라보고 있다. 젖어 번들대는 젖가슴과 배, 탄탄한 허벅지와 조금 전 그를 받아들이고 흠뻑 젖은 농밀한 곳을.

차마 그만하라는 말도 못한 채로, 사량은 빨아들이듯 바라보는 무염 앞에 벗고 누운 자신이 부끄러워졌다. 그의 손이 허벅지를 쓸어 올렸다. 무염이 바치는 황홀한 경배의 눈에 사량도 할 말을 잃었다.

"사량……."

허벅지 사이로 그의 손이 들어와 속살을 애무하고 있었다. 조금 전의 깊은 정사로 축축해진 곳이다. 손이 닿자 다시 달아오른다.

"아……."

숨어든 손가락 끝이 미끈거리기 시작하자, 무염은 더 깊이 밀어 넣었다.

"이렇게 달아오르게 하면 오늘 밤새도록, 그리고 내일 해가 지고 달이 뜰 때까지 내 생각만 할 테지."

"이러다 누가 오면 어쩌려고요."

"오면 어때. 당신하고 나하고 곧 부부가 될 거란 것, 아니, 이미 부부나 다름없다는 것을 모르는 사람이 없는데. 모르는 사람이 오면 알게 하면 되는 거고."

"여기는 내원이라고요."

"사실 그래서 더 흥분되는데. 못된 귀신처럼, 손대면 안 되는 숙녀의 몸을 탐하는……."

사량은 그의 어깨를 쳤다.

"그만."

"때리지 마, 사량. 이거 좀 아프다."

"정말요?"

놀란 사량의 얼굴로 무염의 얼굴이 다가왔다. 어라, 하는 순간 그가 입술을 덮었다. 격렬한 입맞춤이 끝나자, 사량은 한숨과 함께 말했다.

"또."

"지금 아니면 언제 이러고 있겠어. 봐주라."

"백전백승인 이유가 여기 있었네요. 도무지 반격할 틈을 안 주니."

"사량 상대로는 다 이겨먹어야 안심이지. 빈틈을 주면 안 되어요, 정말."

무염은 옆에 몸을 눕혔다.

"공자?"

"한숨 자고 가려고."

"완전히 자기 집이네요."

"아버지 오시면 바로 나한테 와. 어머니께도 말씀드릴 테니 몸만 오면 될 거야."

"맙소사, 공자. 혼례를 올리기도 전에 살림부터 합치라고요?"

"우선은 대문에 혼등 붙이고 우리 결혼했습니다, 하지. 혼부 떼다가 인장 찍은 다음, 호적과 관부(官簿)에는 내가 몰래 쓰고 올게. 공자 막무염 처 갈사량……."

안아 당긴 것도, 누른 것도 아닌데 사량은 어루만지는 무염의 손안에서 꿈쩍도 할 수 없었다.

"예쁜 붉은 혼례복을 입고 나한테 와. 그리고 계속 내 옆에 있는 거야."

"아무 데도 안 가요."

무염은 사량의 얼굴을 물끄러미 보다가 와락 안았다.

"왁."

사량의 입에서 작게 신음이 나온다.

가느다란 몸이 푹 안기니 녹아 사라질 것 같으면서도 기분이 참 좋다. 다 사랑스럽다. 눈썹도, 머리카락도, 손가락도, 다. 배에 닿는 몸도, 가슴을 파고들어 오는 눈 코 입도, 그의 손안에 잡히는 예쁜 손가락들도 다.

"그래, 어디로든 가지 말고 내 옆에 있어."

"그럼요."

잠시 뒤 먼저 잠든 것은 사량이었고, 무염도 그 향긋한 체취를 맡으며 잠들었다. 꿈도 없는 달콤한 잠이었다.

새벽. 성문을 연다는 북소리를 들으며 무염은 눈을 떴다.

"이런. 늦었네."

아무리 어머니 없는 내원이라지만 그래도 이만 가야겠다고 생각하며 일어나다, 아기 짐승처럼 새근새근 자고 있는 사량을 내려다보았다.

"사량."

그러나 눈도 안 뜬다.

예전에는 신음 소리 한 번에도 냉큼 깨더니, 지금은 옆에서 고함을 지르고 흔들어도 일어날 기미가 없다.

밤에 너무 고생시켰나.

하긴, 처음 덮쳤을 때도 지쳐 나가떨어져 '잤지'.

범아가 이 참새처럼 날랜 여자를 데리고 갈 수 있었던 건 그날 이 여자가 정말 죽도록 졸려서 그랬던 것 같다.

지난번에 청향궁에 다녀왔을 때도, 정사가 끝나자 순식간에 죽어버리더니 자정이 다 되어 일어나서는 '어머나 어떻게 해! 돌아가야 하는데!' 하고 법석을 떨었다. 무염은 그런 사량을 어르고 달랜 뒤 한 번 더 했고, 사량은 다시 기절해 아침까지 새근새근 잘도 잤다.

지금 역시 곤히 자고 있다.

물끄러미 보고 있자니 자는 모습이 참 귀엽다는 생각이 든다. 속눈썹 긴 눈을 감고 입술은 꾹 물고 움츠리고 자는데, 중간중간 살살 웃는 표정을 지어 보인다.

무염은 사량의 부드러운 머리카락을 쓸어내렸다. 이렇게 건드려도 쿨쿨. 쿡쿡 찔러봐도 색색.

이 여자는 알기는 알까. 처음에 자신이 얼마나 빈틈이 없었는지. 그런 듯 아닌 듯 경계하고 선을 긋는 기술이 얼마나 뛰어났었는지. 그런데 지금은 무염 옆에서만큼은 강아지처럼 경계도 긴장도 없이 그저 새근새근.

바라만 보다가 날이 샐 것 같아 무염은 사량의 맨 어깨에 입을 맞춰주고는 몸을 일으켰다. 그리고 옷을 챙겨 입고 내원을 나서, 무흔이 만들어 놓은 비밀의 길을 지나 처소로 돌아갔다.

처소의 하인은 오늘도 일어날 생각도 하지 않고 쿨쿨 자고 있고, 처소는 조용했다. 그저 적막하고 황량하다.

그때 무염은 본관 쪽에서 헐레벌떡 달려오는 담의를 발견했다.

담의가 뜰로 들어오며 말했다.

"공자님! 일어나 계셨군요. 화양공께서 오셨습니다!"

"지금?"

"네. 조금 전에 오셨습니다."

무염은 이 시간에 아버지가 온 것에 놀랐다.

새벽에 문 열리는 시간이다. 근처에서 하룻밤 자고 들어오는 거라면 이보다 늦은 시간에 오고, 밤새도록 달려 들어오는 거라면 이 시간이다.

"가보세요."

"그래."

무염은 안으로 들어가 옷을 갈아입고 세수를 한 뒤에 처소를 나섰다. 본관 뜰로 향하는 길로 들어섰을 때, 무염은 의외의 인물과 마주했다.

호리호리한 보령이 급히 달려오다가 무염과 마주쳤다.

"보령."

거의 한 달 만에 마주하는 얼굴이었다.

"공자님."

"오랜만이군."

"나리께서 시키신 일이 있어서 잠시 성 밖에 있었습니다. 공자나리의 혼인 이야기는 들었습니다. 돌아오니 모두가 그 이야기를 하더군요."

"혼서도 안 보냈는데 소문은 무성하군."

"그 낭자분은 성안에서 한 번 본 적 있습니다. 얌전해 보이는 숙녀분이시더군요."

"그랬군."

얌전이라. 나긋나긋 말하며 앉아 있을 때야 그린 듯 완벽한 숙녀지만, 적장의 목을 따 성을 탈환하고 침입자들도 물리치며 살았던 여자다. 이 화양 안에 사량보다 전공이 없는 무관들도 널렸다. 즉, 알면 알수록 엄청나게 무서운 여자다.

"드디어 연분을 만났으니, 참 축하합니다."

"고맙다."

보령이 웃었다.

"난세를 타고 출세한 보람이 있으시군요. 대장장이를 의부로 모시고 살았으면 엄두도 못 냈을 규수 아닌가요."

무염은 속이 싸해졌다.

이 말투, 어찌 이리 아버지와 닮았는지.

안심하게 하고는 느닷없이 따귀를 때리는, 이 말투가.

"무례하군."

"제가 하녀이긴 합니다만, 공자도 하녀의 자식 아닌가요. 무례라고 할 것까지야."

"무례를 따지는 데 신분의 고하가 무슨 소용이 있나. 그저 사람이면 될 것을. 나는 너더러 건방지다고 한 게 아니라, 무례하다고 한 거야."

잠시, 보령은 아무 말도 하지 않았다. 그러다 눈길을 돌리며 말했다.

"나리께 가는 길인데, 공자님도 그리 가시는 건가요."

"그렇다."

조금 전까지 들떴던 기분이 확 차가워진 것은 어쩔 수 없었다.

신선 노는 세상에 있다가 원래 세상으로 돌아온 기분이었다. 향긋하고 따사롭던 그 모든 것이 꿈처럼 느껴지며, 며칠간 애써 생각하지 않았던 것이 떠올랐다. 아버지가 어떤 사람인지. 냉혹하고, 잔인하고, 때때로 신경질적이며 종잡을 수도 없는 아버지다. 현실이 얼음 같은 숨결을 내뿜으며 다시 돌아오는 것 같다. 항상 목에 밧줄이 걸린 것 같던, 그 현실이.

차라리 증오와 분노만이 있는 전장이 낫다는 생각마저 든다.

화양공은 본관 앞에 있었다.

무염이 예상한 대로 얼굴은 피로에 젖어 창백했다. 지친 얼굴로 이마를 쓸어 올리다, 무염이 오자 반가운 기색 없이 조용히 말했다.

"염이구나."

"어서 오십시오."

"별일 없었느냐."

"아무 일도 없었습니다. 괜찮으십니까. 피곤해 보이시는데."

"그래, 좀 그렇구나. 밤새도록 왔더니 이렇다. 그래도 한숨 자면 괜찮아질 거다."

아버지는 두통이 오는지 눈을 감고 관자놀이를 눌렀다.

"들어가십시오."

"그래."

채규는 조금 걷다가 제대로 더 딛지 못하고 휘청거렸다. 무염은 달려가 부축했다. 아버지의 몸은 바닥에 들러붙을 듯 힘이 하나도 없었다.

"아버지."

"괜찮다. 걸을 수 있어."

"보령이가 있습니다."

무염이 부를 필요도 없었다. 보령은 벌써 옆에 와 있었다. 아버지의 눈이 보령을 향하자, 보령은 얼른 허리를 숙인 뒤 팔을 내밀었다.

"기대세요."

여자에다 호리호리한 보령이 하는 것보다야 키도 크고 힘도 센 무염이 하는 쪽이 나았으나, 그것이 아버지를 얼마나 불쾌하게 하는지 아는 무염은 물러났다.

"참, 염아."

"네."

"잠들면 언제 깨어날지 모르니 지금 말하마. 내일모레, 본관의 흑루연에서 이경(二更)에 보자꾸나. 할 말이 있다."

"알겠습니다."

무릉과 무건이 달려오는 바람에 무염은 더 말할 수 없었다. 아버지는 평소와 다를 바 없이 아들들의 인사만 받고 지나쳤다. 항상 이런 아버지라, 무릉과 무건은 아쉬운 기색도 없이 물러나 형인 무염의 옆으로 갔다. 무염은 비몽사몽인 동생들을 모아 세우고, 다시 아버지에게 인사하고 물러났다.

채규는 아들들이 사라지자 보령에게 말했다.

"너도 물러나라."

"네?"

"이봐, 부장."

옆에 있던 부장이 다가왔다.

"자네가 부축하게."

"네, 주공."

"나리, 제가 할 수 있습니다."

"아니, 괜찮다. 너도 나오느라 수고했다. 들어가 있어라."

"본관까지 모시겠습니다."

"본관에 아내가 있다."

보령의 얼굴이 굳었다.

"저는 대체 언제 돌아갈 수 있는 겁니까."

"그전에, 시킨 일은 다 했느냐."

보령은 고개를 끄덕였다.

"네."

"수고했다. 그리고 앞으로는 아내가 너에 대해 더 이상 뭐라 말하지 않을 거라 했다. 일이 이리되면, 언젠가 너에 대해 말하게 될 날도 오겠지. 기다리고 있어라. 잘 풀리는 대로 말해주마."

"나리, 그러실 필요 없습니다."

"계속 이렇게 살 수는 없잖느냐. 염이도 곧 처자가 생길 테니, 너도 네 가정과 남편이 있어야지. 내가 너무 오래 너를 붙잡았구나."

"필요 없습니다."

"갑작스러워서 그러는 것 같은데, 아내와 잘 풀리면 너도 좋은 혼처를 받아 시집갈 수 있을 거다. 내가 최선을 다해주마. 그리고 이만 돌아가라. 이제부터 본관에 머물 필요는 없다."

"네?"

"호강은 시켜줄 수 없어도, 그래도 편히 지내게 해줄 터이니 이제 일을 할 필요는 없다는 거다. 그러니 본관으로 오지 말고, 네 처소를 따로 줄 터이니 거기서 머물러라. 하녀도 보내주마. 푹 쉬기만 해."

보령은 할 말을 잃고 채규를 보기만 했다. 채규는 보령을 등지고 부장에게 기대었다.

"미안하군."

"그러게, 주공. 왜 그렇게 서둘러 오셨습니까."

"서둘러야 하니까."

그리고 채규는 아들들이 사라진 방향을 보았다.

"다들 염이를 잘 따르는군."

"보기 좋지 않습니까? 우 공의 아들들을 보십시오. 제 어미들 편으로 가르고, 또 갈라지지요. 형제간에 우애가 있는 것은 정말 좋은 일입니다, 주공."

"그래도 그들은 제 아버지에게 잘 보이려고 아옹다옹인데, 내 아들들은 서로 들러붙어 다녀서 내가 외로울 지경이지."

"우애가 깊으면 모두 한마음으로 부모에게 효도를 하는 법입니다. 부모의 정을 두고 다투지 않고 그 위계를 알면 집안은 저절로 화목해지지요. 이보다 좋은 일이 어디 있습니까. 장공자님은 좋은 형님입니다."

채규는 다시 두통을 느꼈다.

우동관의 불길한 말이 머리를 어지럽힌다.

"그러면 다음 제후로 저 아이를 올리기라도 하라는 건가."

"안 될 것도 없지요."

채규는 부장을 보았다. 부장은 애초에 그런 게 아니냐는 얼굴로 웃고 있었다.

"공자님은 마님 소생이나 다를 바 없습니다. 형제들을 잘 다스리고, 무엇보다 군심을 다스리고 장수와 관료들의 존중을 받고 그들을 존중하며 잘 지냅니다. 이 혼란한 시대에 화양을 지켜내는 데 공자만 한 인물은 없습니다. 저만한 후계자를 가진다는 것은 주공의 복이요, 화양의 복이 될 것입니다."

"다른 사람들 의견이 어떠하던가."

"네?"

"솔직히 말해. 그저 분위기만 묻는 거야."

"그야…… 주공의 결정에 따를 뿐입니다."

가볍게 말할 일이 아니란 것을 깨달은 부장은 겸손하게 나왔다. 그러나 부장이 이리 믿음을 담아 말할 정도라면, 후계자는 당연히 막무염이 될 터이고 영토도 늘어났으니 다른 아들들은 그 성으로 내려가 다스리면 될 거라 생각하는 것 같다. 아무리 무릉이 본부인 아들이라도, 이런 세상에서 성을 지키고 버티어낼 수 있을 거라 기대하는 사람은 없다. 아내 역시 그렇다. 명분보다는 아들들이 안전한 쪽을 원한다. 또, 서자라 명분이 약하다면 후계자로 무릉이가 앉으면 된다. 다들 그건 계산에 담고 있을 것이다.

채규는 본관으로 들어섰다. 아내가 가벼운 차림으로 나와 남편을 맞이했다.

"어서 오세요."

"일어나 있었소?"

"네. 듣자마자 일어나 기다렸어요. 밤새 오셨다는데, 몸은 괜찮으신가요."

"그게…… 좀 피곤하기는 하군."

아내의 얼굴은 생기에 차 있었다. 채규는 왠지 기분이 좋아졌다. 오늘도 아내가 즐겁고 내일도 즐거우면 좋겠고, 그 행복감을 지켜주고 싶다.

"젊은 몸이 아니다 보니 좀 피로하군. 부인은 나 없을 때 잘 지냈소."

"며칠이나 비웠다고 그러시나요. 별일 없었습니다. 아, 염이의 혼사는 당장 진행시킬게요."

"내일모레 염이와 이야기하기로 했소. 그때부터 시작합시다."

아내는 빙그레 웃었다.

"그래요. 전쟁이 벌어지면 염이가 가장 먼저 나갈 텐데…… 이번에야말로 아내 배웅받으며 나가야죠."

"무랑이 때와는 다르군. 그때는 사흘을 곡하더니."

"옆집에 살 시커면 아들하고, 멀리 시집가 언제 볼지 모르는 어여쁜 딸하고 같나요."

"그런가?"

"네. 뭐, 예쁜 아이로 데려와서 좋다 싶네요."

"그래. 그런데 말이오—"

아내의 눈이 반짝였다. 소녀 시절을 생각나게 하는 얼굴을 보며, 채규는 품은 날카로운 것들이 녹는 것을 느꼈다. 아무 생각도 없어진다. 이것만 보면 될 듯 느껴지며, 누그러지고 약해지고 의지하고 싶어진다.

"부인은 이대로 돌아가는 거요."

"당신 오는 것만 보고 가려고 했어요."

"그래…… 그럼, 다음에는 내원에서 보도록 하지. 오늘은 쉴 테니, 곧 편한 시간에 만납시다. 너무 일찍 깨워 미안하군. 부인이 이리 마중 나올 줄 알았으면, 좀 늦게 올 걸 그랬어."

"괜찮아요."

그리고 아내는 무엇을 기대하는지 물끄러미 보았다.

"무슨 할 말이 더 있소?"

"아뇨……."

아내의 얼굴에 비친 쓸쓸함이 채규는 신경 쓰였다.

한마디 해야 할 것 같다는 생각은 들었다.

보고 싶었소.

그러나 어둠 속으로 천천히 침몰하며 사라지고 결국 아무 말도 못하고 만다.

"잘 들어가시오."

第十二章 인연의 칼날

사량은 아침에 제후가 돌아왔다는 소식을 들었다.

유 부인이 아침 일찍 내원으로 돌아오는 바람에, 늦잠 자며 놀던 시녀와 하녀들이 떼로 난리가 나는 와중에도 사량은 기절하듯 잠들어 있어 아무 소리도 못 들었다.

"세상에, 밤중에 오신 건가요?"

사량은 뛰어들어 온 시녀에게 벗은 몸을 들키지 않으려 애쓰며 물었다.

"네. 그렇다 합니다. 그런데 왜 그러고 계세요?"

"……아, 아무것도 아니에요."

사량은 제후가 꼭두새벽에 성문을 열게 하고 들어왔다는 말에 경악했다.

전쟁이 난 것도 아닌데 대체 무슨 급한 용무가 있어 그리 요란하게도 들어왔단 말인가.

"저기, 준비해야 하니 좀 나가…… 줄래요?"

"준비시켜 드리려고 온 건데."

"아뇨, 제가 할게요!"

필사적으로 내가 하겠다 하니, 시녀는 고개를 갸웃하며 나갔다.

어서 부인을 만나 인사해야 한다는 생각에, 사량은 급히 일어나 바닥에 섰다가 다리 힘이 풀려 휘청 쓰러졌다.

"……."

허벅지와 엉덩이가 욱신거리는 것을 느끼며 생각했다.

역시, 이 남자에게는 주의를 줘야겠다.

본인이 엄청나게 크고 힘이 세다는 것을 모르는 건가. 아니면 남자들은 다 이 정도인 건가. 비교할 데가 없으니 그 남자가 다른 남자에 비해 센 건지 큰 건지 모르겠다. 무염이 사량을 상대로 남자들은 원래 그렇다며 그 가엾은 표정으로 말하면 사량은 고개 주억거리며 '알았어요, 그렇다면 내가 노력해 볼게요.'라고 납득하게 될 테지.

한참 그렇게 누워 있다가 이래서는 안 되겠다 싶어 이를 악물고 일어났다. 그리고 거울을 보고, 가슴 위에 그가 남겨놓은 거창한 흔적을 발견했다. 이 곰 같은 남자가 내 몸을 가지고 뭘 한 거야!

마음대로 하라고 준 건 나지만, 이렇게까지 하라고 한 건 아닌데.

사량은 욱신거리는 몸을 일으켜 단장한 뒤, 유 부인을 만나러 갔다.

부인은 활짝 웃으며 반겼다.

"어서 와요. 주인이면서 손님을 내팽개쳐 두고, 미안해요."

"아닙니다. 다들 워낙 잘해주셔서."

"참, 곧 진행될 것 같아요. 금방 해줄게요. 염이하고는 그리 정겹게 지내면서 이리 떨어져 사니, 참 답답하겠네요."

"아, 아닙니다. 아직 혼인도 안 한 남녀는 유별하여 지내야 하지요."

사실 좀 전에 다녀갔어요. 그냥 다녀간 것도 아니네요. 죄송합니다. 다시, 허벅지가 아파온다.

"낭자의 혼주에게도 혼서가 갈 거랍니다. 아. 그리되면, 융금백도 오겠네요. 낭자의 동생이 온다고 하면 저기 저 화서항에서부터 여자들이 구름처럼 달려올 텐데, 그리되더라도 놀라지는 말아요."

"네……? 아, 네. 그래야지요."

무서운 것을 깨달았다.

그렇구나, 동생한테 편지를 보내야 하는구나.

뭐라고 말하지.

동생은 자신이 그 막무염의 처남이 된다는 사실을 알게 되면 바로 정신이 붕괴되고 말 것이다. 그래도 떠나는 날에는 사이가 좋아 보였으니 기대해 볼까. 아니, 아니. 드디어 서로 안 보게 되었다는 기쁨에 그리 행복해하던 것일지도 모르지 않은가.

천 리 길의 한 걸음을 딛듯 까마득해진다.

어떻게 한다.

잠시 생각한 뒤에 결론을 내렸다. 그 남자가 한 일이니 그 남자더러 하라 해야겠다.

다음날 오후, 사량은 무염의 처소로 갔다.

예상했던 대로, 처소는 텅 비어 있고 하인은 시원한 벽에 등을 붙이고 자고 있었다. 일을 하기는 하나 싶어 둘러보니 마당은 물론이요, 집도 구석구석 깨끗하게 치워지고 닦여 나가 있었다. 할 일은 하는 것 같다. 그 할 일이 능력에 비해 너무 미미한 게 문제일 뿐.

"이봐요."

사량이 툭툭 치자, 하인은 벌떡 일어났다.

"어! 아씨? 웨, 웬일이세요!"

"장 보는 것 좀 부탁해도 될까요."

"그럼요! 말씀만 하세요."

사량은 필요한 것을 이것저것 불러주었고, 하인은 잘 알겠다 말한 뒤 바구니를 들고 장을 보러 나갔다. 한 시진도 되지 않아 돌아온 하인은 시킨 것을 완벽하게 다 사오고 거스름돈까지 정직하게 들고 왔다. 사량은 거스름돈은 심부름값으로 준 뒤에 바구니를 받았다.

"수고했어요."

"소인이 병영으로 가서 공자 나리께 말씀드릴게요. 안 그러면 안 오시거든요."

"보통은 안 오나 봐요?"

"네, 잘 안 오세요. 거의 병영에서 먹고 주무시지요. 다녀오겠습니다!"

반 시진 정도 뒤에 하인은 무염과 같이 돌아왔다.

사량은 식칼을 든 채로 달려나와 무염을 맞이했다.

"어서 와요, 공자. 공자한테 부탁할 일이 있어서 왔어요. 공자가 그 일을 해주면, 저녁 먹는 것까지만 보고 돌아갈게요."

"뭔데."

"공자가 동생에게 편지를 보내주면 좋겠어요."

"내가 보내도 괜찮나?"

"내가 편지를 보내면 최대한 늦게 출발할 테지만, 공자가 편지를 보내면 받자마자 그날로 여기로 달려올 거예요. 어느 게 더 좋을까요?"

"내가 보내는 게 낫겠군."

"그래도 너무 심술은 부리지 말아요. 보내기 전에 검사할 테니."

그리고 사량은 식칼을 올렸다. 이마에 내려온 머리카락을 쓸어 넘기려 그런 것이었으나 사량이 이룩한 빛나는 전공을 아는 무염에게는 경고처

럼 보였다. 보내봐요. 그런데 잘 보내야 할 겁니다, 안 그랬다간 알죠? 하
하하.

"지금 얼른 써요. 아, 잠깐."

하인이 바구니 안에 든 생선을 꺼내다가 생선이 펄떡이는 바람에 놓쳤
다. 사량은 몽둥이를 들고 가, 단박에 생선을 후려쳐 기절시켰다. 모두가
숙연히 보는 가운데, 사량은 몽둥이를 들고 돌아섰다.

"뭐 해요? 어서 써요."

"……."

사량은 기절한 생선을 들고 부엌으로 갔다. 저런 여자가 시키는 거니
고분고분해야 하는 무염은 이 숙제를 어떻게 해야 할지 고민했다. 야, 갈
사징. 네 누나하고 결혼을 좀 해야겠다. 그리고 무슨 일이 있었는지 적어
보내면 당장 팔보산에서 뛰쳐나오긴 할 것이다. 그러나 정말 그리 적었다
간 그다음은 사량이 식칼을 박아 넣은 책상 앞에 빈 종이를 놓고 있어야
할 것이다. 하하하, 다시 한 번 써봐요. 뭐라고?

고민하며 서 있다가, 무염은 문 옆에 무언가가 걸려 있는 것을 보았다.

무염은 나가서 무엇인지 확인한 뒤에 사량을 불렀다.

"사량, 식칼 두고 여기로 와."

사량은 고개를 내밀어 무염이 가리키는 화등을 발견했다.

각양각색 꽃으로 치장한 등에는 축(祝) 자와 혼(婚) 자가 적혀 있었다.
그냥 화등이 아닌, 혼등이었다. 그 아래 쪽지가 붙어 있었다. 화양의 수호
자이자 투신인 형님의 혼인을 축하드리며…… 어쩌고저쩌고. 의례적이어
서 쓸데도 없는 말이 우아한 서체로 적혀 있고, 마지막에 본론이 들어가
있었다.

—이제 두 분은 혼인한 거나 마찬가지입니다. 형수님이 어디 가시려거든 붙

들어두세요.

화양 이공자 막무릉.

무염은 무릉의 쪽지를 건네주었다. 사량도 보고 피식 웃었다. 해사한 얼굴로 생글생글 웃던 젊은 공자가 참 귀여운 짓도 한다.

"재미있는 분이네요."

"그 녀석은 어머니 혼자서 만든 것 같아. 하나에서 열까지 어찌 그리 어머니만 쏙 빼박았는지."

"흠, 화양공 나리를 닮은 사람은 무건 공자인가요."

"아니. 건이는 수줍음이 많은 것뿐이야. 친해지면 정말 순한 아이란 걸 알게 될 거야. 친해지기 전에 일단 말이나 할 수 있어야 할 테지만."

사량은 다른 가족들에 대해 걱정하지는 않았다. 유 부인부터 다른 형제들까지, 좋은 사람들이다. 특히나 유 부인은 그 성품이나 관대함이나 대범함이나 정말 굉장하다는 생각이 들 정도다.

마음에 걸리는 건 역시 그 아버지이자 가장 중요한 막채규.

옆에서 보기에도, 화양공은 감정 표현을 안 하는 정도가 아니라 아버지로서는 물론이요, 주군으로서도 냉혹한 사람이었다. 아들이 승전을 하고 왔는데 마중조차 나오지 않았고, 습격을 받아 다친 아들을 돌아보지도 않았다.

"왜 그래."

"공자의 아버지에 대해 생각해요."

"아버지가 차가운 분인 건 나도 알아. 엄하고 예측도 잘 안 되지."

"너무 겁주지 말아요. 지금도 겁나니까."

"어차피 자주 뵐 분은 아니니 걱정은 마. 아버지 일은 내가 다 알아서 하지. 그래도 합리적인 분이라, 화양에 해가 되는 일은 안 하시니 걱정 마."

속은 따뜻한 분이라는 말도 없는 것에, 사량은 화양공에 대해서만은 각오를 단단하게 하는 편이 나을 거라 판단했다. 그리고 아무리 사량과 만날 일이 없는 시아버지라도, 그 아버지가 무염을 대하는 태도에 속상할 일은 많을 것이다.

"참, 오늘 밤에 아버지를 뵈어야 해."

"밤에요?"

"이경 즈음에 가봐야 하는데, 가지 말고 여기 기다리고 있어."

"낮에도 시간이 있는데 왜 하필 밤에 부르시는 거래요."

"원래 밤에 사람을 잘 부르셔. 대신, 밤이라 이야기는 금방 끝날 거야. 아버지가 하실 말씀이야 날짜하고 어느 정도 치레를 할지 정도일 테지."

사량은 무염의 부드러운 눈빛과 턱을 만지는 상냥한 손길을 느끼며 다 잊고 싶어졌다. 그러나 지금 화양공의 존재는 불길한 구름 같았다. 돌풍과 천둥 번개를 흩뿌린 뒤에야 사라지는 그런 구름. 일이 무난하게 진행될 거라는 생각은 해도 중간중간 속상할 일들이 있을 것 같아 불안했다.

무염은 사량의 턱에 입을 맞춰주곤 말했다.

"아무 걱정 마. 당신이 그런 표정이면, 내 속도 상해."

"알았어요."

무염은 사량을 데리고 안으로 들어가려다, 짐을 들고 서 있는 하녀를 발견했다. 하녀는 얼마 안 되는 사량의 짐과 청구가 들어 있는 새장을 짊어지고 있었다.

"안녕하세요, 공자 나리!"

하녀는 얼른 인사를 했다.

"뭐지, 너는."

"마님께서 보내셨습니다."

"어머니께서 무슨 일로?"

"이제부터 여기서 아가씨와 공자님을 모시라 하며 보내셨습니다. 여기, 이건 아가씨 짐이고요."

그리고 하녀는 보따리를 들어 보였다.

"어디다 놓을까요?"

사량은 기겁했다.

"이, 이게 무슨!"

"와, 돌아갈 필요도 없어졌네."

"공…… 공자가 그런 거죠!"

"아니, 나는 그런 적 없어요. 잘되었네. 어머니가 짐 보내셨겠다, 일 도와줄 하녀도 보내셨겠다, 살림은 차려졌고 혼례만 치르면 되는 거군."

"세상에, 막씨 집안 가풍은 이런 건가요. 속전속결!"

"그리고 백전백승."

무염은 청구가 든 새장을 처마 아래 걸어두었다. 그 옆에 탕탕이 쉬는 횃대가 있었다. 부엉이 냄새를 맡은 청구들은 어깨를 붙이고 벌벌 떨기 시작했다.

사량은 짐은 들어 처소에 넣고, 하녀는 부엌으로 데리고 갔다. 그동안 하인은 부엌에 얼씬대다가 무염에게 붙들려 쓸고 닦은 바닥을 또 쓸어야 했다.

저녁 준비가 끝나자, 사량은 무염을 불렀다.

"저녁 먹어요."

"진수성찬인가."

"기대하지 말아요. 진수성찬 만들 정도의 재주는 없어요."

준비한 것은 살짝 맵게 한 완탕국에, 야채 조림, 쇠고기를 바짝 구워

야채와 같이 볶은 요리에 생선찜이었다.

"할 수 있는 요리가 다양한 건 아니라, 어느 정도 지나면 또 같은 게 나올 거예요. 그래도 반찬 투정하지 말기."

"맛있다는 것만 기억하고 다른 건 다 잊을게. 매일매일 같은 것을 줘도 기억 못할 테니 걱정 마."

"그럼, 내가 도리어 질려서 가끔 이상한 요리를 발명해 낼지도 모르는데요."

"돌을 갈아줘도 맛있다고 할 거야."

사량은 흐 웃었다. 과연 그래 줄지, 궁금해서 한번 해보고 싶어진다. 무염의 앞에 차를 따라주고 밥그릇의 뚜껑을 열었다.

해가 저물어 돌아온 부엉이는 자기 횃대에 앉아 있는 원숭이를 발견했다. 원숭이는 얼어붙었으나, 부엉이는 그 옆에 앉아 몇 번 부우 울고는 가만히 있었다. 원숭이가 소슬해진 가을바람에 몸을 떨었다. 탕탕이 날개를 펼치더니 원숭이를 끌어안아 당겼다. 어리둥절하던 원숭이는 따뜻한 날개 사이에 몸을 묻고 기분 좋은 표정을 지었다.

후식으로 차게 식힌 과일이 나오며 식사는 끝났다. 하녀는 식후차를 내온 뒤 설거지를 위해 그릇을 가지고 갔다.

해는 이제 저물어 어둑한 가운데, 바람은 서늘해진다.

무염이 식후 차를 음미하는 동안 사량은 비파를 들었다.

"무슨 노래 듣고 싶어요?"

"이제 가을이니, 뭐…… 술 권하는 노래 정도면 좋겠네."

"검은 머리 위로 흰 눈이 내리고, 붉은 노을과 함께 저 서산으로 흘러간 강물은 돌아오지 않는구나……."

"기분 처량해지는군. 다른 걸로 할까."

"그럼……."

비파의 선율이 녹아드는 가을 저녁, 파도 소리를 품은 바람은 서늘하고 화양 하늘을 적시는 노을은 붉었다.

봄의 구름이 가고
여름의 해가 지네

술잔 속 아롱지는 중양의 달이여
달빛 젖은 하늘은 푸르고

내일 아침은 가을의 붉은 낙엽
모레는 산비탈 위로 소금 같은 흰 눈

오늘 술잔에는 향긋한 당신의 웃음이 고이네

노래와 함께 어둠이 내리고 귀뚜라미가 소리가 익어가니, 공공은 잠들고 부엉이는 다시 밤 사냥을 떠났다.

어느새 무염이 등 뒤로 와 있고, 사량은 그의 가슴에 머리를 기대고 있었다. 등에 닿는 체온은 따뜻하고, 머리카락을 쓸어내리고 어깨를 매만지는 손은 참 다정했다.

노래 하나가 끝나고, 속삭임이 이어진 뒤 다른 노래가 시작되었다. 그 노래를 알아들은 무염이 따라 불렀다.

처마 끝에 금빛 햇살 어리고
창백한 구름에 붉은 동백꽃 빛 물드는구나

맑은 물가에 흰 조약돌
초록색 연잎 아래 알록달록 잉어 떼

흰 배꽃 날리는 하늘 아래 검은 머리
진주빛 발끝에 얹힌 쪽빛 신

아, 그대
여길 봐요, 거기 말고 여기

비파 소리와 함께 사량의 웃음이 터졌다.

"연애시를 아네요. 무장이라, 그런 거에 관심 없을 줄 알았더니."

"한꺼번에 외운 적이 있거든. 언젠가, 내가 열여덟일 때 황상께서 온 성의 무장들을 부른 적이 있지. 당시 우동관이 장남인 우범신을 데리고 갔고, 아버지는 나를 데리고 갔어. 원래는 무릉이를 데리고 갔어야 하는데, 분명 우동관이 우범신을 자랑할 텐데 어린 무릉이로는 안 될 것 같아 아버지께서 나를 데리고 가신 거야."

"그리고 어떻게 되었어요?"

"황상께서 재미가 들리셨는지, 나와 우범신을 대결 붙이셨지. 황상이 나와 지켜볼 줄 알았는데, 태자가 나와 지켜보더군. 나나 우범신이나 황상이 아닌 태자가 거느려야 할 연배니 그러셨겠지. 그날 내가 이기긴 했지만 별다른 건 없었어."

"나도 기억나요. 아버지도 가셨거든요. 황상께서 젊은 장수들을 보고 싶어하시는데, 한번 가늠해 달라고."

"나도 보셨을라나."

"당연히 봤겠죠. 산속의 젊은 범처럼 가장 **빼어났을** 텐데. 눈여겨보시면서 생각하셨을지도요. 저걸 물어다 내 딸한테 줘야지."

사량의 말에 무염은 기가 막혀 웃었다.

"그때로 돌아갈 수 있으면 당신 아버지부터 찾아서 발목 잡고 사정할 거야. 아직 어린 건 알지만, 일단 따님부터 주십시오."

무염은 사량의 머리카락을 매만졌다. 검은 물결 같은 머리카락이 손에 부드럽게 감긴다. 그 조그마하던 시절에도 참 귀여웠을 테지. 둥근 볼은 앙증맞고, 검은 눈은 아기 새처럼 천진하고.

이러니, 또 분해진다.

그 시간을 아는 사람들에게, 모르는 자신에게.

"그런데 시는 왜 외웠던 건가요."

"대장장이로 살던 녀석이라, 행여 무식하다는 소리를 듣고 망신당할까 봐 떠나기 전에 되는대로 무작정 외웠어."

"써먹었어요?"

"아니, 하나도."

무염은 사량을 더 깊이 안았다. 비파 소리는 멈추고, 품 안의 사량은 기분 좋게 기대온다. 따뜻한 머리카락 속에 얼굴을 묻으며 무염은 생각했다. 혼인을 해도 이 여자를 두고 참 많이 나가야 할 테지. 몇 번이나 작별하고 사지로 가야 할 것이다.

그래도 예전과는 비할 바 못 될 것이다. 이 여자가 기다리고 있다고 생각하면, 화양으로 향하는 길로 들어서기만 해도 들뜨다가 화양이 보이면 좋아 어쩔 줄 모를 테지.

다시 속삭여 주고 싶다.

사랑하는 내 여자, 아끼는 당신. 진주처럼 무결하고 꽃처럼 향기로운 당신.

그렇게 조용한 가운데, 무염은 사량의 허리를 잡아 끌어당겼다. 입술에 다른 입술 끝이 닿고, 손은 벌써 옷자락을 헤치고 있었다. 사량이 그의 옷깃을 당겼다.

"제후 나리를 찾아가야 하잖아요. 늦으면 어쩌려고."

"이 정도 시간은 있어."

"당신이 금방 마친 적이 있기나 했나요."

"나는 그러고 싶은데 당신이 너무 매달려…… 윽."

사량은 그의 어깨를 쳤다.

"그런 적 없네요."

"기억이 안 나서."

"바로 그제였는데."

"거봐, 너무 오래된 거 맞잖아."

목덜미에 얹힌 손이 내려가고 그 손이 허리띠를 풀었다. 옷이 벗겨져 내려갔다. 그의 입술이 쇄골을 애무하며 부드럽게 속삭여 왔다.

"조금만."

"늦는다니까."

"안 늦게 한다니까."

간절히 애원하며, 그 손이 목덜미의 머리카락을 걷어냈다.

"아버지가 화가 나셔서 내년에나 결혼하라고 그러면 어쩌려고 그래요."

"당신이 아버지를 몰라서 그러는 것 같은데, 아버지는 언제 화를 낼지, 무엇에 화내는지 본인도 모르는 분이야."

"어마어마한 시아버지라고 미리 으름장 놓는 건가요."

"그런 셈이지. 그런데 시아버지 싫다고 도망가는 건 불가능하니, 그리 알아. 시어머니, 시동생들, 심지어 시집간 시누이까지 내가 다 포섭해 놨어요. 당신이 사라지면 한마음 한뜻으로 잡다 내 앞에 대령해 줄 거야.”

푹, 웃는 얼굴 위로 입술이 다가왔다.

이런, 이런. 또.

사량은 그 품에 안기며 이번에도 무염이 원하는 대로 하기로 했다. 틀어 잡혀 사는 건 완전히 기정사실이 된 것 같으니, 이제는 포기하고 익숙해지지 뭐.

“늦지 않게요.”

“그냥 늦지, 뭐.”

“……..”

뭐라 답하기도 전에 그가 입술로 사량의 숨을 삼켰다. 건장한 몸에 불길이 오르고, 사량은 두 팔로 안았다.

속삭여 주고 싶다.

사랑하는 내 남자, 구름처럼 부드럽고 햇살처럼 따뜻한 당신.

막채규는 흑루연 검은 물을 내려다보았다.

낮에도 어두운 연못이 밤이라 아예 검고도 검다.

어린 시절 저 검게 물결치는 물 아래로 가라앉으면 아무도 발견하지 못할 거란 생각을 하곤 했다. 이 물을 보면 다 같은 기분이 드는지, 이 근방으로는 그의 큰형조차도 오지 않았다. 정말 무서워서 말이다.

그나저나, 아들은 언제 오려나. 정확한 시간에 만날 생각이었다면 시종을 보냈을 것이다. 되는대로 오라고 그리 말한 것이고, 차라리 더 늦게 왔으면 좋겠다 싶기도 했다. 내일 만나자고 할까 생각하는데, 하인이 와서 아들이 왔다 말했다.

"오라고 해라."

잠시 뒤 무염이 왔다.

급히 달려온 듯 숨을 몰아쉬다, 허리를 숙였다. 채규는 난간에 얹었던 팔을 떼고 돌아섰다.

"어서 오거라."

"늦어서 죄송합니다."

"늦은 것이 아니다. 제대로 왔어."

채규는 그리 말하며 아들을 보고, 그 얼굴에 문득 놀랐다. 얼마 전만 해도 눈도 마주치지 않으려 하던 아들이, 지금 아버지의 말을 기다리며 마주 보고 있다.

"아버지."

"그래. 알았다."

아버지라. 이 아이를 어미와 보내고 열네 해가 흐른 뒤 다시 보았을 때, 낯선 사내가 집으로 들어온 기분, 침입자를 방 안으로 맞이한 주인의 기분이었다.

불길함과 경계심은 애정보다 먼저 찾아왔고, 그것이 일단 자리를 다 차지하자 애정 같은 것은 싹틀 수 없었다.

아내가 남편인 막채규에 대해 포기하기 시작한 것도 그즈음이었다. 요구하지 않는다는 것은 대체제로 충족되었다는 뜻이다. 아내와 이 아이가 같이 있는 것이 눈에 뜨일 때마다, 채규는 무엇이 자신의 대체제가 되었는지 모를 수가 없었다.

집안은 전보다 평화로워졌지만 채규는 도무지 좋지 않았다.

그리고 그 의심.

확신.

그래서 그날 전장으로 보내며 이게 옳다고 생각했다.

상황이 어떤지 뻔히 알면서도 잘 싸우라고 했다. 그 눈에 비친 절망과 슬픔을 보면서 돌아섰고, 그다음 안도했다.

잘 가라, 이제 우리 둘이 볼 일은 없겠지.

그리, 없어야 했다.

"네 혼사 말이다."

"네."

"진행해라."

아들의 얼굴이 환해졌다. 아버지가 직접 이리 확인해 주니, 안도와 감사함으로 정말로 기뻐하고 있다. 처음 본다, 저리 좋아하고 감사하는 얼굴은.

그 얼굴을 보니, 여태 속에서 끓던 것이 확 식는다. 저 표정 그대로 놓아두고 싶었다. 채규 자신이 놀라울 정도다. 아들의 감사한 얼굴에 자신이 저리해 주었다는 데 뿌듯함 비슷한 감정까지 들며, 이대로 그냥 놔주고 싶어진다. 그래, 그래, 행복하게 잘살아보라 하면서. 이대로 돌아가 일이 다 끝났다 말하고 다 잊어버리고 싶다.

"감사합니다."

"언제고 할 일 아니더냐. 감사할 것까지야."

"그럼, 혼서는……."

"염아, 일단 혼처가 정해져야 혼서를 보내지. 뭐든 순서가 있어야 하는 법이니, 재촉하지 마라."

"네?"

아들은 뭔가 이상하다는 것을 느꼈다.

불길함을 감지한 눈이 흔들렸다.

"융금으로 보내기만 하면 되지 않습니까."

"아니, 그곳이 아니다. 나는 아직 네 혼처를 정하지 않았어."

"아버지."

무염은 대체 무슨 말을 들은 건가 싶었다.

분명 황제에게 말했고, 황제는 잘 처리해 주겠다고 했다. 어머니 역시 아버지가 그리 말했다고 전했다. 오면서 기대한 것은 하루라도 당겨진 날 짜였지, 이런 말이 아니었다.

"그 사람은……."

"네가 말하는 것이 융금의 그 아이라면, 그 아이는 네 혼사의 상대가 아니다."

"무슨 말씀이십니까."

"지금 네가 달라 하는 그 아이와는 허혼하지 못한다는 거다. 혼인은 시 켜준다. 단, 그 아이는 아니란 거야."

무염은 아버지가 또 시작인가, 싶었다. 이리저리 트집을 잡아대고 온 갖 이유로 안 된다고 하다, 진이 다 빠질 무렵에야 하라고 하는 것이 아버 지 방식이다. 어쩐지 이번에는 쉽게 된다 싶었다, 그리 생각하며 말했다.

"왜 그러십니까. 이유를 말씀해 주십시오."

"그 아이에게 약혼자가 있고, 아직 살아 있으니."

"네?"

무염은 턱에 힘이 들어갔다. 불로 달군 칼 같은 것이 가슴을 확 파고들 고, 위로 솟구치는 것 같았다.

끓어오르는 분노를 가시게 하는 데는 조금 시간이 걸렸다.

이 상황에서 그놈의 존재가 튀어나올 거라고, 상상도 해본 적이 없었 다. 조금 전, 사량과 그녀의 아버지 이야기를 할 때조차도 생각 안 했다. 사량이 상복을 입고 있을 때나 신경 쓰였지, 지금은 그녀가 약혼을 했었 다는 사실조차 잊고 있었다.

"살아 있다니요."

"살아 있어."

"정말…… 입니까."

"이게 농담으로 들리느냐. 정 못 믿겠다면, 여기로 불러와 네 앞에 세워줄 수도 있다."

무염은 간신히 참아냈다. 어떻게 된 거냐 따지는 건 무의미하다는 것을 알기에. 아버지와 같이 지내며 단련한 인내는 다행히 이번에도 힘을 발휘했다.

"그럼, 파혼하면 되는 일입니다."

"너는 파혼할 약혼도 하지 않았다."

"아니, 저 말고 그 남자 말입니다! 조금 걸리겠지만, 갈사징을 통해 파혼하도록 하겠습니다."

"아버지가 정한 혼사다."

"자식이 아버지가 정한 혼사를 파할 권한은 없지만, 부모나 형제를 해하거나 재산을 훔친 자, 신의를 배반한 자들은 괜찮습니다. 그자의 경우 전장을 떠났으니 장수의 신의를 저버렸고, 융금백의 목숨을 지키지 않았으니 그 부모를 해한 것이나 다를 바가 없습니다."

"자신만만하구나."

무염은 그 남자가 살아 있다는 것에 놀라긴 했지만 불안하지는 않았다. 그녀가 좋아하지도, 그리워하지도 않던 남자다.

그저 괘씸할 뿐이다. 꽃밭에 오물을 뿌린 것 같고 옥을 시궁창에 던진 것 같은 기분이다. 네가 뭔데 그녀를 더럽혀.

"어디 있는지 아시면 말씀해 주십시오. 제가 직접 이야기할 테니!"

"그 아이 모르게 처리할 생각인 거냐."

"네. 제가 알아서 할 테니, 그 문제로 혼인을 불허하지는 마십시오."

"정말 알아서 할 수 있는 거냐."

"네. 그리하겠습니다. 맡겨주세요. 아무 문제 없이 처리하겠습니다."

"염아, 나는 네게 제안을 한 거란다."

무염은 손에 힘이 들어갔다. 다시 견디기 힘든 시간이 시작되려 한다는 것을 본능적으로 깨달았다.

아버지가 이런 식으로 나오면 항상 힘들게 된다. 은근한 경멸, 버거운 명령, 하지 못한다면 쏟아지는 비난과 냉소, 무슨 일을 하더라도 그 어떤 보답도 없을 거라는 무언의 예고.

"무슨 제안인 겁니까."

"그 아이에게 대기 가장 핑계가 좋은 파혼 말이다."

"제가 그런 말을 할 리 없지 않습니까."

"염아, 나는 네가 융금백의 누이와 결혼한다고 할 때, 많은 생각을 했다. 네가 융금을 점령하지 않은 것, 하필이면 상산으로 향하는 길목에 있는 융금인지. 그리고 왜 그 융금에다 군사를 오천이나 두고 온 것인지."

"말씀드렸지 않습니다. 상산과 대립하게 되면 어차피 융금의 협조가 필요합니다. 팔보산은 산세가 험하니, 그 지역 출신의 협조가 없으면 제대로 군시를 다룰 수 없습니다."

"그리고 그 누이와 결혼하면 더욱 돈독해지겠지. 상산으로부터 화양을 지킬 수 있기도 하지만, 상산의 군사를 화양으로 안전하게 들여보내 줄 수도 있는 문제 아니냐."

"그런 생각은 한 적도 없습니다, 아버지. 대체 무슨…… 제가 대체 왜 그런 생각을 합니까."

"상산이 아니더라도, 황상이 온 길을 한번 보려무나. 황상은 화서항이 아닌, 융금의 소금하를 통해서 왔더구나. 즉, 융금백은 황제가 지나감에도 불구하고 내게 말하지 않았단 거지. 융금백만이 아니라, 네 수하인 곽안도."

"곽안은 아버지 벗이기도 한 곽 장군의 아들입니다."

"그래, 알아. 그런데 자, 여기서 말이다, 아들아. 네가 상산과 아무 관련이 없다면, 나는 황상과의 관계를 묻고 싶구나. 네가 습격이 있던 다음 날 용주를 찾아갔다는 것도 알고 있고, 그곳에서 황상과 직접 만나 이야기를 나누었다는 것도 알고 있다. 네가 이야기했으니. 그런데 그 습격, 내가 죽을 뻔했던 그 습격은 우동관이 했다 하나 황상이 머물던 운평관을 넘어서 가해졌지."

"아버지, 지금……."

말도 안 된다 하려다, 무염은 지금이 아버지가 의심하려고 작정하면 얼마든지 할 수 있는 상황이란 것을 깨달았다.

사소한 것도 의심하는 아버지인데, 이 정도면 열 번 정도 확신하고도 남을 상황이다.

"아버지."

"너는 상산과의 전쟁만을 말하는데, 실제 전쟁은 상산과 황상이 치를 거다. 모든 징조가 그런데, 너는 그리만 말하지. 그렇게 황상이 우동관과 전쟁을 하려 한다면, 네가 제후인 게 나을까 내가 제후인 게 나을까."

"아버지, 제발 부탁드립니다."

"당장 변란이 난다면 병사들이 누구 명령을 먼저 들을까. 나일까, 너일까."

"대체…… 그만둬 주세요!"

"이러니, 너의 결혼을 허락할 수 없다는 거다."

"믿어주십시오. 아무 관련 없습니다. 저는 아버지 아들이고, 동생들이 아버지의 뒤를 이어 제후가 될 거라 의심해 본 적조차 없습니다. 동생들은 아버지의 아들들이고, 제 동생들입니다. 대체 왜…… 제가 왜 그런 짓을 합니까!"

"정말 그렇다면 지금 내 결정에 따라. 고작 여자 일로 우리 둘 사이에 걸리는 건 없어야 하는 것 아니겠니. 다른 혼처는 금방 구해주겠다."

"다른 혼처는 필요 없습니다! 그저 아무와 결혼만 하면 된다고 이러는 게 아니라는 것, 아시지 않습니까!"

"닥쳐!"

아들은 멍하니 아버지를 보았다.

처음에는 놀라고, 그다음에는 눈이 떨려온다.

뭐가 터지려나, 싶은 순간이다. 바늘 하나 굴러도 천둥처럼 들릴 침묵이었다.

"십……."

가느다란 떨림을 참으며 아들이 말했다.

"십사 년입니다, 아버지."

안다, 라고 말하고 싶었다. 벌써 그리되었나, 라는 생각과 함께.

"저는 그간 아버지를 거역한 적도 불평한 적도 무얼 요구한 적도 없습니다! 가라는 곳은 시궁창이든, 관을 메고 가는 거나 다를 바 없는 사지라도 갔고, 하라는 것은 무엇이든 했습니다! 그 모든 것을 하며 제가 바란 것도 해달라 했던 것도 없어요……. 땅을 바란 적도, 포상을 바란 적도 없습니다! 저를 후계자로 인정해 달라 한 적도 없고…… 아니, 애초에 아버지 아들로 인정해 달라 한 적조차, 애정과 친절조차 바란 적이 없잖아요. 그렇게 십사 년을 견뎌…… 왔다고요!"

이 가는 소리와 함께 나온 말이었다.

채규는 자신이 건드리지 말아야 할, 감당하지 못하는 것을 건드렸다는 것을 깨달았다.

폭풍이 몰아칠 것 같다.

아주 지독한 것으로.

"아버지, 제가 처음으로 부탁드리는 겁니다! 처음으로 달라 하는 겁니다! 단 한 마디만 하면 되는 겁니다, 단 한 번만 허락하면 되는 겁니다! 단…… 한 번! 제발요……."

안 된다 말하기도 전에 아들의 손이 막채규의 옷을 잡았다.

섬뜩한 기분이 등골을 타고 내려간다.

옷을 잡은 손이 너무 강하다. 새삼 아들이 얼마나 압도적인지, 그보다 얼마나 더 강한지, 가까워지자 깨달았다.

"아버지, 제발…… 부탁드립니다."

"놔……."

"한마디만 해주면 저는 다시 돌아갈 겁니다. 아버지가 시키는 대로 하고 아무것도 바라지 않는……! 개처럼 복종하고 마소처럼 견디는! 그러니…… 그러니 아버지, 한 번만. 부탁하라면 부탁하고, 빌라 하면 빌고, 하라는 건 뭐든 하겠습니다. 제가 잘못한 것이 있다면, 어떻게든 빌 테니, 아니, 제가 잘못했으니까, 그러니 이번 한 번만 해주시면 됩니다!"

"하지 마."

아들은 고개를 저었다.

"뭐든 제가 잘못했으니…… 제발, 저한테 이러지 마세요."

섬뜩한 공포와 함께 두통이 일고, 이어서 드는 생각은 이건 도저히 안 되겠다는 것이다. 이렇게 똑바로 보며 온몸을 던져 애걸하는 아들은 견디기 힘들었다.

간절하게 부탁하고야 있으나, 거절당하면 어찌 될지 보인다. 이리 밀리는 채로 허락하면 밀려서 굴복하는 것이다. 그리고 그것이야말로 두려워하던 일이다.

"그럼, 융금에 있는 곽안에게 영을 내리마."

"무슨 명령을요!"

"당장 융금백의 목을 치고 성을 차지하라고. 그리고 나는 그 아이에게 말해줄 테지. 왜 그리된 것인지."

아들의 얼굴에 경악과 절망이 차올라 왔다.

"아니면 그 아이에게 직접 제안할지도 모르겠구나. 너를 떠나 동생을 지키든지, 아니면 너와 함께하여 동생을 죽이든지."

"그러지…… 마십시오! 그 사람에겐 아무 말도 하지 마세요!"

"그 아이가 어떻게 할까. 배짱을 부릴까, 겁에 질려 당장 고향으로 돌아갈까. 당연히 돌아가겠지! 그러니 진즉에 이리 말할 걸 그랬구나! 아니, 그럴 필요도 없지. 지금 그 아이에게 약혼자가 살아 있다는 것을 알리게 했으니."

무염은 심장 아래에서부터 불길이 치솟는 기분이었다.

그제야 보령이 사라졌던 것이 기억났다.

그날 새벽에 서늘한 비웃음과 함께 보령이 건넨 인사는 혼인 축하 인사말이 아니었다. 과연 잘되나 보자는 예고였다.

"설마, 여기 있습니까."

"그래. 지금쯤 알게 되었을 거다. 아마 그 약혼자를 만나러 갔을 테지. 파혼을 해달라 부탁하든 그냥 떠나달라 부탁을 하든, 어쨌든 만나러 갈 테지. 그리고……!"

채규는 절망한 아들의 얼굴을 보고 말을 흐렸다. 창백하게 굳어, 흔들리고, 무너지려 한다. 온갖 얼굴을 보았지만 이것만은 견딜 수 있는 수준을 넘어섰다.

채규는 젖은 이마를 쓸어 올리고 고개를 저었다.

"문제는 이것으로 끝내자. 이게 마지막이 될 거다."

"묻고 싶습니다."

"뭘 또!"

"그 약혼자가 살아 있는 줄은 어떻게 아셨습니까."

"그야……."

"저는 동량 전투를 제 눈으로 직접 보았습니다. 살아남은 자가 없는 전장이란 게 무엇인지 똑똑히 보았어요. 그 전장을 보며 생각했습니다. 이 전장에서 대체 누가 살아남았을까."

"그……."

"그리고 왜 이렇게 무너졌을까."

"……."

"태자의 군사였던 갈화징은 대체 무엇을 기다리느라, 그날 전열을 다듬지 않았을까. 딱 하루만 더 전에 준비했어도 이다지도 무너지지는 않았을 것을. 그리고 북명이 하필이면 그날 공격하지만 않았더라도 괜찮았을 것을. 아니, 북명이 그날이 가장 좋다는 것을 그리 정확히 알지 못했다면 아무 일도 없었을 것을."

"그만……."

"이 전장은 마치 팔이 부러진 자가 가장 고통스러울 때 치른 전장 같다고, 그리 생각했습니다."

"그만!"

"누군가, 분명 군사인 갈화징에게 약속했을 겁니다. 충분한 지원군, 지원군이 갈 날짜. 태자가 이끌던 황군과 융금의 군사는 그 약속의 날을 기다렸을 겁니다……. 그 지원군이 고작 팔천을 헤아리고, 그 군사를 이끌고 갈 장수는 그날 처음 군사를 지휘해 본 애송이란 것도 모르며."

"……무슨 말을 하고 싶은 거냐."

"아버지께서 이상해서 알아봤습니다."

"대체 뭘."

"아버지가 왜 그렇게 융금에 대해 예민하신 건지. 아버지와 갈화징이 벗이었다는 것, 맹주이기 이전에 서로 믿는 사이였다는 것을 알게 되니 더 이상해집니다. 그래서 알아보았습니다. 그때 아버지의 전령이 누구에게 갔었는지…….”

채규는 속에서 무언가가 치솟는 기분이었다.

그런 말 하지 마.

무염은 아버지의 굳은 얼굴을 똑바로 보았다.

“그리고…… 아버지는 모두가 전몰한 그 전장에서 가장 먼저 죽었어야 할 자가 살아 있다고 말하고 계시는군요.”

“너는…….”

두통이 끔찍하게도 인다. 이 정도까지는 감당할 준비가 되어 있지 않았다.

그것만은 안 된다고, 그것만은 알아서는 안 된다고, 다른 사람이라면 몰라도 너는 알아서는 안 된다고 고함이라도 지르고 싶다.

무슨 말을 하려 했더라, 그러나 두통 때문에 눈이 흐려졌다.

분노와 짜증이 일시에 치밀었다. 제발 좀 닥치라고, 그만하라고! 네가 알면 안 되는 거다. 네가 알면!

“그래서 안 된다는 겁니까.”

“넌…….”

“아버지가 괴로워서 싫다는 겁니까. 아니면 그 사람이 그 사실을 알게 되면 복수라도 할까 봐? 제가 그 사람 뜻에 따라 움직이기라도 할까 그러십니까! 그래서 그 모든 것을 의심의 눈으로만 보신 겁니까? 황상도, 저도!”

이것까지는 아니었어.

아니라고, 아니야.

머리도 아프다. 채규는 이마를 감싸 쥐었다.

"넌……."

앞이 캄캄해지고 머리가 쑤시는 것을 느끼며, 채규는 두통과 함께 말했다.

"죽었어야 했어."

아들의 눈이 일순 얼어붙었다. 충격과 경악 속에, 아들의 눈이 아버지를 바라본다. 드디어, 칼에 찔리고 목이 졸린 듯.

"그날…… 젠장, 죽었어야 했다고!"

채규는 이제는 더 견딜 수 없었다.

두통이 심해도 너무 심했다. 지르고 질러야 이 고통에서 벗어난다.

"애초에 질 전쟁이었어! 이틀에 질 전쟁이 반나절에 질 전쟁이 되어버린 것뿐, 질 전쟁이었어! 상산과 북명으로부터 화양을 지키기 위해서는 별수 없었어! 그런 대패를 거듭한 남위군에 무슨 희망이 있지? 그래서 그리했어. 황제를 배신하고 친구를 속였지! 친구의 측근을 매수하고…… 그러니 내가 판세를 뒤집는 건 아니라고, 내가…… 그를…… 갈화징을 죽게 만드는 건 아니라고! 그 역시 죽음을 각오하고 왔을 테니. 그런데!"

바라보는 아들의 눈이 천천히 무너지려는 것을 보면서도, 채규는 고함을 질렀다.

"그런데 네가 이겨 버렸지! 질 전쟁을 이길 수도 있는 전쟁으로 만들고 반나절이 아닌, 하루만 버텼어도 이길 수도 있는 전쟁으로 만들어 버려! 내가 배신하고, 그 측근을 매수해서 진 전쟁이 되어버렸지!"

이제 멈출 수 없는 말들이 쏟아졌다. 속 안에 귀신이 들어간 것 같다. 그 귀신이 미친 듯이 말한다.

"그런데 네가 이긴 뒤 위험해진 것은 화양이었지. 네가 승리한 그날, 상산군은 황성이 아닌 화양을 향해 올 수도 있었어! 네가 이기는 바람에, 상산과의 협약은 없던 일이 되었지. 갖은 수를 다 써서 간신히 화양만은 전화를 피하게 만들었는데, 네가! 네가 엉망으로 만든 거다!"

아들이 아랫입술을 무는 것이 보였다. 무언가 터져 나오려는 것을 참고 있다.

채규는 이제 무릎을 꿇으라 하고 싶었다. 제발 좀, 고개를 숙이고 없던 일로 하겠으니 돌아가겠다 말했으면 좋겠다.

그런데 왜 계속 그곳에 있는 거냐고, 이제 제발 좀 끝내게 하라고! 어서, 잘못했으니 그냥 끝내자 하고 돌아가! 예전처럼 그러라고! 항상 그랬던 것처럼.

왜 안 하는 거냐.

"내 양심을 대가로 치르고 얻어낸 협약이었어. 그런데 네가 다 망쳤어! 네가 승승장구하는 동안, 나는 언제 상산이 쳐들어올지 몰라 전전긍긍하며 불안해해야 했지! 너는 애초에 그날 죽었어야 했어! 돌아오지 말았어야 했다고! 네가 갈 곳은 관 속이었지, 여기가 아니었다고!"

외쳐 대고 채규는 숨을 몰아쉬었다.

바라보는 아들의 턱이 떨리며, 간신히 한마디가 나왔다.

"……왜……."

"…….."

"……왜!"

왜냐고 묻는 말에 답할 수가 없었다.

그때는 잘한 결정이라 생각했다.

문제를 해결할 유일한 방법이라 생각했다. 그저 너는, 구색만 맞춘 병사를 끌고 가 그곳에서 죽어주기만 하면 되는 거였다고.

그런데 아들의 얼굴을 보자 눈앞이 보이지 않을 정도로 흐려진다.

이건 아닌데. 이런 눈까지 볼 생각은 없었다고. 머리가 아프다. 평소의 송곳이 박히는 것 같은 그런 아픔이 아니다. 이것은 머리에 칼을 꽂아 넣고 비트는 것 같다.

머리만 아픈 게 아니었다. 가슴이 아프다. 머리보다 아픈 것이 가슴, 머리는 쪼개지는 것 같은데 가슴은 찢어지는 것 같았다.

왜 이런 건지.

도무지 알 수가 없다. 왜 아프지 말아야 할 곳이 아픈 건지.

"저는……."

아들의 턱이 가늘게 떨리고 그 눈이 더 흐려진다. 탄식이 타오르듯 목에서 터지며, 아들이 말했다.

"아버지에게 기대하는 것도, 바라는 것도 없다고 생각했습니다…… 그러니 무슨 말을 들어도 견딜 수 있을 거라고, 아무렇지도 않을 거라고……. 그런데…… 그런데, 제가 잘못…… 잘못 생각한 것 같군요."

채규는 멍하니 아들의 얼굴을 보았다.

마주하는 아들의 눈에 어린 흔들림 위로 빛이 맺혀갔다.

"하늘이 없어도 무너지고, 땅이 없어도 꺼지는군요."

아들의 시선이 어둠 속으로 사라지며 떨리는 숨소리가 들려왔다.

"산산이……."

무염은 길게 고통의 비명을 토해냈다.

"이리도…… 산산이!"

박살나고 무너지고 깨지고 흩어진다.

말을 주워 담고 싶었으나 이미 깨져 흩어지는 파편 한 조각 손에 들어오지 않고, 그 파편이 하나하나 살에 박히는 기분이었다.

이런 것까지 보고 싶지는 않았어.

찢겨진 북처럼, 이제 아무 소리도 나지 않게 된 가슴이라 생각했는데 아니었다. 울리지 않았던 것뿐, 찢겨지지는 않았다.

고개를 숙이고 새카맣게 덮여가는 눈으로 바닥을 보다, 간신히 말했다.

"미안……."

그 말이 목에 올라왔다.

미안하다. 평생 할 일이 없을 거라 생각했던 그 말이 그 북에서 울려 나왔다.

"미안하다."

있을 수 없는 일이라 생각해서 두려워하지도 않았는데, 정작 닥치니 온몸이 무너진다.

지금, 저 아이 때문에 아프다.

돌이킬 수 있다면 무엇이든 하고 싶을 정도로, 이러지는 말라고, 애걸하고 싶을 정도로 아프다.

그러나 고개를 들었을 때 앞에는 아무도 없었다.

그저 비참한 적막뿐.

잠에서 깬 사량은 아직 집이 적막한 것을 알았다.

무염이 없다. 일어나면 분명 그가 옆에 와 있을 거라 생각했다. 옆에서 자고 있거나, 아니면 뭔가 한두 마디 하고는 내일 아침까지 자라고 말할 줄 알았다. 그런데 그는 아직 없고, 이 불길한 고요는 무언가.

금방 올 거라는 생각은 하지 않았지만, 오래 걸려도 너무 오래 걸린다. 사량은 침대에서 일어나 옷을 챙겨 입고 밖으로 나갔다. 무염은 밖에도 없다. 뜰과 서재를 둘러보고 다시 침소로 돌아와도 없다.

대체 뭐가 이리 오래 걸리나 생각하는데, 등 뒤에서 기척이 느껴졌다. 사량은 무염이길 기대했지만, 돌아보기도 전에 서늘한 목소리가 들렸다.

"드디어 일어났네요."

사량은 뜰에 앉아 있는 여자를 발견했다. 아는 얼굴, 예전에 이 성의 본관에서 만났던 바로 그 여자다. 날씬한 몸매에 맑은 살결을 가졌으나 눈빛은 몹시도 서늘하던 그 여자.

"만난 적이 있는 분이네요."

사량의 말에 여자는 웃었다.

"그때 저를 속였더군요, 낭자."

"솔직하게 말했다면 놓아주지도 보내주지도 않은 채로 실랑이를 했을 걸요. 다시 만날 일이 없을 거라 생각했는데, 이리 만나는군요. 여긴 무슨 일로 온 건가요."

다시 보아도 참 무표정한 여자였다.

눈빛이나 얼굴에 깃든 애수는 얼굴이 보이는 나이에 비해 깊다. 맑고 고요하긴 한데, 마치 깊은 숲 사이로 흐르는 검은 물처럼 축축한 느낌이다.

"나리께서 보내셨습니다."

"무엇 때문에요."

"흠, 채화던가요?"

목덜미에 차가운 검이 닿은 듯 오싹해졌다.

"네?"

"아버지가 정하신 혼사의 상대요."

"이름은 맞네요. 그래서요. 그가 왜요?"

"살아 있다는 것을 전하러 왔습니다."

사량이 굳은 얼굴로 바라보자, 여자는 빙긋 웃었다.

"경사가 아닌가요. 아가씨가 죽은 줄 알고 몇 해를 상복을 입고 절개를 지켜준 바로 그 약혼자가 사실은 살아 있으니."

"어떻게."

"네?"

"어떻게 그가 살아 있는 줄 알고, 어떻게…… 그를 찾아낸 건가요."

"우연히 그리되었네요."

"어떻게 우연히."

"이 화양항은 온갖 물건들이 모이고 나가는 곳, 그 안에 사람도 소식도 있지요. 당신 약혼자는 동량 전투에서 살아남은 뒤 강호로 들어갔더군요. 세상이 좁다 보니 그를 알아본 강호 사람들이 몇 있었고, 그 이야기가 결국 나리의 귀에 들어간 겁니다."

"그건 또 어찌 들어간 건가요."

"공자는 꽤 유명한 분이고, 그런 분의 일이라면 쉽게, 또 빠르게 말이 퍼진다는 것 정도는 아셔야죠."

여자는 사량의 얼굴을 흥미진진하게 살폈다.

심술이다, 사량은 여자의 표정을 보며 생각했다.

참 심술이다.

"당신이 그렇게 오래 절개를 지켜온 상대인 약혼자, 그가 살아 있는데, 표정이 왜 그러신가요."

"혹, 아내가 있지 않나요."

"아, 강호 생활한 지 얼마 되지 않아 상처했다고 하던데요."

사량은 려아의 얼굴을 떠올렸다. 항상 수줍게 어깨를 움츠리고 웃던 예쁜 아이였다. 채화가 전장에 나간 뒤, 얼마 지나지 않아 려아도 없어졌다. 그 아이가 없어진 뒤에 사량은 생각했었다. 왜 그 아이였을까. 그러다 결론을 내렸다. 알게 뭐야.

채화를 사랑한다 생각한 적은 없는데, 자존심은 상하고 기분도 나쁘고, 아버지와 동생에게 미안했다. 자신이 모자라 그런 일이 벌어진 것 같아, 당시에는 제발 아무도 몰랐으면 싶었다.

사량은 차분하게 말했다.

"뭐, 잘된 일이네요."

"네."

"그래서 나더러 어쩌라는 건가요."

"약혼자에게 돌아가셔도 된다고요."

"싫어요."

여자의 얼굴이 예상치 못한 일인 듯 굳었다.

"뭐라고요?"

"싫다고 했어요."

"공자가 알게 될 겁니다."

"공자와는 상관없는 일입니다. 그와 만나기도 한참 전의 일이니. 지금, 나는 채화에게 가는 건 싫고, 갈 생각도 없어요. 공자에게 알려주어야 한다면 알려줘요. 그 정도로 흔들릴 사람도 아니거니와 나 역시 다섯 해나 전에 세상에 없게 된 사람을 위해 공자를 떠날 만큼 이상한 여자는 아니에요. 당신, 이름이 뭐지요?"

"제 이름은 왜 알고 싶은 건데요."

"'이년아.' 라고 부를 수는 없으니."

여자의 입술이 굳었다.

"보령."

"성은?"

"알 거 없어요."

"알았어요, 보령. 다시 한 번 말할게요. 채화에게 갈 수는 없어요. 갈 생각도 없거니와 채화에게 가야 할 이유도 모르겠군요."

"제후 나리의 명령이십니다."

"화양공 나리는 제 주군도, 보호자도, 친척도 아닙니다. 나리께서 하실 것은 명령이 아니라 부탁인데 이건 아니잖아요. 그러니 명령을 들을 이유가 없고, 부탁이라면 거절합니다. 그래도 이유는 들어야겠어요. 제가 싫은 건가요? 고작, 약혼자가 있었다는 것 때문에?"

"그래도 아버지께서 약속하신 혼사가 아닙니까."

"아버지는 이해하시고 그와 파혼시킬 분이지, 체면 탓에 혼약을 지키라 강요하시지는 않을 분입니다."

"아버지가 그러실 줄 낭자가 어떻게 알아요."

"그러는 당신은 딸인 저보다 내 아버지를 더 잘 아나요. 나는 아버지가 아버지 체면만을 생각하실 분이 아니란 걸 알고, 사정을 듣게 되면 채화와의 혼약은 없던 일로 하실 거란 것도 압니다."

예상하지 못했던 상황으로 가니, 보령은 잠시 입을 다물어야 했다. 놀라기라도 할 줄 알았더니, 뭐 재수가 좋았다면 살기는 했겠네요, 정도. 돌아가라 했더니 내가 왜요? 공자한테 말한다고 하니 그건 우리 둘 문제니 당신이 알 바 아니죠, 아버지에게 불효라 하니 우리 아버지는 딸을 생각하실 좋은 아버지입니다.

"예상과는 좀 다른데, 공자가 좋은가 봐요."

"그 사람과 만나지 않은 상황에서 채화가 왔더라도 결론은 같아요. 연관시키지 말아요."

"정말 못 가겠다는 거군요."

"네. 그래요. 안 갑니다."

보령은 자신의 실수를 인정해야 했다. 다섯 해나 아버지가 정한 약혼자를 위해 상복 입고 버텼다고 생각한 것이 오판의 원인이다.

앞뒤 막혀서 아버지가 정한 거라며 답답하게 복종하는 거라 생각했더니, 아니다. 게다가 감정적이지도 않고 겁도 없다.

보령은 짜증이 났다. 원하는 대로 되지 않으니, 조금 되는대로 가버리고 싶은 마음마저 든다.

"좋아요, 그렇다면 공자에 대해 말하지요."

"그 사람은 이 일과 아무 상관이 없다고 했어요."

"아뇨, 공자 그 자체에 대한 이야기지 당신과 공자의 이야기도, 공자와 그 채화 사이의 일도 아닙니다, 아가씨. 자, 지금부터 하는 이야기는 아가씨 같은 분에게는 충격적일지도 모르겠네요."

"말해보세요."

"제후 나리께서는 십 년 전 중병을 앓으셨어요. 그때 더 이상의 자손은 힘들다는 진단을 받으셨고, 그 후에는 자식이 없으시죠."

"막내 공자가 있잖아요."

"그게 문제인 거죠. 태어날 수 없는 아이가 태어났네요. 그것도, 아버지인 제후 나리와 닮은 아이가."

"……."

"게다가 그 후에 태어난 아이는 정말로 딱 하나, 그 작은 공자뿐이지요. 숙녀분께 할 말은 아니나, 나리와 동침한 여인들이 정말 많은데, 딱 부인 한 분만 아이를 가지셨어요."

"놀라운 일은 얼마든지 있습니다."

"놀라운 일? 어떤 게 놀라울까요. 그 어떤 여인에게서도 아이가 없는데 부인에게만 아이가 있는 남편인가요, 아니면 아버지의 아내와 사통하는 아들인가요."

사량은 얼굴에 열이 확 치미는 것 같았다. 귀라도 씻어버리고 싶었다. 속에서부터 치미는 역겨움을 주체할 수가 없었다.

이것이 지금 무슨 말을 하는 건가.

"지금, 무슨 말을 하고 있는지 알기는 아는 건가요."

"아버지의 여자들과 사통하는 아들들 이야기야, 지겹도록 많지요. 제가 아는 것만도 열을 헤아리고, 아버지 사후에 아버지 첩이나 아내를 취하는 아들들도 많아요. 아예 아버지를 죽이고 아버지의 여자를 취하는 아들들도 있으니, 이건 없는 일도 아니고, 드문 일조차 아닙니다. 그저, 그 당사자가 공자인 것뿐."

"그 사람이 그럴 리 없어요."

"그럴 리 없는 일은 항상 있는 일이지요."

"그럴…… 리가……."

"공자를 성안에 들인 것은 부인이시죠. 한참 제후 나리와 사이가 나쁠 무렵인데, 제후 나리와 닮은 아들을 성안에 들인다, 그것도 서자를. 부인께서 제후 나리와 동침한 여자들이나 서출들을 어떻게 대했는지 알면, 아가씨가 더 놀랄걸요. 저리 우아하게 계셔도, 나리와 관련된 여자들에 관한 한 가차 없으시지요. 만삭의 여자를 매질해 쫓아내기도 하고, 고작 다섯 살 된 여자아이의 따귀도 갈기시는 분입니다. 나리의 여자들을 대할 때마다 속에서 마귀를 부르는 분이에요. 그때는 성안의 그 누구도 말리지 못합니다. 그런데 저 공자만은 자기 아들들의 위치를 위협할 지경인데 싸고도시네요."

"당신이 대체 어떻게 알아요."

"부인을 십일 년을 보아왔는데, 고작 몇 달 성에 머물며 부인의 상냥한 접대만 받아온 아가씨보다 모를까."

"나리도 그리 아시는 건가요."

사량은 굳은 얼굴로 보령을 보았다. 겁에 질린 듯 보이리라. 드디어 보령이 만족감을 보였다.

"아시냐고요."

"저더러 알아오라고 하신 분이 나리십니다. 증거도 있지요. 정표, 등등."

"믿으시던가요."

"나를? 아니면 아들과 아내를?"

"……."

"저더러 조용히 있으라 하셨으나, 무염 공자를 어떻게든 밖으로 내보내려 하신 것만은 분명하시죠. 소문나거나 들통이라도 나면 아들과 부인이 처벌받는 것도 문제이나 화양공께서 감내해야 할 수치는 더 크지요. 그래서 최대한 조용히 넘어가려 하셨습니다."

사량은 무염이 항상 버겁게 견뎌야 했던 무리한 출정들을 떠올렸다.

소문과 함께 들려오는 그의 무용담은, 무용담이기 이전에 혹사에 가까운 일들이기도 했다.

이제야 알겠다. 그런 힘겨운 출정을 계속해야 했던 이유를.

그건 출정이 아니라, 아버지가 보내는 처형대였던 것이다.

"부인은 좋은 분이었는데요."

"네, 다들 부인이 낭자에게 참 잘해주신다 하더군요. 부인에게 낭자는 공자와 혼인시키기에 가장 좋은 상대였을 거예요. 산골에서 와서 물정 모르고, 외부 사람이라 성안의 일에 대해서는 조금도 모르지요. 작은 강아지처럼 몇 번 정 주면 금방 믿는. 얼마나 좋아요. 그 친절 속에 얼마나 즐겁게 지내셨나요, 낭자."

더 하얗게 굳은 사량의 얼굴을 향해 보령은 싱긋 웃어 보였다.

"자, 낭자는 이제 신의를 지켜 약혼자와 함께 떠나시면 됩니다. 떠날 핑계로는 그게 가장 좋을 겁니다. 약혼자가 돌아왔고, 아버지가 하신 약속이니 그 신의를 지키기 위해 그에게 가겠다, 그렇게 아버지의 명예와 집안의 명예를 지키세요. 모두에게 좋은 결말이 될 겁니다. 낭자는 상처받을 일도, 그 사통이 들통났을 때 남편을 잃을 일도, 체면을 다칠 일도 없지요. 흉측한 일에 뒤섞이지도 않고 깨끗하게 가시고 잊으시면 됩니다."

보령은 사량의 답을 기다렸다.

흥미로운 것이 오길 기대하는 그 얼굴을 보며, 사량은 작게 말했다.

"열흘."

"네?"

"열흘만…… 채화에게 기다려 달라고 해요. 지금 어디 있지요? 근처에 있나요?"

"항구에 있어요. 찾아내 처리할 생각이라면, 그건 그만둬요. 강호 사람이며 그 강호 안에 있으니, 아가씨 같은 분이 쉽게 할 수는 없을걸요."

"그럼 기다리라고 해줘요. 융금으로 연락할 테니, 그곳에서 저를 데리고 갈 사람이 올 거예요. 그때까지만 기다려 달라고 전해줘요. 융금에서 사람이 오면, 그때 다시 와주시겠어요? 열흘이 걸릴지, 더 걸릴지, 덜 걸릴지는 몰라서 열흘이라 말한 거지만 정확하지는 않아요. 하지만 와주었으면 좋겠군요."

"저는 이것으로 끝내고 싶은데요."

"보령, 나는 내 선에서 조용히 처리하고 싶고, 이 성에서 이 일로 얽히는 깃은 당신뿐이면 좋겠어요. 그러지 않으면 제후 나리를 찾아가야 하고, 제후 나리는 당신이 그 이야기를 했다는 것을 달가워하지 않으실 테지요. 안 그런가요."

보령은 자신이 약점을 잡혔다는 것을 깨달았다.

이 여자가 안 간다고 버티는 바람에 해서는 안 될 말을 해버렸다.

"그리해 주세요, 보령."

보령은 차가운 눈으로 주변을 더듬으며 생각했다.

내가 왜 이 부탁을 들어줘야 하나.

그래, 어쨌건 이 여자는 규수다. 추문은 듣는 것조차 견디기 힘든 일이겠고, 이 정도는 못할 일도 아니다.

"그렇게 하지요."

"이만 가줘요."

"알았어요."

보령은 인사를 하고 나갔다.

혼자 남자, 사량은 창밖 하늘을 보았다.

이제 새벽, 밤이 다하여 해가 뜨려 한다.

그래, 어떤 밤이든 해가 뜨며 끝나지. 무엇을 보는 밤이건 무엇을 들은 밤이건, 결국 해가 뜨고 아침이 오고야 만다.

속으로 분노가 스며들며, 휘청 쓰러지고 싶은 기분이었다.

눈을 감고 제발 이 순간이 지나기를 바라며 잠들고 싶다. 천둥이 치고 벼락이 내려도, 태풍이 불고 비바람이 치고 지붕이 무너져도 절대로 깨지 않을 잠을 자고 싶다.

이걸 어떻게 설명해야 하는 건지.

조금 전 보령에게서 들은 말은 도저히 지워지지 않는다. 귀와 가슴에 역하고 끈적끈적한 것이 들러붙은 듯하다.

차라리 피가 튀고 살이 튀는 전장이 낫지, 이렇게 뒤에다 대고 역한 말들을 하는 것은 더 견디기 힘들다. 팔과 다리로 하는 일은 보이고 들리지만, 사람의 마음은 보이지도 잡히지도 않는다. 그러나 그 독기는 더 독하고, 역하기는 더 역하다. 몸의 상처는 나으나 마음에 남긴 이 상처는 계속 헐어나갈 뿐이다.

융금이 사무치게 그리워진다. 험준한 팔보산이, 그 푸른 내음과 싱그러운 숲의 소리가. 이 비참한 고요 속의 새벽이 아닌 발랄하고 시끄럽게 새벽이 오고 아침이 되는 그곳이 사무치게 그리워졌다. 어머니와 아버지가 남겨주시고 사랑하는 동생이 있는 그곳으로 가, 익숙한 그곳에서 무릎을 꿇고 엉엉 울어 젖히고 싶었다.

제발, 이건 아니라고, 이런 것만은 싫다고, 그러며 울고 싶다. 이러려고 여기까지 온 게 아니라고, 이런 것을 보려고 눈을 뜬 게 아니고 이런 말을 들으려고 온 게 아니다.

닫힌 그릇 안에 들었던 것은 물도 바람도 아닌, 귀신이다. 그것이 깨어져 흘러나온 귀신이 눈에 내려앉고 귀에 들어오고 가슴을 찢어놓는다.

그때, 등 뒤의 주렴이 달그락 소리를 내며 흔들렸다.

사량은 천천히 돌아보았다.

주렴 너머에 무염이 있었다. 그를 보며, 사량은 자신이 무슨 말인가 해야 한다고 생각했다.

차라리 귀신이 낫지, 이 얼굴은 뭔가.

"공자."

사량은 창백한 얼굴에 드리워진 무염의 머리카락을 쓸어 올렸다. 손끝에 닿는 머리카락은 차가운 이슬에 젖어 있었다.

"밖에 있었나요."

대체 얼마나 오래 가만히 있었던 건지. 밤새도록 밖에 있지 않는 한, 그리고 가만히 서 있지 않는 한 이리 젖을 수가 있단 말인가.

"어디에 있었던 건가요."

질문이 아닌 한탄이다. 얼음처럼 식은 이마와 볼, 죽은 듯 거의 들리지도 않는 숨소리, 그리고 이 눈빛. 비참함과 절망만 있는. 짓무를 대로 짓무른 마음마저 짓밟힌 눈빛이다. 슬픔은 그래도 눈물의 반짝임이라도 있을 터이고, 상처를 입으면 피 흐르는 가슴이라도 있는데, 이것은 아니다. 그저 참담할 뿐.

"염."

무염의 큰 손이 턱을 어루만지고 목을 감쌌다. 다 얼음처럼 찬데, 그 손끝만은 열기가 흐른다.

염, 내가 본 것은 참으로 역한 것이었는데, 당신은 대체 무엇을 보고 온 건가요.

무엇이 당신을 이리 만든 건지, 왜 이러는 건지.

"사량……."

묵직한 이마가 어깨에 얹히고, 깊은 한숨과 함께 그의 몸이 떨린다. 그 떨림이 주는 충격은 엄청났다. 놀라고 굳어, 사량은 잠시 아무 생각도 할 수 없었다.

"아무…… 일도 없었어?"

"아무 일도 없었어요."

"정말……?"

"네. 아무것도, 아무것도 없어요."

그래, 아무 일도 없는 것이다. 아직은 아무 일도 없는 것이다. 그 여자가 던지고 간, 끈적끈적 들러붙어 악취를 내뿜는 그건, 그저 머리에서 치워두면 그뿐. 그러니 없다, 그런 일은.

"이제 쉬어요, 공자. 몸이 차요, 너무. 너무나……."

사량은 허리를 당기고 뒤로 물러났다.

하늘은 이제 하얗다. 날이 새려나 보다, 정말로 지독한 밤이었는데 그 밤도 다 되어 끝나나 보다. 이 밤에 무언가가 아주 크게 다 타버린 것 같다. 저주와 악의로 불길이 일고, 비참하고 슬픈 재만 남겼다.

아프다, 참.

"미안."

무염의 말에 사량은 고개를 들었다.

"네?"

"미안…… 해. 이런 곳으로 데리고 와서. 이런 곳인 줄도 모르고 데리고 와서. 당신을 그렇게 만들어서……."

"공자."

"나는…… 내가 아무것도 가지지 못할 거라 생각했었어."

너무나 지친 목소리다.

처음 보았을 때도 이랬지. 그때의 그도 숨 쉬는 것조차 지친 얼굴과 눈빛이었다. 너무 오래, 그가 그랬다는 것을 잊고 있었던 것 같다.

"내가 사랑할 것도, 나를 사랑하는 것도, 지킬 것도 지키고 싶은 것도, 가지고 있고 싶은 것도 내게 주어지는 것도 없이. 세상에 그저 나 하나뿐. 그리 버티다, 버티다 보면 어느 순간에 죽어 재처럼 사라질 거라, 누구의 손에도 남지 않고 어디에도 머물지 못하고…… 애초에 없던 듯 사라질 거라, 그럴 거라 생각했어……."

사량은 미명을 헤치는 첫 햇살처럼 분명하고 날카롭고 아픈 답이 떠올랐다.

이곳은 당신의 성이 아니라 가시로 만들어진 둥지, 이곳에 있으려 하면 할수록 상처입고 마는 그런 가시로 만들어진 둥지.

살을 태우는 불길과 뼛속까지 얼게 하는 혹한만이 있는 곳.

가엾게도.

사량은 온몸이 젖어드는 것을 느끼며 생각했다.

당신. 가엾게도.

축축한 미움과 배척이 있는 곳으로 돌아가면서, 죽음밖에는 돌아가지 않을 방도가 없기에 그리 죽음을 향해 부딪혀 댔다.

언제고 무너져 사라질 바닥에 발을 딛고 살며. 저 매정한 하늘 아래.

그렇게 당신은 투귀, 살아 있건만 아무도 보지 못하는 귀신.

하늘 위에 있어 닿지도 가질 수도 없는, 왜 저리 찬란하게 빛나는 건지 모를 찬란한 별들, 그 운한. 그 아래 쉴 곳도 없는 세상에 서서 그리 홀로 서 있었구나.

그런데 이런 걸 보려고 여기까지 온 건 아니었다.

이런 가엾은 당신을 보려고 여기까지 온 것도, 기어코 이런 얼굴을 하게 만들려고 온 것이 아니다.

사량은 눈가로 스며드는 깊고 진한 아침 햇살을 느꼈다.

차갑고 날카롭다, 부시고 아프다, 이 햇살.

그리고 당신도, 당신도 그래요, 염.

"……난 ……돌 하나 가질 수 없어도, 그래도 나는 괜찮았는데, 정말 아무것도 없어도 괜찮았는데, 그냥 사라지면 된다고 생각했는데……."

"염, 제발…… 제발요."

터질 것만 같아, 사량은 그의 손등에 손을 얹었다.

크고 단단한, 세상 모두와 싸울 수 있을 강한 손이 지금 풀 한 포기 쥘 힘도 없이 떨리고 있다.

"사량, 그저 당신만 내 것이면. 그저, 그거면 되는 건데…… 더 안고 싶은 것도, 더 원하는 것도 없는데 그런데…… 왜…… 왜!"

사량의 목덜미로 뜨거운 것이 툭 떨어졌다.

붉은 쇳물처럼 뜨거운, 한 방울에 속이 다 헐어 내릴, 그럴 눈물이다.

"부탁이야…… 내가…… 뭐든 할게. 무엇이든…… 할 수 있든 없든 다 할 테니, 그러니, 그러니……!"

무염은 말하면 할수록 더 늪으로 가라앉는 기분이었다. 온몸을 내던지며, 내가 다 졌으니 제발 좀 어떻게 해달라 애걸한다. 아무것도 할 수 없어 무력해진 채로, 손가락 하나 움직일 수 없이, 이렇게.

정말 아무것도 할 수가 없다.

풀 한 포기 뜯을 힘도 없고, 나뭇잎 한 장 주울 힘도 없다. 실 하나 끊을 수도 없고, 옷깃 하나 잡을 수가 없다.

무너지는 둑과 쏟아지는 물을 두 손으로 막듯, 소용없다는 것을 알면서도, 그래도 이것밖에는 할 수 있는 일이 없다.

"당신 없이 살라는 말만은 하지 말아줘……! 나한테 그러지만 마. 제발……."

탄식과 흐느낌, 절망과 아픔, 다 뒤섞인다.

여름의 달콤한 꿈이 가을의 서늘한 바람과 함께 사라진다.

너무나 깊어 검푸른 물 아래로 사라진 금빛 물고기처럼, 다시는 돌아오지 않을 듯 깊이깊이 가라앉는다.

이제는 뭐라 더 말을 할 수도 없는 것을 느끼며, 무염은 그저 까맣게 잘려 나간 허공에 멎어 있었다.

완전히 홀로, 다시 홀로.

그런데 빛을 본 어둠은 더 검고, 온기를 알며 견뎌야 할 냉기는 더 시릴 테지.

흰 눈이 내려앉듯 고요한 손길이 닿았다.

손은 따뜻하게 턱을 감싸고, 떨리는 눈 아래로 그녀의 입술이 닿았다. 눈물은 그 입술 사이로 스며들어 사라지고, 젖은 눈앞에 슬픔이 서린 그녀의 눈이 있다. 깊게 그늘진 속눈썹 아래 눈동자가 떨리며 그 끝 위에 금빛 빛이 맺혀간다. 눈썹, 머리카락, 이마가 날카롭고 맑은 햇살에 물들어가며 그 안에 눈물이 맺히고, 아래로 흘러내린다.

"염……."

달래듯 부르고. 사량은 두 팔을 벌리고 그의 목을 안았다.

한숨과 열기 어린 탄식이 속에서 끓어 나왔지만, 그를 안으며 얼굴을 묻었다.

무염의 손이 그 목덜미를 쓸어 올리고 머리를 잡아 안았다. 손가락 하나하나에 힘이 들어가더니 온몸에 힘이 들어갔다.

칼날이 박히는 듯 아픈 목으로는 더 이상 아무 말도 할 수 없었다. 그저, 이리 안고 안으며 안을 수밖에는.

　때론 운한의 별들이 비처럼 쏟아지고
　찻잔에도 태풍이 치지

　바위 사이로 흰 바다의 물거품이 흘러내리고
　마른 바람에 실린 흙먼지는 동쪽 바다에서 사라져

　그리, 모든 것이 사라지면

　내 무덤 누런 풀 위로 눈 날릴 때나 그대는 나를 기억해 줄까

　무염은 왜 그 상사(相思)의 시를 잊었던 건지 기억해 냈다.
　끝은 맺어짐 없는 종말. 그래서 듣자니 처량해져서 잊었다. 상실 속에서 사는 자에게 또 상실을 노래하는 노래가 견디기 힘들었다.

　그런데 왜 하필, 당신과 나는 그때 그것을 떠올렸을까.

第十三章 멀리 가는 물결

여름 마지막 비가 내리고 가을을 맞이한 화양은 하늘도 바다도 모두 푸르고 맑다.

그런 하늘 아래, 훈련을 지켜보던 무염에게 부관이 무릉이 찾아왔다 알렸다. 알겠다 말한 뒤, 무염은 병영 집무실에서 동생과 만났다.

"웬일이지."

동생은 형의 얼굴을 물끄러미 보았다.

보기에, 형은 평소와 다를 바 없었다.

그러니까 팔보산으로 떠나기 전의 평소와.

그게 문제라면 참 큰 문제라는 것을, 무릉은 알았다.

동생들에게야 너그럽지만 그 외에는 조용하고 묵묵한. 홀로 앉아 있을 때면 생각에 잠겨 잘 웃지도 않던 형이다. 다들 훌륭한 사내라 해도, 무릉은 형이 얼마나 외로운 처지이며 매사 조심해야 하는지 알고 있었다.

팔보산에서 돌아온 뒤의 형은 완전히 다른 사람이었다. 잘 웃고, 반쯤 정신이 팔려서 아이도 쓰러뜨릴 수 있을 정도로 무방비했다. 눈이고 마음이고, 온통 한 사람에게만 쏠려 있었다.

그리고 지금, 그랬던 형이 사라지고 예전의 형이 돌아와 버린 것이다.

"보고 듣는 게 있어서 말이지요. 좋은 일이라면 그냥 넘어가는데, 딱히 좋은 게 아니라."

"지나가는 새가 이번에는 네게 뭐라 하더냐."

"형님, 아버지하고 무슨 일이 있었던 겁니까."

"평소와 다를 바 없다."

"네. 평소 같은. 아버지가 혼내고 형은 듣고, 아버지가 닦달하고 형은 견디고, 아버지가 짜증내고 형은 참고, 아버지가 트집 잡고 형은 사과하고."

"아버지가 시간 날 때마다 나를 구박하는 것처럼 들리는구나."

"사실이지 않습니까. 게다가 출정은 뭐 그리 무리하게도 보내는지. 지난번 형님이 월산족의 반란을 진압하러 출정했을 때, 저는 형님이 정말 죽는 줄 알았습니다. 기후에 익숙하지도 않은 형님을 그냥 보내면 어쩝니까. 그러니 결국 병나지."

"잊었다. 지난 일이니."

"며칠 전 아버지하고 무슨 일이 있었던 겁니까. 그건 지난 일도, 잊을 일도 아니지요."

별일 아니라고 말하고 싶었으나, 그럴 일이 아니란 건 무염도 알았다. 무염은 평소와 별다를 바 없이 지냈지만, 아버지는 본관에 박혀 버리더니 두통이 심해졌다며 나오지 않았다. 둘이 그날 밤에 만난 것은 다 아는 사실이니, 무슨 일이 있었다고 사람들한테 다 알린 건 아버지 본인이 되어 버렸다.

"그럴 일이 있었다."

"이번에는 또 뭐랍니까. 아니죠, 또 알고 보면 별일 아니겠지요."

무릉은 진절머리가 나 길게 한숨을 내쉬었다.

"아버지가 대체 무슨 생각으로 형을 대하시는 건지, 저는 도무지 모르겠어요. 이 성에서 제일 제멋대로 행동하는 건 흔이가 아니라 아버지입니다."

"그만해, 아버지다."

"그렇게 볶이고도 아버지 편드는 건 이 성에서는 형뿐일 겁니다."

"어쨌건, 나하고 아버지 문제니까."

"아버지하고 형님의 문제는 성의 문제입니다. 이번에는 대체 무슨 일인 겁니까. 형수님 문제인가요?"

무염이 답하지 않자, 무릉은 예상대로 이게 답이었다는 것을 알 수 있었다. 아니라면 아니라 분명히 했을 것이다.

"뭐가 마음에 안 드신다는 겁니까. 이번에는 좀 편하게 넘어간다 싶었더니, 역시나. 아버지가 트집 잡으며 안 된다고 하신 것 같던데 보나마나 말도 안 되는 이유 들고 오셔서 볶아대다가 할 만큼 했다 싶으면 허락하시려고 저러시는 것 같은데요."

무염은 그러면 참 좋겠다, 싶었다.

아버지에게 트집 잡힐 것은 무염도 각오하고 있었다. 전이든 후든 아버지는 언제고 무염이 그 일을 황상의 손을 빌려 해치워 버린 것에 값을 받아낼 거라 생각했었다.

그런데 아니다.

"내가 알아서 하마."

"제가 할 수 있는 일은 없나요."

"없구나."

"보령이가 무슨 짓을 한 겁니까."

"여기서 그 아이 이름이 왜 나오는 거지."

"그 계집애가 그 사갈 혓바닥 같은 입을 놀려서 형수님께 곤란한 일이 생긴 것 같다고, 그런 말을 들어서 그래요."

그게 뭐냐는 질문조차 없자, 무릉은 짜증이 났다.

이것은 형제 사이에서도 말을 꺼낼 수 없을 정도로 곤란한 일이란 뜻이다.

망할 계집애, 무릉은 속으로 욕을 퍼부었다. 어떻게든 잡아 끌어내고 싶은데, 어머니도 못하는 것을 무릉이 할 수 있을 리 없다.

"항상 그렇습니다. 그 계집애만 끼어들면, 어머니하고 아버지 사이는 멀어지기만 하고, 형님은 항상 아버지에게 구박받고. 그 계집애가 본관에 한 달 정도 없어졌을 때 얼마 속이 후련하던지. 그동안은 어머니와 아버지 사이도 좋아지고 형과 아버지 사이도 괜찮았어요. 그런데 그 계집애가 돌아오자마자 일이 이리되는데, 이게 우연이겠습니까?"

"지금, 몸종 하나가 성주 가족의 일을 좌지우지한다는 거냐."

"고작 하녀가 아니지 않습니까, 형."

무릉은 성난 목소리로 말했다.

"그 계집애는 정말이지, 어머니가 그리 싫어하는 이유를 알 만하게 저도 싫습니다. 저도, 어머니도, 목숨 걸고 싸우는 형도, 다 소용 없어요. 차 시중이나 드는 계집애만도 못하지요. 제가 말입니다, 아버지가 무랑이에게라도 살가우셨으면 이런 말 안 해요. 아버지는 무랑이에게도 별 정 없이 대하셨어요. 우리들 다 싫어하신다고요. 그런데 그 계집애는 뭡니까!"

"신경 쓰지 마."

"그 계집애 탓에 아버지조차 믿을 수 없게 돼요. 형, 저도 고작 몸종 하나에 이리 신경 쓰는 게 싫어요. 그런데 이러다가는 언제고 성의 중대사가 몸종의 혓바닥으로 정해지고 말 겁니다!"

"그게, 무겁다."

"네?"

"무겁더구나, 고작 한 달 성주 노릇 해본 건데도 무겁더라."

"혹시 십 년 전 그 일 말씀하는 겁니까?"

"그래. 아버지는 누워 계시고 일어나실 기미도 없지. 거기에, 당시 화양은 너덜너덜한 상태라 코앞까지 수적들이 오고 갈 지경이었다. 어머니가 내게 성주 대행을 맡기셨을 때, 나는 한 달간 잠도 못 잘 지경이었다. 누굴 믿고 누굴 의심해야 할지, 사방에서 날아오는 소식 중 무엇이 맞고 무엇이 그른지, 이게 옳은 것 같기도 하고 저게 옳은 것 같기도 하고. 하나라도 잘못하면 성은 넘어가고 나는 죽고 화양 성민은 물론이요 가족들도 혹독한 꼴을 당하겠지. 그러다 보니 하나 선택할 때마다 숨이 헉헉 막히더구나."

"그래도 잘하셨잖아요."

"운이 좋았지. 그리고 그때 알았다. 아버지는 평생 이런 중압감 속에서 지내는 거구나, 이런 세상에서 성주란 이런 거구나. 아무것도 믿을 수 없는데, 무엇이든 믿어야 하지. 그런데 그 믿는 것에 대한 확신도 안 서지. 그래서 그 뒤론, 아버지가 내게 화를 내건 들들 볶든 그냥 그러려니 했다. 아버지가 이렇게 속을 푸시는구나, 이렇게라도 해야 안도하시는구나."

"그럼, 형님이 무슨 북입니까. 성질난다고 치게."

"내 몫이라 생각했다. 아버지가 화나시고 불안하실 때 받아주는 것. 모진 말을 하셔도 사실 그때뿐, 그저 그때만 참으면 되는 일이 더 많았고, 나는 그래도 아버지가 나를 믿어주신다고 생각했다. 말은 저러셔도, 그래도 항상 일을 맡기고 맡기신 다음에는 끝날 때까지 아무 말씀 안 하시니까. 그래서 나는 그것이 아버지와 나 사이의 정이라고 생각했다. 우리들 사이의 방식이라고. 그래서 참았고, 견뎠고, 그냥 잊었지."

"형."

"그런데 내가 잘못 생각한 거였다. 어리석었구나, 내가."

그리고 동생의 얼굴을 보며 조용히 말했다.

"그래도 아버지는 아버지로서는 빈말로도 좋은 분이라 말하기 힘들지만, 성주로서는 최선을 다하셨다고 본다."

"전쟁을 피하려고 얼마나 많은 성을 넘겨주었는지 아시지 않습니까. 그게 최선이에요? 가장 비겁하고 우습게 보이는 성주가 된 것이 최선입니까."

"아버지가 성주가 되셨을 때 성은 약할 대로 약해졌지. 아버지는 그 상황에서. 어떻게든 화양이 전화에 휘말리는 것만은 막기 위한 선택을 하셨지."

"그것이야말로 운이 좋으셨던 것 아닙니까."

"아무리 그래도 십여 년간 그리 버티신 건, 그저 운이 좋은 것만은 아니다."

"또 아버지 편을 드십니까. 아버지한테는 형은 보령이보다 못하던데."

"아버지 취향인 것을 내가 어쩌겠느냐."

"제가 뭐라도 해볼 수 없을까요."

"아버지 심기가 뒤틀리시면, 너는 감당 못해. 아버지도 너를 감당 못하긴 매한가지고. 너와 아버지는 미친 듯이 싸우게 되고, 또 그러다 돌이킬 수 없는 상황까지 갈지도 모른다. 그러니 아무것도 하지 마라, 룽아. 내가 알아서 하마."

"어머니도 물어보시던데요."

어머니— 무염은 눈앞이 흐려졌다.

"죄송할 일이 있다고."

"네?"

"내가 죄송할 일을 했다고. 어머니 뵙거든, 그리 말해다오. 그리고 감사하다고도 말해줘."

"갑자기 왜 이러세요."

"그냥, 그렇게만 말해다오. 그리고 너도, 건이에게도 고맙다. 나한테 잘해주지 않아도 되는데, 과분하게 잘해줘서. 그런 너희들을, 어머니를 내가 어찌 좋아하지 않을 수 있겠니."

"형, 오늘 왜 그래요."

"이제 가보거라."

무릉은 형이 이런 식으로 속을 닫으면 견고한 요새처럼 아무것도 얻어낼 수 없다는 것을 알았다. 형은 등을 보이고 지켜주는 사람이었지, 얼굴을 보고 마음을 나누는 상대는 아니었다. 몸으로 혹사당하고 감정적으로 또 혹사당하다 보니, 결국 아무것도 보이지 않게 된 것이 거의 몇 년째다. 그런 형이 정말 모두가 놀랄 정도로 변한 것이었는데, 결국 이리 다시 돌아왔다.

"알았습니다."

동생을 보내고, 무염은 한참을 가만히 있었다.

모래를 쥔 것 같다. 손가락 틈으로 빠져나가다 반짝이는 가루 몇 개만 남기고 사라지는 그런 모래.

그 행복하기만 하던, 빛나던 날들 속에 이리 시리고 아픈 칼날들이 숨어 있을 줄은 몰랐다.

나도 아프고 당신은 더 아프게 할, 그런 칼날들이.

이러려고 데리고 온 게 아니고, 이러려고 사랑한 것도 아니다.

그때 다시 부관이 왔다.

"무슨 일이지."

"손님이 오셨습니다. 병영 안으로 들일 수는 없어, 여기로 모셨습니다."

누구지—

"들어오라고 해라."

푸른 옷을 입은 여자가 들어왔다.

"나 왔어요, 공자."

"사량."

아침에 아무 말 없었던지라, 무염은 일단 사량의 차림부터 살폈다.

그날로부터 얼마나 지났던가. 열흘은 그저께 지났다. 사량은 머리나 옷이나 외출하려는 차림은 아니다.

"웬일이지."

"점심 가지고 왔어요."

사량은 보따리를 상 위에 얹고 풀었다. 안에 따끈따끈한 대나무 찜기가 들어 있었다.

"식을까 봐 한달음에 달려왔지요."

"어떻게 들어온 건데."

"마침 담의 교위가 있어서 들여보내 달라 하니, 가보라고 하던데요. 자, 식기 전에 먹어요."

그리고 찜기를 열어 차례차례 늘어놓았다. 하나 열 때마다 얇은 피로 감싼 온갖 만두들이 모습을 드러냈다. 사량은 하나하나 가리키며 말했다.

"이건 닭고기, 이건 돼지고기, 이건 새우, 이건 생선살이에요."

"많기도 하군. 언제 다 만든 거지."

"만두피는 제가 만들고, 재료 다듬는 것은 초아가 해줬어요. 제일 잘 만든 것만 가지고 오고, 망한 것은 초아랑 복일이가 다 없애기로 했지요. 얼마나 망한 건지는 비밀."

무염은 웃음이 나왔다.

"이렇게 잘 먹여주는데 내가 익숙해지면 어쩌려고 그래."

"공자가 아직 남편이 아니니까 잘해주는 거죠. 잡아놓은 물고기, 새장 안의 새다, 싫으면 매일매일 계란국과 가지 요리만 먹일 거라고요."

그리고 사량은 젓가락을 내밀었다.

"자."

"당신도 먹지."

"아뇨, 괜찮아요. 주고만 가려 했어요."

"혼자 멍하니 먹는 거 싫어. 앉아."

"내가 많이 먹으면 어쩌려고요. 그러면 오후 저물기도 전에 배가 고파질 텐데."

"그러면 내가 일찍 가면 되는 거지."

"그럴 줄 알았으면 딱 다섯 개만 가지고 올 걸 그랬네요."

"다섯 개만 남겨둬, 그럼."

"이미 가지고 온 걸 어떻게 해요. 그리고 사실, 이미 먹고 왔어요."

사량은 창을 열었다. 창턱 너머로 흰 구름이 흐르는 새파란 하늘과 파랗게 익은 바다, 녹색 섬이 보였다.

사량은 창턱에 손을 얹고 화양을 바라보다 돌아섰다.

"가볼게요. 맛있게 먹어요."

무염은 나가려는 사량의 손목을 잡았다. 손안에 가느다란 손목이 잡히자 도저히 놓아줄 생각이 들지 않았다. 저도 모르게 힘이 꽉 들어갔다.

"염."

"오늘 일찍 갈 테니 기다려."

"알겠어요."

"정말 일찍 갈 거야."

"알았어요."

"그리고……."

"네."

"내일…… 쉴 수 있을 거야."

무염은 사량의 손을 모아 쥐고, 그 손 위에 이마를 얹었다.

"하루 종일 같이 지낼 수 있으니, 내일 같이 동연으로 배나 타러 가자."

"그곳은 뭔데요."

"시인 양책의 저택 옆에 있는 큰 연못이야. 운하하고도 이어지는데, 사공을 사서 배를 저어가면 해 저물 무렵에는 절경을 볼 수 있지."

"비가 오면 어쩌려고요."

"안 올 거야. 내가 알아. 내일 꼭, 같이 있자."

"알았어요."

"약속해 줘. 다른 데 가지 마."

아무 답도 없었다. 섬세한 손이 빠져나갔다. 작은 물고기가 꼬리를 치고 사라지는 것 같다. 사량이 문을 향하며 말했다.

"나중에 봐요."

무염은 뭐라 더 말하고 싶었지만, 그 한마디가 모든 것을 망치고 돌이킬 수 없게 할 것 같아 말할 수 없었다.

고개를 들었을 때 사량은 이미 없었다. 소리 없이 들어오는 데 능숙한 사량은 나가는 데도 소리가 없었다. 작은 새가 들어왔다가 날아가 버린 듯.

내가 어쩌면 되나.

무염은 앉아 머리를 쓸어 올렸다.

탄식이 목 안에서부터 터져 나온다.

사량이 돌아왔을 때, 뜰에는 배불리 먹은 초아와 복일이 쉬고 있고 그들 옆에는 백발성성한 노인이 빈 접시를 놓고 있었다.

"잘 드셨나요, 황 선생님?"

사량이 다정하게 묻자, 노인은 빙그레 웃었다.

"참 맛있습니다, 아가씨. 이리 먹고 서늘한 바람 맞으며 화양성에 앉아 있으니, 극락이 따로 없습니다요."

"재료가 워낙 좋아서요. 재료 다듬는 건 여기 이 초아가 수고해 주었고요. 맛이 좋은 것은 다 초아 덕이에요."

"정말 맛났습니다요, 낭자."

노인의 칭찬에 초아는 얼굴을 붉혔다.

"나, 낭자는 무슨요. 감사합니다!"

사량은 부드럽게 말했다.

"초아, 미안하지만 내가 부탁 좀 해도 될까요."

"네, 말씀하세요."

"본관으로 가서 보령이라는 몸종을 찾아 불러와 주겠어요?"

"네에? 아, 네…… 그 보령, 압니다. 네, 얼른 다녀오겠습니다."

초아는 구더기라도 가지고 오라는 심부름을 하는 표정으로 처소를 나갔다. 그동안, 복일은 설거지를 하려고 상을 치웠다.

사량은 노인에게 차를 따라주었다.

"융금에서는 별일 없나요, 황 선생님."

"그게……."

황 선생의 얼굴이 어두워졌다. 사량은 그 얼굴을 보며 걱정이 되어 물었다.

"무슨 일이 있나요."

"성의 사정이 참 복잡해졌습니다. 오시면 아시겠지만, 위험하기도 하고요. 저는 되도록, 아가씨가 오지 않았으면 좋겠다 싶습니다."

"그렇다면 정말 혼자 이러고 있을 수 없네요."

"성주 나리가 아가씨 걱정을 참 많이 하셨습니다요."

사량은 웃음이 나왔다.

"제 편지 받고 화 안 냈나요."

황 선생은 흐흐 웃었다.

"화 많이 내셨지요."

"어느 정도?"

"갑자기 서재로 달려들어 가 문을 꽝 닫으시더니, 잠시 뒤 문 너머로 뭐 좀 박살나는 소리가 나더랍니다. 그리고 빌어먹을 막무염, 개자식 막무염, 죽어버려 막무염, 용서 못한다 막무염, 네가 감히, 막무염 등등. 성주님이 그리 화산처럼 치솟으시는 건 참 오랜만에 봅니다요. 요즘 많이 얌전히 지내셨잖아요. 허허, 두 분 사이에 대체 무슨 일이 있었던 겁니까."

"융금에 있을 때 좀 좋지 않기는 했어요."

"어느 정도였습니까?"

"좀 툭탁툭탁댄 정도?"

"이유가 뭐랍니까."

"처음부터 이 트집 저 트집 잡아대고 고집들을 피워대면서 싸웠던 거라, 진지하게 이해하려 하지 마세요. 둘 다 애들 같았어요."

"아무리 성주 나리더라도 올해 스물한 살 난 젊은이지요. 요즘은 잊고 살았지 뭡니까."

그리 웃으며 사량을 보는 황 선생의 눈은 따뜻했다.

"그래도, 이리 뵙게 되어 기쁩니다. 아가씨가 가시고 다시는 못 보는 줄 알았습니다. 성 사정도 그리되니, 외람되게도 이럴 때 아가씨가 없어서 참 다행이다 싶었습지요."

"제가 어디 멀리멀리 간 것도 아니잖아요."

"어제 헤어진 사람을 내일 볼 수 있을지도 모르는 세상이지 않습니까. 눈앞에 없으면 다른 세상 사람입지요. 그러니 아가씨 편지 받고, 걱정되면서도 아가씨 다시 만날 생각에 참 좋더군요. 죄송합니다. 이 노인네가, 딱 저 좋은 것만 생각했지 뭡니까."

사량은 황 선생의 손등에 손을 얹었다.

"생각해 줘서 고마워요."

"제가 아는 좋은 것이라곤 성주 나리와 도련님, 그리고 아가씨뿐인걸요. 하늘이 주신 복인데, 어찌 귀하지 않겠습니까."

"선생님 덕 본 건 우리들이지, 선생님이 우리들 덕 본 건 없잖아요. 제대로 해드리지도 못하고, 이리 멀리 와달라 부탁만 하고."

"저는 그저, 이 황가 놈을 찾아주시는 게 더 다행입지요."

사량은 조용히 웃었다. 황 선생은 그 웃음을 눈부신 듯 보았다.

"저는 아가씨만 행복하면, 아가씨만 웃으면 다 되는 겁니다. 천 리인들 만 리인들 못 갈까요. 아가씨가 있기만 하면 갑니다."

사량에게 참 그리웠던 황 선생의 얼굴이다. 사량은 할 수만 있다면 어린 시절에 그랬던 것처럼 어떻게든 좀 해달라며 울면서 매달리고도 싶었다. 그러나 그래서는 안 된다. 이제 사량은 어른이고, 황 선생은 근심이 버거운 나이가 되었다.

그때 초아가 호리호리한 여자와 함께 나타났다.

"아가씨, 데리고 왔어요."

초아는 송충이를 옮겨다 주는 표정으로 보령을 데려다 놓은 뒤, 사량이 수고했다 말하자 괜찮다고 답하곤 휙 갔다. 보령은 그런 초아를 쏘아보았다.

황 선생이 얼른 일어나 인사를 했다.

"황 모가 뵙습니다요."

보령은 흘끔 황 선생을 보았다.

"융금에서 온다는 분이 이분인가요."

"네. 황 선생님이십니다. 저와 제 동생의 은인이자 스승님이시지요."

보령은 황 선생의 초라한 옷과 말투, 거친 몸짓에 정말인가 싶은 표정이었다.

"그럼 보령, 준비를 하고 나올 테니 기다려요."

"네, 알겠어요. 기다릴게요."

사랑은 외출복으로 갈아입은 뒤, 장포를 걸치고 나왔다.

보령은 사랑과 황 선생을 나루터 뒷골목으로 안내했다. 화려하고 사치스러운 건물들 뒤로 난 좁은 길로 가, 다닥다닥 붙은 집들 사이로 난 골목길과 하늘을 가리는 지붕들 아래를 지났다.

어느새 주점과 기방, 도박장 등이 자리 잡은 뒷골목으로 들어갔다. 흘끔흘끔 보는 시선들이 느껴졌다. 사랑은 장포로 얼굴과 몸을 가리고야 있었지만, 그 차림새가 오히려 양가집 규수라고 몸으로 고함을 지르는 꼴이 되고 말았다.

골목길 너머로 사내들이 하나둘 보이기 시작했다. 황 선생이 사랑 옆에 바짝 붙었다.

"다 왔어요."

보령이 안내한 곳은 깊은 운하를 옆에 둔 객점이었다. 잔잔한 물소리가 바람 소리에 섞여 들려오고 수면에 반사된 그물 같은 물의 그림자가 벽과 천장에 출렁였다.

입구로 들어가자 소년이 나왔다. 사랑이 앞으로 나서 소년에게 말했다.

"이곳에 머무는 채화를 찾아왔어요."

"네, 이리 오세요."

소년은 눈을 반짝이곤 앞장서 안내했다.

낮이지만 한산한 객점은 밤보다 더 어두웠다. 컴컴한 아래층 식당 옆으로 난 계단을 오르고 이층의 좁은 복도로 올랐다. 복도 벽을 따라 좁은 문이 나 있었다. 불빛이 나오는 문과 없는 문들을 번갈아 지나치고, 깊고 어둑어둑한 모퉁이에 이르자 소년은 멈추었다.

"여깁니다, 아가씨."

"수고했어요."

사량은 소년의 손에 안내 치레치고는 좀 큰 수고비를 쥐어주었다. 소년은 감사 인사를 하고 물러났다.

문은 사람 하나 간신히 들어갈 수 있을 정도로 좁고 길었고, 문틈으로는 흐릿한 불빛이 스미어 나왔다.

사량은 문고리를 잡고 보령에게 말했다.

"보령, 같이 들어가 주실래요."

"약혼자를 다시 만나는 게 그리 두렵나요. 왜 저하고 같이."

"그런 것 같네요. 같이 들어가 주세요."

"알았어요."

사량은 문을 밀고 들어갔다. 보령은 황 선생을 뒤에 붙이고 그 안으로 들어가야 했다. 황 선생은 뒤따라 들어와 문을 닫고 앞에 섰다.

좁고 깊은 방이었다. 창문은 모두 닫혀 어둡고, 손가락만큼 남은 초가 타올라 어둠을 밝혔다. 좁은 방 절반은 칸막이로 가려져 있어, 그 너머는 보이지 않았다.

보령은 그 건너를 향해 말했다.

"채화, 당신 약혼녀가 왔어요. 만나봐요."

그리고 사량을 돌아보았다.

"그럼, 나는 이만 가볼게요. 이제부터 둘이서 잘해보세요."

보령은 돌아서 문 앞으로 갔다. 그러나 황 선생은 비켜주지 않았다. 사량은 장포를 벗어 옆의 의자에 걸며 말했다.

"보령, 가기 전에 당신에게 궁금한 것이 있어요."

"답할 수 있으면 답하지요."

"대체 왜 이러시는 건지, 물어봐도 될까요."

"제후 나리의 명령이라고 했잖아요."

"아니, 그런 것 같지 않아요. 아무리 제후 나리 명이라도, 당신은 공자와 부인이 정말 싫은 듯 보이네요. 대체 왜 그런가요."

"저따위가 어찌 감히 공자님과 마님을 미워하여 일을 도모한단 말입니까."

"아닌 것 같아요, 보령. 그러니 궁금해요. 대체 왜 그렇게 공자와 부인을 싫어하는 건지, 아니, 미워하는 건지."

"낭자에게 해될 건 없잖아요. 그저, 안 되는 혼인을 안 되게 한 것뿐. 보세요, 당신이나 공자나. 두 분에게 좋을 것 없는, 남이 되는 것이 더 나은 관계라니까요."

"그런가요."

"네, 그래요. 자, 그러니 저는 이만 가봐도 될까요? 제가 할 말은 더 없거든요. 저는 당신이 같이 가달라 해서 구태여 따라온 것뿐. 이대로 약혼자와 해후하시고, 말씀하신 대로 가버리면 돼요."

"정말 더 말해줄 수 없나요."

"네, 없어요. 관심 끊고 떠나세요. 아예 남남이 되자고요."

"그럼, 정말 끝난 거군요."

"네. 제 할 말은 이제 끝났어요."

"그래요. 알겠어요, 여기까지인 게 맞나 봐요."

보령은 문을 열려 했다.

순간 가느다란 손가락이 보령의 머리카락 속으로 파고들더니 그대로 콱 잡아당겼다.

"끼악!"

보령은 너무 아파 비명을 질렀다.

"놔, 놔요!"

머리가 잡아채어 위로 휙 당겨지고, 딛고 있던 발뒤꿈치가 걷어채이며 몸이 쓰러졌다. 탁자에 세게 부딪히기 직전, 머리카락을 잡은 손에 힘이 꽉 들어갔다. 덕택에 탁자에 머리를 박는 것은 면했으나, 머리카락이 가죽째 뜯겨 나가는 것 같은 고통은 어쩔 수 없었다.

"그럼, 당신이 할 말은 끝났으니 이제부터 내가 할 말을 시작해도 되겠네요, 보령."

보령은 눈물이 나올 것 같은 아픔에 몸을 버둥댔다.

"놔……!"

"가만. 가만히 있어요. 움직이면 당신이 더 아파요."

"놓으라니까!"

보령은 사량의 손목을 잡으려 했다. 그러나 보령이 손을 올리기도 전에, 단도가 그 소매에 퍽 소리를 내며 박혔다.

"얌전히 있자고요, 보령. 손가락을 끊어낼 수도 있으니."

"……!"

푸르스름한 칼날이 어둑한 가운데 빛났다.

놀라 눈을 크게 뜬 보령에게 사량이 말했다.

"그런데 그렇게 하면 아프다고 우느라 내 말에 답하지 못할까 봐 이 정도로만 할게요. 당신은 당신이 아프다고 우는 동안 대신 말해줄 사람이 있는 것도 아니잖아요. 안 그래요?"

보령의 얼굴이 그대로 굳었다.

정말인가, 이거. 흘끔 고개를 들어 사량의 얼굴을 보는 순간, 보령은 확신했다.

이 여자, 제정신이다.

얼굴이 조금 전과 조금도 다르지 않다.

"보령, 팔보산에는 여덟 가지 조심해야 할 게 있어요. 밀림, 폭우, 독샘, 독사, 독충, 절벽, 맹수, 덫. 그리고 이 여덟을 합친 것이 팔보산에서 나고 자란 사람."

커진 보령의 눈을 보며 사량은 생긋 웃었다.

"보령, 나는 채화가 살아 있는 것은 이미 알고 있었어요."

"네?"

"그러니 나는 그가 어찌 살아남았는지, 누구 덕으로 그리된 건지 여기 오기 전부터, 아니, 다섯 해 전부터 다 알고 있었어요."

보령은 그제야 사량이 약혼자가 살아 있다는 말을 들었을 때 살아 있다는 사실 자체에는 놀라지 않았다는 것을 깨달았다. 어머, 그걸 당신들이 어떻게. 그래서 뭘. 이상도 이하도 아니었다. 어떻게 살아난 거냐, 정말이냐, 믿을 수 없다고 해야 정상이었다.

이상하게 여기지 않았던 것을 후회했지만, 지금 와서 해봤자 아무 소용 없다. 보령은 칸막이 너머를 보았다. 이런 난리가 벌어지면 들여다보기는 해야 하지 않은가. 도와라도 달라 하고 싶었다.

"보령, 채화는 그곳에 없으니 찾지 말아요."

"네?"

"황 선생님이 성에 오기 전에 알아서 해주셨어요. 당신이 강호에 몸담았던 사람이라면, 저기 저분은 강호를 주름잡던 분이라."

문 앞의 황 선생이 손사래를 쳤다.

"아닙니다요. 제가 무슨 주름을 잡는다고. 그저, 부탁하면 쉬운 일 정 도는 들어주는 친구들이 있을 뿐입죠. 그 친구들에게 사정을 말하니, 어 디 그런 파렴치한 놈이 다 있느냐며 저보다 더 화를 내더니 당장 잡아다 주더군요."

보령은 머리가 잡힌 채로 신음을 흘렸다.

"이게……!"

"그리고 당신 오기 전에 이 객잔 주인에게 미리 말해, 이야기하기 좋은 방으로 안내해 달라고 했어요. 그리고 당신이 중간에 도망치지 못하도록 도와달라고도 했지요. 문밖으로 나갈 테면 나가봐도 좋아요. 금방 여기로 다시 돌아올 테니. 단, 나갈 때와 똑같은 상태일 거라는 보장은 못하겠네 요."

보령은 사량이 아이에게 논을 건네는 것을 보고 아가씨라 저런 일에도 치레를 하는 거라 무심히 넘어갔었다. 이제 보니, 그건 수고비였다. 맙소 사, 코앞에서 대놓고 수고비를 주는데도 몰랐다.

"보령, 채화는 말이죠, 출정 전에 나를 찾아와 사랑하는 여자가 생겼으 니 파혼해 달라 했었지요. 저는 전쟁 뒤에 이야기하자고 보냈고요. 그리 고 전쟁이 끝난 어느 날, 나는 려아가 도망치는 것을 발견했어요. 뒤를 쫓 아갔더니 채화가 있더군요. 그때 려아를 붙잡고 잠시 실랑이를 한 뒤에 전말을 알게 되었어요. 그날 려아는 당신과는 달리 귀가 잘려 나갔죠. 그 건 나도 좀 미안하게 생각해요. 따지고 보면 그 아이는 내 약혼자와 사랑 에 빠진 죄밖에 없는데 말이지요. 그래도 그때는 채화가 도무지 내 말을 듣지 않아서 어쩔 수 없었어요."

보령은 정말 잘못 걸린 것 같다는 생각이 들었다.

말하는 사량의 표정은 고양이라도 쓰다듬는 듯 평화로웠다.

이 여자, 근본적으로 제정신이 아니다. 얌전하게 미친 여자였다.

"그날 알게 되었지요. 채화가 어떻게 배신한 건지. 누구 명령으로 배신하고, 누구 명령으로 북명에 정보를 흘리고, 누구 명령으로 출정 직전에 도망쳤는지. 탈영 직전에 아버지께 잡혔다고도 하더군요. 용서를 받았다나 뭐라나, 어쩌고저쩌고 주절대던데 아버지가 용서하셨다고 저까지 용서할 필요는 없겠죠."

"그럼, 알면서도!"

"당신도 아는 게 맞네요. 대단하네요. 화양공과 그 정도 비밀까지 공유하나요?"

"알면서도 왔냐고!"

"네, 알면서도 왔어요. 그런데 아무리 질 가능성이 높은 전장에서 손을 한 번 더 쓰는 것 정도라도 그렇지, 매수 비용이 참 짜더군요. 그래도 유용하게 쓰기는 했네요. 그마저 없었으면 겨울에 힘들 뻔했지 뭔가요."

"뭐…… 뭐라고?"

"그래도 금은 금이잖아요. 게다가 내가 직접 받은 것도 아니고, 채화가 받은 건데. 채화와 려아는 도망치도록 두는 수밖에는 없었지요. 그리고 잊어줬어요. 상처했다니 가엾게도 려아는 죽었나 보군요. 채화도…… 성공했다면 나를 다시 찾아올 생각도 하지 않았을 테고요. 뭐, 좀 당혹스럽긴 했네요. 다시 얼굴을 들이밀 줄 알았다면 코라도 잘라 보낼 걸 그랬단 생각도 들고."

사량은 단도를 뽑고 손을 놓았다.

보령은 놓여나자마자 급히 일어났다.

"그러니 보령, 내가 궁금한 것은 그 일이 아니라 당신과 화양공 나리의 이야기예요. 당신이 찾아왔을 때 나는 채화에 대한 말이 나올 거라 짐작은 했어요. 채화를 직접 찾아내 올 줄은 몰랐지만요. 나리가 걱정하는 건, 내가 그 사람과 혼인하고 난 뒤에 그 사실을 알고 복수라도 할까 그러시는 거겠지요. 내가 그와 혼인해 그리해 달라 조르기라도 한다면, 화양공 나리 입장에서는 섬뜩한 일이긴 하겠네요."

"혹시 그러려고 공자를 유혹한 건가요."

"아니요. 말은 바로 합시다. 공자가 유혹한 거고, 내가 넘어간 거예요."

"……"

"보령, 나는 공자를 받아들이며 좋게 생각해 보려고 했어요. 아버지의 일에 화양공이 죄책감을 가지고 있고 미안해하며 너그러이 거두어줄지도 모른다고. 하지만 내가 너무 낙관적이었네요. 화양공이 약혼자를 부르신 것도, 어쩌면 그 때문이겠지요. 일의 전말을 알게 되면 원수 집안 아들과는 혼인하지 않고 돌아갈 거라 생각하셨을 테죠."

지난 한 달간, 사량은 더없이 낙관적이었었다.

잘될 거야, 와 잘되겠지의 연속이었다. 언제고 그 일에 대한 이야기가 나오고야 말 거라 예감하면서도 그랬다. 생각하기 싫어서였다. 햇살 아래 맑은 물을 보듯, 꽃잎 아래 고인 꿀을 삼키듯, 달콤하고 빛나기만 하던 그 날이 좋아서였다.

"그럼 알면서도……!"

"그 배신이 공자를 위한 일이었다면 나 역시 생각을 좀 다시 해볼 수도 있었을 겁니다. 하지만 당시 공자도 같이 죽으라고 보내진 거나 다를 바 없잖아요. 공자에게는 아무 잘못도, 책임도 없어요. 오히려 그 사람 덕에 아버지 장례나마 치를 수 있었죠. 그러니 이건, 역시 저와 화양공 나리의 문제이고 공자와는 상관없는 일이 되네요."

그리고 사량은 의자를 가리켰다.

"자, 보령. 거기 벽에 붙어 있지 말고 여기 가까이 와서 이야기해요. 제 정신으로 이야기하기 힘드시겠다면 술 한잔 정도는 사드리지요. 원하는 것은 무엇이든 말해봐요."

보령은 벽 앞에서 말하고 싶었으나, 사량의 상냥한 얼굴을 보니 그랬다가는 머리가 잡힌 채 엎드려 이야기를 해야 될 것 같아 그만두었다.

보령은 사량에 대해 쉽게 생각했던 것을 후회했다. 나긋나긋 말하는 우아한 자태, 성안 여자들의 호의를 한 몸에 받던 상냥하고 겸손한 태도, 무장들을 흐물흐물하게 만들던 꽃 같은 웃음, 죄다 내숭이었다. 이 여자, 하하 웃으며 상대의 목을 써는 여자였다.

그러나 정말 경악스러운 것은 저 황 선생이란 자는 태평하게 있다는 것이다. 놀라지도 당황하지도 않고, 바느질하는 아가씨를 보는 표정이다.

포기하자. 보령은 사량이 밀어준 의자에 앉았다. 최선은 겁 안 먹은 척하는 것뿐이다.

"어서 물어보세요."

"당신은 대체 뭔가요."

"아시다시피, 화양공 나리의 몸종입니다."

"다시 배짱이 좋아지네요. 하긴, 그런 분이니 무서운 말을 그리도 잘하지요. 자칫 잘못하면 혀가 잘려 나가고 머리가 깎인 뒤 손가락이 뭉개진 채 조리돌림 당하고 추방당하는 그런 말을 참 잘도 하고도 이리 태평하게."

"그, 그건 뭔가요."

"주인을 모함한 하인이 받는 벌이지요. 화양에는 그런 벌이 없나 봐요?"

"모함이라니, 그런 적 없어요."

"없기는요. 그리고 참, 그런 벌을 구경해 본 적이 없다면 그냥 제가 해 드릴 수도 있어요. 어차피 그건 사형(私刑)으로 행해지는 거라, 내가 해도 문제될 건 없어요. 왜 그랬냐고 누가 물어보면 사실대로 말하죠. 아, 혀는 하지 않을게요. 자르고도 살려둘 만한 기술이 없어서."

"그…… 만하면 안 될까요."

"그러게, 그럴 벌을 받을 만한 일은 왜 하셨어요."

"내가 뭘 했다고요."

"보령, 당신은 내원에 단 한 번도 들어간 적이 없잖아요."

"낭자가 그걸 대체 무슨 수로 알아요!"

"부인은 혼자 있는 일이 없어요. 외부인이나, 심지어 공자들과 이야기할 때도 옆에 시녀를 두더군요. 그리고 그 순서도 정해져 있어, 만약 가족들 간의 대화가 밖으로 나가면 누구 입에서 나갔는지 단번에 알 수 있도록 하지요. 그건 말이죠, 내원의 여자들이 가장 먼저 교육받는 거예요. 화양공 나리야 부인이 하나뿐이지만, 보통 제후들은 부인이 여럿이고, 부인이 나고 자란 화서항주 가문처럼 부유한 집안의 여자들은 더더욱 서로를 경계하며 질시하니 전장이 따로 없지요. 그중에 가장 쉽게 쓸 수 있는 모함거리는 사통. 싫어하는 여자와 경계하는 아들까지 한번에 없애는 방법이니 얼마나 좋아요. 그러나 그만큼, 여자들은 만일의 경우에 다 대비해요. 유 부인도 그렇고요. 또한 그것이 모함임이 밝혀질 시에 시도한 자들이 받아야 하는 벌은, 아주 혹독해요. 사주한 자가 받는 경우는 없고, 몸종이나 시녀들이 받는 경우가 대부분이긴 하지요. 자, 보령. 당신 말대로 정말 공자와 부인 사이에 추한 일이 있었다면 대체 언제, 어떻게 가능한 걸까요."

"방법은 언제라도 누구라도 낼 수 있어요, 낭자. 정분난 남녀가 못할 짓이 뭐가 있나요."

"못할 짓이야 없지만 몰래 못할 짓 하는 게 힘들다는 거죠. 특히나 공자 같은 사람은. 당장 밖으로 나가서 물어봐 봐요. 공자가 그런 일에 관한 한 얼마나 부주의하고 눈치를 안 보는지, 얼마나 사람 눈에 잘 뜨이게 행동하는지. 그 사람은 정을 주는 일에 관한 한 숨길 줄 몰라요. 덕택에 내가 다 민망할 지경이었는데. 그런 사람이 자그마치 화양공의 부인과 사통하며 소문 한 번 안 나도록 행동한다? 시작도 전에 화양은 물론이요, 저기 저 황성까지 소문이 났을걸요.”

“낭자가 몰라서 그런 거예요.”

“그래요, 당신은 십일 년이고 나는 몇 달이니. 그런데 고작 몇 달 본 내가 아는 것을 왜 당신은 모를까. 보령, 부인 옆에 시녀들이 없어지는 순간은 부인과 제후 나리가 이야기할 때뿐. 당신이 부인의 내원을 볼 수 있는 것은 딱 그때뿐. 밤에 부인의 침실 시중을 드는 당번이 없는 날도 그날뿐이기도 하고요. 그렇게 내원의 일이 어떻게 돌아가는지 모르는 것은 당신과 제후 나리뿐이에요.”

“시녀들이 한통속이 되어 부인을 지켜주는 걸 수도 있잖아요.”

“일단, 제후 나리가 건드리는 대상은 하녀와 시녀들이에요. 즉, 때에 따라서 시녀들은 부인의 경쟁자가 될 수 있는 존재이지 완전히 믿을 상대는 못 되죠. 보는 내내, 저는 부인이 시녀들을 믿지 않는다는 걸 알았어요. 귀여워하고 후하고 너그럽게 베풀지만, 절대 믿지 않죠. 사통이 있었다면 그 시녀들 중 부인을 배신할 시녀는 얼마든지 있어요. 길게 갈 수가 없어요.”

“사통이 길게 갈 필요도 없잖아요. 그저 하룻밤…… 아니, 한 번 실수로도 돼요! 증거도, 정표도 있었다고 했잖아요!”

“정표 정도로 주거니 받거니 한 것이 없어졌는데 아직까지 모르고 있다면 그건 정표도 아니죠. 분실해도 상관없는 물건일 뿐이지.”

“네?”

“그 정도 은밀하면서도 정표가 오고 갈 정도로 깊은 정이라면, 잘 숨겨두고 항상 살폈겠죠. 자그마치 그게 없어졌는데 모를 리가. 그리고 없어졌다는 것을 알자마자, 사통을 저지를 정도로 상대에 대해 배덕한 사람이라면, 반란을 일으킬 궁리를 하지 아무것도 모르고 있기도 어렵죠."

보령은 말문이 막혔다.

앞뒤가 지나치게 맞아떨어졌다.

"그, 그렇다면 막내 공자님은 대체 뭐죠?"

"왜 이래요, 보령. 이 성에 처음 온 저도, 시녀들에게 차 대접하고 이야기 좀 나누니 알아낼 수 있는 일이던데. 하긴, 보령 당신과 나리의 관계를 생각하면 당신에게는 감추었을지도 모르겠네요. 이러니 더더욱, 내원으로 들어가기는커녕 시녀들에게 아무 이야기도 들을 수 없는 당신이 사통에 대해 알아낸다는 게 의심스럽기만 하군요. 길바닥에 굴러다니는 돌을 줍는 것도 아니고."

"대체 무슨 일…… 인데요."

"정말 모르나 보네요. 그러면서도 그리 무서운 거짓말을 한 건가요. 참 신기할 일이네요. 화양공 나리는, 유 부인의 아들들에게는 그리 냉정한 분이, 무염 공자는 거의 원수처럼 대하는 분이, 어째서 당신이 하는 말에는 그리 귀를 기울이고 믿어주는 걸까. 당신은 나리의 뭘까. 나리가 듣고 싶은 거짓, 그것도 부인과 공자와 관련된 거짓을 그리도 배짱 좋게 말하는 당신은 대체 뭐죠?"

"죽어도 말 못해요!"

"화양공 나리를 사내로 탐하시는 건가요. 하긴, 그러면 설명이 되긴 하군요. 부인이 질투나고, 밉고, 다른 여자의 자식인 염도 질투나고. 그러나 그것은 당신의 악의는 설명해도, 나리께서 당신을 그리 싸고도는 이유를 설명해 주지는 못하네요."

보령의 눈에 혐오감이 일었다.

"말 함부로 하지 말아요!"

"그럼, 당신은 대체 왜 그 사람을 그리 불쌍하게 만든 건가요. 왜 그를 사지로 몇 번이나 몰아세우고, 그 사지에서 돌아와도 환대받지 못하도록 한 건가요. 또 사지로 가게 만들고, 기어코 그 역한 말을 입에 담으며 내 앞에서 그 사람의 처지를 그리 비참하게 한 건가요. 대체 당신이 뭐라서. 아니, 무슨 자격으로. 그가 당신에게 해라도 끼쳤나요? 원망할 만한 일을 했어요? 네?"

보령은 아무 말도 없었다. 사량이 다가와 보령을 향해 허리를 숙였다. 얼굴이 가까워지자 보령은 등골이 오싹해졌다.

얼음이 스며들 듯 싸늘한 목소리가 들려왔다.

"없을 거야."

"그……."

"없지?"

"저, 저기!"

"보령, 나는 너 같은 것이 정말 싫어. 제 손으로 칼 휘두르는 것은 겁나면서, 그 세 치 혀로 창칼 앞으로 사람을 내던지지. 성벽을 등지고 전장에 서게 하고, 창칼 아래에서 맨 목을 들이밀게 하지. 너 같은 것이 독 적신 혓바닥 한 번 움직이면, 누군가는 시궁창으로 내동댕이쳐지고, 누군가는 절벽 아래로 달려가야 하지. 고작 너 같은 게. 그게, 어쩌면 이리도 혐오스러운지."

노여워하기라도 할 줄 알았으나, 보령의 눈앞에 있는 사량은 그저 차가울 뿐이었다.

보령은 상대를 잘못 잡아도 단단히 잘못 잡았다는 생각이 들었다. 막무염, 너 팔보산에서 대체 뭘 데리고 온 거냐.

"그러니 대체 뭔지, 제대로 말해. 하지만 아주 대단한 사연이어야 할 거야. 그 사연이란 것이 내 성에 안 차면 말이야, 나는 네 창자부터 갈아낼 테니!"

맨정신으로 그러고도 남을 여자라, 보령은 얼결에 말했다.

"그……."

"어서!"

"제 어머니는……."

보령은 떨리는 입술을 물었다 떼고는 말했다.

"제 어머니는 제후 나리의 여자였습니다."

"언제."

"부인과 혼인하기 전이었습니다. 무염의 어머니는 공자를 낳고, 아들을 낳았으니 첩으로라도 남아 있으라는 태 부인의 말을 듣고도 성을 나가 재가했습니다! 그 뒤에 제 어머니가 제후 나리를 모셨어요……. 때론 아내처럼, 때론 종처럼, 자는 시간 빼고는 다 바쳐 나리를 모셨어요. 나리가 화양공이 되시기 전에도, 그 후에도. 그저, 그저 옆에서 모시면 되었다고요……. 그러다 나리께서 본부인을 맞이해 화양으로 오셨지요. 어머니는 그때도 아무것도 바라지 않으셨어요. 그저, 첩으로만 남아 나리만 모시면 되었어요!"

보령은 눈물을 훔쳤다.

"어머니는 아무것도, 정말 아무것도 바라지 않으셨습니다! 게다가 그때 만삭이셨어요. 그런데 부인이 어머니와 저를 보았을 때 무엇을 하셨는지 알아요? 그분은 말이지요, 너그럽게 대하셔도 되었습니다. 우리는, 어머니는 화서항주의 따님 정도 되는 부인과 맞먹을 수조차 없어요! 그런데 부인은 만삭인 어머니를 매질해 쫓아내고 내 뺨을 때리며 근처도 오지 않겠다는 맹세를 하게 했습니다! 어머니는 그날 맨몸으로 쫓겨나셨고, 몸을 망치고 돌아가셨어요. 저는 아버지가 있음에도 강호를 떠돌며 살아야 했고요! 이러니 제가 어찌 부인을 미워하지 않겠어요."

"복수인가요?"

"그래요! 어머니를 그리 만든 것에 대한 대가는 치러야지! 나와 내 동생, 내 어머니를 그리 만들고도 아무 대가도 없이 행복하게 살 줄 알았다면, 그랬다면 그야말로 착각입니다. 어머니를 잃고, 몇 년 떠돌다가 나리를 찾아갔어요. 다행히 나리는 저를 알아보시고 거두어주셨지요. 그런데 그때도 부인에게 들킬까 봐 입적조차 시켜주시지 못하시더군요! 아버지가 있고 어머니가 있는데, 저는 누구의 자식도 아니었습니다."

그날을 생각하니, 보령은 속이 끓어올라 눈물이 더 솟구쳤다.

"저는 어머니가 원하셨던 대로 나리를 모셨어요. 하지만 부인의 그 잔혹한 처사는 참을 수도 넘어갈 수도 없어요. 그런데 부인은 어머니가 세상에 있었다는 사실조차 잊고 사시더군요. 제 얼굴은 당연히 까맣게 잊고요. 그런데 무염 공자는 뭔가요. 그도 다른 여자의 자식인데⋯⋯. 그러니 그런 일이 벌어지길 바라기는 했어요. 바라고, 또 바랐지요."

"마침 나리가 의심을 하신 건가요, 아니면 당신이 그렇다고 말한 건가요."

"먼저 의심하신 건 나리십니다."

"그렇군요."

보령은 사량의 얼굴을 살폈다. 납득을 한 건지, 동정을 하는 건지. 그저 꽃처럼 조용할 뿐이라 무슨 생각을 하는지 도무지 알 수 없다.

"이제 이해가 쉽네요. 당신이 왜 그런지, 당신에게 나리가 어떤 존재인지도 이해할게요. 그래도 나리는 당신을 딸로 여기는 것 같아요. 그러니 너무 서러워하지는 마세요."

"그저 몸종입니다."

"당신은 화양공 나리의 자식 중, 그 누구도 받지 못했던 믿음을 받고 있어요. 옆에 두고, 의지하고, 말에 귀를 기울이지요. 사실 나는 당신이 그걸 원하는 것 같다는 생각도 드네요. 이제 이해할 수 있네요. 당신의 악의를."

사량은 상냥하게 웃었다.

"그리고 다행이에요. 그 사연이란 게 저나 공자하고는 상관이 없는 거라."

"뭐라고요?"

"저하고는 상관없는, 부인하고 당신 사이의 일이라고요."

"지금…… 나, 나하고!"

"당신하고 나하고 관련이 있으려면, 당신이 공자에게 덤볐다가 침대에서 쫓겨났다는 정도의 일은 있어야지요. 혹시나 그런 건 아닐까, 조금 걱정했는데 아니네요. 보령, 왜 그래요. 동정해요, 안타까운 일이에요. 당신 어머니와 당신을 그때 보았다면 저는 분명 당신들을 도와주고 치료하고 쉴 곳도 마련해 주고 일감도 주었을 거예요. 또한 부인께서 너그럽지 못한 처사를 하셨으며 나리께서 무책임하셨던 거라 했을 거라고요."

보령은 이 여자가 제정신인가 싶었다.

"그, 그런 말이 아니잖아요!"

"그럼, 저더러 뭘 어쩌라고요."

"이제 놔줘요!"

"내가 왜요."

"네?"

"왜 그래야 하는지 모르겠어요."

보령은 경악하며 사량을 보았다.

"이유를 다 알았잖아요!"

"그건 그거죠. 적어도, 납득 못하는 이유는 아니고 이상한 이유도 아니니 다행이기도 하고요. 하지만 그럼에도 당신이 한 말에 대한 책임은 져야죠. 아무 잘못도 없는 공자가 그리되었는데."

"이, 이봐요!"

"제가 원하는 건 그냥 당신이 저지른 일에 당신이 책임지는 거예요. 자, 여기."

사량은 잔을 내밀고 그 안에 차를 따른 뒤, 소매에 들어 있던 주머니를 꺼냈다.

"뭔가요."

사량은 그 주머니 안에 든 가루를 차에 넣었다.

"마셔요."

"독이에요?"

"아뇨. 한숨 자라고요. 아주 푹 자요. 좋은 데로 데려다 놓고 갈게요."

"어, 어디로요."

"책임지라고 했잖아요. 나는 당신과 부인의 문제를 당신과 부인이 마주 보고 해결하기를 바랍니다. 사정을 듣게 되면 부인은 자비롭게 당신을 용서하던가, 제후 나리의 멱살을 잡으러 가던가 둘 중 하나겠지만."

"나리께는 뭐라 하실 건가요."

"당신이 거짓말을 했다고? 공자와 부인은 아무 문제 없다고? 저런, 나도 눈치는 있어요. 그런 말을 내가 직접 했다가는 내가 끝장나요. 의심을 품었다는 사실을 남의 입으로 듣게 되면, 그 수치심을 누가 감당할 수 있을까요. 남의 입으로 듣는 것은 격이 다른 분노를 불러일으킬걸요. 그러니 당신이 말하고, 부인이 알고, 화양공 나리가 틀어 잡히면 되는 거죠. 자, 어서 먹어요."

"먹기 싫어요."

"보령, 그렇다면 기절할 때까지 나한테 맞아야 하는데, 내가 팔 힘이 약해서 좀 많이 때려야 해요. 그럴까요?"

"아뇨!"

보령은 얼른 차를 마셨다.

사량은 보령에게 약 기운이 도는 것을 기다렸다. 등 뒤의 황 선생이 길게 하품을 할 무렵, 보령의 머리도 옆어졌다. 황 선생이 다가와 보령의 어깨를 흔들어 보았다.

"이제 끝난 겁니까."

"생각보다 쉬운 상대네요. 금방 겁먹고."

그리하시면 누구나 겁먹을 것 같네요, 하고 황 선생이 중얼거리곤 말했다.

"어쩌실 건가요."

"화양공 나리를 뵈러 가야 하겠지요."

"잘되실 것 같습니까?"

"그건 저도 자신하기 어렵네요."

사량은 우울하게 웃었다.

"지금 화양공 나리에게 절대 없는 것에 기댈 수밖에 없는 처지라서."

이해, 믿음, 아량. 화양공에게는 셋 다 없는 것들이니 속에서부터 어둠이 밀려드는 기분이다.

염, 당신은 어떻게 그런 아버지를 주군으로 모시고, 그런 아버지 손에 든 칼에 목을 맡기고 살았나요.

나는 생각만 해도 이리 답답한데, 당신은 그런 아버지를 모시고 십 년도 넘게 견뎌왔네요.

늦은 오후, 화양공 막채규는 방문자가 왔다는 말을 들었다.

"누가 온 건가."

"내원의 손님이십니다."

보나마나 그 아이다. 당장 돌려보내라 하고 싶었다. 얼굴도 보고 싶지 않았다. 그러나 이리 왔다면, 만나기는 해줘야겠다.

"혼자던가."

"남자 일행과 같이 있었습니다. 여자분이 본가 사람이라 해서, 방명부에 이름만 적도록 하고 들여보냈습니다."

"그래, 들어오라고 해라."

"그리고 나리, 방문자 하나가 더 있습니다."

"누가 또."

시종이 귓속말로 속삭였다. 막채규는 시종을 보았다 .

"그래."

"그자도 들여보낼까요?"

"그래라."

보령이 알아서 하겠다더니, 왜 여기로. 뭔가 안 맞은 건가.

채규는 일단 먼저 온 사량부터 만나기로 하고 접견실로 향했다.

접견실에는 젊은 여자가 와 있었다. 멀리서 본 적은 있으나, 이리 자세히 보는 것은 처음.

얼굴을 보자마자 채규는 그 여자가 누구인지 알 수 있었다. 지나가다 봤어도 알아볼 수 있을 것이다.

가까이에서 보는 그 얼굴은 제 아비와 참 많이도 닮았다. 얼굴 윤곽이나 눈썹, 눈매는 특히나 닮았다. 그 친구의 얼굴을 보며 참 계집애 같다고 생각했는데, 자신과 닮은 딸을 남겼다. 그 얼굴을 하고, 형을 검으로 이기고 우동관의 창술도 꺾었던 사내다. 그래서 채규는 그 젊은 융금백이 좋았다. 형과 우동관이 우습게 알던 '계집애'에게 당하는 것도 만족스러웠다.

그리고 유일한 벗이다.

평생 단 하나, 믿고 의지할 친구가 있었다면 그였다.

그리고 배신했다. 끝까지 믿어줄 거란 걸 알고, 알아서 배신했다.

"융금의 갈사량입니다."

"이렇게 만나는 건 처음이구나."

"네."

"오늘 밤에 떠나라 보령을 통해 전하지 않았더냐."

"들었습니다."

"그래."

사량의 눈이 채규를 향했다. 닮은 눈, 그러나 다른 눈빛이다. 간절한, 그리고 어딘지 더 서늘하기도 한 눈.

"갈 수 없습니다."

의외의 말에 채규는 머리가 지끈거렸다. 내막을 알고 그 배신에 대해 따지러 작정하고 온 줄 알았다. 그런데 이건 뭐야.

"무슨 소리지."

"가지 않습니다. 떠날 수가 없습니다."

"살아 있는 약혼자를 두고 그런 말을 하는 거냐."

"그에 대해서는 잊으세요. 제가 알아서 말하겠습니다. 저는 공자를 떠나기 싫습니다."

"대체 왜."

"그 사람을 사랑하니까요."

가슴이 후벼 파이는 기분이다.

"뭐라."

"그러니 못 갑니다."

"그래서 나더러 감동이라도 해달라는 거냐. 남녀의 일이 애정만으로 해결되지 않는다는 건 너도 알지 않니. 자, 봐. 나는 네 아버지를 죽게 했다. 네 아버지의 원수야!"

"그리 따지면 채화는 더더욱 원수지요. 나리야, 판단에 따라 그리하실 수 있다 쳐도 채화는 그야말로 배신자입니다."

"하지만 네 약혼자와의 일은 네가 알아서 하면 된다. 목을 따든, 만천하에 배신자라고 알리고 돌을 던지게 하든 네 마음대로 해! 나는 너와 네 약혼자의 일은 어찌 되든 상관도 없고 상관할 생각도 없다. 그러나 내 아들과 네 일은 아니야! 집안끼리 척을 진 사이인데, 혼인으로 연분을 맺겠다고?"

"상관없습니다. 어차피 저는 채화가 살아 있는 것을 알고 있었어요."

"……뭐?"

"채화는 전쟁 후 성을 찾아왔다가 저와 만난 적이 있습니다. 그날 알게 되었지요."

"그럼, 알면서도 여기로 온 거냐."

"네, 알면서도 여기로 왔습니다."

"알면서도 그 아이와 결혼할 마음이 들더냐."

"저는 나리의 결정을 원망한 적도, 한을 품은 적도 없어요. 화가 나고 슬프지 않았다면 거짓말이지요. 서러운 마음이 없었다면, 역시 거짓말. 하지만 그럼에도 불구하고 저는 나리의 결정을 존중합니다."

"그건 무슨 소리냐."

"한을 품자면 지나가는 개미 한 마리에게도 복수를 해야 할 만큼 복잡하지만, 입장을 이해하면 부모를 죽게 하더라도 이해할 수 있는 것이 전장입니다. 남편을 죽인 자에게 재가하고, 구원의 대가로 아내를 첩으로 보내고, 아들을 죽인 자에게 딸을 보내지요. 강호는 밥 먹는 순서로도 원한을 지지만, 전장은 부모 자식을 죽여도 그날 저녁 같이 밥을 먹는 곳입니다. 적과 아군이 아침과 저녁으로 다른 곳, 그것이 바로 이런 세상의 전장…… 나리는 화양을 책임지는 영주입니다. 이 화양 전체의 안전, 화양 성민의 삶, 그리고 화양 막씨 가문……. 화양을 지키기 위해 아버지를 버린 결정은 할 수 있다고 생각합니다."

채규는 정말로 웃음이 나왔다. 말 한 번 참 잘한다.

"너그럽구나, 참으로."

"이해한다는 겁니다. 친분과 맹주로서의 책임을 무리하게 지키려다 화양을 위험하게 했다면, 그것으로 화양성이 전란에 휩싸였다면, 그리하여 누군가가 부모 자식을 잃고 슬픔에 잠기게 된다면 오히려 그것이 성주 나리로서 할 일이 아니라 생각합니다. 제 아버지도 그런 분이셨고, 제 동생도 그런 처지. 그래서 이해하는 겁니다. 나리가 아버지를 배신하고 아버지를 죽음으로 몰아간 것은 이해할 수 있으니 나리는 제 원수가 아닙니다. 아버지 일은 잊고 살겠습니다. 죽을 때까지 언급조차 하지 않겠습니다."

"대단한 효녀군."

"나리, 저는 동생을 죽이려 하고 저를 범하려던 자도 미워하지 않았어요. 누가 이기고 질지 모르는 전장에서 어떤 판단을 하든, 죄는 아니라고 생각합니다."

"내 아들하고 살기만 하면 된다는 거냐."

"네, 그것만 허락해 주십시오."

"내 며느리로 내게 봉사하는 것이 네 아버지에게 죄를 짓는 일인데도?"

"그 죄는 제가 죽어서 갚을 것입니다. 지옥으로 가 그 불효로 천 번 만 번을 불구덩이로 던져져도, 제가 갚겠습니다. 그래도 그를 떠나고 싶지 않습니다."

대단한 효녀 납셨다, 라는 생각이 든다.

강한 건지, 정말 남자에 미친 건지.

사량은 엎드려 머리를 숙였다.

"나리, 부탁드립니다. 잊고 살 테니 다른 것은 필요없습니다. 호적에
올려주지 않아도 좋고, 아내로 인정하지 않아도 됩니다. 첩실로 남겨두어
도 좋으니, 떠나라고만 하지 마세요. 곁에서 지내게만, 그가 저와 같이 지
낼 수만 있게 해주세요."

"⋯⋯."

채규는 며칠 전 아들의 얼굴을 생각했다.

무수히도 마모되어 무뎌져 가던 녀석이라고 생각했는데, 왜 그런 표정
이던가. 그전에 믿음과 감사를 담던 얼굴과 극렬히 비교되며 다시 아파온
다.

이 아이를 허락해 주면 그날 일은 다 씻어낼 수 있을 테지. 원망하고 절
망해도 이 아이만 안겨주면 아들은 다시 한 번 참아줄 것이다. 어디를 가
라 하던 가고, 무엇을 하라든 할 것이다. 개처럼 복종하고 마소처럼 견디
며. 아니, 더 잘할지도 모르겠다. 이 아이를 같이 지켜야 한다 생각한다면
무슨 일을 시켜도 할 테지.

순수하게 생각해 보고 싶다.

이 아이들은 서로를 아끼며 같이 살고 싶어하고, 그것을 위해 모든 것
이든 감수할 생각이 있다고. 이 아이는 아버지의 일을 참고, 아들은 그에
게서 받은 상처를 참을 거라고.

그래 볼까.

아무리 가혹하게 대해도, 이 한 번의 자비로 아들은 다 용서해 주고 다
받아들이고 무릎 꿇을 테지.

안다, 나는. 네가 그럴 거라는 것, 정말 안다.

하지만 네가 그러더라도 이 아이는 그래 줄까. 정말 원한을 잊어줄까. 자신에게 푹 빠진 아들을 가지고도, 이 아이는 자기 손에 쥐어진 권력을 정말 쓰지 않을까. 아들이 마음만 먹으면 얼마든지 이 화양을 뒤엎고 제 후가 될 수 있다는 것을 알면서도 나를 용서하고 받아들일까.

또 의심이다. 그리고 이제, 의심은 지친다.

덫에라도 걸린 듯 의심하고 또 의심한다. 아무리 아니라고, 스스로에게 말해도 또 돌아서면 의심한다.

아들은 이 아이만 주면 아무것도 바라지 않겠다고 했다. 그래, 너는 믿는다. 너는 결코 바라지 않을 테지.

하지만 이 아이가 바라면, 너는 할 테지.

채규는 불행하게도 자신이 스스로 얻어낸 것이 얼마나 없는지 알고 있었다.

화양공이 된 것은 때맞춰 형이 죽어서였고, 작은 부인들 소생의 동생들은 아버지가 예전에 분위기를 잡아놓아 엄두도 내지 못했다. 큰형을 위한 일이었으나 결과적으로는 채규를 위한 일이 되었다.

그 뒤, 동량에서도 이긴 것은 아들이고 화양을 지켜낸 것 역시 상황이지 채규의 판단은 아니었다.

그렇게 스스로 얻어낸 것이 없으니 어떻게 해야 이기는지 어떻게 해야 얻는 건지 어떻게 해야 진짜 지키는 건지 모르겠다.

하나도.

할 줄 아는 것은 의심뿐. 굴러들어 온 것을 놓칠까 봐 또 의심하고, 의심하는 것뿐.

그것도 이제 지친다.

"안 되겠구나."

그래서 이리 결론을 내린다.

젊은이들의 일이 아닌가. 오늘 죽고 사는 문제라도 내일이면 잊어버리는, 그런 아이들 아닌가.

잊겠지. 언제고. 지금 저리 상처받아도 그래도 감수하며 잊겠지. 너는 내 아들이고, 그러니 이번에도 견뎌주겠지. 새 여자가 생기고 그 여자와 가정이 생기면 또 알아서 꾸역꾸역 살아줄 테고.

"떠나거라."

사량은 입술을 물고 그런 채규를 바라보았다. 이제 포기하고, 눈물 좀 흘린 다음 돌아설 줄 알았다. 그런데 사량은 고개를 저었다.

"못합니다."

이건 또 무슨. 채규는 화가 밀쳐 올라왔다.

"건방지구나."

"허락해 주시지 않으면, 그러면 그냥 있겠습니다."

"그렇다면 나도 도저히 하고 싶지 않았던 말을 해야겠구나. 그래, 네가 여기 주저앉아도 나는 너를 죽이거나 하지는 않을 거다. 내가 뭐라 하든 듣지 않으면 되겠지. 하지만 네 동생이 어찌 되어도 상관없을까."

사량의 얼굴이 굳었다.

그 얼굴에 채규는 안도했다.

드디어, 이 여자아이와 맞서며 처음으로 대등해진 기분이었다. 대단한 화양공이다. 젊은 계집애한테 밀리다가 처음으로 대등해지다니.

"그렇게 죽어도 못 가겠다 버티면, 융금에 있는 내 군사에게 명령을 하겠다. 네 동생을 죽이고 성을 차지하라고. 자, 네 동생의 목숨은 이제 네 발걸음에 달려 있게 될 거야. 그러니 가라. 이게 내 마지막 좋은 말이다. 더 버티다 보면, 너는 여기서 네 동생의 목을 받게 될 게다."

"어째서 이리……."

어쩌면 이리도, 이리도 매정한지. 어쩌면 이리도.

사량은 절망 속에, 정말로 다 끝났다는 것을 깨달았다.

이 사람은 정말로, 한 치도 양보할 생각도 보듬어줄 생각도 없구나. 정말 바늘 하나만큼도 양보하지 않는 사람이구나.

동생을 들먹이는 순간, 사량은 단숨에 약자가 되어버렸다. 사량 하나라면 죽든 살든 덤빌 텐데, 동생이 나오면 끝이다.

바닥이 푹푹 꺼지는 것 같다. 목이 콱콱 조이는 것 같다. 갑자기 세상이 확 좁아지고, 몸을 조인다.

"가라고!"

"전……."

이번에야말로 사량은 분노하고 있었다.

이리 분노하는 건 몇 년 만인지. 피가 끓고, 이가 갈리게 화가 난다. 그러나 어쩌랴. 동생의 일이다, 그녀의 일이 아닌 동생. 어떻게든 앞으로 나가려고 밀고 있는데, 뒷덜미가 확 잡히며 끌려 나간 기분이다.

바라보는 채규의 얼굴이 움찔 굳었다. 그리고 그제야 사량은 어깨를 잡고 누르는 손을 느꼈다.

언제 문이 열리고, 언제 그가 들어온 건지. 어디서부터 듣고 어디서부터 본 건지. 세상이 굴러가는 것 자체를 막을 남자가, 이 바위 같은 남자가 어깨에 손을 얹고 가만히 누르고 있었다. 사량은 떨리는 고개를 들었다.

"공자."

사량은 눈앞에서 무염의 턱이 굳어가는 것이, 그 눈이 싸늘하게 얼어붙는 것을 보았다. 맨 강 위로 살얼음이 끼듯 얄팍하고 싸늘한 냉기가 스며들어 간다.

"공자, 나…… 난……."

그의 손에 힘이 들어갔다.

"난⋯⋯."

"알고 왔어."

"네?"

"떠난다고."

뭔가가 쾅, 하고 무너지는 기분이다.

당신이 왜 그런 말을 하는 거지.

"난 가야⋯⋯."

그때 열린 접견실 문 너머로 키 크고 마른 남자가 나타났다. 옆에는 채규의 하인이 붙어 있었다.

처음 채규는 그 낯선 남자를 보고 누구인가, 했다. 몸은 좀 마른 편이었으나 몸가짐이나 평복 아래 몸은 완전한 무골에다 힘도 세 보였다. 얼굴 역시 칼로 만든 듯 날카로운 인상이었다. 코는 높고 살짝 매부리코, 날카롭고 오만해 보이는데 천성적으로 건방진 건지 예의를 모르는 건지. 채규에게 인사조차 없이 들어왔다.

"누구지."

"채화요."

남자가 말했다.

아, 그 사내. 하인이 이 남자가 왔다 알렸을 때 오라고 했었지. 채규는 웃음이 나왔다.

이제껏 버티던 저 여자아이가 어떤 표정을 지을지도 궁금하고, 이 남자 자체에 대해서도 웃기다. 부모처럼 돌봐주고 딸까지 주려 하던 성주를 배신했던 자. 그렇다면 지금은 강호에서 떠도는 비렁뱅이나 다를 바 없는 자인데, 성주를 앞에 놓고서도 온몸이 대나무다.

사량이 놀라 남자를 보았다. 남자는 사량을 무심하게 보고는 무염을 보았다. 마주하는 무염의 눈이 멎었다. 놀라움, 경악, 긴장, 떨림이 눈 위를 잔물결처럼 스치고 지나가다 가라앉는다. 탄식과 한탄이 입술 사이에서 흘러나오며, 그는 눈을 감고 턱에 힘을 주어 깊게 견뎌냈다.

이제 어찌할 거냐고, 채규는 아들의 얼굴을 보며 눈으로 물었다.

"알겠어."

사량의 얼굴이 하늘이 무너지는 듯 절망으로 차올랐다.

"미안…… 해요."

사량은 떨리는 턱을 누르며, 한 자 한 자 이리도 고통스러울 수도 있구나, 느끼며 말했다.

"가요. 그러니 미안……."

각오했던 것이나 실제로 입을 열어 말하는 것은 아프기 그지없었다. 그의 얼굴과 눈을 보며 말하자니 한 자 한 자 죄다 천근만근이다. 차라리 여기서 세상이 끝났으면 좋겠다. 이대로 심장이 멎어 고꾸라졌으면, 이 남자의 얼굴도 눈도 보지 않았으면 좋겠다.

"사람…… 들이 물어보면…… 그러면 말이죠…… 내가…… 준비를 위해 고향으로 갔다고 해요. 그곳에서…… 그곳에서 준비한다고. 그리고…… 아니, 이게 아니라……!"

사량은 무염의 옷자락을 꽉 잡았다.

"못 가요."

놀란 무염을 보면서도, 사량은 주체가 되지 않는다.

"나, 못 가겠어요. 도저히…… 도저히 못 가겠어!"

열기에 찬 눈물이 밀려들며 시야는 흐려지고 심장은 쿵쿵 올라오며 아예 숨을 틀어막는 것 같았다.

지금 그를 보지 않을 수만 있다면, 그의 눈을 다시 마주하지 않을 수만 있다면. 그 갈가리 찢겨 나갈 순간만 마주하지 않을 수만 있다면.

그래서 눈을 감았다. 그렇게 아예 컴컴해진 눈으로 말했다.

"갈 수가 없어! 당신 없이 나 홀로 어디로 가요…… 여기 당신 혼자 두고, 나 어찌……!"

"사량."

"내가 어떻게……."

복받쳐 오르는 흐느낌에 말문이 막혔다. 불길이 목을 다 태워 버린 것 같다.

뜨겁고 부드러운 손길이 사량의 볼을 스치고 목과 머리를 감싸 안아 당겼다. 감은 눈 위로 그의 이마가 느껴졌다. 그의 숨소리와 그의 온기가 고스란히 닿아온다.

탄식과 함께 그가 속삭였다. 안타까움과 슬픔을 섞어, 고통과 절망을 담아 속삭였다. 한 자 한 자 귀 안에 뜨거운 눈물이 떨어지듯 들려온다.

사량은 입술을 사려물며 눈을 더 세게 감았다. 떨리며 터지려는 오열을 어떻게든 막으며 그 말을 들었다.

아.

그래요, 그렇군요.

손길이 턱과 어깨를 어루만지곤 떠나갔다. 온몸을 던지고 싶은 충동 속에 사량은 버텨야 했다.

무염은 사량의 몸을 놓으며 말했다.

"그럼 부탁합니다, 화."

세상에 홀로 남겨진 듯 황량한 가운데 남자가 사량의 몸을 잡아당겼다.

"자, 갑시다."

그대로 끌려가야 했다. 힘없는 몸이 끌려가다 맥없이 주저앉을 뻔했고, 그러자 남자가 잡아 일으켜 주었다.

무염의 등 뒤로 문이 닫혔다.

이제 완전히 사라졌다.

저 너머로 가버린다. 그도, 화양도.

끝난다. 여태 그와 함께하며 그 결이 완전히 다르게 흐르던 시간도.

채규는 상황을 지켜보다가 문이 닫히자 정말로 끝난 것이라는 생각에 숨이 확 돌아오는 기분이었다.

아들이 먼저 이렇게 나와주니 다행이기는 했다. 이 상황에서 저 채화를 쫓아내고 못 보낸다고 버티면 처음부터 다시 시작해야 했다. 절대로 용납할 수 없다는 같은 결론을 내기 위해서 말이다.

이제 아들은 문을 등지고 앞에 홀로 있다.

"이 일은 이것으로 끝내자. 여름의 짧은 꿈이었다, 그저 혼란한 소동이라 생각해라. 나 역시 그럴 터이고, 잊자."

"……."

"구릉으로 가거라. 그곳에서 잠시 머리를 식히고 있으면, 그동안 네 혼사를 준비할 터이니 돌아오는 대로 치러주마. 그래, 두 달이면 충분할 테지. 온 것만큼 가는 것도 빠를 거다."

그러나 앞에 있는 아들의 얼굴은 채규가 각오했던 그 어떤 표정도 없었다.

담담하고 조용할 뿐.

이번에도 받아들이고 잊기로 한 건지, 최소 납득하기로 한 건지.

뭔가 더 말해야 한다는 생각이 들었다. 너무 조용하니, 이 텅 비고 차가운 공허 안에 무엇을 넣어야 할지 모르겠다.

"그날은 미안했다."

채규는 제발 무언가 변화가 있기를 바라며 말했다.

"할 말이 아니었다. 그러니 그 말은 잊어라."

아들은 여전히 조용했다. 공허한 침묵이다. 온 성이 이 공허로 빨려 들어가 통째로 소리가 죽어버린 것 같다. 차라리 그날처럼 할 수 없다고 매달려 주기라도 했으면 좋겠다. 못한다고 무릎이라도 꿇던가 화라도 내던가. 그런데 너무 조용하니 화가 치민 쪽은 채규 자신. 폭언이라도 하고 싶다. 그 얼굴 좀 어떻게 해보라며 아들의 신경을 긁어대고 분노하게 할 말을 하고 싶다.

　그런데 아무리 기다려도 모래처럼 건조한 침묵뿐.

　"내게 할 말 없느냐."

　"안녕히 계십시오."

　"그래."

　"그 말뿐입니다. 안녕히 계십시오."

　"알겠다. 잘 가거라."

　흐릿한 눈으로 아들을 보며 채규는 그리 말했다.

　정말 끝내기로 한 거구나.

　이제 이것으로 다 끝났다 싶었다. 귀신이 다 사라졌다고, 올 중원절에 온 귀신이 드디어 떠나갔다고 생각하련다.

　다시 예전처럼 돌아갈 수 있을 것이다.

　그 귀신은 이제 다시는 찾아오지 않을 테지.

　눈에 아들의 등이 보였다. 세상도 아버지도, 화양도, 다 등진 그 등은 조용한 벽처럼 보였고 곧 흐린 눈 너머로 사라졌다.

　그래 어서 가라, 내일 보자꾸나.

　채규는 이마를 짚은 채로 눈을 감았다.

　내일이면 다 새로 시작될 것이다.

第十四章 죽원으로 가는 길

열기를 품은 바람이 식고 그 결이 달라진다. 바람은 목덜미와 귀로 서늘한 흔적을 남기고 간다.

화양의 평민들을 위한 묘지는 아직 따가운 햇살 속에 있다. 그리고 이곳이야말로, 화양이 이 난세에 얼마나 평화를 누렸는지를 보여주는 곳이다. 제 고향에 묻힐 수만 있다 해도 조상 복이라는 세상이다. 많은 이들이 벌판에서 썩어가는 시체 더미 중 하나가 되어 까마귀와 들개, 늑대들을 먹인다.

그리고 지금, 무염은 나무 묘비를 보고 있었다.

"아버지."

무염은 조용히 불러보았다.

그리고 어머니, 어머니, 두 번 불러본다.

무염은 오랜만에 찾은 의부의 묘 앞에 무릎 꿇고 앉아 있었다.

떠날 때만 해도 건강하던 아버지가 갑자기 이리될 줄은 몰랐다. 아버지는 항상 크고 항상 센, 자식들과 아내 앞에서는 물러 터져서 다 좋아 죽던 그런 남자였다.

아버지가 이런 곳에 이리 조용히 누워 있는 것이, 그것도 어머니와 같이 이리 조용한 것이 아직도 믿어지지 않는다.

등 뒤에서 머뭇대는 기척이 들렸다. 무염이 돌아보자 청년이 허리를 살짝 숙이고 여기서 더 숙여야 할지 펴야 할지 머뭇대는 중이었다.

"형…… 아니, 공자 나리."

"오랜만이구나."

의붓동생, 의부의 친아들인 청년이다.

이 의붓동생은 전쟁 때 본 것이 마지막이었다. 전쟁 중에 쉽지도 않은 길을 군사와 함께 따라와 검을 주고 돌아갔다.

"올가을에 이장한다고 들었다."

"네, 나리. 멀리 두는 것은 불효인 것 같아, 숙부님과 함께 돈을 모아 옮기기로 했습니다."

"나리라니. 그냥 형이라 불러라. 듣는 사람도 보는 사람도 없다."

"아니, 제가 어찌 감히, 감히 그럽니까."

"화서항에서는 잘 지내는 거냐."

"잘 지냅니다."

"다행이구나."

"거기서도 항상 형님 이야기를 듣습니다."

"그곳 사람들 이야기는 다 믿지 마. 고양이를 잡아와도 호랑이를 잡아왔다 하는 동네더라."

"누가 빈말로라도 거짓이라 해도, 저는 죄다 정말이라고 말합니다."

무염은 피식 웃었다.

하여간 이 녀석은 제 형이 어디 신장이라도 되는 줄 아는 건 여전하다.

미안하기도 하고, 좋기도 하다.

"그건 그렇고, 웬일로 오신 겁니까."

"혼인을."

동생이 헉, 하며 눈을 크게 떴다.

"드디어 혼인하세요?"

"너도나도 '드디어'를 붙이는 이유가 뭔지 모르겠구나."

"어떤 낭자분입니까?"

"좋은 여자."

애매한 평에 동생은 김이 빠지는 표정이었다. 주관적으로는 괜찮은데 객관적으로는 자신 없다는 뜻 아닌가.

무염은 그 표정에 웃었다.

그것밖에는 할 말이 없다. 그래, 좋은 여자.

어느 순간은 눈부시고, 어느 순간은 소중하고. 사랑하게 되어 기쁘고, 사랑받아 감사하고.

보고 있자면 이 여자가 세상에 있어주는 것만도 좋고, 이리 연이 닿아 서로 만나게 되었다는 것이 믿어지지 않는.

같이 있으면 매 순간이 아름다운데 그녀가 없으니 사방이 잿더미인, 그런 여자.

디딜 땅 한 뼘조차 없어도, 당신만 내 것이면 되었을, 그런 여자.

때론 봄날 오후의 햇살처럼 따사롭고, 어느 순간은 여름밤의 빗줄기처럼 감미롭고. 가을의 붉은 잎 끝에 맺힌 이슬처럼 아름답다가도 겨울 마른 가지에 얹히는 흰 눈처럼 애잔한.

그런 여자, 그리고 그런 사랑.

"언제 하십니까. 꼭 가보겠어요."

"날이 잡히면 연락하마."

"네, 형님!"

동생은 반색을 하며 좋아했다. 무염은 묘비를 돌아보았다.

"부모님께 그걸 이야기하려고 왔다. 좋은 여자를 찾았다고, 축하해 주면 좋겠다고."

"어떤 아가씨인지 모르지만 부모님께서도 마음에 드셨나 봅니다. 이리 저와 만나게 하셔서 전하게 하니. 사실 어제 올까 내일 갈까 고민하다 오늘 온 거예요."

"내가 이대로 노총각이 될까 봐 걱정이 아주 크셨나 보구나."

동생이 웃었다.

"형님도. 그럴 리가요. 그냥 좋으시겠지요."

"그럼 그때 보자."

"네, 형님."

"전갈은 어디로 보내면 되는 거냐."

"화서항주의 대장간으로 보내세요. 그리고 제가, 그곳에서 숙부님 양녀와 혼인하였지요. 기억하시죠?"

"기억하다마다."

숙부는 일찍 상처하고 자식 없이 지내다 전쟁으로 부모를 잃은 고아를 양녀로 들였다. 괄괄하고 목소리도 크지만 명랑하고 착한 아이였다.

"잘 지내서 다행이구나."

"나중에 새색시하고 오세요. 그 사람도 좋아할 겁니다."

"그래."

무염은 동생의 어깨를 두드려 주고는 팔을 내렸다.

"그럼, 가서 잘 지내라."

"네, 형님."

무염은 묘지를 나섰다. 가을 냉기를 머금은 바람이 차게 목덜미를 식힌다.

무염은 밖에서 기다리던 말을 타고 화양궁으로 향했다.

가을비가 씻어낸 부인의 화원은 푸른 하늘 아래 그린 듯 선명했다. 내원으로 들어서자, 부인의 시녀들이 나와 맞이했다.

"어머니는?"

"안에 계십니다. 아무도 들이지 말라 하셔서, 공자께서 오셨다고 말씀드릴까요?"

"아니, 괜찮다."

여름에 왔던 사량이 떠나자, 화양성은 작정이라도 한 듯 찬바람만 감돌았다. 시녀들은 사량이 혼례 준비로 친정으로 돌아간 거라고 알고 있었다. 전란도 변란도 많은 세상에 왜 그리 오거니 가거니 하느냐는 의견들이었으나, 오래된 집안이다 보니 격식을 따지는 거라고 이해해 주었다. 보름이나 한 달 정도 뒤에도 사량이 돌아오지 않으면, 그때 돼서야 이상하다는 것을 알게 될 터.

"무흔이는?"

"혼자 공부하고 계십니다."

"잠깐 보고 가겠다."

시녀들 모두 물러났다.

무염은 동생의 공부방 방문을 열었다.

막내는 다 죽어가는 표정으로 붓을 들고 있었다. 종이 위에 있는 글자 몇 개는 공부를 위한 것이었으나, 곧 글자가 아니라 원숭이를 그리고 있었다.

사량이 원숭이 공공을 데리고 떠나자, 막내는 다음날부터 원숭이를 향한 상사병에 시달려 오는 중이었다.

"막내야."

"형님!"

꼬마는 머리를 번쩍 들었다.

"저기, 형님. 숙녀분은 대체 언제 돌아오시는 겁니까. 다들 며칠만 기다리라 하는데, 대체 며칠을 기다려야 하는 거지요."

"글쎄다."

"형님은 다 아시잖아요! 말해주세요."

간절한 표정을 보니 무염은 지금 자신의 손안에 공공이 없는 것이 안타까울 지경이었다. 정말 미안하구나. 주머니 안에서 꺼내줄 수도 없고.

"나도 모르는 게 있어."

"그럼 제가 찾아가면 안 되나요. 지도를 봐두고, 길도 알아봐 두었습니다. 말만 타면 금방 갈 수 있어요."

"너는 말 탈 줄 모르잖아. 설마 나더러 태워달라는 건 아니겠지."

"그러면 안 될까요?"

막내의 눈이 초롱초롱 빛났다.

"데려만 주시면 됩니다. 그다음부터는 제가 다 알아서 하겠습니다."

"그리고?"

"숙녀분은 제가 모시고 올게요."

"사량에게 태워달라 하려는 거구나."

"어, 그건 아니고요. 가는 길에 말 타는 법을 배우겠습니다. 올 때는 잘 올 수 있을 겁니다."

"그런데 말이다, 그 팔보산에는 말이야. 엄청나게 무서운 남자가 있어. 얼굴은 선녀처럼 예쁜데 혀는 독사처럼 독한 놈이라, 네가 가면 내 동생이라는 이유 하나만으로도 박대하고 구박할 거다."

"제가 그분께 잘해볼게요. 뭘 어떻게 시작해야 합니까."

"일단 막씨가 아니어야 할 것 같은데. 막씨 남자라면 다 싫어해서."

"어, 그건 곤란한데. 제가 어찌할 수 없는 문제지 않습니까."

"그렇구나."

무염은 두 팔을 들어 아이를 안았다. 형의 큰 팔 안에 푹 묻힌 막내는 놀라 눈을 깜빡였다.

"형님, 행여 저한테 아주 큰일이 벌어지는 겁니까?"

"왜."

"그냥, 그런 기분이 들어서요."

"그럴 리가 없다, 막내야. 너한테는 아무 일 없을 거야."

무염은 막내의 작은 몸을 더 깊이 안았다.

"형이 미안해서 그래."

"네?"

"형이 정말 미안하다."

막내는 알아듣지 못해 고개를 갸우뚱했다.

"뭐가요?"

"그냥, 미안하다."

"뭘 잘못하셨는데요."

"다."

"네?"

"나는 네가 좋구나, 정말. 네가 태어났을 때도 좋았고, 네가 내 품에 안겨 있을 때도 좋았고, 네가 나를 부를 때도 좋았다. 네가 걷기 시작해 나를 반겨주면 좋았고, 네가 나를 찾아오면 더 좋았지. 내가 좋다고 오는 네가 좋아서, 성으로 돌아오면 항상 너를 볼 생각에 들떴다. 무릉이도, 무건이도, 어머니도, 다 좋은데…… 형은 네가 제일 좋구나."

그리고 팔을 놓자, 막내는 기분이 우쭐해진 듯 볼을 붉히고 턱을 들었다.

"역시, 제 생각이 맞았습니다. 형님들하고 저 중, 저를 제일 좋아하는 게 맞아요. 거봐요, 담의는 형님이 다 공평하게 좋아하신다 하지만 저를 제일 좋아하는 게 맞습니다."

"그럼."

무흔은 눈을 땡글땡글 떴다.

"그런데 대체 무얼 잘못하신 건가요."

"그냥, 다."

"제 생각에는 말입니다, 아무래도 잘못한 게 없으신 것 같은데요. 저는 형님한테 화가 난 게 하나도 없어요. 만약 형님이 잘못하신 일이 있다면, 그건 형님이 잘못 생각하신 걸 겁니다. 제가 화낼 일이 아닌데 형님이 잘못했다 생각하신 거고, 그런 거면 사과할 필요가 없을 것 같습니다. 그리고 만약, 제가 모르는데 정말로 잘못하신 거라면 뭐든 용서해 드릴게요. 대체 뭔가요."

"네가 제일 좋아서 미안하구나."

"네? 그게 왜 미안한 일입니까."

"그렇게 되었어."

무염은 막내의 볼을 쓸어주고는 말했다.

"형 간다. 어머니께도 그리 말하렴. 형이 간다고."

"네. 왔다 가셨다 꼭 전해 드릴게요."

"그래."

무염은 웃었다.

"잘 있어라."

동생은 작별 인사로 얼른 팔을 들었다. 무염은 손을 흔들어주곤 돌아섰다.

무흔아, 너는 나와 아버지를 이해할까, 아니면 울까. 며칠간은 울 거야. 하지만 모든 것이 그렇듯 어떤 슬픔도 어제 낸 발자국이 오늘 사라지듯 사라진단다, 동생아. 오늘의 강은 오늘의 강이고, 내일의 강은 또 다른 강이듯 사라질 거야.

무염은 말고삐를 당겼다.

사량, 내가 당신에게 무엇을 한 걸까.

아버지를 앞에 둔 사량의 얼굴을 보며, 그는 자신이 얼마나 그녀를 엉망으로 만든 건지 알았다.

다시는 그런 얼굴을 만들 일은 없을 거라 생각했는데, 또 그리 만들었다.

사랑한다는 말과 옆에 있어달라는 말과 어디로든 가지 말라는 말. 그 말들 하나하나를 다 지켜주려 그녀는 그곳에 있었고, 그리 비참하게 애원하게 만들었다.

그래도 무염은 그날 찾아온 그 남자를 보며 기다리던 모든 일이 끝났음을 알았다. 이제는 되었구나, 그런 생각과 함께 그녀를 잡았다. 떠난다는 말도 제대로 못하고, 결국 매달리며 도저히 못 간다고 하던 그녀를 보며 무염은 자신이 했던 모든 말들을 돌이켰다.

가지 마, 어디로든 가지 말고 여기 있어.

내 옆에, 여기.

한마디 한마디가 모두 진심, 그랬기에 이 여자는 그 말을 모두 믿고 여기에 있다.

볼을 쓸어 올리고, 그 볼에 볼을 대고, 믿어주길 바라며, 믿을 거라 확신하며 무염은 속삭였다.

기다려.

앞에 무엇이 있든. 천 길 절벽이 있든 백만 대군이 막아서든, 무슨 일이 있어도 갈 테니.

그러니 기다려 줘.
내가 갈게.

❖

"정말 그 집에도 없던가?"
채규는 하인의 말을 듣고 되물었다.
"네. 없습니다."
또 벽.
보령이 없어진 지가 벌써 열흘이 다 되어간다. 결국 채규는 보령의 외할머니 집으로 하인을 보내 찾게 했으나, 하인은 그 아이는 오지 않았다는 답만 가지고 왔다.
아들 역시 마찬가지, 그 일 후로 보고만 올릴 뿐 아무 말 없다. 인사에 관한 보고가 평소보다 많아진 것 같다는 생각은 들었다. 거의 한 해 동안에 이루어질 인사가 다 이루어진 기분이다. 허락할 건 허락하고, 거절할 건 거절하며 채규는 보령을 찾았으나 역시 없다.
"강호 쪽으로 사람을 보내볼까요."
"그건 곤란해."
화양의 강호는 관군에 굉장히 협조적이긴 하지만, 그들이 협조적인 상대는 채규가 아닌 아들 무염이다.
"모르지 않습니까. 행여 정분이 난 사내가 있을지도 모르고……."

그때 서재로 내원의 시녀가 왔다. 하인은 급히 물러났다.

"무슨 일이지."

시녀는 무릎을 깊이 굽히며 말했다.

"마님께서 내원에 잠시 들러주면 좋겠다고 하십니다."

"무슨 일로."

"긴히 하실 말씀이 있다 하시는데, 내원에서만 말씀드릴 수 있다 합니다. 저는 그리 들었사옵니다."

"그래. 가마."

채규는 한숨과 함께 일어났다.

보통 이렇게 아내가 시녀를 통해 '와요.' 라고 전갈을 보내면 여자 문제인 경우가 많았다. 이번에는 누구인지, 직접 볼 때까지는 어느 여자가 아내 손에 잡혀오게 될지는 채규도 몰랐다. 종종 그 여자가 나하고 잔 여자가 맞는지 기억도 안 날 때도 있었다.

내원으로 들어서자 장 부인이 성주를 맞이해 안내했다.

아내는 본당이 아닌 별당에 있었다.

오래되어 개축을 하는 편이 나을 거라 하여 내년에 대대적으로 뜯어고칠 예정이었던 별당이다.

먼저 온 아내는 먼지 쌓인 텅 빈 방에 앉아 있었다.

"어서 오세요."

장 부인이 물러가고, 문이 닫히자 단둘이 남게 되었다.

"왜 여기로 부른 거요."

"긴히 할 말이 있는데, 아랫것들 듣기는 민망해서."

역시 여자 문제군.

여자와 동침하는 문제면 가만히 참아 넘기거나 침실 문을 열고 쳐들어오고, 이렇게 직접 불러다 앉히면 대체로 사생아 문제였다. 즉, 이렇게 불러 앉히는 것은 몇 년간 없던 일이었다.

"나리, 염이를 구릉으로 보낸다고 들었어요."

"잠시일 뿐이요. 머리 식히라 보낸 거니, 금방 올 거요."

"혼사를 치르고 보내는 거라면 이해하는데, 혼삿날도 잡지 않고 그리 보내고…… 신부 될 아이는 친정으로 돌아갔지요. 그것도 그 아이 친정에서 사람이 와서 데리고 갔다고 하더군요."

"부인—"

"정말 혼인 준비로 돌아간 거라면, 염이 성격에 자기 수하들을 붙여주거나 같이 갔겠지요. 그런데 왜 그리 간 건가요."

"스물다섯 넘은 자식의 혼사는 부모가 관여하는 게 아니라 한 건 부인이 아니오. 알아서 하겠지."

아내가 웃었다. 비웃는, 가슴 깊은 곳에서부터 비웃는 웃음이다.

이런 웃음을 처음 보았을 때가 채규가 아내의 하녀 중 하나와 동침했을 때였다. 보령과 그 어미를 쫓아낼 때만 해도, 아내는 그것이 과거의 문제이며 앞으로는 그러지 않을 거라 안도했을 것이다. 그러나 그날 아내는 드디어 진실이 무엇인지 알았다. 여색을 밝힌다는 소문이 퍼지지 않았던 것은 성내 신분 낮은 여자들하고만 놀아나서였을 뿐, 채규가 그 형이나 우동관보다 더했으면 더했지 덜하지 않은 남자라는 것을.

"대체, 무슨 일을 하신 겁니까."

"부인, 솔직히 말하도록 하지. 나는 그 혼사는 절대로 안 된다고 결정했고, 염이도 그 아이도 다 받아들였소. 다 끝난 문제야. 두 번 듣지 않겠소."

"궁금하군요. 나리가 대체 어느 정도의 이유를 들고 왔기에, 염이가 포기한 건지."

다시, 아들의 얼굴이 생각나며 아파온다. 가슴 안에 큰 흠이 나고, 그 안에서 계속 차가운 피가 흘러나오는 것 같다.

"답해줄 수 없소."

"그럼, 우리 둘 문제나 이야기해야겠네요."

"말해보시오."

아내는 등진 휘장을 걷었다. 그 너머에 낯선 여자가 앉아 있었다.

"이 여자는 누구요."

아내의 입술이 다시 올라갔다.

"정말 몰라요?"

"몰라."

"하긴 나리가 동침한 여자들을 제대로 기억할 리 없다는 건 알아요. 그 여자들 얼굴은 제가 당신보다 더 잘 기억하지요. 그래도 찾아내느라 힘들기는 했어요. 당일이면 찾아낼 줄 알았더니 내가 찾는다는 전갈이 가자마자 숨어버려서."

"이 여자는 왜 부른 거지."

"당신 아이를 가졌던 여자를 찾아온 겁니다."

"이제 없을 텐데."

아내는 코웃음을 쳤다.

"없지는 않았어요. 태어날 수 없게 만든 게 바로 저인데, 제가 왜 모르겠어요. 이 여자의 다섯 달 된 아이를 유산시킨 것도 저예요. 나리 자식이라고, 고개를 들고 당당하게 말하던걸요. 정말이냐, 세 번을 묻고 세 번을 답하게 한 뒤에 그리했습니다."

채규의 눈이 굳었다.

"뭐라 했소."

"의원이 말했지요. 당신이 더 이상 소생을 볼 수 없을 거라고. 저도 안심했어요. 그런데 무흔이가 생기자, 저는 아니란 것을 알게 되었죠. 그러고 나니, 나리. 저는 말입니다, 또 그 지옥을 볼 생각에 눈앞이 캄캄했어요!"

휘장을 쥔 아내의 손이 떨렸다.

"또 줄줄이 당신 아이라고 끌어안고 오는 여자들을 보라고? 입적시키지 않는 대가로 돈을 줘서 보내고, 다시 찾아오면 협박하고. 그 수치스러운 짓을 또 하라고? 그 지긋지긋한 일을, 당신의 병으로 끝난 줄 알고 얼마나 안도했는데. 그런데 아니라고!"

두통이 콱 치밀며 턱이 굳었다.

"당신 자식들이라면 다 송충이처럼 싫은데, 그럼에도 염이는 왜 자식으로 받아들였는지 아세요? 어차피 곧 죽을 여자였으니까! 그리고 가장 마음에 든 건 나한테 지긋지긋하기 그지없는 당신을 저 스스로 떠난 여자라는 거죠! 부러워 죽겠더군요, 그 여자가. 나는 남은 평생 당신을 견디며 살아야 하는데, 저 여자는 당신을 떠날 수도 있고 행복하게 살 수도 있네! 그래서 그 여자가 참 대견하더군요! 그래서 받아들였어!"

"부인!"

"그런데 내가 당신 아내인 동안에는, 나 말고 다른 여자 배에서 당신 아이가 태어나는 것은 참을 수 없어! 그간 참고 참았다, 드디어 해방이다 싶었더니 또 지옥이지! 그래서 다 태어나지 못하게 했어요. 내 손으로 몇이나 지우게 했나 몰라! 당신 자식은 무흔으로 끝이고, 당신 자식을 낳을 수 있는 여자는 나 하나. 그거 하나만, 그거 하나만이라도 가지고 있으려 해서! 그래, 얼마나 위험한 짓인지 알아. 이 핑계로 당신이 나를 담 밖으로 내던질 수도 있으니. 그런데 내가 직접 당신을 목 졸라 죽일 수 없잖아!"

채규는 질리는 기분으로 아내가 불러다 앉힌 낯선 여자를 보았다. 아내의 분노에 여자는 겁에 질려 있었다. 아내가 여자에게 고함을 질렀다.

"말해봐! 내가 너한테 무슨 짓을 했는지!"

여자는 고개를 끄덕이며 눈물을 떨구었다.

"죄송합니다. 맞, 맞아요."

"나가!"

여자는 급히 고개를 숙이고 도망치듯 나갔다.

채규는 완전히 나락에 빠진 기분이었다.

"뭐라 한 거요, 부인."

"내가 당신 여자들 찾아다니며 유산시켰다고! 태어나기 전에 다 없앴어! 시녀들은 다 알아요. 하지만 나를 위해 침묵했고, 저 보령이 귀에 들어가지 않도록 했지요. 남편의 여자들을 두들겨 패는 거야 여자들 일이지만 자손을 해하는 것은 완전히 다른 문제니. 일 자체도 위험하지만 발설한 자는 더 위험한 일! 그런데…… 보령이 그 계집애가 당신에게 뭐라던가요."

"부인, 무슨……."

아내가 새파랗게 노려보았다.

"그 계집애가 당신에게 뭐라고 한 거냐고! 예전에 나는 담의가 염이에게 왜 그리 오싹하고 어처구니없는 말을 하는지 몰랐어요. 그저 사람들이 사특하니, 무슨 말인들 못 지어낼까 했을 뿐. 하지만 그때 알았어야 했어. 그 의중을 제대로 전할 수 있는 사람은 당신 하나뿐이었다는 걸!"

"무슨 말을, 대체 무슨 말을 하는 거요."

"말해요! 보령이가 당신에게 뭐라 한 건지!"

"보령이는……."

"말 안 할 건가요? 그럼, 내가 직접 하게 하죠."

아내는 벽 쪽으로 성큼성큼 가더니, 안쪽 문을 열었다. 곁방 바닥에 보령이 앉아 떨고 있었다. 묶여 있지는 않았으나 머리는 산발이고, 맞아서 여기저기 멍이 들어 있었다.

"보령이가 왜 여기 있는 거요."

"왜 여기 있겠어요. 언제고 꼬리가 밟힐 거라는 것, 몰랐어요? 당신이야 얼마든지 놀아날 수 있겠지! 나를 품고 다음날 다른 계집을 또 품고, 내 아들이 내 뱃속에 있을 때 다른 계집의 배에 다른 아들을 품게 만들 수도 있지! 애초에 나는 거래로 당신에게 넘어온 거지, 당신이 원한 여자도 사랑하는 여자도 아니니까! 그런데 나는…… 난 다른 남자를 받아들일 수도, 사랑할 수도 없어. 그게 얼마나 억울한 일인지, 얼마나 원통한지 알아? 당신은 나를 사랑하지도 아끼지도 않는데, 나만 당신을 사랑하는 게? 당신이 다정해지길, 말이 부드러워지길 바라다, 또 그 꼴을 보며 당신 여자들을 쫓아내는 게?"

아내는 입술을 물었다. 눈물이 흘러내려 턱에 맺혔다. 뭔가 쿡 올라왔다. 이건 깊고 날카로운 충격, 차가운 단도가 등에 박히는 것 같다.

당신 지금 뭐라고 했지.

"당신과 결혼했을 때 나는 우동관과의 결혼 생활은 없을 거라고 안도했어요. 그런데 나는 몰랐네요. 당신도 지옥이라는 것을. 여기도 지옥이라는 것을. 이리 피를 토하고 살 줄 알았다면, 이런 상처를 받을 줄 알았다면 새장 안에 갇히는 삶일망정 고통스러울망정, 그래도 그런 삶이 차라리 나았어!"

아내는 울음을 토해냈다. 그 고통에 찬 흐느낌이 채규에게는 참혹하도록 견디기 힘들었다. 자신이 여태 무슨 여자와 살았나 싶었다. 도저히 같은 여자로 보이지도 않았다.

"부인."

"그래, 말해줄게요. 염이는 당신과 닮았지요. 너무 닮았어. 차라리 둘이 바뀌길 얼마나 원했나 몰라. 왜 하늘이 하필이면 당신이 먼저 태어나게 하고 아들로 그 아이를 태어나게 했나. 바뀌었더라면 얼마나 좋았을까. 왜 태어나는 순서를 그렇게 정해 버렸을까. 어차피 막씨 집안 아들과 결혼할 운명이라면, 왜 하필 내 순서는 당신인 거지!"

채규는 눈을 감고 싶었다. 부인, 제발 그만하자고.

"그 아이를 보며 몇 번이나 생각했나 몰라요. 차라리, 차라리 이 순서였다면 좋았을 거라고. 다른 이유가 아니었어. 그냥, 그 아이는 상냥하고 다정했으니까. 이 집안에서 유일하게 내게 상냥하던 아이였으니, 내 아이들을 아껴주던 아이였으니. 아이들에게 없는 아버지가 되어준 것이 그 아이였으니. 그동안 당신은 내게, 아이들에게 어떻게 했나요. 아무것도 안 하고, 그리 차갑게 했으면서 내게 무슨 위안으로 살라 한 거야. 나도 친절이, 위로가 필요했는데…… 아이들에게도 믿을 사람이, 의지할 사람이 필요했을 텐데."

"부인—"

한마디 할 때마다 너무도 비참해지고 있었다. 그만하라고, 몇 번이나 속이 아우성친다.

"그것만은, 하늘이 내게 베푼 숨 한 번 쉴 수 있는 자비라 생각했어요. 그런데…… 고작 그 정도 한 것 가지고, 정말로 그리 의심하고 있었던 건가요. 정말로? 나한테는 숨 한 번 쉬고 목 한 번 축일, 그런 위로였는데. 그게……."

속으로 삭이던 때가 차라리 나았다. 안에 든 것이 얼마나 음흉하고 치졸하건 간에 속에 품고 있으면 그것으로 끝이었다.

그러나 아내의 모멸과 수치심에 찬 눈을 보는 순간 가장 치욕감을 느끼는 것은 채규 쪽이었다. 보는 눈도, 목소리를 듣는 귀도, 쿵쿵 치솟는 가슴도 다 사라졌으면 좋겠다.

"정말로 믿었어요?"

아내의 눈이 떨렸다.

"정말로…… 그랬냐고."

아내의 눈에 다시 눈물이 맺혔다. 턱이 떨리고, 숨이 빨라지고, 기어코 확인하자 분노와 굴욕감과 수치심이 한번에 밀려 올라오며 눈물이 더 굵게 흘러내렸다.

"맙소사."

눈물이 옷으로 툭툭 떨어졌다.

"나보다, 저 계집애를 더 믿은 거야?"

"부인, 진정하시오."

"저 계집애가 대체 뭐라서 믿은 거야. 나보다 더 믿은, 무슨 진실을 말해도 다 믿어준, 저 계집애가 대체 뭐라서! 이십 년을 참고, 어느 날은 희망을 품고 항상 절망을 한 나보다 더 믿은 거지?"

아내는 이를 갈고 주먹을 쥐었다.

"저 계집애가 뭐라서! 뭐라서 당신 자식을 낳고 살아온 나보다 더 믿은 거야? 당신 등밖에는 본 게 없는 나보다 더 믿은 거냐고!"

"진정해!"

"지금, 당신 목을 칼로 쑤셔 버리고 싶은 것을 참는 거야. 말해. 그러지 않으면, 저 계집애 혀를 자르고 손가락을 자를 거야. 여봐라, 밖에……."

채규는 아내의 손을 잡았다.

"그 아이가 한 일이 아니오."

아내의 얼굴이 굳었다.

"뭐라고요."

"아니요. 그저…… 내가 오해한 거요. 그러니 그 아이는 놔주시오. 그 아이는 내게…… 아무 말도 하지 않았어."

보령을 닦달해 알아낸 아내에게, 지금 남편이 자기 잘못이라 하고 있으니 아내가 기가 막힐 노릇이었다.

"대체 이 계집애가 뭐라고 그러시는 건가요?"

"……내 ……딸이요."

아내의 눈이 커졌다.

"……네?"

"기억하고 있소? 그 여자. 당신이 시집왔을 때 당신에게 인사 왔던 그 여자."

그제야 아내는 기억해 낸 듯했다. 자신이 몰아냈던 여자와 딸.

보통 그런 일이 벌어지면 남자들은 아내에게 사죄를 한 뒤에 다른 여자에게는 별채라도 하나 주어 머물게 하지만 남편은 그러지 않았다. 시어머니 되는 태 부인이 죽은지라, 그 일을 대신 수습해 줄 시댁 어른마저 없었던 것이 그 여자의 불행이었다.

"이 아이가 당신 딸이라고?"

아내가 비웃었다.

"지금 말이죠, 당신 딸이라고 감싸주는 건가요."

"그렇소."

"당신이 천 명의 여자들과 동침한 것보다, 이게 더 화가 난다는 거 알아요? 당신, 내 아이들에게도 이렇던가요? 릉이나 건이가 잘못하면 이랬어요? 아니, 잘못하든 말든 관심도 없겠지!"

아내는 다시 웃었다.

"나는 당신이 나를 사랑하지 않아도, 필요해 장만한 물건 정도로 취급하고 처박아둬도, 아이들만큼은 나도 사랑하고 당신도 사랑할 수 있을 줄 알았어요. 그러다 당신이 사랑이란 것을 할 수조차 없는 불구인 줄 알았지. 그런데 아니었군요. 처음부터 나로부터 생겨난 것은 그 무엇이든 필요 없는 거였어!"

그리고 그 젖은 눈이 보령을 향했다.

"그래도 저 아이는 알아야 할걸요. 저 아이의 어미와 저 아이를 쫓아낸 뒤, 저 아이를 수습해 달라 당신 이름으로 저 아이 외가에 돈과 식량을 보낸 건 나라는 것을. 그때 당신은 정말 아무것도 안 하더군요. 그 후로 그 여자가 생각나면 이렇게 생각해요. 나는 필요해서 아내로 삼고, 너는 필요해서 끼고 잔 뒤에 버리는구나."

아내는 고개를 저었다.

"그런 남자였던 주제에 저 애는 지금 딸이라, 나더러 봐달라고 하는 건가요?"

둘 사이로 서늘한 물결 같은 것이 휩쓸고 지나갔다.

답은 긍정이었고, 방식은 회피였다. 아내의 얼굴은 식었다.

"알았어요."

아내는 이를 부득 물고는 노려보았다.

"알겠으니 이제, 이 계집애를 끼고 살든, 처첩을 천 명을 거느리든 마음대로 하고 살아요. 이제는 더 짓밟힐 것도, 더 찢겨질 것도 없으니!"

세상 자체가 아예 박살이라도 난 기분이었다. 와르르 쏟아지고 사라지고 너덜댈 것도 없는 폐허만 남았다.

채규는 한숨을 내쉬었다. 끓어오르는 깊은 한숨을.

"어쩌다…… 이리된 거냐."

한참 만에 나온 질문치고는 참 시시하다.

보령이 새파란 얼굴로 고개를 들었다.

"……갔습니까?"

"아내는 갔다."

"아뇨. 그…… 융금 여자요."

"그 여자는 며칠 전에 떠났다."

"정말요?"

"그럼, 네가 아내에게 잡힌 것은 그전이구나. 네가 이리된 것과 그 아이와 무슨 상관이 있는 건지…… 보령아, 왜 그런 표정인 거냐."

보령은 겁에 질려 믿어지지 않는다는 표정이었다.

"가, 갔군요."

"아내와 대체 무슨 말을 한 거냐."

보령의 입술 사이로 신음이 흘러나왔다.

"그게……."

"내게 말한 것을 아내에게도 말한 거냐."

그러나 답을 듣지 않아도 채규는 알고 있었다.

"다 거짓말이었던 거냐."

"믿어주신 것은 나리입니다."

"네 말을 믿은 게 아니라 너를 믿은 거였다. 다른 사람은 다 나를 속여도 너는 그러지 않을 거라 믿고 그리했지."

"나리가 믿고 싶어서 그리하신 겁니다."

"그래, 염이를 믿기 싫어 너를 믿었지. 그런데 너는 진실 몇 조각과 거짓을 섞어 분노와 질투에 찬 내게 잔을 내밀었구나. 나는 그것을 마시고 귀신이 들렸지. 독한 귀신."

"애초에 의심을 했던 것은 나리십니다! 저에게 잘못했다 하지 마세요! 제가 한 일은 그저 나리가 믿게 만드는 것뿐, 애초에 그런 생각을 하지조차 않으셨다면 믿을 일도 없었습니다."

반박할 말도, 힘도 없다.

"어쩌다 아내에게 들키고 잡힌 거냐."

"그 응금 여자요."

"뭐."

"그 여자에게 잡혀 말하게 되었습니다. 그 여자가 부인께 저를 넘겼습니다. 기절한지라 그 여자가 부인께 무슨 말을 한 건지는 듣지 못했습니다. 일어나자마자 부인에게 붙잡혀 다 말하게 되었습니다."

"그 아이는 대체 어떻게 알게 된 거냐."

"제가 말했습니다."

채규는 아찔해지며, 떠나기 전에 사량이 보인 눈빛을 떠올렸다. 머물게만 해주면, 무염의 옆에만 있게 해준다면 무엇이든 다 참고 넘어가겠다고 했었다. 채규가 정말 그리해 주면 보령을 그냥 놓아줄 생각이었을지도 모른다. 그러나 채규는 보냈고, 그 아이는 아내에게 보령을 보낸 것이다.

복수인가, 그리 생각하고 분노하려 했지만 지친 가슴은 부정한다.

이건 복수가 아니다. 그저 그가 예전에 부어둔 잔을 마시는 것뿐 누굴 탓하고 누굴 원망하랴. 칼을 든 아이를 등 뒤로 보냈으니 등을 찔린 것이다. 들어오려는 악귀에게 문을 열어준 것은 채규다. 귀신이 간 줄 알았더니, 더 독한 악귀가 들어와 있던 것이다.

애초에 의심했던 것은 채규 자신이었다. 아내의 마음이 떠나 버린 이유를 찾고 원망할 상대가 필요했다. 그리고 악귀는 그 마음을 먹고 자라, 산 자를 다 먹어 치우고 있었다.

"저를 어쩌실 겁니까."

"나중에 생각하자꾸나. 일단 물러나, 네 외할머니에게 가라. 아내가 지금은 잠잠하지만 다시 잡히면 정말 아내가 말한 대로 될 거다."

"……저는 ……저기, 저는……."

아무 일도 없을 거라는 말에 보령은 오히려 당황했다.

짐 치우듯 후다닥 치워 버리는 모양이다. 채규는 보령을 잡아 일으켜 세웠다.

"어서 일어나 본관으로 가자."

관 속에서 나가는 기분으로 채규는 보령을 데리고 본관으로 갔다. 도착하자마자 채규는 하인에게 명해 보령을 데리고 가도록 한 뒤에 다른 하인을 불러 명했다.

"당장 가서 염이를 불러와라."

뭐라 말해야 할지도 모르겠다. 내가 다 오해했구나, 라고 할까. 그건 그만두자. 아들은 그런 의심을 받았다는 것 자체에 충격받을 것이다. 내가 그 결혼 허락하마, 라고 할까. 그러나 이렇게 추한 비밀을 알고 풍비박산을 만들어놓고 떠난, 그것도 전 약혼자와 떠난 그 아이가 아들에게 돌아올 리 없다.

정말로, 어떻게 해야 할지 모르겠다.

채규는 증오하고 의심하고 보복하는 법은 알아도 용서해 달라 말하는 법은 몰랐다. 너무 오래 그러고만 살아, 그러지 않는 방도를 몰랐다. 슬프게 하고 분노하게 하는 것을 알아도 다른 이의 슬픔이나 분노를 풀어주는 방법을 몰랐다. 언제 사과를 하고 어떻게 달래야 하는지도 모르겠다.

잠시 뒤, 문이 열리고 전령으로 보낸 하인이 도착했다. 드디어 아들이 온 건가. 고개를 들어보니 앞에 있는 것은 무염이 아닌 곽효명 장군이었다.

"자네가 왜 온 건가."

"주공께서 전령을 보내셨기에, 의아해서 왔습니다."

"왜 자네에게 간 건가."

"공자를 찾으러 처소로 갔는데 공자가 계시지 않아, 병영으로 왔다고 하더군요."

"그런데 왜 자네가 온 거지. 염이가 지금 자리를 비운 건가."

곽효명 장군의 얼굴이 굳었다.

"주공께서 구릉으로 보내지 않으셨습니까."

"그리하라 명했다. 그런데 왜."

"어제 떠나셨습니다. 주공께서도 그리 아시는 줄 알고 있었는데 왜 하인을 보내신 건지, 의아해서 와봤습니다. 행여 착오가 있었던 건 아닌지."

"어제라니."

"네. 어제입니다. 공자께서 잘못 알고 가신 겁니까? 아니면 주공께서 잠깐 착오를 하신 겁니까."

"벌써 갔다는 거냐."

"이미 후임과 인계는 다 끝나신 상태라, 하루 정도 일찍 출발하셔도 괜찮습니다. 공자께서 떠나시면서 이제부터 보고는 다 주공께 하고, 상의도 주공과 하라 하셨습니다."

"나와?"

"네, 그렇습니다. 그렇잖아도 뵈려고 했습니다. 중대한 일이 몇 가지 있어서."

"말해보게."

"하나는, 마촉 장군의 보고가 끊어졌습니다."

"그건 무슨 소리인가."

"공자께서 애초에 마촉 장군이 의심스럽다 하셨습니다. 게다가 제가 몇 번이나 마 장군을 물러나게 해달라 했는데, 주공께서 인가를 계속 미루고 계신다고 들었습니다."

곽효명 장군이 '들었다.'라고 말하는 건 대체로 '이미 알고 있다.'의 완곡한 표현이었다.

무염은 돌아온 후로 요새의 마촉 장군을 하루라도 빨리 물러나게 해달라고 했다. 애초에 무건이를 보낼 계획이었는데, 며칠 전에 마지막으로 요청했을 때는 무건이를 빼고 전혀 다른 장수와 곽효명의 조카를 보내달라 했다. 아무래도 무건이로는 힘들 것 같다는 것이 이유였다.

"제 조카를 보내는 것이 마음에 들지 않으시면, 다른 장수를 보내도 상관없습니다. 지금 마촉 장군이 맡은 요새는 화양으로 들어오는 길목입니다. 이 상황에서 마촉 장군의 보고가 끊어진 것이 수상합니다."

"무염이는 뭐라던가."

"아무래도 배신까지는 생각해 봐야 할 것 같다고 하셨습니다. 저에게만 말씀하신 겁니다. 어제 전령을 보냈으니 어찌 된 일인지는 곧 알게 될 겁니다. 하지만 하루라도 빨리 마 장군을 물러나게 해야 할 것 같습니다. 자칫 잘못하면 군사를 보내야 할지도 모르겠습니다."

"다른 건 뭔가."

"아들 녀석이…… 아니, 곽안 장군이 알려왔습니다. 급발로 보낸 소식입니다."

"대체 뭐가 그리 급해서."

긴장한 채규에게 곽 장군이 작게 말했다.

"황상의 군대가 아태관을 점령했다고 합니다. 화양군은 일단 아태관에서 물러나 융금으로 돌아왔다고 합니다."

채규는 턱에 힘이 들어갔다. 등골에 뭐가 콱 들어와 박히는 기분이었다.

"뭐."

"아태관이야 황상의 요새이니 다시 찾아간다 하셔도 상관없는데, 황군이 융금의 본디 맹주는 황제였다며 융금에 있는 군사더러 물러나던지 협조하던지 하라고 했다고 합니다."

경악이 치밀었다.

"황상이 직접 그리 말씀하셨단 말인가."

"네. 아들은 주공께서 내리는 결정을 존중하겠다고…… 아니, 사실은 공자의 결정을 기다린다 했지만, 공자께서 자리를 비우셨으니 나리가 하셔야 합니다. 어떻게 해야 할지."

"자네 생각은 어떤가."

"공자께서 미처 모르고 자리를 비우신 거라, 저도 확답을 드리기 어렵습니다만. 어차피 황상은 적이 아니지 않습니까. 협조하에 아태관과 융금을 지키는 편이 낫다고 생각합니다. 게다가 황상의 군사는 이만 가까이 되어 보인다 하고, 수군의 군세까지 합치면 충돌하는 것 자체가 무용합니다. 상산의 움직임이 이런 지금, 황상의 군사가 가까이 있다면 좋은 일입니다. 어차피 황상께서 노리는 건 상산이니."

"그럼 마촉 장군도 그런 것 아닌가."

"그렇다면 마 장군은 보고를 올렸을 것입니다. 그건 아닙니다."

"알겠다."

앞이 캄캄할 정도로 밀려드는 일에 머리가 아팠다.

"알겠다고."

곽 장군의 눈은 그다지 신뢰를 담고 있지는 않았다. 마지못해 말하고, 마지못해 듣고, 이 정도면 최선이라 생각할 뿐 기대는 없었다.

"왜 그러는 건가."

"지금, 성안에 안 좋은 소문이 돌고 있습니다. 특히나 병영 안에서."

"뭐지."

"공자께서 위임과 이임을 시작한 것이 벌써 보름이나 되었습니다. 주공께서 공자를 구릉으로 가라 하셨다 하는데, 구릉은 동쪽입니다. 싸움자체에 의욕도 능력도 없는 동제가 있는 곳입니다. 지난, 월산족의 반란 때 공자를 보내신 것까지는 이해하겠습니다. 하지만 구릉은 아닙니다. 이러니 소문이 안 나려야 안 날 수가 없습니다."

"대체 무슨 소문인가."

"나리께서 공자님을 없애려 하신다고……."

"무슨 헛소리지."

"애초에 공자님이 혹사에 가깝게 출정해 온 것은 사실이지 않습니까. 장수가 없는 것도 아닌데, 사소한 전장까지 보내셨습니다. 보통 이런 일이 벌어지면, 여자들 입김이 들어간다고들 생각하는데…… 공자께서 부인을 친모처럼 극진히 모시고 다른 공자님들과도 잘 지내는 건 다 아는 사실입니다. 게다가 부인께서도 공자님들을 모두 친아들처럼 대하시고요. 그런데 지금, 나리께서 화서항과 상산의 눈치를 보느라 공자님을 없애려 한다는 소문이 퍼졌습니다."

"화서항과 상산이 왜 여기서 나오는 건가!"

"그 이유밖에는 없어서 그렇습니다, 주공. 그리고 소문이란 게 딱히 아무 이유도 없을 때도 나지만, 징후가 거듭되면 반드시 나는 것이기도 합니다."

채규의 얼굴을 계속 살피며 곽효명 장군은 온유한 그답게 최대한 완곡하게 말하고 있었다. 말은 소문이라 하지만 곽효명이 전할 정도라면 몇 번이나 장수들 입에서 기정사실이 되어 오고 갔을 것이다.

"주공, 사실이 그렇지 않더라도, 징후를 보고 각자 판단하는 것은 정말로 어쩔 수 없습니다. 오해라도 어쩔 수가 없습니다. 간곡히 부탁드립니다. 대체 이유가 무엇인지 여쭈어봐도 되겠습니까."

채규는 뭐라 하려다, 곽효명의 눈에 아이를 어르는 듯 조심스러움이 담겨 있는 것을 보았다.

"주공께서 오해를 하신 점이 있다면 저라도 풀어드려야 하지 않겠습니까. 공자님을 다시 불러들이십시오."

"그건……."

채규는 곽효명이 정말 상황을 급박하게 보고 있음을, 그리고 그 상황을 해결하는 데 성주인 막채규는 조금도 신뢰하고 있지 않다는 것을 깨달았다. 채규를 구릉으로 보내고 무염을 데리고 온다 하면, 다들 기꺼이 그러라 할 것이다.

"없어."

"주공."

"아무 일도, 아무 일도 없어! 일이 버거운 것 같아 한두 달 정도 쉬다 오라고 한 거지. 아무 일도 아닌데 왜 그러는 건가."

"그럴…… 리가요. 공자께서 뒷일에 대해 아무 말 없으셨습니다. 너무 많이 처리하고 가서서 누구라도, 무언가, 완전히 끝난다고 생각했단 말입니다."

"그럴 리가 없네. 오해야, 오해라고! 정 그렇다면 다시 불러들이겠어. 그러면 될 것 아닌가. 전령을 보내든, 뭘 보내든 간에 보내 불러들일 테니 자네는 가 있어!"

"그렇다면…… 소장은 그리 알고 가겠습니다."

장군이 물러나, 혼자 남게 되자 불길함은 이제 아예 손아귀가 되어 목을 틀어잡으려 한다. 당장 데려오라고 해야겠다. 어제 구릉으로 갔다 하니 오늘은 어디에 있으려나.

아들이 지난번 하던 말이 갑자기 생각난다.

"안녕히 계십시오."

그 말뿐이라 했다.

"안녕히 계십시오."

채규는 며칠 전 보낸 사량 옆에 있던 채화에 생각이 미쳤다.

그 사내와 아들의 눈이 마주쳤을 때 상황이 어땠더라. 가만 생각하니 이상하다. 채화는 아들보다 어렸다. 제 나이보다 들어 보이는 얼굴이라 하더라도 눈빛이나 분위기는 분명 그 나이를 보여준다. 분위기가 너무 오만하고 싸늘해서 미처 생각하지 못했다. 새파랗게 젊은 놈이 왜 저리 방자하나 라고만 생각했지, 애초에 나이가 많거나 연륜이 있는 사람일 거라는 생각은 못했다.

게다가 아들은 그를 대할 때 너무나 정중했다.

분명 처음 보는 사이일 텐데, 그 정중한 신뢰는 대체 뭔가.

"이봐라!"

채규는 고함을 질렀다.

"방명부를 가지고 와, 어서!!"

하인 하나가 급하게 방명부를 가지고 왔다. 채규는 그날 방문자들의 기록을 펼쳤다.

찾는 이름은 갈사량의 이름 바로 밑에 있었다.

순간 손에 힘이 빠졌다.

그럴 리가 없어.

한번 휘청거리며 현기증이 일었다.

"나리?"

하인이 부축하려 했지만 손을 후려쳤다. 비틀거리며 한 걸음 한 걸음 디디다, 다시 쓰러질 뻔했다.

"나리, 어딜 가실 겁니까. 소인이……."

"내버려 두란 말이다!"

채규는 일어나 달렸다.

어디로 가야 할지 분명히 알고 있었다.

달려가 도착한 아들의 처소는 시체까지 나간 관처럼 싸늘하다.

선뜩한 예감이 목덜미를 스치고 지나갔다. 어두운 가운데 선뜩이는 검 날의 빛 같은.

아들이 한 말이 다시 생각난다.

"안녕히 계십시오."

흔한 작별 인사였다.

안녕히 계시라, 그리고 자리를 뜬. 매일 하는 인사였어!

채규는 방문을 열었다.

처음으로 보는 아들의 방이었다. 그저 침소에 필요한 옷가지와 책들, 항상 옆에 두는 무기 정도만 놓아두는 방.

지금, 방은 깨끗하게 정돈되어 있었다. 문과 마주하는 무기 걸이는 비어 있었으나, 그 앞의 책상에는 갑옷과 붉은 장포가 깨끗하게 놓여 있다.

그 위에 인장함이 놓여 있었다. 병권을 맡기며 아들에게 결정할 일이 있으면 알아서 하라고 하며 건네준 것이었다.

채규는 그 함을 열었다. 안에 붉은 술이 달린 인장이 들어 있었다. 그제야 자신이 아들에게 공식적인 직위를 준 적이 없다는 것을 깨달았다. 성주 대행이라는 임시직이었을 뿐, 그리고 그 자리를 맡아 채규 대신 모든 일을 다 했던 아들이었다. 성의 없는 직책이었던 만큼, 이리 가도 할 말이 없었다. 주는 것도 쉽고 가는 것도 쉬운.

신음이 목구멍까지 오르며 두통이 치밀었다. 머리가 깨질 것 같은 통증이었다.

"안녕히 계십시오."

다시, 그 인사가 머리를 올린다.

"안녕히 계십시오."

　그것은 작별 인사가 아니었다. 이 모든 성에 고하는, 아들이 이 성에 남기는, 아들이 아들로서 남기는 유언이었다.
　어둠이 밀려들어 발끝에 닿더니 몸속으로 빨려 들어온다. 그 어둠은 다리를 타고 올라와 목을 넘어와 머리를 잠식하고 눈앞을 뒤덮는다.

　네가 가면 안 된다.

　가지 마.

　너는 내 아들이잖아.

　범아는 돌아온 비둘기들이 모이를 쪼아 먹는 것을 보며 눈살을 찌푸렸다. 기껏 가장 영리한 녀석들을 고르고 골라줬더니, 못생겼다고 불평은 있는 대로 하곤 반쪽으로 만들어 보내놓았다.
　여기까지 날아와 준 것이 용할 정도. 마구 대하다가 필요하다고 일을 시켜먹는 것을 보니, 막무염 그 사람 참 괘씸하다.
　"너는 뭐가 그리 불만인 거냐."

범아는 아직도 깃털이 빠지는 중인 비둘기들을 보였다.

"황상께서 하사하신 것이 아닙니까. 지극정성으로 돌봐도 모자랄 판에, 닭도 이런 취급을 받지는 않을 겁니다."

황제가 피식 웃었다.

"봐주거라. 그날, 우리가 좀 심했잖니."

"그건 알지만."

그 성난 남자가 들이닥쳤을 때, 범아도 다리가 후들거릴 정도로 놀라기는 했다. 그런데 아무리 그래도 그렇지.

"역시, 그 공자는 그릇이 안 됩니다. 전쟁을 잘하면 뭐 합니까. 여자 하나에 그리 세상을 다 엎어버릴 듯 굴고!"

"어차피 도화의 맹이 있으니, 기왕 그리된 김에 막씨 가문에 황위를 넘겨 버리지. 너는 상산 우씨들과 화양 막씨들이 싸우는 걸 보다가 좋은 남자 골라잡아 결혼하렴. 거기, 그 화양의 셋째 막 공자라던가. 잘생겼던데?"

"할아버지!"

빌어먹을 도화의 맹. 남위의 직계가 끊어지면, 그다음 대의 칭제는 화양공이나 상산공이 하도록 한다.

만들어진 이유는 간단했다. 약한 방계가 자리를 이어 남위 자체가 혼란해지느니, 기반이 있는 자들 중 하나가 승계를 하라는 것이다.

장남을 잃고, 황제는 누구 짓인지 알고 있음에도 아무것도 할 수 없었다. 허망과 절망 속에, 시커먼 먹지를 앞에 두고 거기다 먹으로 또 글을 써야 하는 기분이었다.

그런 황제에게 북명군이 황성을 향해 진군 중이란 소식이 전해졌다. 황성이 북명에게 공격당하면 그때야말로 뱃속에 있는 적인 우동관이 뚫고 나올 테고 남위의 고씨 황조는 멸망할 것이다.

그래, 어차피 멸망할 황조다.

이제 물려받을 아들도 없고, 이리된 지금 그 아들 중 하나가 황위를 물려받는다 하더라도 이 나라가 유지될 거라는 확신도 할 수 없다.

이 세상, 몇 대나 황위가 가겠나. 남위의 고씨 황조도 고작 삼대 이어져 왔다. 남위 이전의 초나라는 다섯 해를 가고 멸망했지. 그 세상에, 이 위나라 고씨 황조가 멸망한다 한들 무슨 상관이겠는가. 차라리 자결해 끝내 버리고 싶었다.

그다음에 들어온 소식은 북명군이 황성으로 오는 길목에서 패하고 화양의 공자가 중태라는 것이었다. 북명이 내세운 그 유명한 탁우기는 화양의 공자에게 목이 잘리고, 그 시체는 분노한 남위군에게 짓밟혀 살이 죄갈려 나갔다고 한다.

막무염이라.

아들이 패한 전쟁에서 이긴 젊은 장군.

아무것도 모르는 공자는 아들의 시신을 찾고, 또 융금백의 시신을 찾아내 그가 남긴 유서를 황제에게 보냈다.

그 내용이 뭔지도 모르고.

황제는 신하가 마지막으로 남긴 피 묻은 서신을 펼치고, 무슨 일이 벌어졌는지 알게 되었다.

황제는 중태라는 공자를 깨워 묻고 싶었다.

너는 왜 이긴 거냐.

대장군 자리에 너를 앉힌 건 네가 대단해서도 아니고, 너더러 살라고 그런 것도 아니었어.

나 역시 네가 죽으라고 너를 사령관에 앉혔는데, 속이 뒤집어져서 너라도 죽으라고 그런 건데, 너는 왜 그 자리에서 진심으로 싸웠어.

황제는 전장의 막사에 앉아, 아직 눈을 뜨지 못한 청년을 앞에 두고 끝없이 묻고 있었다.

너는 왜 살았어.

그때 흐린 목소리가 들렸다.

'아버지.'

겁에 질린 어린 아들처럼 간절하고 다급하다.

화양공을 부르는 건 아닐 터, 이 젊은이가 열네 살에 성으로 들어왔다는 것도 안다. 청년에게 화양공은 아버지라기보다는 화양공 나리에 가까울 것이다.

그렇다면 누구를 부르는 것인지.

그때 장요 장군이 슬그머니 고개를 들이밀었다.

'괜찮습니까?'

'장군이 저승사자를 쫓고 있어서 아직 살아 있군. 계속 밖에서 쫓고 있게나.'

장요 장군은 부끄러운 듯 얼른 막사 밖으로 갔다.

황제는 다시 누워 있는 창백한 청년을 보았다.

화양공이 죽으라고 보낸 아들과 상산공이 망하라 하는 황제. 바로 그 두 사람이, 아들 잃은 아비와 아비 없는 자식이 한자리에 모여 있구나.

너는 융금백 갈화징이 내게 보내는 유서를 봉인도 건드리지 않고 보냈지.

그 내용을 알았다면, 너는 과연 이리 진심으로 싸워주었을까.

―황상.

그리하여 내일 어찌 될지라도, 소신은 땅과 백성을 위해 싸웁니다. 우리의 목숨은 황상의 것이며, 또한 나라와 백성의 것. 황상의 백성은 우리의 가족이며 우리의 이웃이며 우리의 벗. 그러니 이 전쟁에 목숨과 신의를 바칠 것입니다.

이리, 내일 전장에 우리의 살과 뼈를 묻고 피를 쏟을 터이니.

황상, 언제고 이 전란이 끝나고, 젊은 아내가 눈물로 남편을 보내지 않고 부모는 젊은 자식을 묻지 않아도 될 날이 오기를.

어린아이들이 아비의 등을 보지 않아도 되기를.

남겨진 아이와 여자들이 저항 못할 약탈에 짓밟히지 않기를.

칼과 창으로 서로의 등과 목을 치지 않고, 논과 밭을 일구며 노을을 보며 돌아갈 수 있기를. 전장의 맨바닥이 아닌, 따뜻한 방에서 천장을 보며 잠을 청할 수 있기를.

바로 그런 삶을 위해 저희는 목숨을 바치니, 황상.

우리가 남기고 가는, 황상의 백성이요, 우리의 가족인 이들을 지켜주십시오. 나라를 보존하시고, 지키시고, 다시 이끌어가 주십시오.

그리고…… 간곡히, 내일 죽을 아비가 부탁드립니다.

부디, 아직 어린 제 아들과 이제 기댈 곳 없을 딸을 살펴주십시오.

융금백 갈화정.

그 편지를 찢어버리고 싶었다.

죽고 싶은 내게 그런 짐을 주지 말라고, 나는 죽고 싶은데 왜 내게 또 이러냐고.

그래도 일어나야 했다. 걷고, 다시 걸어야 했다. 젊은 자들이 사라지는 가운데 늙은 그만이 남아 또 버티고 살아야 했다.

그로부터 몇 해가 지난 지금, 황제는 책상 위에 놓인 깨끗한 서신을 보고 있었다.

—황상, 소인 역시 믿습니다.

믿지 못할 자를 믿어 피를 흘릴지라도.

살과 뼈 같았던 이들이 그의 등에 칼을 꽂아도, 보답은 없고 가진 것조차 잃을 전장 속에서도 신의를 지켜 황상과 이 나라, 그 가족들을 지켰으니.

그 신의로, 그가 지켜야 했던 이들을 지켜주십시오.

은혜는 배덕하고 신의는 비웃음당하며 탐욕이 숭앙받으며 짐승처럼 서로를 찔러대고 할릴지라도, 그래도 간곡히 부탁드립니다.

그들이 바친 신의가 사라지지 않음을, 헛되지 않았음을 믿고 부탁드리오니, 지켜주십시오.

화양공자 막무염.

황제는 바람을 음미했다.

범아의 부루퉁한 표정을 보니, 여기서 왜 이러고 있냐는 생각 중일 게다.

"범아야, 팔보산의 죽향은 가을에 가장 향기롭단다. 그 향기를 맡으면 싸움도, 전쟁도, 슬픔도 잊게 되지."

"글쎄요."

범아의 반응은 시큰둥하다. 그깟 나무냄새가 뭐가 그리 중요하냐며.

하여간 이 녀석은 뭐든 여유가 없다니까.

"지난번에 너무 급하게 돌아와서 몰랐지만, 내일은 즐기려무나. 나야 이리 늙어 홀로지만, 너는 아직 어리잖니. 세상이 아직 향기로울 거다."

십왕쟁패.

모두가 천하를 두고 천하를 향해 몰아닥치는 그 전쟁.

황제에게 천하는 아들들이었다. 너희들에게 세상을 주마, 그런데 세상이 아들들을 모두 빼앗아갔다.

용주 위에서, 그 젊은 남자를 보며 생각했다.

내 천하는 그리되었는데, 자네의 천하는…… 아니, 자네에게는 다른 천하는 필요없겠군.

부럽고 부러웠다.

내 밤은 저물면 끝인데, 그대는 빛나는 아침이 있으니 이 어찌 부럽지 않겠는가.

놓아준 것은 정치적 배려만이 아니었다.

보고 싶었다. 그의 미래를, 그의 내일을, 또 한 번 세상의 아침을 기대해 보고 싶었다.

드디어 팔보산 깊게 우거진 숲의 초입이 보이기 시작했다.

사량은 산기슭의 큰 나무 아래 서 있는 회색 말을 발견했다. 말 옆에 호리호리한 청년이 서 있었다.

청년은 사량을 보자마자 고삐를 던지고 달려나왔다.

"누님!"

사량은 말에서 내려 청년에게 달려갔다. 가까워지자 동생은 가장 먼저 얼굴부터 살폈다.

"괜찮으십니까."

"나는 괜찮아요. 동생은요?"

"저야 아무 일 없지요."

마중 나온 동생 앞에서 사량은 안도와 감사함을 느꼈다.

여기로 오는 내내, 어찌나 불안했던지.

행여, 막채규가 정말 곽안에게 동생을 죽이라 명령이라도 내렸을까 봐, 충돌이라도 있을까 봐.

"죄송합니다. 저는 누님이 그곳으로 가면 아무 일 없을 줄 알았는데, 제 생각이 짧았습니다. 오히려 더 마음고생을 하게 만들었어요."

"아뇨, 동생이 걱정하게 해서 오히려 내가 미안해요."

"동생인 제가 누님을 걱정하는 거야 당연한 일이지, 미안할 일도 구태여 하는 일도 아닙니다. 그놈, 언제고 누님을 울릴 줄은 알았지만 이리 힘들게 하다니."

사량은 고개를 저었다.

"그도 어찌할 수 없는 일이 생긴 거니 원망하지 말아요. 힘든 사람이에요."

"원망하는 게 아닙니다, 누님. 그저 한 대 치고 싶을 뿐입니다. 매우 세게."

"그러지 말아요."

"누님, 일이 이 지경이 되었는데도 아직 그놈 편을 드시는 겁니까. 저는 그가 아버지를 그리 돌아가시게 만든 화양공의 아들이란 것보다, 누님을 이리 슬프게 한 것에 더 화가 납니다."

"그래도 이게 최선이었어요."

황 선생이 말에서 내려 가까이 왔다. 사징은 수고했다고 인사한 뒤에, 황 선생 옆의 남자를 발견했다. 사징은 그 남자를 물끄러미 보다가 모르는 사람이라 결론을 내리고 물었다.

"누구십니까."

남자가 말했다.

"최화."

사징은 눈살을 찌푸렸다.

"채화? 지난 다섯 해가 그놈의 얼굴을 잊어먹을 정도로 긴 시간은 아닌 듯한데. 그리고 다시 태어나지 않는 한 이리 다른 얼굴이 되기도 힘들고."

남자는 잠시 이를 어떻게 설명해야 할지 생각하는 듯 사징을 보다가, 지친 한숨을 내쉬었다.

"최.화.라고. 누구든 제대로 듣고 불러주면 참 좋겠군. 여기 남쪽에는 채와 최가 구분이 안 되나. 응? 최.화.라고. 최. 화."

뒤에 있는 사량과 황 선생이 가책 어린 표정을 지어 보였다.

"네?"

최화의 말은 살짝 끄는 북방 말투였다. 남쪽 사람 듣기에 그의 최화, 라는 발음은 영락없이 채화로 들렸고 채화는 최화로 들렸다. 최화는 잠시 숨을 고른 뒤 정식으로 자신을 소개했다.

"좌장군 최화요."

좌장군이라면 사방장군 중 하나, 변방을 지키는 남장군 북장군이 실력적으로 중요하다면 황제의 바로 옆을 지키는 좌장군 우장군은 황제의 측근 중의 측근이다.

"그런 높은 분이 무슨 일이십니까."

"황상께서 일전에 내게 어명을 내리셨지. 화양으로 가 이 낭자의 약혼자 행세를 하며 화양공과 만나보라 하더군. 진짜 채화는 알아서 치우라 하시고."

"대체 왜."

"이유는 설명하지 않으셨지. 말이 새거나 전교(傳敎)가 도둑맞을 것을 걱정해 그리 명하신 것 같소. 이 황 선생은, 화양에 도착하여 채화를 찾을 때 이분이 먼저 찾아 치워 버렸다는 말을 듣고 찾게 된 거요. 그런데 이분, 대체 정체가 뭐요. 다들 황 대협이라던데."

황 선생이 손을 저었다.

"원래 강호에서는 은퇴하면 너도나도 대협이라 하는 겁니다. 신경 쓰지 마십쇼."

사징이 물었다.

"그래서 이유는 알아냈습니까."

"밖에서 들어보니 화양공이 백의 누이더러 당장 화양을 떠나지 않으면 백의 목을 자르겠다고 하더군."

사징의 얼굴이 움찔했다.

"네?"

"곽안 장군은 워낙 착한 사람이라, 화양공이 백의 목을 베라 하면 일단 백을 피신시킨 뒤에 너무 빨리 도망쳐서 놓쳤다고 할 것 같기는 했소. 하지만 여자를 앞에 두고 그런 말을 하는 것은 참 사람 도리가 아니더군. 그렇게 격하게 혼인 반대하는 시아버지도 처음 봤고, 첩이든 뭐든 상관없으니 옆에 있겠다던 낭자도 처음 봤소. 내 딸이 그러면, 이런 결혼 내가 반대한다며 잡아끌어 돌아갈 거요."

"뭐라."

사징이 어처구니없어 하며 보자, 사량은 시선을 피했다.

"누님—"

"약혼자로 가장한 덕에 내막은 다 알게 되었고, 황상께서 무엇을 알아보라 하신 건지도 알겠더군. 그래서 성을 나오는 즉시, 황상께 융금성으로도 황군을 진군시키는 편이 나을 거라 간언했소. 어쨌건 그런 기분상의 문제로 융금이 오락가락하는 것은 좋지 않으니. 막 장군에게는 황군의 진군이 끝나고 융금성이 황상의 손에 들어오면 그때 마음대로 하라고 했소."

"마음대로 하라니. 대체 무슨 일을."

사징의 얼굴이 불안해졌다. 엄청난 것을 만나게 될지도 모른다는 생각이 들어서였다.

"설마."

"뭐, 그건 막 장군이 알아서 하겠지. 그냥 있든, 여기로 달려오든. 요는 막 장군은 융금의 안전을 부탁했고, 융금은 안전하게 되고, 백은 목숨을 구했다는 거요."

"저기, 최 장군. 그렇다면 제가 막무염에게 신세를 진 것입니까."

"그렇지."

사징의 입술 끝이 치솟아 올랐다.

"장군, 제 생각에는 말입니다. 황상께서 알아서 움직이신 게 아닐까, 합니다만. 그럴…… 리가 없습니다. 애초에 황상께서 오실 작정이었는데 우연히, 아주 우연히 겹친 게 아닐까."

"그리 필사적으로 공자 덕이 아니길 바라는 이유를 모르겠군."

"그…… 신세질 사람이 없…… 어서, 곰…… 곰에게 신세를 지다니. 그게 좀…… 매우…… 약간, 아주 조금…… 싫습니다. 당혹스럽군요."

"공자하고 무슨 일이 있어서 그를 은인으로 둘 수 없다는 건가."

"일단 황상께 여쭈어보겠습니다. 곰의 청으로 움직이신 건지 움직이시다 보니 곰에게 도움이 된 건지. 분명 후자일 겁니다."

최 장군은 안쓰럽다는 듯 사징을 보았다.

"나도 후자이길 비네. 그럼, 내 할 일은 다 했으니 부하들과 합류한 뒤에 아태관으로 갈 터이니 그때 보도록 하지."

"수고해 주셔서, 그리고 누님을 이리 데려다주셔서 정말 감사합니다."

"뭘, 할 일이라서 한 거지."

최화는 말에 올라탄 뒤 산비탈 쪽으로 달렸다. 마중 나온 수하들이 장군에게 달려왔다. 최 장군은 그들과 함께 산속으로 사라졌다.

"어떻게 된 겁니까, 누님."

사징이 물었다.

"저 최 장군이요?"

사량도 저 최 장군이 나타났을 때, 꽤 어리둥절했다. 채화라고요? 아닐 텐데. 아무리 시간이 지났어도, 키가 한 뼘 이상 커지고 얼굴이 저리 갸름해지려면 다시 태어나는 수밖에는 없잖아요. 설마, 그 보령이 엉뚱한 사람을 잡았던 건가.

"아니, 그것 말고. 그건 저도 짐작합니다. 그러니까……."

"뭐가 궁금한 건가요."

"하필이면…… 그 곰의 유혹에 넘어가신 건지……."

"실망했나요? 그럼, 다른 남자한테 반할 걸 그랬나. 황상이라던가."

"그건 아니지만. 저기, 그런데…… 저기, 저는 그 곰이…… 아, 모르겠습니다. 지금은 그저, 그 곰에게 신세진 것을 어떻게든 없던 일로 만들 궁리밖에는."

"그렇게 싫어요?"

"네. 그 곰하고는 그저 원수로만 지내고 싶습니다."

동생은 숲을 가리켰다.

"해 저물기 전에 얼른 가지요, 누님. 다들 기다립니다."

"복잡할 때 돌아와서 미안해요."

"괜찮습니다. 지금 보니 화양도 만만치 않게 복잡하군요. 차라리 누님이 제 곁에서 복잡하신 게 나을 듯합니다."

사량은 웃으며 숲을 보았다.

이제는 알고 있다. 무염이 하고 싶었던 말이 무엇인지, 최화를 보고 얼굴이 굳었던 이유도. 그날 아침 사량을 잡은 이유도.

무염은 그날 아침에도 황상으로부터 답을 듣지 못한 상황이었다. 확답을 듣고 융금이 안전해졌다는 것을 확신할 때까지 붙잡아뒀어야 했을 테지. 채화와 만난다는 약속을 했다는 것을 알아, 행여 먼저 떠날까 봐 걱정도 되었을 테고.

그렇다고 대놓고 말할 수도 없다. 실패할 시에 실망이 어느 정도 클지 알기에. 또, 사량의 입으로 정말 유 부인과 무슨 일이 있기는 한 것이냐 들었을 때의 비참함이 어느 정도일지, 감도 잡히지 않아서.

그러나 최화를 보며 무염은 드디어 모두가 안전하게 되었다는 것을 알게 되었을 것이다.

이제 되었다고 생각하고, 안도하며, 무염은 사량이 보령이 말한 그 무엇도 믿지 않았다는 것도 알았다.

무염의 눈에 비친 것은 감사함과 평온함이었다. 끝났다는 후련함과 아쉬움, 지금은 보내야 한다는 슬픔도.

그리고 무염이 속삭였다.

한마디 한마디, 진심을 담아.

기다려.

내가 갈게.

기다릴 수 없으니 있겠다고 말하고 싶어도, 그냥 같이 여기 있게 해달라 말하고 싶어도, 사량은 또 그가 하자는 대로 해버렸다.

그래요, 알겠어요.

당신이 오면, 나는 또 그렇게 당신이 하자는 대로 하고 살 테지.

그러니, 와요.

당신 하자는 대로 다 할 테니. 제발.

천년이건 만년이건.

하늘의 별도 자리를 바꾸고. 내 몸 위로 흙이 켜켜이 쌓이고 서리가 만 번의 곱절을 얼어도, 그래도 나는 기다릴 테니.

와요.

第十五章 전장의 기슭

무염은 산자락에 해가 걸리는 것을 보고 멈추었다.

저물면 저무는 대로 그냥 자고, 뜨면 뜨는 대로 일어나 달려왔다. 그렇게 서두른 덕에 원래 걸려야 할 시간에서 절반 가까이 줄여 벌써 팔보산 어귀 소금하에 도착했다.

산으로 들어가는 흰 길과 노을 젖은 팔보산이 보인다. 지척이라면 지척인데, 마음 같아서는 당장 들어가고 싶지만 해 저물 때 저 산으로 들어가는 것은 위험한 일이다.

무염은 안장에 앉아 꾸벅꾸벅 졸던 부엉이를 깨웠다. 성을 나설 무렵에는 집에 없던 녀석이, 벌판에서 노숙을 하고 다음날 아침 일어나니 안장에 앉아 졸고 있었다.

무염은 미리 써놓은 서찰을 꺼내 비어 있는 부분에 인주를 찍었다. 지금 있는 곳, 날짜, 도착 예정일, 등등을 암호로 적은 뒤, 잘 접어 부엉이

발에 걸린 통을 열고 넣었다. 일어난 부엉이가 볼을 내밀었다. 무염은 볼을 긁어주곤, 날개를 두드렸다.

"자, 먼저 가 있어라."

부엉이가 도착하면 곽안이 내용을 읽고 사량에게 전해줄 테지. 하루라도 먼저 안심하는 것이 나을 것이다.

무염은 달리며 부엉이를 날려 보냈다. 탕탕은 훌쩍 올라 어둠에 묻히는 팔보산을 향해 날아갔다. 깃털 달린 사람이나 다를 바 없이 머리가 좋은 녀석이라, 지난번 무염과 병사들이 어디에서 머물렀는지 아직 기억하고 있을 것이다. 사냥을 하러 너무 멀리 갔다가 허탕 치면 예전 숙영지나 요새에 나타나 얻어먹고 갈 정도다. 화양에서는 그 덕에 영물 대접을 받지만, 무염이 보기에는 사냥 기술이 형편없어도 너무 형편없어서 사람들에게 빌붙어 얻어먹는 방법을 아는 것이다.

부엉이가 숲으로 들어가기 직전 하늘 위로 선을 그은 듯 화살이 날아갔다.

"……!"

화살이 날개를 뚫으며, 탕탕은 옆으로 확 밀렸다.

무염이 달려갈 틈도 없이, 탕탕은 급하게 바닥으로 확 떨어졌다가 위로 솟구쳐 오르고, 겁에 질려 이리저리 날다가 숲 속으로 사라졌다.

무염은 칼자루에 손을 얹었다. 껄껄 웃는 소리가 들려왔다.

"저런. 맞추긴 했는데, 사냥개가 없으니 가지고 오라 할 수가 없게 되었군. 참 크고 통통한 녀석이었는데 말이야!"

걸걸하고 굵은 목소리였다.

무염은 천천히 돌아섰다. 사방이 어둑어둑한 가운데 상대가 누구인지 알아볼 수 있었다. 다부진 체격에 굵은 눈썹이 눈에 확 들어오는, 아버지 연배의 사내였다. 익숙할 정도로 자주 보진 않았으나, 못 알아볼 정도로 낯선 남자도 아니다.

"상산공."

상산공 우동관이다. 우동관은 무염의 얼굴을 살피며 다시 껄껄 웃었다.

"표정이 왜 그런가. 내가 못 올 곳에 온 건가. 황상은 내가 역적이라 선포하지 않았고, 나 역시 누구하고도 전쟁하자고 한 적은 없는데!"

"그렇긴 하지요."

말은 맞다.

피습은 있었으나, 다들 속으로만 분명 저놈 짓이라 하고 있을 뿐 공식적으로 외친 적은 없다. 그러나 아무리 그래도 화양군이 주둔하는 영채를 지척에 두고 상산공과 만나는 것이 아무 일도 아닐 리 없다.

"상산공 정도 되시는 분이 여긴 웬일이십니까."

"이 근방에서 내 아들 녀석을 만났겠지? 자식의 명복을 빌어주려고 왔네!"

"그 일은 유감입니다."

"고맙네. 그 아이가 일을 제대로 했으면 융금과 후만이 둘 다 내 손으로 왔을 테고, 후만과 융금에 모두 내 수하들이 들어앉아 있을 테지! 안 그래? 참, 이리 와서 보니 근사한 곳이군. 아깝기 그지없어!"

우동관의 말대로 우멱이 성공했다면 사징의 목은 벽에 걸려 있고 사량은 우멱이나 우동관의 수하 중 하나가 차지했을 것이다.

생각하니 섬뜩하다.

"이리 만났으니, 나하고 술이나 한잔하지 않겠나, 막 장군?"

"괜찮습니다."

"이봐, 젊은이! 근방에 객잔은커녕 지붕 있는 집도 없잖아. 게다가 자네, 그 꼴은 뭔가. 강호 협객도 자네보다는 나아 보이겠는데!"

"정말로 괜찮습니다. 되는대로 눈 붙인 다음, 눈 뜨자마자 바로 갈 것입니다. 단장은 도착해서 하는 걸로 하고, 공은 아드님의 명복을 마저 비시고 잘 가십시오."

그러나 돌아섰을 때 바로 앞에서 우동관의 수하들이 무염에게 활을 겨누고 있었다.

"그냥 가지."

무염은 그 수하들을 보았다. 눈이 마주치자 상산공의 수하들이 오히려 긴장했다.

"수하들 활 끝이 조금 높습니다. 이 근방에는 사냥할 오리도, 기러기도, 꿩도 없으니 내려주시지요."

"그럼, 나하고 한잔하겠나?"

"어디에 상을 봐두셨습니까."

"자네도 아는 사람 집이지. 마음 정했으면 따라오게나."

무염은 칼자루에서 손을 내렸다. 우동관이 명령하자 활시위가 내려갔다.

"자, 가지."

우동관은 말 머리를 돌렸다. 무염도 말에 타, 그 뒤를 따랐다.

얼마 뒤 도착한 곳은 금하 옆에 있는 화양군의 요새였다. 나무 성벽 위에서 수비를 하고 있던 화양군의 얼굴이 무염을 보고 긴장하며 굳었다. 무염은 그들 모두 혼란스러워하고 있다는 데 안도했다. 이러면 우동관이 이 성을 점령한 것이 아니라 마촉이 우동관을 안으로 들였다는 뜻이다.

마촉. 그놈, 연락 끊겼다 싶더니 이런 짓을 하고 있었던 건가.

안으로 들어가자 마촉 장군이 맞이했다.

"어서 오십시오."

사량을 데리고 들렀을 때 본 것이 마지막, 정말 마지막으로 볼 거라 생각했는데 또 만나게 되니 운이 더럽다 싶었다.

이놈이 물러나라고 했더니 도리어 화양군을 끌고 우동관에게 붙은 것이다. 무염이 직접 훈련시킨 군사를 들고, 자기 군사인 양.

"아버지께 보고도 하지 않고 귀한 손님을 맞이하고 있었군."

"미처 알릴 틈이 없어서 그랬습니다."

그러며 마촉 장군은 무염의 검을 흘끔 보았다.

"검은 내놓으시지요."

"대역죄인이 아닌 이상 무장의 검은 황상도 빼앗을 수 없다. 그리고 나는 딱히 괘씸한 짓을 한 기억은 없는데."

"안전을 위해 이리하는 것입니다."

"누구의 안전인가. 자네? 아니면 여기 이 우동관 나리신가. 나는 술 한잔 나누자는 상산공의 청으로 여기 온 거지, 포로가 되기 위해 온 건 아니다. 그리고 나한테는 술 한잔 먹고 아무나 찌르는 버릇은 없지."

"그…… 그게 말입니다."

마촉은 우동관의 눈치를 살폈다.

무염이 말했다.

"마 장군, 그래도 자네가 내 검을 빼앗고 나를 포로로 잡겠다면, 일단 자네 목을 찌르고 옆에 있는 우동관의 목을 찌르겠어."

"그, 그러면 공자님 목숨이 위험합니다."

"내 목숨이 위험할 즈음에 위험할 목숨도 없는 사람 둘이 분명히 있을 거다. 그리고 그 안에는 자네가 분명히 있을 거야. 자, 어쩔 건가. 한번 보고 싶으면 보여줄 수도 있다."

마촉의 얼굴이 해쓱해졌다. 옆의 우동관이 말했다.

"마 장군, 우리 술상 좀 봐주게나."

"네?"

"어서."

그리고 우동관은 무염에게 말했다.

"자네는 나하고 가지."

우동관은 사령관의 집무실로 들어갔다. 예전에 무염이 마축 장군과 만났던 그곳은, 조금 달라져 있었다. 바닥에는 가죽이 깔리고 의자도 다르다. 아예 우동관이 쓰고 있는 것이다.

"앉게."

우동관이 먼저 앉고 무염은 마주 보며 앉았다.

이 우동관은 몇 번 본 적이 있다. 그때마다 항상 자신만만하고 위압적인 사내라고 생각했다. 힘이 세서도, 무위가 압도적이라서도 아니다. 이 남자는 우동관이라는 것 자체로 항상 강압적이고 위압적이었다. 오만방자한 태도도, 거침없는 추진력도 죄다.

이 남자가 젊은 시절 매사 날카로운 아버지와 얼마나 맞지 않았을지는 듣지도 보지도 않아도 알 만했다.

"무슨 생각을 하는 건가, 공자."

"언제부터 여기 계셨던 건지, 그것이 참 궁금해서 말입니다."

"아, 얼마 안 되었지. 얼마 전 자네 아버지를 양릉에서 본 뒤, 바로 여기로 왔으니까."

무염은 아버지가 일전에 양릉에 다녀온 것을 알고 있었다.

평소에도 신경질적이던 아버지는 돌아왔을 때 온몸에 바늘이라도 난 듯 날카로워져 있었다. 계기가 있을 거라 생각은 했지만 아버지가 이 우동관과 만났을 줄은 미처 예상하지 못했다.

"아버지와 무척 친하셨군요."

"우린 어린 시절부터 알아온 벗이야. 생각나면 만나 술 한잔 정도는 나눈다네."

"그건 저도 압니다. 다만 제가 그간 알던 것보다 더 친밀한 사이란 것을 최근에 알게 되었을 뿐."

"오호? 그래? 뭘 듣고 온 건가."

"동량이라던가."

우동관은 무염이 무슨 말을 하는지 눈치채고 웃었다.

"융금백의 일을 말하는 거로군. 그래, 그 일로 기어코 자네 아버지는 자네와 싸웠겠지. 자네, 그 집 딸하고 결혼한다고 했다면서."

대체 어디까지 소문이 난 거란 말인가. 장가라도 가고 소문이 났으면 덜 억울하겠는데, 그러지도 못하고 이러고 앉아 있으니 속만 쓰리다.

"집안일입니다."

"내가 몇 마디 했더니 조르르 달려가 자네를 볶았나 보군."

정말 그랬으니, 무염은 반박을 할 수가 없었다.

"나는 자네 아버지가 이럴 때마다 귀엽다니까! 어찌 이리, 한마디만 해도 파들파들 떠는지. 긁어놨더니 대뜸 삐쳐 돌아갔지 뭔가."

"뭐라 긁으셨습니까."

"자네 아버지가 제일 무서워하는 일을 두고 농담을 좀 했지."

"짐작은 되는군요. 제가 아버지 자리를 차지하는 것? 죄송합니다만 저는 그 골치 아픈 자리를 구태여 차지할 생각은 없습니다. 아버지도 사실, 제가 별 욕심을 내지 않는다는 것은 알고는 계셨을 겁니다. 다만, 의심할 만한 상황 자체가 싫어서 그러신 거지요."

"이런 시대에 사내로 태어나 야심도 없나?"

"순서라는 것이 있습니다. 산에 오르는 데는 기슭부터 시작하듯 천하를 가지는 데 화양이 어떤 의미인지는 저도 압니다. 상산을 가지고서는 대륙을 볼 수 있지만, 화양을 가지고서는 화양뿐입니다. 입성은 쉬워도 수성은 어려운 것이 화양. 굳이 제가 야심을 가진다면 화양보다는 상산이 더 탐나는군요."

"뭐?"

"황상을 설득해 군사 삼만 정도만 빌리면, 지금 당장 상산을 점령하고 내년 중양에는 상산공의 이름으로 제를 올릴 수 있을 것입니다."

우동관의 입술이 올라갔다.

"지금 누구 앞에서 그런 말을 하고 있는지 알고는 있는 건가."

"아니까 하는 말입니다. 제가 지나가는 비렁뱅이에게 대고 이리 말하겠습니까. 상산공이시니 상산이 어떤지 아시겠지요. 그리고 상산공께서는 어차피 그런 저를 만나러 오신 것 아닙니까."

"정말이지! 건방지군."

"네, 건방집니다. 저보다는 마촉 장군이 애교도 많고 아양도 잘 떨지요. 귀여워해 주시면 줄수록 귀여운 짓도 곧잘 합니다. 말도 예쁘장하게 하고, 서운해하신다 싶으면 예쁜 여자와 보화를 바치며 기분 좋아지라 할 겁니다. 사내의 애교를 바라시면 그 마 장군을 찾으십시오."

"그럼, 마 장군은 애교가 있다면 자네는 무슨 재주가 있나."

"상산공이 저를 찾아온 거지, 제가 저를 좀 잘 봐달라고 온 게 아니지요."

"좀 진지해지시지 그러나, 막무염."

"진지합니다. 제가 정말 건성으로 듣는 걸 보고 싶으시면, 제 아버지께 물어보십시오."

그리고 그것은 아버지의 말 중 상당수가 내용 없는 신경질인 경우가 많아서 그런 것이다. 아버지는 결정은 말없이 했고, 그 결정 자체는 대체로 어느 정도 수긍할 만하거나 좋기도 했다. 그래서 대체로 넘겼었다. '그 말'만 빼고.

"나는 천하를 원하네."

"패업은 모든 왕의 꿈이지요. 자면서 꾸고 아침에 깨는."

"누가 그것을 이룰 거라 생각하나."

"생각해 본 적이 없어서 모릅니다. 하고 싶은 사람이 하라지요."

"나와 함께 이루어볼 생각은 없나."

"공 아래에서?"

"그래. 황제야 내 눈치 보느라 자네를 쫓아냈고, 자네 아버지는 자네가 너무 커져서 화양에서 쫓아냈다만, 나는 절대로 그럴 생각이 없어. 내 밑에서 싸워봐. 자네가 이기는 만큼 포상하고, 자네가 이루어내는 만큼 지위도 높여주겠어. 그리고 내 딸도 주지. 자네를 데리고 갈 테니 딸 하나 달라 하면 내 마누라들은 앞다투어 제일 예쁘고 어린애를 내놓을 거야."

"혼약은 되어 있습니다. 세상에서 제일 예쁘고 무서운 처남도 하나 있고."

"나는 상관없으니 그냥 결혼해. 내 딸이야 둘째 부인으로 들이면 되는 문제. 방에 처박아두고 잊어먹어도 상관없어. 어차피 사위가 되었다는 게 중요하지, 내 딸까지 예뻐하라 할 생각은 없네."

무염은 어이가 없어서 웃었다.

"따님 가지고 그렇게 장난치시면 벌 받습니다."

"오랫동안, 처음 자네를 봤을 때부터 생각해 온 바야. 자, 내게 오기만 해. 뭐든 다 줄 수 있다니까. 내 아래에서 싸우고 훨훨 날아보라고. 천하를 가지자고."

"상산공 아래로 가면 말입니다―"

무염은 무릎을 두드리고는 말했다.

"저는 상산을 가질 겁니다."

"뭐라."

"상산을 손에 넣은 뒤 제 바닥에 깔고, 정말로 천하를 가질 겁니다. 적어도, 그 정도 보답은 되어야 상산으로 갈 수 있지요."

"젊은 놈이 자신만만이군. 어디 한번 이야기해 봐. 대체 어떻게 상산을 가질 건지."

"그것을 어찌 미리 말합니까. 그래도 좋으시다면 저를 데리고 가십시오. 대신 여기서 장담해 드리지요. 상산공께서 저를 데리고 간다면, 저는 천하는 드리겠습니다. 그리고 그 천하는 제가 가집니다."

우동관의 눈이 무염을 뚫을 듯 보았다.

"지금, 나더러 화내라고 그러는 건가. 고작 하녀 아들놈이?"

"황상의 할아버지이자, 이 남위를 기반으로 처음 칭제를 한 고조는 서쪽 야만족을 상대하던 말 장수였습니다. 북명의 황제는 그 아버지가 시장의 한량 출신, 서한의 황제는 유목민 족장의 서출 아들, 동제가 그나마 가장 오래되고 귀한 핏줄이라 하나 오히려 가장 미약합니다. 이런 세상에서 제가 하녀의 아들이란 것이 무슨 문제입니까."

"그래? 그리 야심 차신데, 내 수하가 못 되면 그때는 무엇이 되겠나."

"그러면 저는 산에서 내 여자와 같이 나이 먹으며 살 겁니다."

"천하를 논하다, 그냥 그리 살겠다고?"

"천하의 의미는 항상 다른 법이니까 그렇습니다. 아버지께 천하는 화양뿐이고, 어머니께 천하는 가족, 상산공께 천하는 발밑에 깔리는 융단, 그리고 제 천하는 그곳에 있습니다."

"그걸 자네 코앞에서 다 밟아주는 수가 있어."

"협박이십니까."

"그래. 융금을 짓밟고, 자네 여자를 끌어다 자네 앞에서 능욕당하게 할 수도 있어. 자, 어쩔 건가."

무염은 우동관의 붉은 얼굴을 보았다. 무염도 알았다. 이 남자는 제대로 된 전쟁을 해본 적이 없다. 힘으로 압도하여 항복을 받아내는 것이 이 남자의 전법이었고, 그렇게 이겨왔다. 칭제만 하고 싶다면, 이 남자는 잠만 자고 있어도 된다. 그러나 이 남자가 원하는 것은 더 큰 것이다. 그저 굴러들어 오는 황제 자리가 아닌, 그 황제 자리부터 시작하는 천하를 향한 패업.

문득, 궁금해진다.

황제가 생각하는 내일, 내년, 십 년 뒤, 백 년 뒤는 무엇일지.

이 싸움에서 이기면 황제는 무엇을 생각하는 걸까. 십왕쟁패의 십왕 중, 목 아래까지 올라온 이 남자를 그 황상은 어찌할 것인가.

우동관이 재촉하듯 말했다.

"자, 이제 이찔 건가."

"상산공, 지금 정말로 저를 수하로 삼고 싶으신 겁니까."

"나는 그런데 자네는 참 건방지게 구는군."

"목을 조르고 팔을 비틀면 순간은 조용해질 뿐입니다. 하지만 그뿐. 협박으로 얻을 수 있는 것은 노예뿐입니다. 힘센 하인이 필요한 거라면 시장으로 가십시오. 천하를 논하시겠다면 그런 협박과 겁박 말고, 저를 감동시켜 보십시오. 그리 협박하고 겁박하시면, 저는 늙은 소보다도 쓸모없는 놈이 될 겁니다."

"정말 자신만만하군."

"제가 필요해서 오신 것은 상산공 나리십니다. 협객의 충성도 정성이 있어야 받을 수 있는 것. 하물며 장수를 데리고 오는 일에 있어 협박이나 겁박을 하시겠다니."

무염이 보는 우동관의 눈 안으로 여러 생각이 보인다. 경계, 분노.

이제 어찌할 것인가. 무염은 이 우동관이 순순히 물러나거나, 잘 가라 손 흔들고 인사하며 보내주지는 않을 거라는 정도는 알았다. 일단 걸려든 이상, 꽤 힘든 상황이 되어버린 것이다.

바라보고 있자, 우동관은 활짝 웃었다.

"우리 처음 만나 아직은 친분이 부족한 듯하니 나중에 다시 이야기하지."

"잘 생각하셨습니다."

"생각 잘하고 있어봐. 술은 나중에 하도록 하지. 봐, 나는 범을 내 것으로 부릴 수는 없어도 내 손에 들어온 이상 우리에는 가두어둘 수 있거든."

❖

사량은 새들이 또 숲 위로 날아오르는 것을 보았다.

며칠 전 같은 것을 본 사징은 성 사람들을 불러 모으고, 정찰병을 보내 적군이 어디로 침투한 것인지 알아보도록 했다. 아태관의 황군에게도 알리고, 화양으로부터 명령을 기다리는 곽안에게도 알렸다.

그리고 다시, 새들이 날아오른다. 숲 속으로 병사들이 들어온 것이 확실하다. 군세는 아마도 삼사천 정도.

사량은 범아를 찾았다. 금방 찾아낸 범아는 원숭이들에 둘러싸여 꿈쩍도 못하고 있었다.

"궁주."

범아는 원숭이들을 노려보며 말했다.

"죄송합니다만 낭자, 이 녀석들이 오지 않도록 하는 방법이 없습니까."

원숭이들은 작은 범아를 처음부터 우습게 여겼다. 그뿐인가. 이걸 어떻게 처리하느냐 아이들에게 물었던 것이 범아의 실수였다. 아이들은 원숭이들은 먹을 것을 주면 간다고 가르쳐 주었고, 범아는 마른 과일을 되는대로 집어 던져댔다. 팔보산 사람들이 그리하면 원숭이들은 용무 끝났다며 돌아가지만, 범아는 서두르느라 퍼줘도 너무 많이 퍼준 것이 문제였다.

얼마 되지도 않아 범아는 팔보산 원숭이들의 호구가 되었고, 지금도 며칠 만에 온 호구를 알아본 원숭이들이 죄 몰려와 어서 내놓으라 하는 중이다.

"어서 도와주십시오. 부탁드립니다!"

범아가 겁먹고 울먹울먹 사정하니, 안쓰러워진 사량은 손을 들었다.

원숭이들은 삽시간에 흩어져 담과 지붕을 넘어 도망쳤다.

"대체 어떻게 다루는 겁니까, 낭자."

"그건 사징이한테 물어봐요. 저보다는 사징이가 더 잘 다루고, 요령도 좋거든요. 저는 겁을 주는 것에 가까워서. 원숭이들에게 참 못할 짓이죠."

"겁을 주는 법이라도 가르쳐 주십시오."

"일단, 무서워하지 말아요. 궁주 정도의 어른에게는 원숭이들이 무섭게 굴지 못하거든요."

"원숭이는 무섭게 생겼어요."

"무서운 자객은 아무렇지도 않게 상대하더니, 원숭이는 왜 그리 무서워해요. 검을 든 것도, 사람을 해치는 것도 아닌데."

"낭자야 매일 보는 거지만 저는 아니라서."

"저기, 그럼 자객은 매일 보는 건…… 가요."

"매일은 아니고. 가끔보다 좀 많은 정도?"

사량은 감탄했다.

"세상에. 저야, 겁탈하겠다며 덤비는 남자들 정도만 상대하면 되는데 궁주는 대단하네요."

"……제 입장에서는 그게 더 대단한데요."

"어차피 그 남자들은 옷은 벗고 있는데다 저를 죽일 생각도 없잖아요. 궁주야말로 참으로 대단한 거라고요."

그리고 사량은 생긋 웃었다. 범아의 얼굴은 더 해쓱해졌다.

사량은 이 소녀가 다시 대단해 보였다. 나이야 열다섯이라지만, 무예도 뛰어나고 학식도 대단하다. 황상 옆에서 황자나 태자나 다를 바 없이 일을 수행하고, 황상 역시 그리하도록 한다.

"그런데 무슨 일로 온 겁니까, 낭자."

"여기 군사 일은 이제부터 범아 궁주가 하는 건가요?"

"네. 황상께서 그리하라 하셨습니다."

"숲 속으로 군사가 이동한 것 같아, 알리려고요. 사징에게도 말했고, 동생은 죽림관 안에 있어요. 곽안 장군도 와 있고요. 같이 가요."

"아, 네. 알겠습니다."

범아는 사징을 만날 생각을 하자 지치는 기분이었다. 이 사량에게 사징은 세상에서 가장 착하고 상냥하고 공손하며 예의 바르고 완벽한 동생이었다. 성 사람들에게도 마찬가지. 그러나 범아에게 사징은, 싸가지 없고 차갑고 무례하고 신경질적이고 짜증도 잘 내는 놈이었다. 무염도 싫기는 매한가지였으나, 범아는 무염이 사징을 싫어하는 이유만은 납득했다. 사징이 무염을 싫어하는 이유를 더 먼저 납득했지만 말이다.

"공자는 언제 오는 건가요."

사량은 아쉬운 듯 웃으며 고개를 저었다.

"아직 몰라요. 사징도 무척 기다리는데, 어서 오면 좋겠어요."

"……."

이분, 봉사신가.

사징이 가장 신경 쓰는 것은 그 화양곰에게 신세를 졌다는 것이다. 범아가 황군이 공자의 청으로 온 것이지 다른 목적이 아니라 하자 그 얼굴은 절망으로 창백해졌다.

"그, 그러면 역시 그 곰을 은인으로 모셔야 한다는 건가!"

누군가의 신세를 졌다는데, 그 정도로 절망하는 자는 처음 보았다.

뜰로 들어서자, 죽림관의 본관 지붕 아래 사징이 나와 있었다. 늘 입는 푸른 옷차림이었고, 그 얼굴은 여전히 홀연히 나타난 선녀처럼 아름다웠다.

"어서 오시오, 궁주. 무슨 일로 오신 건지는 압니다."

남자 얼굴이야말로 가장 쓸모없는 것이라 여기는 범아지만, 이 사징이 그 수준이 아니라는 건 인정하기로 했다. 상냥해 사람을 고양시키는 사량과는 달리, 사징은 무표정하고 서늘해 사람을 주눅 들게 한다. 저 청년이 유일하게 사람 같은 표정을 짓는 것은 오로지 화양곰 막무염의 이름이 나올 때뿐. 그 순수하게 비위 뒤틀리는 표정은 숨겨지지도 않는다.

"북쪽의 군사가 들어와 있습니다. 약초꾼과 사냥꾼들을 잡아다 안내로 쓰는 것 같습니다. 그들이 자의로 하는 건지 협박을 받은 건지 더 알아봐야 할 터이나, 조심해야 합니다. 언제 그들이 아태관이나 이 융금을 습격할지도 모르……."

사징은 무언가가 앞을 쏜살같이 지나가는 바람에 말을 멈추었다. 공공이 달려와 사량의 등을 타고 올라왔다.

"공공?"

원숭이는 사량의 머리에 매달려 울어댔고, 범아는 기겁해 뒤로 확 물러났다. 작든 크든 원숭이는 다 싫다. 사징은 범아의 하얗게 질린 얼굴을 보고 기가 막혀 했다. 저 주먹만 한 게 무서워?

사량은 공공을 달랬다.

"공공, 왜 그러니. 뭐에 놀랐어?"

공공은 사량의 머리카락을 당기고는 어깨에서 훌쩍 뛰어내려 달려가다 멈추어 어서 오라는 듯 깩깩 울었다.

"잠깐요."

사량은 공공을 따라갔다. 공공은 달리고, 사량이 오나 살피고 다시 급하게 달렸다. 잠시 뒤 공공은 더 가지 않고 슬픈 얼굴로 멈추어 섰다. 바닥에 커다란 부엉이가 엎드려 있었다.

"세상에."

사량은 달려가 부엉이를 집어 올렸다. 날개에 화살이 깊이 박혀 있었다. 거의 죽어가는 거나 다를 바 없는 상태, 피투성이가 되어도 참고 여기까지 날아온 것이다.

"부엉이가."

사량은 부엉이의 발에 묶인 통을 발견했다.

"탕탕이니?"

사량은 부엉이의 몸을 안고 죽림관으로 달려갔다. 아직 뜰에 있던 사징이 하얗게 질려 달려오는 사량을 보고 놀랐다.

"누님, 무슨 일입니까."

"백, 곽안, 곽안을 찾아요. 어디 있어요."

"제 서재에 있습니다."

사량은 부엉이를 놓고 그 발목에 매인 통 안에 든 쪽지를 꺼냈다. 둥글게 말린 쪽지 위로 인주로 찍은 암호가 적혀 있었다.

"이게 뭡니까."

"일단 곽안 장군을 불러야 해요. 곽안 장군이라면 알 거예요."

"기다리십시오."

잠시 뒤 곽안이 달려왔다. 사량이 보여주는 쪽지를 펼쳐 본 그는 다 읽고 표정이 풀어졌다.

"걱정 안 해도 됩니다, 낭자."

"큰일이 아닌가요."

"공자께서 산 아래에 도착했고, 밤에 산을 오를 수 없어 하루 보내고 올라오겠다고 합니다. 산세가 험해 길을 헤매면 늦을 수도 있으니, 마중 나와주면 좋겠는 말뿐입니다. 별말 아닙니다. 지금 나가면 되겠군요."

사량은 부엉이를 보았다. 화살에 박힌 날개를 본 곽안은 대수롭지 않게 말했다.

"사냥꾼 화살에 맞은 것 같아요. 탕탕이 오늘 재수가 없었……."

"장군, 이건 사냥꾼의 화살이 아니에요. 이곳 사냥꾼은 이렇게 큰 화살을 쓰지 않아요."

사량은 화살대를 건드렸다. 검은 화살대 끝에 남색 깃털이 달려 있었다.

"화양군의 화살도 아니고요."

"에?"

"지난번, 후만에서 변란이 일어났을 때 우먹 공자와 같이 있던 병사들에게서 무기를 빼앗았어요. 화살이 특이해서 기억하고 있어요. 이곳, 숲에서는 이런 활을 쓰지 않아요. 워낙 밀림이 깊고 나뭇가지가 많아 이렇게 큰 화살을 쓰는 활은 다룰 수가 없거든요. 이런 건 평원에서나 쓰지요."

"그럼 군사가 쏜 거란 말입니까, 낭자?"

"아마도요."

사량은 성벽 너머를 보았다.

"일단, 제가 내려가 보겠어요."

"낭자 혼자서 가게요?"

"금방 다녀올게요. 문제가 있다면 돌아와 어디가 문제인지 알리겠습니다."

"그러지 마십시오, 누님."

사징이 나서며 말했다. 그의 손에는 부엉이가 오르락내리락 힘든 숨을 내쉬고 있었다. 사징은 날개를 살피며 말했다.

"여기 계시는 게 좋겠습니다."

"백, 혼자서 가지는 않을 테니 가게 해줘요. 근방에 공자가 있는지 살펴보고, 있으면 데리고 오고 없으면―"

사징은 손을 들어 말을 막았다.

"누님, 지난번에 누님이 저 몰래 성을 빠져나가신 적이 있지요. 저하고 상의도 안 하시고 나가셨고, 아침에 누님이 없어진 것을 알고 성이 얼마나 뒤집혔는지 아시지 않습니까. 그때 그 곰을 만날 작정이셨던 건 아니지요? 누님은 여기로 그 곰이 온다는 것을 알지도 못하셨을 테니."

곽안이 범아에게 '곰이 대체 누구예요…….' 하고 물었다. 범아는 고개를 저었다.

"누님은 그때 마촉 장군을 만나러 가실 생각이었지요?"

"그게……."

"가서 뭘 하시려고 했던 겁니까."

사량은 아무 말도 못했다.

"그때 저는 그 일을 문제 삼지 않았습니다만."

사징은 또박또박 말했다.

"아주 화가 났. 었. 습. 니. 다."

"네?"

"정.말. 화가 났었다고요. 누님이 무사히 돌아오지 못하거나, 마촉 장군에게 돌이킬 수 없는 일을 당했을 경우 저는 화가 나다 못해 너무나 났을 겁니다. 그 뒤에 제가 무슨 짓을 할지는 저도 모릅니다. 제정신으로는 하지 않을 테니!"

"그래도 그때는 잘 끝나지…… 않았나요."

"운이 좋았을 뿐입니다. 저는 이 성의 성주이기 전에 누님의 동생입니다. 아니, 이 성의 성주였던 시간보다 누님의 동생이었던 시간이 더 깁니다. 그러니 동생으로서 화가 났다고요! 지금도 가서 끔찍한 일을 할까 봐 무섭단 말입니다!"

"미, 미안해요. 잘못했어요."

"그러니 제가 가겠습니다."

동생의 말에 사량이 놀랐고, 이미 놀란 곽안은 더 놀랐다.

"무슨 일이라도 있으면 어쩌려고요."

"그러면 더더욱 갈 일입니다. 그리고 개인적으로, 그 곰에게 아주 위급한 일이라도 있었으면 정말 좋겠습니다."

"왜 그런. 아무 일도 없어야 하잖아요."

"그래야 신세를 갚을 수 있지 않습니까."

"백."

사량은 감동했고, 곽안은 고개를 끄덕였으나 범아는 한숨을 내쉬었다. 막씨나 갈씨나.

무염은 다음날까지 감금이나 다를 바 없는 상태로 갇혀 있게 되었다.

우동관은 찾아오지 않았으며, 마촉도 마찬가지.

이제 어떻게 되려나.

우동관이 이리 아양을 떠는 거야 무염이 그 아래로 올지도 모른다고 생각해 그러는 거지, 아니라고 판단되면 바로 태도가 돌변할 것이다.

그때가 언제가 될지.

문밖에서 그를 부르는 소리가 들렸다. 우 씨 아저씨가 왔나, 생각했으나 전혀 다른 사람이 들어왔다.

"아, 자네."

아는 장수였다. 화양에 있을 때 무염 아래에 있던 장수로, 마촉 장군 전부터 이곳에 있던 자이기도 했다.

"제가 모시기로 했습니다. 분부하실 것이 있으면 말씀하십시오."

"시중은 하인이 해도 되지 않나."

"죄송합니다."

"자네, 마 장군이 보냈나."

"네."

"나더러 어쩌라는 거지?"

"필요한 건 다 보낼 터이니, 이 방에서 움직이지 말라 하셨습니다."

"……."

마촉이 애매해진 것이군. 화양을 적으로 돌리고 돌아서려 했는데, 지금 이 안에 있는 것은 화양의 공자. 그리고 우동관은 그 화양의 공자를 유혹하는 중이다.

"이봐, 장 교위."

"네."

"마 장군이 우동관을 주군으로 섬기는 거야, 말리지 않겠다. 곧 모실 주군이 없어질 처지가 되었으니 바꾸는 것 정도는 상관없지. 다만 너희들은 어쩌겠다는 건지 그게 궁금하다."

"상산공은 이 요새 안에 화양군과 마촉 장군의 군사가 어느 정도 비율인지 모릅니다. 마 장군이 이에 대해 속였습니다."

마촉 장군이 자기 고향에서 데리고 온 군사는 이천 조금 안 된다. 나머지는 죄다 화양의 군사고, 무염이 훈련시킨 직속이다. 즉, 지금 군사는 아주 동요하고 있을 것이다. 무염이 왔는데 저 의심스러운 마촉의 명령을 계속 들어야 하는 건지.

"어쩌실 겁니까. 우리는 강호 사람도, 용병도 아닙니다. 주군과 고향을 마음대로 바꿀 수 없습니다."

"우동관의 군사는 몇 정도 있는가."

"많지는 않습니다. 기병 백여 기 정도. 다만 상산공의 친위대라 그 하나하나가 굉장한 무위를 가지고 있습니다."

"그래서 겁먹었나?"

무관은 얼굴을 붉히며 당황했다.

"절대 아닙니다. 다만 아직, 어떻게 해야 할지 모르고 있어서 섣불리 움직이지 못하고 있습니다."

"그래, 알겠다."

그때 발소리가 들렸다. 이어 문이 열리며 들어온 것은 우동관의 수하들, 그 사이로 우동관이 모습을 드러냈다.

"잘 잤나, 장군."

"어차피 제집이나 다를 바 없는 곳입니다. 괜찮습니다."

"자네 보러 융금에서 손님이 왔더군. 여자네."

목덜미에서 찬물이 흘러내린 기분이었다. 저 표정을 보니 사량이다. 그녀가 대체 어떻게 알고 여기로 온 건가.

"저런, 그렇게 정색하지 마. 내가 끌고 오거나 손댄 건 아니거든. 그쪽에서 직접 온 거야."

"제가 여기 있는 줄 알고 왔습니까."

"가능성을 염두에 두고 왔다고는 하는데, 반반이었던 것 같네. 자네가 있다면 무사한지만 확인하게 해달라 하는군. 그래서 말했지. 자네를 좀 설득해 달라고. 우리 아들이 성 근처에서 위험한 짓을 한 건 인정하지만, 이런 세상에서 원한을 오래 가지고 있는 건 좋지 않을 것 같다고도 했고."

분위기는 더 서늘해지기만 할 뿐이었다. 확 곤두선 젊은 남자의 표정을 보며, 우동관은 웃음으로 답했다.

"그 표정 뭐야! 협박은 하지 않을 테니 걱정 마. 그리고 그 아이는 딱히 내 취향은 아니더군. 소문과도 좀 다르고 말이야."

"마촉도 옆에 있었습니까."

"아, 마촉 장군과 융금백 사이의 일은 이미 들었어. 지금, 그 낭자의 보호자가 융금백이거든. 융금백이 직접 말하더군. 누이와 마촉 장군을 같은 곳에 두고 싶지 않다고. 그래서 못 오게 했네."

그리고 우동관은 새끼손가락을 흔들어 보였다.

"융금백이 정말 질색해서. 모르는 사람이 보면 마촉 장군이 융금백을 겁탈하려고 덤볐다가 손가락이 잘린 줄 알겠더군. 하긴 뭐, 둘을 보니 아무래 사내라도 그 젊은이 쪽에 눈이 먼저 가긴 하겠더라."

그리고 우동관은 무염이 보기에 이상한 표정을 지어 보였다.

무염은 그 얼굴에 나타난 동정과 측은함을 보고 당황했다. '어휴, 고작.'이라는 표정이었다.

예전에 이런 표정을 몇 번 본 적이 있었다. 실망스러운 선물을 받은 무흔이 얼굴에서. 잔뜩 기대했는데 너무 시시한 것이 나왔을 때의 표정.

"둘이 혼인하겠다면…… 축하는 해주겠네."

그리고 고개를 저었다.

"……?"

도무지 태도를 이해할 수 없는 말을 한 우동관이 나가고 잠시 기다리니, 무관이 와서 융금백과 그 누이가 왔다고 알린 뒤 들여보냈다.

무염은 두 사람이 들어오는 것을 물끄러미 보았다. 앞에 앉는 것은 사징, 그놈이 맞았다. 빼어나게 아름다운 얼굴도, 그 재수 없는 눈빛도 그대로. 그 눈에는 여전히 싸늘한 적대감과 분노가 담겨 있었다.

"나 왔다."

"정말 너군, 융금백."

"그래, 나다. 막무염."

"하나도 안 반갑다."

"나도 마찬가지다, 이 화양곰."

사징 옆에 있던 여자가 장포를 벗었다.

무염은 얼굴이 굳었다. 모두 조용한 가운데 무염이 작게 말했다.

"뭐지?"

"도우려고 목숨 걸고 온 사람에게 그리 무례하게 구시오."

범아의 날카로운 눈이 무염을 노려보고 있었다.

무염은 멍하니 중얼거렸다.

"이래서."

"……?"

무염은 우동관이 왜 그런 표정을 지었는지, 이해했다. '너, 눈이 정말 낮구나?' 라는 측은함, '사랑에 눈이 멀면 이런 여자도 천하와 바꿀 절색으로 보이나 보지?' 라는 동정, '어휴 앞으로 어쩌려고. 쯧쯧쯧. 내 딸이 낫네.' 라는 우월감까지.

"공자, 대체 왜 그런 표정인가. 설마 이 자리에 그 낭자가 오기를 바란 건가."

"그건 아니지만."

이런 얼굴로 사량인 척했다니. 아니, 저 몸매로 사량인 척했다니. 얼굴이야 보는 사람 눈이 멀면 저 범아가 미인으로 보일 수 있다 쳐도, 몸매는 객관적인 것 아닌가. 저 가슴 다섯 개를 합쳐도…… 아니, 애초에 합칠 것도 없겠다.

"이봐, 백. 차라리 백이 여장을 하고 오지 그랬어."

"무슨 헛소리인가. 내가 아무리 누님과 닮았다 해도 여인과 사내인데."

"얘가 사량인 척하는 것보다 백이 여장하는 게 더 실제하고 가깝다니까."

"웃기지 마. 여인의 몸이 어찌 사내와 같단 말인가?"

"일단 얘는 사내 몸하고 별다를 바 없는데."

참다못한 범아가 고함을 질렀다.

"지금 우리는 공자를 구하러 온 거요! 놀리려면 지금 하지도, 나중에 하지도 마!"

"나를 구하러 온 건가. 백이? 궁주랑? 정말로?"

그리고 무염은 사징을 가리켰다.

사징은 그 손끝을 노려보며 말했다.

"공자의 그 커다란 부엉이가 성 근처에서 발견되었다. 그것으로 짐작
은 했지. 확신은 못했고. 이리 보니 확신은 하겠군. 그리고 공자에게 신세
진 일만 없다면, 그냥 가버리고 싶어. 잘해보라면서 말이지!"

"신세— 아, 그래."

무염의 태도가 의기양양해지자, 사징의 눈빛은 더 싸늘해졌다.

"굳이 말하자면 신세라고 할 것도 없지. 공자가 군사를 융금에 두고 갔
고, 공자가 누님을 유혹했고, 그다음 일은 공자도 알겠지. 이리 따지자면
내가 공자에게 피해를 입었고, 공자가 그 책임을 진 거지, 내가 공자에게
신세진 건 아닌 것 같군."

"아, 그래. 정말 미안하다."

네놈 목숨이 안전해지게 하려고, 황제에게 갖은 사정을 다 했는데 이
놈은 뭐라는 건가. 사량이나 황 선생이 분명 무염이 얼마나 애를 쓴 건지
말해줬을 텐데. 그리고 두 사람은 실제보다 더욱더 칭찬하며 해줬을 텐
데. 그런데 이놈의 결론은 '어쨌건 네 탓이잖아.'.

사량이 이 자리에 있어야 했다. 그랬으면 저리 마음껏 싸가지 없게 굴
지도 못할 텐데.

비위가 뒤틀릴 대로 뒤틀리는데, 사징이 노려보며 말했다.

"공자는 나를 무척 실망시켰어."

"그건 또 무슨 생트집이지."

"공자, 내가 분명 누님에게 아무 짓도 하지 말라고 했지 않나. 그런데
낯선 곳으로 가, 아는 사람도 보호자도 없는 누님에게, 공자는 대체 무슨

짓을 한 건가."

"그게, 남녀가 같이 있다 보면 벌어질…… 수도 있는 일 아닌가."

"누구나 그러지는 않아, 공자. 공자가 누님에게 한 짓을 이런 식으로 확인하게 되어, 참……."

확인?

무염은 자기도 모르게 급히 물었다.

"확인이라니. 백, 설마……."

"설마는 무……."

사징은 되물으려다가 무염의 기대에 찬 얼굴과 마주쳤다.

승리자의 표정이다. 이뤘다, 끝났다, 이제 너하고 할 이야기 없다. 이제 네 누나 내놔. 하하하!

"뭔가, 그 표정은?"

"엉? 그 이야기하려던 거 아닌가."

"무슨 말인지, 통—"

잠시 뒤 사징의 얼굴이 굳었다.

"설마……."

"……."

그다음 무염이 한 일은 사징이 손을 얹고 있던 탁자를 향해 온몸을 던지는 것이었다.

"너———! 막무염, 너! 이 자식아! 네가 감히!"

고함이 터지며, 무염이 누르는 탁자를 쥔 사징의 손에 힘이 들어갔다. 아슬아슬했다. 조금 늦었으면 이 탁자는 날아갔고, 여기에 맞아 일어날 참사는 상상도 하기 싫다.

"아, 아는 거 아니었나."

"알긴 뭘 알아! 누님이 너에게 속아 넘어가 혼인 약조를 한 이야기를 하려던 건데, 뭐—!"

"그럼, 고작 그 이야기를 하려고— 아니다. 내가 잘못했다. 오랜만에 봐서 네놈이 얼마나 사사건건 사소하게 개 같았는지 잊었다."

"잘못은 네가 했어, 막무염! 성을 떠난 지 일 년이 되었나, 이 년이 되었나! 그 얼마 되지도 않는 시간에 누님을……! 혼인도 하지 않고! 나이가 몇인데 그것 하나 자제 못하나!"

"이봐, 그건 나이하고 아무 상관도 없…… 윽, 알았어."

더 하다가는 전쟁은 여기서부터 벌어질 것 같아 무염은 그만두기로 했다. 게다가 버티기 힘들다. 팔로 누르고야 있지만, 이 자식 힘이 보통이 아니다. 탁자 안에 황소라도 한 마리 있는 것 같다. 어떻게든 끝내보고 싶은 마음에, 구차하고 비열한 핑계를 댈 수밖에 없었다.

"혼인 약조는 했잖아! 네가 허락만 하면 끝이다. 아무 문제 없어! 아무 문제도!"

"아아, 그래? 그럼 묻지. 약조 전인가 후인가. 누님에게도 물어볼 테니, 솔직하게 말하는 게 좋을 거야. 약조 전인가 후인가!"

얼음물을 부은 듯 싸늘해졌다.

"말해!"

"전."

"……뭐."

"……아니, 후."

사징의 입꼬리가 부들부들 올라갔다.

끝났다, 끝났어.

무염은 당장 일어나 우동관을 만나러 가고 싶었다. 죄송합니다만, 일단 저 좀 살려주십시오.

"막무염, 네가 누님과 결혼한다고 했을 때 부아야 치밀었다만, 그래도 도리와 예는 지켜서 청혼을 하고 아내로 삼으려 하는 거라 생각했는데, 아니라고? 아니라고! 부모님한테 허락도 받지 못한 상태에서 무슨 짓을 한 거냐."

"부아는 왜 치밀어. 이 어처구니없는 놈 보게. 혼주라는 놈이, 아무리 청혼하는 놈이 마음에 안 들어도 그렇지. 다 늙은 놈이 네 누님을 다섯 번째 첩으로 들일 생각을 한 것도 아니고. 혼기가 좀 저물어가고 있다 하지만 그래도 나는 홀몸이라고!"

"그럼 뭐 하나. 아버지한테 허락도 안 받은 상태였잖은가. 그리고 지금 그리 큰소리칠 때가 아닌데? 혼인 약조도 하지 않고 누님을 농락했다는 것 아닌가."

"……."

그건 아니라고, 나를 대체 어떤 놈으로 보고 그런 말을 하는 거냐 따지자니, 맞다.

그날 덤빌 때 무염은 분명 아무것도 약속하지 않았고, 그다음에도 하지 않았으며, 사량을 찾으러 간 뒤에야 청혼했다. 그것도 혼주는 무시하고 사량 본인에게.

부모님 허락도 다 받지 않아두어, 아버지가 반대하는 바람에 사량이 수모를 당하게 만든 것 역시 자신이다. 내가 갈 테니 기다리고 있으라 하며 보낸 것 역시, 여자 집안에서 보면 혈압 오를 상황이다. 오해해도 할 말이 없는데, 굳이 따지자면 오해도 아니다. 사실을 나열하고 들여다보면 무염은 사돈 입장에서 정말 죽일 놈이었다.

"그런…… 셈이군."

사징의 손이 다시 상 위로 올라가고, 무염은 급히 다시 팔을 얹으며 말했다.

"백, 우…… 우리 말로 하지. 일단 일이 이렇게 되었고, 돌이킬 수는 없잖아. 그리고 나는 백의 누이를 그저 재미로 건드리거나 희롱한 게 아니야. 정말로 그녀를 연모하고, 혼인하여 아낄 생각이야……. 뭐…… 내가 혼인 전에 그 정조를 취한 것…… 미안하게 생각해. 다만 일이 일단 이리 되었고…… 윽, 손에 힘 좀 풀어. 하여간 이미 그 문제는 끝난 거 아닌가…… 윽, 제발! 내, 내가 다 잘못했으니…… 이, 일단 나중에 이야기하고 지금은…… 지, 지금 일이나 생각하자! 미안, 잘못했어!"

그리고 치사하다는 것을 알면서도 급히 범아를 가리켰다.

"여기 혼인도 안 한 처자도 있는데 이, 이 민망한 이야기는 나중에, 나중에 하지. 내가 나쁜 놈이 되는 거야 상관없다만, 사량의 얼굴도 생각해야지. 안 그런가, 백."

"누님 얼굴을 생각한다면 그러지 말았어야지! 나는 그래도 믿고 맡겼어!"

"야, 내가 믿지 말라고 했잖…… 윽, 알았어. 내가 잘못했어. 잘못했다니까!"

"저기, 백, 공자. 그 문제는 우리 모두 무사한 상황에서 하는 게 좋을 것 같소만."

차분한 목소리에 둘은 잠시 멈추고 숨을 씨근덕거렸다.

범아는 둘을 번갈아 본 뒤에 말했다.

"일단, 백. 아무리 백이 혼주라 하나, 일이 이렇게 된 이상 또 당사자들의 합의가 있었던 일에 화를 내는 것은 무의미한 것 같소. 내가 아직 어리고 서툴러 남녀 사이의 일은 잘 모르나, 낭자나 이 곰이나 둘 다 그 정도 분별과 배려는 있어 보여. 물론, 이 화양산(産) 곰이 마음에 안 드는 자형감이라는 데는 나도 동의하지만."

"이보시오, 말이 좀— 윽. 알았어. 입 닥칠게."

범아는 팔꿈치로 상을 누르는 무염을 보았다.

"그리고 공자, 고향과 친지를 떠나 보호자도 없이 머무는 여인을, 아무리 마음이 앞선다 하나 정조를 먼저 범한 것은 백에게나 낭자에게나 무례한 행동 같소. 백이 화내는 것은 당연한 거요."

무염은 네가 내 입장이 되어봐라, 예의가 먼저란 생각이 나기나 하나— 라며 따지고 싶었으나 참았다.

"그래도 내 생각으로는, 일은 이리되었고 공자가 여기까지 왔으니 백도 너그럽게 상황을 받아들이는 게 좋을 것 같소."

서늘한 침묵 속에 두 남자는 이마를 맞대고 서로를 노려보았다.

그래, 나이 많은 내가 참자, 라는 생각에 무염은 한숨을 내쉬고 말했다.

"백, 내가 정말 잘못했으니."

"잘못했으니? 네가 잘못한 게 맞지."

무염은 부아가 치밀었지만 여기서 약자는 무염이지 사징이 아니었다. 이 자식이 혼주인 이상, 혼인 허락받으려면 고개 조아려야 한다. 큰소리쳐도 되는 반가운 일도 아직 일어나지 않았다. 그 일에 성공하기만 했어도, 무염은 이 자리에서 웃으며 네놈이 허락 안 하고 버티나 보자, 라고 자신만만해 있을 것이다.

젠장, 뭐가 부족했던 것인가.

정성인가 횟수인가 시간인가 운인가.

"나중에 내가 백 번 더 사죄할 테니, 지금은 다른 걸 생각하자."

게다가 투항 권유를 받아들일 생각이 없다는 것을 우동관이 알게 되면 이곳은 불편한 남의 집에서 살벌한 적진이 된다.

도망치는 것이야 쉽게 할 수 있다 쳐도, 그리했다가는 무염은 도망침과 동시에 이 융금백과 사량 앞에 만 명이 넘는 적군을 만들어주는 셈이 된다.

무슨 짓을 할지 모르는 아버지보다야, 생각이 단순한 편인 우동관이 낫긴 하다. 아버지는 탁월한 방침도 세우지만, 그만큼 황당한 일도 한다. 이 우동관은 탁월한 일은 없어도 황당한 일은 없다. 즉, 적어도 예측은 된다.

"지금 해야 할 일이 있다, 백."

"무슨 일을 하던 내 도움을 받아라."

"그건 왜?"

"너한테 신세진 상태로 하루라도 더 있고 싶지 않다. 그걸 굳이 신세라고 할 수 있다면 말이다. 그러니 내 도움받고 신세 갚게 해라."

무염은 그리도 신세를 갚고 싶으면 네 누나를 내놓으라 하고 싶었으나, 이놈은 네놈이 내 목숨을 직접 구해도 그건 못한다고 할 놈이다.

"좋아, 백. 내가 시키는 건 무엇이든 다 할 수 있나."

"……그러지."

"그리고 궁주, 궁주도 좀 도와줘야겠군."

"허어, 공자. 나는 공자에게 신세진 게 없는데."

이건 무슨 상황인가. 무염은 긴장하며 범아를 보았다.

범아는 싱긋 웃었다.

"나에게는 신세를 좀 지겠다고 예의 바르게 부탁해야 하지 않아? 여태 그리 무례하게 굴어놓고선, 이제 와서 부탁을 한다? 이런, 이런. 지금 기분으로는 힘들겠군. 내가 아직 어리고 속이 여물지 못해, 기분이 나쁘면 하기 싫어."

"……."

"자, 내게 신세를 지고 싶으면 말이야, 간절히 부탁해 보시오. 물론 아주 아주 아주~ 예의 발라야 할 거요."

무염은 웃으며 생각했다. 젠장, 엄한 남녀 신세 힘들게 만들지 말고 너희 둘이 결혼해라, 제발.

"융금백과 그 누이가 돌아간다고 합니다."

수하가 와서 보고하자, 우동관은 누워 있던 의자에서 일어나며 말했다.

"데리고 와."

기다리자, 사징이 수하의 안내를 따라 들어왔다. 누이 없이 혼자였다.

"자네 누나는?"

"누님은 막무염과 같이 있습니다. 외간 남자들 있는 곳에 시집도 가지 않은 집안 여자를 데리고 오는 것은 예가 아닌 것 같아."

외간 남자들하고 있으면 위험한 건 자네지 자네 누이는 아닌 것 같다는 생각이 드는 우동관이었다. 아무리 들여다봐도 검은 머리 빼고는 하나도 안 닮은 남매다. 제 나이보다 한참 어린 얼굴에다 날카로운 눈매하며 바늘 하나 안 들어갈 듯 냉담한 표정하며, 귀여운 편이긴 하지만 사내들을 홀릴 만한 매력은 하나도 없다. 미모가 빼어나지 않아도 사내들이 꼬이는 여인이 있다는 것을 모르는 바는 아니지만, 그 아이는 아니다.

우동관도 선대 융금백이 죽자 그 남겨진 딸을 생각하며 많이들 입맛 다신 것은 알았다. 무염이 그 딸에게 홀딱 넘어갔다 들었을 때, 그럴 만하다고도 생각했다. 그래서 꽤 기대했는데, 정작 보고 나니 대체 그 아이의 뭘 노리고들 간 건지 궁금해진다. 혹시 이 사징을 노렸는데 차마 남색이라 밝힐 수는 없어서 누님을 노린 거라 거짓말들을 한 건가.

"자네 누이는…… 남의 집 여인에게 이런 말하기 그렇지만, 잘 먹이지 그랬나."

"왜 그런 말씀을 하시는지요."

"참 마르고 볼품없어서 그래. 그래 가지고서야, 사내들이 좋다 하겠나. 산골에서 자라서 그런가. 너무 작아 다람쥐만 하더군."

"도무지 이해가 되지 않습니다, 상산공. 그게 어때서요."

"정말?"

"그렇습니다. 미모가 문제라면, 미추를 구분하는 눈은 각자 다른 법이고, 몸이 다른 여인보다 작은 것이 문제라면, 그건 문제 될 일도 책을 할 일도 아닙니다. 그저 작을 뿐, 그게 뭐 잘못입니까. 그렇다면 큰 것은 잘 못이 아니란 말입니까."

"그……."

우동관은 농담이었다 말하려 했으나, 사징이 너무 정색을 하는 바람에 말할 때를 놓쳤다.

"그리고 상산공, 아무리 본인이 미추에 관심이 없다 하더라도, 남이 그에 대해 문제 삼는 것은 또 다른 문제입니다. 남에게 타고난 것을 평가받는 것은 불쾌한 일이고, 원하지 않는다면 더더욱 하지 마십시오."

"……."

우동관은 이런 시시한 일에 훈계를 듣는 것이 불쾌했다. 애들 앉혀놓고 여자 얼굴 밝히지 말라고 혼내는 것도 아니고 이게 뭔가.

"그래, 알았어. 농담이었네. 그건 그렇고, 자네 자형과는 어찌 되었나."

'자형'이라는 말에 사징의 턱에 힘이 들어갔다.

"아직 자형이 아닙니다."

"뭔가…… 좀 필사적으로 보이는군."

"아니니 아니지요. 저는 아직 혼주로서 허락한 적 없습니다. 일단, 막 공자가 내건 조건이 있습니다."

"말해봐."

"이 요새를 넘겨받고 싶어합니다."

"여긴 왜?"

"이곳 군사는 공자가 훈련시킨 자들이고, 또 공자와 화양에 충성합니다. 도의상, 또 섭리상 마촉 장군 손에 넘겨줄 수 없다고 하는군요."

"마 장군은?"

"마 장군도 넘겨달라 하십니다."

"내 편이 되겠다고 온 사람의 목숨을 달라는 건가."

"일단, 조건은 그렇습니다, 상산공."

"자네 생각은 어떤데."

"황당한 조건은 아니라 생각합니다, 상산공. 공자가 맨몸으로 상산공의 수하가 된다면, 처음부터 다시 시작해야지요. 수하를 만드는 것부터 군사를 만드는 것까지. 하지만 이곳과 융금에 있을 군사를 가지고 가면, 상산공에게도 좋고 공자에게도 좋습니다. 공자 대신 마 장군에게 이곳 군사를 맡기면 군사 이만은 전사자 일만과 부상자 오천, 탈영병 오천으로 변할 겁니다. 장담하지요."

"자네 같은 시골 서생이 그걸 어찌 아나."

"제대로 된 장수라면 그 시골 서생한테 손가락이 잘렸겠습니까."

우동관은 웃음이 나왔다.

"전장에서는 잘할 수 있지 않은가."

"가진 군사를 재물과 여자를 취하는 데 쓰는 자와 천하를 논하시겠습니까. 제 것도 아닌 걸로?"

"그럼, 자네 자형은?"

"아직 자형이 아닙니다. 상산공께서 굳이 저 막무염의 가치를 논하시겠다면, 천하를 드리고 천하를 가져갈 사람이니 알아서 하십시오."

"참으로 높이 평가하는데, 알아서 하라?"

"어차피 저하고는 아직 남. 누님 좋다는 남자는 세상에 많습니다. 공자는 아직 그중 하나일 뿐이고요. 상산공 역시, 천하를 가지고자 하는 많고 많은 자들 중 하나. 그러나 천하를 가지는 것과 새로운 세상을 여는 것은 다른 겁니다. 알아서 하십시오."

"제법 말은 잘하는군."

우동관은 청년의 아름다운 얼굴을 감상하듯 보았다. 여인이었으면, 이 여인을 얻겠다고 다들 난리가 났겠다 싶다.

갈화징 생각도 난다. 닮기는 좀 닮았으나 말투는 아주 다르다.

"그럼, 잘 알겠으니 자네는 가보게."

"어찌하실 겁니까."

"내가 알아서 정하고, 그다음 알려줄 테니 기다려 보게."

청년은 일어나 인사를 하고 나갔다.

우동관은 한참 앉아 있었다.

쉬운 건 없고, 바라는 대로만 되는 세상이 아니란 것도 안다.

계획한 일이 틀어지는 거야 다반사, 예상하지 못한 일이 벌어지는 것 역시 다반사다.

잠시 그리 앉아 있다, 결국 웃었다.

뭐, 이리되는군.

우동관은 수하를 시켜 마 장군을 데리고 오게 했다.

마촉은 어두운 얼굴로 왔다. 사징이나 무염이나, 맞는 말이다. 이 마촉이 믿을 놈도 아니거니와 믿어도 되는 놈도 아니고, 능력마저 없다는 것은 우동관도 알았다.

"마 장군, 자네가 내 밑으로 온다 했을 때 기분이 좋았어."

"아, 감사합니다."

"그런데 저 막무염이 내 수하가 되는 조건으로 자네를 원하는군."

"네?"

"자네를 원한다고. 그런데 지금 자네가 녀석 아래로 가면 말이야, 목숨 보전하기 힘들 거야. 자네는 그냥 내 밑에 붙은 게 아니라, 공자와 화양공의 군사를 가지고 붙었거든. 아주 괘씸하지. 나라도 자네 같은 장수가 있으면 목을 칠 거야."

"저더러 뭘 하라 그러시는 겁니까? 저는 상산공을 도우려고―"

"그래, 알아. 나는 자네가 내 아래로 와서 좋고, 그 보답으로 자네에게 저 막무염을 맡기고 가겠네. 알아서 하게. 죽이든 살려서 인질로 삼든, 알아서 해. 막무염을 아무데나 넘기고 도망친다 해도 책하지 않겠네. 집에 가서 예쁜 첩들 데리고 잘살아."

"공자를 설득하지 않을 겁니까."

"집 안에 들어오는 범은 가죽만 들어와야 하는 법이지. 산 범은 용맹하나 내 집의 소와 말을 잡아먹지. 그래, 범은 남의 집 소도 말도 다 잡을 거야. 하지만 그것을 내게 물어오지는 않지. 그놈은 그런 범이야."

황제 역시, 사냥할 곳을 정해주고 자신은 빠진 뒤 그 범이 집에 들어올 때가 되자 문을 닫고 쫓아냈다.

빼어난 범이나, 산속의 범. 아양 떠는 법밖에 모르는 둔한 개만도 못하다.

"수하 몇을 놓고 가겠네. 아주 무예가 뛰어난 자들이지. 아무리 투귀라도, 그놈들이 한번에 덤비면 상대할 수 없을 거야. 지금 융금이 비어 있을 테니, 나는 그곳으로 가지. 같이 온 내 수하들이 몸이 근질거릴 거야. 자네는 범 사냥을 하고, 나는 그곳으로 가 내 사냥을 하겠어."

"저기, 그럼. 융금백과 그 누이는 어찌합니까."

"억류시켜 포로로 잡아둬. 어차피 융금을 칠 테고, 곽안은 막무염과 융금백의 목을 보게 되면 더 이상 싸우지 않을 거야. 그러니 억류해 알아서 하게. 누이는 자네가 가지든 말든 하고."

마촉의 얼굴이 기대감으로 밝아졌다.

"다만— 나는 이해가 안 되긴 하네. 그 아이의 어디가 그렇게 좋던가."

"보시지 않으셨습니까."

"봤으니 이해가 안 되던데. 내 수하들도 같은 의견이니, 내 눈이 어떻게 된 건 아니야."

"미…… 추야, 사람들마다 다른 것 아니겠습니까. 그리고 딱히, 그 여자가 절세미녀라 이런 건 아닙니다. 다만 너무도 무례하여 예의를 가르쳐 주고 싶은 것뿐입니다."

"아, 그래. 그렇군."

알아서 해라. 바람이 센 날에는 모래와 낙엽은 날려 사라지는 법이니. 약한 모래알인 것을 어찌하겠나.

"그럼, 다음에 보도록 하지."

"네, 상산공 나리. 믿어주셔서 감사합니다."

우동관은 이 싸움에서 그가 목이 떨어져 더 귀찮은 일이 없기를 바라며 자리를 나섰다. 이제 이곳의 일은 끝이다. 그리고 그 끝이 시작이 될 터.

무염은 상산의 기병들이 떠나는 소리를 들었다. 드디어 가는 건가, 그러면 어디로— 방향은 분명 산 쪽이다.

잠시 기다리고 있으니, 얼마 지나지 않아 마촉 장군이 찾아왔다.

"상산공 나리께서 이 요새를 떴소, 공자."

"상산공께 내가 부탁드린 게 있을 텐데, 뭐라 하시던가."

"공자가 이 요새와 저를 원하셨다고 들었습니다. 그런데 말이죠. 사실 제가 화양공 나리와 공자님의 일에 대해 이미 들은 바가 있습니다. 화양공 나리가 공자님을 구릉으로 좌천시켰다고 하던데, 왜 여기 계시는 건지 여쭤봐도 될까요?"

"내가 뭐라 답할 것 같은가."

"지금, 네가 공자도 뭣도 아니란 걸 알아."

"말이 급하게 주저앉네."

"등 뒤에 군사와 화양공이 있을 때나 공자요, 장군이지 이리 빈 몸으로 뭘 하려고."

"그래서, 상산공 나리가 나를 어쩌라 그러시던가."

"죽이라."

무염은 옆의 무관을 보았다. 무관의 얼굴은 창백해져 있었다.

"무슨, 무슨 말입니까."

마촉이 밖으로 나가며 고함을 질렀다.

"여봐라! 와서 쳐라!"

마촉이 나가자 방 안으로 상산의 무관들이 뛰어들어 왔다.

무염의 검이 바로 뽑혀 나와 선두의 무관의 목을 뚫었다. 다른 무관이 무염의 팔을 잡고, 또 다른 자가 몸을 눌렀다. 좁은 방 안에서 힘센 무관들이 단숨에 밀려들어 붙들자 무염도 꿈쩍할 수 없었다. 화양의 무관이 놀라 보았다.

"공자님!"

"걱정 마라!"

그리고 무염은 고함을 지르며 밀어젖혔다. 무관들이 뒤로 떠밀렸다. 어차피 무염은 힘이 그냥 센 게 아니라, 말도 안 되게 센 놈이었다. 무염은 선두의 무관의 턱을 거듭 후려치고는, 검을 찔러 넣었다. 몸이 늘어지자, 무염은 그 힘을 잃은 몸을 들고 힘껏 밀었다. 방 안이 좁은 덕에, 선두에 있던 무관 하나로도 검과 창이 다 막혀 버렸다. 공격을 해봤자, 오히려 무염의 손에 잡힌 무관이 뚫리고 베였다.

"하!"

무염은 다시 고함을 지르고, 힘껏 밀어붙였다.

열 명 가까이 되는 상산의 무관들이 밀려나 문밖으로 나가떨어졌다. 무염은 그들을 밀어젖히며 고함을 질렀다.

"범아, 너! 이제 좀 도와!"

단도 몇 개가 날아가 무관들의 목과 이마에 박혔다. 천장 쪽에서 범아의 날씬한 몸이 나타났다.

"이보시오, 공자. 나도 해치우고 오는 시간이 좀 걸렸어. 게다가 내 수하들한테 연락도 해야 하고."

마측이 고함을 질렀다. 상황을 알아챈 마측의 군사들이 모이기 시작했다. 그들은 함성과 함께 몰려들었다.

무염은 다시 무사들과 들러붙어야 했다. 한 명을 창으로 밀치고, 다른 자를 검으로 베어 넘기고, 허리로 공격이 들어오자 범아가 바로 옆으로 날랜 제비처럼 파고들어 막았다. 무염의 검에 실린 엄청난 힘과 속도로 그 상대의 몸이 갈라지고, 옆에 있던 적까지 같이 쓰러졌다. 그 힘과 속도에, 적은 경악하고 겁에 질려 주춤했다. 무염은 그 얼굴을 주먹으로 갈기고, 다시 칼을 휘둘러 목을 베어 넘기며 외쳤다.

"사징은!"

"같이 해치우고 나왔으니, 곧 올 거요. 내 수하들과 같이 오느라."

무염은 옆에 있는 화양의 무관에게 말했다.

"이봐, 장 교위. 자네는 가서 화양군에게 알려라. 이제부터 내 명령을 들으라고. 어서!"

"네!"

장 무관은 더 묻지 않고 밖으로 달려나갔다. 무염은 그를 공격하려는 상산의 무관을 향해 달려들었다. 무사의 몸이 갈라져 쓰러지고, 무염은 그대로 허리를 틀어 다른 상산군을 향해 검을 날렸다. 둘이 한꺼번에 쓰러져 바닥에 메다 꽂혔다.

그동안 장 교위는 난간을 밟고 뛰어내렸다. 병사들이 그를 향해 뛰어들었다. 장 교위가 주춤했다. 날아든 무염의 몸이 그 병사들을 죄 쓰러뜨렸다.

"어서! 돌아보지도 말고 나가라!"

화양의 무관은 뛰어나갔다.

마측 장군이 어떻게든 그를 막으려, 직접 뛰어나갔다. 그러나 문 밖으로 나서기도 전에 그 멱살이 잡혀 던져졌다. 마측 장군은 단숨에 나동그

라쳤다가, 그를 잡아 던진 자를 보고 안도했다.

"아하, 갈사징 아닌가."

"표정을 보니 나를 만나 아주 좋아하는 것 같아."

사징은 검을 뽑지도 않고 사령관저 문 앞에 서서 병사들과 대치했다. 등 뒤로 아무것도 없어 보였다.

"너 하나냐?"

마측 장군이 웃었다. 아무리 뒤에 무염이 있고 범아가 있다 하나 세 사람뿐이다. 그러나 이 안에 있는 마측 장군의 군사 숫자만 오백이 넘는다.

사징은 사령관저의 병사들을 둘러본 뒤에 마측을 보았다.

"장군은 나하고 싸우면 되겠군."

"나하고 싸우기 전에 싸워야 할 자들이 참 많을 거다."

사징은 차분하게 말했다.

"내 스승은 나더러 무공에 소질이 없다 하셨지."

"그건 나도 들어 알고 있지."

그런 나한테 손가락 잘린 놈이 그리 좋아하면 곤란하군, 하고 사징은 생각했다.

"스승님은 나더러 싸움을 끝내는 법을 모른다고 하셨다. 일단 검을 뽑으면 살을 푼 뒤에야 검을 거두는 것은 검을 쓰는 자로서의 자질이 부족한 거라 하셨지. 속 안의 살을 다루지 못하면, 그야말로 기본 중의 기본이 없는 거라. 그런 거니, 그 자질을 다 다스리지 않는 한 나는 자질이 없는 거라 하셨다."

그게 뭐가 그리 대단한 건가, 라는 듯이 마측 장군이 비웃었다.

"그래서?"

"그러다 보니 나는 싸움은 한 번만 하지. 그 일격에 다 끝나게."

단숨에 검이 뽑혀져 나왔다. 그 짧은 시간, 화양의 무관이 사징을 등지고 달려나갔다. 마촉의 군사들이 그를 향해 몰려가자, 그들 틈으로 검은 옷을 입은 무사들이 뛰어들어 무관을 보호했다. 화양의 무관은 안전하게 사령관저를 빠져나갔다. 밖에 있던 화양의 군사들이 무관을 맞이했다.

마촉이 경악했다.

"대체 언제!"

"너는 네 일을 걱정해야지."

사징의 발도가 장군을 보호하려는 무관의 검을 걷어내고 바로 방향을 틀어 마촉 장군의 목을 뚫었다.

놀란 마촉 장군의 눈이 일격으로 자신을 뚫은 검을 보았다.

사징은 검을 뒤로 뽑은 뒤 돌려 잡고 그 목을 베어냈다. 목이 떨어져 바닥으로 굴렀다. 사징은 그 몸을 걷어차고 구르는 목의 머리카락을 잡아 올렸다.

"끝났군."

순식간에 끝난 싸움에 마촉 장군의 수하들이 경악하며 굳었다. 무염이 싸우면 사람이 아니라 웬 곰이 싸우는가 보다 할 수 있지만, 이 청년은 도술이라도 부린 듯 시작을 한 건지도 모르게 끝났다.

사징이 말했다.

"너희들이 할 일은 이제 둘 중 하나다. 항복하고 고향으로 돌아가던가, 아니면 개죽음을 당하던가."

그리고 사징은 상산의 군사들을 가리켰다.

"고향 집으로 노자 받아 곱게 돌아가고 싶으면, 저들을 잡아 우리에게 넘겨라. 살려서든 죽여서든 상관없는데, 되도록 죽여서 줘라. 나도 포로 관리하기 귀찮거든."

얼이 빠진 마촉 장군의 군사를 향해, 사징이 다시 말했다.

"어서."

말이 끝나자마자 마촉 장군의 수하들이 상산의 군사를 향해 달려들었다. 숫자상으로 압도적이다 보니 전쟁이 아닌 도륙전이 되었다.

범아는 난간을 밟고 내려와 사징의 옆에 가볍게 착지했다.

"잘해줬네."

범아의 말에 사징은 심드렁하게 말했다.

"저 곰이 나선다고 하니 금방 끝나던데."

사징은 등을 가리켰다. 밖으로 나간 무염을 향해 화양의 군사들이 몰려왔다.

"인기 좋은 곰이군."

범아의 말에 사징은 비위가 뒤틀린 듯 쳇, 하고 중얼거렸다.

팔보산으로 들어가자 낮임에도 밤처럼 어둡다.

우동관은 숲에서 불길함을 느꼈다. 낯설고, 지나치게 적대적이다. 앞에는 안내자가, 등 뒤로는 수하들이 있어도 그렇다.

그때 깊게 우거진 나무들 틈으로 새소리가 들려왔다.

안내자가 쉿, 하고 말했다.

"뭔가 있습니다."

"짐승인가, 사람인가."

"사람입니다."

우동관의 수하들이 칼자루에 손을 얹었다.

어둠 속에서 말발굽 소리가 들렸다.

잠시 뒤, 굵은 발과 굽을 가진 말이 터벅터벅 걸어왔다. 짙은 갈색 장포를 걸친 여자를 태우고 있었다.

길로 나오자 여자는 장포를 걷고 얼굴을 보였다. 젊은 아가씨라 무관들의 경계심은 금방 흐려졌다.

"누구요."

우동관의 부장이 물었다.

"높으신 분 같아 보입니다."

여자의 나긋나긋한 목소리에 이제는 아예 경계를 놓았다. 자태는 규방에서 곱게 자란 아가씨처럼 보였지만, 탄 말은 짐말처럼 다리가 굵고 힘이 세 보였다.

"어디의 낭자인가."

"산골 여자입니다. 높으신 분이라면, 부탁드릴 것이 있어서 감히 여쭙습니다. 들어주실 수 있으신지."

부장이 우동관을 돌아보았다. 우동관이 고개를 끄덕이자, 부장은 여자에게 물었다.

"무엇인가."

"제 정혼자가 포로가 되었습니다."

"어디 포로인가."

"상산공 우동관 나리의 포로가 되었습니다."

"그래서?"

"지금 당장 정혼자를 데리고 가지 않으면, 제가 곤란해서요. 도와주실 수 있는지 이리 여쭙고 간절히 부탁드립니다."

우동관이 뒤에서 웃으며 말했다.

"저런, 사고라도 쳤나."

여자는 부장의 어깨 너머로 우동관을 보며 말했다.

"네. 그래서 빨리 데리고 가지 않으면 안 됩니다."

"낭자 약혼자는 어디에 있다가 포로가 되었다던가."

"이 근방에서 그리되었다고 들었어요."

"유감이군. 내가 여기, 근방에서 포로를 잡은 적이 없어서 말이야. 오해가 있었던 것 같은데, 낭자의 약혼자는 내 포로가 되었다는 핑계로 도망친 것 같아."

멍하니 우동관을 보는 여자의 얼굴은 아이처럼 천진해 보였다. 우동관은 남자 여럿의 다리 힘이 풀리게 만들 표정이라 생각했다.

"무슨 말씀이신지요."

"내가 상산공 우동관이란 말이지."

"어머나."

여자가 웃었다. 그 재미있다는 웃음에, 우동관은 잠시 눈길이 멎었다. 어디서 본 얼굴이다. 어여쁜 얼굴에 혹해서 바라본 건데, 분명 닮기는 닮았다.

"나리가 잡아가셨군요."

"약혼자 이름이라도 말하지 그래. 알아는 봐주지. 이름이 뭔가."

"화양의 막무염."

기가 찬 우동관에게 여자가 말했다.

"융금의 갈사량이 찾습니다. 화양의 막무염을."

"뭐—"

우동관은 여자의 얼굴을 살폈다. 나긋한 자태와 흰 피부, 상냥하게 웃지만 종종 드러나던 서리 같은 냉엄함. 누구와 닮았다 했더니. 이제는 알겠다. 우동관에게 괘씸한 기억을 남긴, 그러다 결국 제 친우가 판 함정에서 전사한 자.

"네가."

그래, 하나도 닮지 않았던, 오히려 한참이나 어려 보이던 그 계집애가 누나일 리 없다.

"잡아."

우동관이 말했다.

"이 계집을 잡아!"

여자의 손이 고삐를 치며 말 머리를 돌렸다. 말은 재빨리 숲 속으로 뛰어들었다.

우동관이 고함을 질렀다.

"어서 쫓아!"

명령에 따라 기병들이 뛰어들었으나, 울창한 덤불에 금방 발이 묶였다. 말들은 허둥대며 앞으로 가지도 뒤로 물러나지도 못하며 울부짖었다.

"활을 쏴!"

수하들이 활을 꺼내고 활시위를 재는 순간 여자가 고개를 돌리더니 짧게 뭐라 외쳤다.

우동관은 숲 속에서 은빛 번득임이 스쳐 지나가는 것을 보았다.

안내자가 고함을 질렀다.

"가지 마십시오! 가면 안 됩니다!"

"모두 멈춰! 어서, 멈춰!"

우동관이 고함을 질렀으나 소용없었다. 기병들이 탄 말들이 울부짖으며 바닥으로 내동댕이쳐졌다. 우동관은 급히 피했으나 수하들의 말이 죄다 쓰러지고 퉁겨 올랐다. 수하들이 검과 활을 들었다. 그런데 다시, 숲 속에서 번득임이 스쳐 지나갔다. 얇은 줄이 퉁기는 붕— 소리가 터지더니, 수하들의 검이 날아오르고 활들이 꺾였다. 수하들의 목과 팔로 그 번득임이 섬뜩하게 스쳐 지나가며 고함과 비명이 터졌다. 피가 쏟아지고 그 몸이 갈라졌다.

"……!"

우동관은 말 머리를 틀었다. 덤불 사이로 여자가 보였다. 수하가 달려가려다 은빛 번득임과 함께 그 몸이 갈라졌다.

안내자가 우동관의 고삐를 잡았다.

"더…… 덫입니다!"

안내자는 하얗게 질려 고개를 저었다.

"팔보산의 덫입니다. 이 덫 더미로 들어서면, 몰살당합니다! 어서 나오십시오!"

"뭐—"

밀림, 폭우, 독샘, 독사, 독충, 절벽, 맹수, 덫.

팔보산으로 들어가면 조심해야 하는 것 여덟 가지. 그러나 이 여덟을 합친 것은 팔보산에서 나고 자란 자.

가장 조심하고, 가장 원을 사지 말아야 할 것은 그 여덟을 다 다룰 수 있는 팔보산의 사람이라는 뜻이다.

이 숲이 남위에 모두 속하기 전, 이곳을 차지하려던 서한과 북명이 동시에 패퇴한 것이 바로 이 숲 속에서의 전쟁이다. 숲 사람들의 적이면 숲의 모든 것이 덫이다. 융금이 힘을 잃기 전만 해도 이곳에서 많은 장수들이 숲 속 거름을 보태고 돌아섰다.

"돌아가십시오, 주공!"

들어가지도 못하고 돌아가야 한다니. 그러나 어디서 튀어나올지 모르는 덫 속에, 군사 팔백은 아무것도 아니게 된다. 젠장, 소리가 목구멍까지 올라오며 그제야 우동관은 마촉 장군에 생각이 미쳤다.

"요새로 돌아가자!"

우동관은 급히 말 머리를 돌렸다. 선두에서 상당수 병력을 잃은 상산군도 방향을 꺾었다. 우동관은 급하게 말을 달려 금하의 요새로 향했다. 그러나 이미 요새에는 화양의 깃발이 펄럭이고 그 옆에 마촉의 목이 꽂혀 있었다.

우동관은 말을 멈추고 고함을 질렀다.

"저 멍청한 놈!"

수하들도 같은 것을 보고 멈추었다.

"모두 말 머리를 틀어라. 퇴각해, 남하의 군영으로 돌아간다."

"산을 돌아서 가시면 황군의 눈에 뜨입니다!"

"방법이 없다. 어서!"

우동관은 다시 산속으로 들어갔다. 그런데 얼마 가지도 않아, 주변으로 다시 병사가 깔리는 소리가 들렸다. 우동관은 멈추었다.

어둠 속에 희게 타오르듯 하얀 말이 서 있었다. 그 위에는 검은 옷의 남자가 타고 있었다. 남자는 우아하게 웃었다.

"오랜만이군, 상산공."

"황상."

"술상을 봐뒀으니, 우리 조용한 곳에서 한잔하지. 팔보산에는 무서운 것도 많지만 좋은 곳은 더 많더군. 우거진 숲과 활짝 핀 꽃 아래에서 한잔하면, 참 술맛이 좋을 거야. 자, 어떤가? 여기서 피를 보태겠나, 아니면 술을 마시며 즐기겠나."

말을 달리던 사량은 숲 위로 불화살이 오르는 것을 보았다.

세 개가 연달아 올라 허공을 가른다.

성공했구나.

사징이 어떻게 했는지는 들어봐야 알 테지만, 성공하면 불화살 세 개를 쏘아 올리라 했다. 해가 저물어 어둑어둑해진 가운데, 사량은 말을 달려 요새로 갔다.

나무 성채 위로 사징이 나타났다.

"누님!"

사량은 팔을 들어 문을 열어달라 했다.

문이 열리자, 사량은 그 안으로 달려들어 갔다.

자욱한 피비린내야 있었으나, 엄청난 싸움의 흔적은 없었다. 이미 들어온 곽안은 범아와 이야기를 나누고 있었다.

사량이 말에서 내리자, 병사들 모두 물러났다.

사량은 주변을 둘러보며, 누군가의 이름을 부를 준비를 했다. 사람들 틈에서 키 큰 남자가 달려나왔다.

"공자!"

사량은 무염을 보고 달려가 그 얼굴을 두 손으로 감쌌다.

서늘한 손이 그의 볼의 체온과 피부를 느끼자 떨렸다.

이 사람이 여기 있구나, 내 앞에 있구나, 생각하니 가슴이 꽉 차오르는 기분이다.

"다시는 못 볼지도 모른다고 생각했어요."

"간다고 했잖아."

"그래도…… 혹시나, 혹시나 하면서."

사량은 목을 안고 싶었지만 역시 이 남자는 너무 컸다.

그저 만지고, 다시 만지며, 두 팔 안에 그가 있다는 것을 느낄 뿐이다.

"공자를 다시 보면 아주 좋을 거라 생각했는데. 아주, 아주 좋아서 웃을 거라 생각했어요. 너무 좋아서 활짝 웃을 거라고, 그럴 거라고 생각했는데, 그런데……."

눈물이 왈칵 올라오더니, 손쓸 수 없이 눈과 볼이 젖어든다.

"사량."

묵직한 팔이 온몸을 담고 끌어안았다. 사량은 피어오르는 열기와 지친 숨소리를 들으며, 심장이 쿵쿵 올라오는 소리에 귀를 기울였다. 다행이다, 다행이다, 그리 생각하며.

"정말 나, 웃을 거라 생각했는데."

"내가 웃을게."

당신은. 무염의 목 안으로 그 말이 잦아들었다.

당신은, 그저, 하고 싶은 대로 해, 사량.

흐느낌이 흘러들어 왔다. 무염은 품속의 흐느낌에 놀라움과 안타까움, 미안함과 애처로움, 그 모든 것이 죄 섞여 혼란스러웠지만 그래도 기뻤다. 서로의 얼굴을 보며 이러는 것이, 조금 전에 어디 있는지도 모를 때와 비교하면 너무도 다르고 너무도 기쁘다.

나도 웃을 거라 생각했는데. 무염은 사량의 머리카락에 얼굴을 묻었다. 정말, 나는 당신이 뭐라 해도 나는 웃을 거라 생각했는데. 당신 앞에서 다시 울 일은 없을 거라 생각했는데.

손에 힘이 들어가고, 목은 아파오고, 어느새 눈도 뜨거워졌다. 다시 만나면 그저 행복하기만 할 거라 생각했다. 그런데 이렇게 그간 꾹꾹 담아 왔던 슬픔과 아픔이 한번에 다 토해져 나올 거라고는 생각 못했다.

절망의 끝에서나 슬픔을 느낄 거라 생각했는데, 견뎌야 했던 시간들이 등 뒤로 사라지고 드디어 햇살이 비껴든다 생각하니 고였던 피가 쏟아지듯 누르고 눌렀던 슬픔도 드디어 터진다. 그러나 이것은 소멸의 의식이다. 중원절 불꽃 속에 던지는 가면처럼, 지금 태우면 사라지는 그런 것들.

흐린 눈, 터지는 환희, 기쁨, 별빛, 안도, 성취, 모든 것이 뒤섞여 혼란하고 그 혼란 속에 분명한 것은 몸을 안은 두 팔, 볼에 닿는 체온과 귀에 닿는 심장 소리.

긴 길을 왔지만 결국 이렇게.

第十六章　화시（花時）

"아버지."

채규는 이마를 짚었던 손을 내렸다.

"무릉이구나."

앞에 무릉이 와 있었다. 공무 외에는 거의 보는 일이 없는 둘째 아들이다.

채규는 자신이 언제 이 녀석에게 들어오라고 했던 건지 기억나지도 않았다.

"네 어머니가 보낸 거냐."

"그냥 제가 왔습니다."

기대감이 없었다곤 말 못한다. 아들 역시 안다. 저리 단칼에 말하는 것은 어머니에 대해 아무것도 묻지 말라는 뜻이다.

"그럼 무슨 일로 온 거냐."

"형님이 안 계시지 않습니까. 이제 아버지하고 제가 직접 얼굴 대고 이야기해야 합니다. 형님하고 이야기한 만큼, 이제는 저하고 이야기해야 해요."

이 건방진— 속에서 튀어나오는 말을 하려고 고개를 들었다. 두통 때문에 환하게 밝히지도 못하여 어둑어둑한 서재 안, 아들의 얼굴은 옥처럼 차디찼다.

"형님을 대체 어찌하신 겁니까."

"구릉으로 보냈고, 사정이 달라져 돌아오라 했다. 그리고 아직 안 온 거다."

그리고 채규는 구릉으로 가는 모든 관문에서 아들을 보거나 만난 적이 없다는 보고를 받는 중이었다.

세 번 정도 같은 말을 듣고 나니, 네 번부터는 듣기도 싫어진다. 가면 어디로 가느냐는 말은 천 번쯤 한 것 같고, 제발 돌아만 와달라는 말은 만 번도 더 한 것 같다. 그렇게 괴롭히면서도, 채규는 그 신경질이 마지막이 될 거라 생각한 적은 한 번도 없었던 것이다. 아들의 인내심을 끝없이 쓰면서도 그게 고갈될 거라 생각해 본 적도 없다.

"이미 다 알고 왔으니 솔직하게 말씀하세요."

"그래, 네 형 집 나갔다. 이제 된 거냐."

내던지듯 하는 말에 무릉의 눈에 힘이 들어갔다.

채규는 둘째 아들과 직접 마주하는 자리가 이래서 미치도록 불편했다. 예의도 존중도 없다. 그런 이 녀석을 다루는 것은 무염의 일이었지, 그의 일이 아니었다.

"형님께 대체 무슨 말씀을 하신 겁니까."

"다툼이 있었고, 생각보다 크게 번졌다. 네 형은 그 일로 화가 났고, 미처 달랠 틈도 없이 일이 끝났다."

말하고 나니 참 단순하다. 듣는 무릉도 어처구니없어서 입을 벌리고 보았다.

"그런 겁니까."

"그래."

"아버지하고 형님 사이야 항상 같지요. 볶고 볶이고, 쪼고 쪼이고, 트집 잡고 잡히고. 그런데 항상 있는 그런 일 때문에 형이 그랬다고요? 좀 더 크고, 좀 더 중대한, 좀 더 심각하고, 좀 더 돌이킬 수 없을 정도의, 그런 게 아니고요?"

"말이 건방지구나."

"달리 표현할 말이 있습니까. 아버지가 화내시는 거야 항상 이유도 없고 인과도 없고, 뜬금도 없지요. 거르고 고르거나 참는 것이 형님 일이었고."

고함이라도 지르고 싶었지만, 무릉이 오히려 속을 긁을 거란 걸 아니 그리할 수도 없다.

무염이 없어지니 세상이 이리 다르다.

무염은 아버지가 뭐라 하던 체념하고 들어주었다. 화를 내고 닦달을 해대도 필요한 게 무엇인지 알아서 했다.

그리 괴롭히고도 정작 일이 처리되면 아무 말 하지 않았던 것도 그 탓. 녀석이 너무 알아서 잘해서였다. 또, 그리 의심한다 한다 하면서도, 이제 와서 생각해 보면 반쯤은 그 녀석 주제에 반정을 일으킬 리 없다 무시하고도 있었던 것 같다. 즉, 의심은 그저 의심을 위한 의심이고 화를 위한 의심이었을 뿐이다.

하필이면 그 여자애에게 홀렸을 때 곤두섰던 것은, 행여 그 권리를 다른 사람이 부리면 손쓸 수 없게 된다는 것을 알아서였을지도 모른다.

그런 아들이 없는 지금, 채규는 자신에게 적대적인 모든 것들과 무염이 상대하고 있었다는 것도 깨닫는 중이다. 여기저기서 들이대는 불신과

적의에 정신이 없을 지경이다. 그러니 무슨 수를 써서라도 데리고 오고 싶다. 그 녀석만 있으면 다 해결될 일들이 너무 많으니.

가시 세우는 이 무릉 녀석과 대면하지 않고, 인정하기는 싫지만 지금 꿈쩍도 하지 않는 아내를 달랠 수 있는 것도 녀석뿐이다. 대놓고 불신을 표하는 장수들도, 소문이 퍼지면 죄다 흩어질 준비를 하는 동맹들도 녀석만 오면 다 해결된다.

이 무릉에게 말하고 싶다.

너보다는 내가 더 네 형이 필요하다고.

"네 형이 간절하면 너라도 찾던가."

"아버지는 형님이 없어도 된다는 겁니까."

"이 중요한 때, 고작 말다툼했다고 저 할 일을 버리고 가는 것이 옳은 일인 거냐."

"아버지가 허둥대지만 않으면, 적어도 한 해 정도는 일 없이 돌아갈 겁니다. 들여다보니 그렇던데요."

"그래서."

"그런데 지금 아버지가 허둥대시잖아요. 사방에 형님이 없다고 소문내시는 건 아버지십니다."

"할 말 안 할 말 정도는 가리라고 배우지 못한 거냐."

"배우긴 했는데, 지금 예의 차리고 둘러말하기에는 상황이 급해서 그럽니다."

"그래? 내가 보기에는 네가 작당을 하고 온 것 같은데."

"작당이야 항상 하고 있었죠. 형님이 계실 때야 대놓고 말 못하죠. 제가 아버지한테 뭐라 하면, 아버지는 고스란히 형님한테 푸니까. 그래서 저는 제가 아버지께 하고 싶은 말은 형님에게 하고, 형님은 가시는 자르고 날은 무르게 한 다음 아버지께 전하죠. 지금은 그럴 수 없으니, 그냥

할 말만 합니다."

"그래, 그렇구나. 잘 알겠다."

빈정대는 말에 무염이라면 네, 네, 하고 넘어가는데 무릉은 가만히 쏘아보고 있었다. 당장 그 눈을 집어치우라고 말할 뻔했다.

"보령이는 제가 잡아왔습니다. 성을 뒤져도 없어 사람을 보내 찾아오게 했지요. 성 밖에 있는 집에 있었더군요."

"그 아이는 놔둬라."

"그 계집애가 하는 이야기 들어보니, 참 기가 막히던데요. 고작 차 따르는 계집종이 화양의 장군을 몰아내게 한 겁니까? 하긴, 고작 차 따르는 계집종이 아니라 아버지 딸이더군요. 아버지가 예뻐하시는 자식 취향이 그러신 줄은 몰랐습니다. 차 따르고 모함하는 것밖에는 할 줄 모르는 딸이 그리도 귀여우셨어요?"

"놔줘라. 명령이다."

"명령이라. 지키지 않으면 아버지는 저를 벌하실 겁니까? 지금 제일 큰 잘못을 한 것은 그 계집애인데? 아버지, 형님은 아버지를 위해 몇 번이나 사지로 갔습니다. 목숨을 걸었다고요. 그런데 그 계집애의 시중이 형님이 직접 한 일보다 대단합니까? 그렇다면 이제부터 장수들더러 목숨 걸지 말고 아버지 차나 따르라 해야겠군요."

"내 잘못이니, 그만해!"

"놀랍네요. 저나 동생들이나, 형님이나, 다 똑같은 아버지 자식입니다. 그런데 그런 애정 넘치는 용서를 받은 적이 있기는 한지 모르겠습니다. 단 한 번도, 정말 단 한 번도 없었습니다."

"그러니 내 잘못이라고."

"형님이 그 계집애보다 못한 건 뭡니까. 그런데 그렇게 감싸 주신 적은 있나요? 형님이 어디 의지할 데가, 마음 놓고 좋아할 사람이 있기나 했습니까."

"사내놈이 의지할 데 없다고……!"

"그럼, 아버지는 대체 왜 그 계집애 말에 귀를 기울였습니까. 아무리 어머니가 화를 내도 왜 사실을 밝히지 않으셨지요? 그냥, 밖에서 본 딸이고 돌봐줄 사람이 없어서 돌봐준다, 그러면 되잖아요. 아, 물론 어머니가 넘어갈 리 없긴 하겠지요. 당장 혼처를 구해 멀리 시집보내겠지요. 아버지는 혹시 어머니가 그럴까 봐 말 못하신 거 아닌가요. 대체 왜 그렇게 그 계집애가 필요했던 건가요?"

채규는 아들을 노려보았다. 그러나 이런 시선을 받으면 지친 표정으로 외면하던 큰아들과는 달리, 무릉은 마주 보고 있었다.

"아버지도 의지할 데가 없어 그리하신 것 아닙니까."

"그만해라."

어디까지 이렇게 건방지게 굴 생각이냐고, 당장 나가라 하고 싶었다. 하나도 안 지고 덤벼드는 이런 녀석과 계속 마주해야 한다니 벌써부터 지친다. 이래서 후계자를 정하라, 정하라 할 때 이 아이가 이어받는 것이 싫어서 미루고 있었다.

생긴 것과는 달리, 이 녀석은 서운하게 대하면 그만큼 잔혹해진다. 그리고 아버지가 서운하게 대한 것밖에 모르는 이 녀석은 후계자 자리가 정해지는 즉시 채규가 들어갈 뒷방 열쇠부터 찾을 녀석이다.

"그 계집애는 제가 처리하겠습니다."

"어쩌려고! 죽일 셈이냐?"

"당연하죠."

"너, 사람 목숨을—"

"그래서 아버지는 형님한테 그러셨습니까. 직접 칼만 안 꽂았다 뿐이지, 형님이 여태 살아 있는 것은 그저 운이고 형님 능력이지 아버지의 자비 덕이 아닙니다. 아니, 보통 사람이면 이미 동량에서 죽었을 겁니다. 그리고 일을 그리 위험하게 만든 것은 보령입니다."

"내 잘못이었다고 했잖으냐."

"아버지는 아버지 나름대로 책임지시겠고, 그 아이는 그 아이 나름대로 책임지는 거죠. 말로만 잘못했다, 하시면 어쩝니까! 그 아이도 잘못했다 하더군요. 말은 쉽습니다. 내가 잘못했다, 내가 잘못했어, 그러니 용서해 달라. 죄송하게 생각한다. 그 아이 어머니 일은 물론 저도 유감입니다. 어머니는 그래서 그 아이를 용서해 주려 하시는 것 같은데, 아무리 그래도 잘못은 잘못이지요."

"……하지 말라고! 어디까지 아비를 모멸할 생각이냐!"

"아버지는 고작 이번 한 번이지만, 우리들은, 그리고 무엇보다 형님은 항상 견뎌왔던 일입니다. 어머니가 견디신 것은 더 길고 더 가혹했지요. 우리야 외면하면 끝이지만, 어머니에게 아버지는 남편이니까."

"그래서 나도 당하란 거냐."

"이 성에서 아버지 편은 형님뿐이었습니다. 형님은 아버지 이름으로 판단하고, 아버지 이름으로 성을 지키고, 아버지 이름으로 가족들을 돌봤습니다."

"나더러 네 형의 은혜라도 알라고?"

"뭐 합니까. 이미 끝난 일을."

"굳이 내 속을 긁어놓으려고 여기까지 와서 그런 말을 하는 거냐."

무릉은 더 말하지 않고 아버지를 물끄러미 보았다. 마주 노려보자, 무릉은 한숨과 함께 일어났다.

"거, 참. 대단한 거였군요."

"뭐가!"

"형님이 아버지를 지켜온 것 말입니다. 정말 대단한 거였어요. 저는 일각(一刻)도 못 견디겠는데, 형님은 참 대단하네요."

"나가. 그리고 보령이는 보내라. 명령이다."

"안 보냅니다."

"명령이라니까!"

"무시합니다."

그 말을 끝으로 무릉은 서재를 나갔다.

채규는 가둔 사람이 아무도 없는 옥에 갇힌 기분이었다. 가둔 사람이 없어서 나가는 법도 모른다.

"염."

답이 없다.

사량은 청량한 죽원의 가을바람이 들어오도록 창을 열고, 푹 잠든 무염에게 다가갔다.

"이봐요, 염."

피곤한지 그리 불러도 여전히 잠들어 있다.

사량은 남자를 물끄러미 보았다.

이리 보니 참 잘생긴 내 남자다. 아름다운 이마에, 잘 뻗은 콧날에, 근사한 눈썹, 그리고 멋진 입술. 사량은 그 볼을 쓸어보고 머리카락을 넘겨 보았다. 몇 번 건드려도 아쉬워, 손끝으로 여기저기 눌러보고 건드려 보며 여기 있기는 있구나, 정말 있네, 하고 생각했다. 볼에 손을 얹고 다시 염, 하고 부르자 드디어 눈이 가늘게 열리며 회색 눈동자가 보였다.

"량, 지금 뭐 하시나."

"여기 있는 게 내 막 공자가 맞나, 확인 중이죠."

"내 막 공자는 뭐야. 남의 막 공자도 있나."

"그럼요. 이 커다란 막 공자가 내 거죠. 잘 잤어요?"

"당신이 옆에 있으면 더 잘 잘 수 있을 텐데."

"그렇다고 내 방으로 오면 안 돼요."

"알아. 그랬다간 담 아래에서 칼 들고 있는 당신 동생과 만나게 되겠지. 나를 푹 찌르고 난 뒤에 말할 거야. '어이쿠, 손이 미끄러져서 그만. 아픈가?' 당신이 나한테 오면 안 되나. 나야 문만 열어도 눈에 뜨이는데, 당신은 아니잖아."

"솔깃하긴 하네요. 그래 볼까?"

"그래. 해봐."

무염은 사량의 볼에 손을 얹었다. 새벽부터 돌아다닌 사량의 볼은 서늘했지만, 턱 아래 목덜미는 따뜻하고 맥박은 기분 좋게 두근두근 닿아온다.

앞에 사량이 있다는 실감도 나고, 이 갈며 벼르는 처남만 어떻게 처리하면 이 여자를 품 안에 안는 데 방해할 사람은 어디에도 없다는 생각에 기분도 좋아진다.

무염은 손바닥 안으로 부드러운 살과 온기를 느끼며 창밖을 보았다. 서늘한 죽원의 내음을 머금은 하늘은 파랗고 맑았다.

"날 좋군."

"나가볼래요?"

"위험하지 않은가. 여기저기 상산군이 널렸을 텐데."

"아무도 오지 않을 좋은 데는 많이 알아요. 화양을 떠나기 전에 공자가 말했잖아요. 무슨 호수던가—"

"있지. 아깝군. 당신이 봤어야 하는데. 노을이 질 때는 정말 절경인데. 한 번만 봐도 내게 시집오길 잘했다며 감사할 광경이지."

"언젠가 다시 볼 수 있을 거예요."

"당장은 못 보잖아. 지금 돌아갔다간 아버지한테 죽을 텐데."

사량의 얼굴이 쓸쓸해졌다.

"량, 왜 그런 표정을 지어."

"나 때문에 떠나온 거잖아요."

"그렇게 계속 있으면 언젠가는 정말로 죽겠더군. 예전이라면 몰라도 이제는 그러기 싫어."

무염은 그러곤 사량의 볼에 입을 맞추었다.

"정말 싫다고."

"그럼, 염, 여기서 계속 살 건가요."

"행여나 갈까 봐 이러는 건가, 있으면 곤란해서 그런가. 미안, 나는 그럴 생각이야. 곽안은— 금하의 요새로 보내고, 여기에는 황상의 군대만 남기도록 하고……. 량, 복잡한 건 나중에 생각하면 안 될까. 지금은 그냥 당신하고 단둘이 있고만 싶어요."

"그전에, 아침 먹어요."

"이제부터는 달걀국에 가지 요리만 나오나?"

"설마요. 오늘, 동생하고 같이 먹어요."

"……뭐."

무염은 나 혼자 가지하고 달걀국만 먹어도 된다 할 뻔했다.

사량은 상냥하게 말했다.

"동생이 공자를 보고 싶어서 동생 처소에 아침상 봐뒀어요. 같이 아침 들면서 천천히 이야기해요. 지금의 일, 앞으로의 일, 다."

"아침 먹고 이야기하거나, 이야기하고 아침 먹으면 안 되는 건가. 나 혼자 소금 친 밥만 먹어도 되는데."

"이미 준비해서 안 된다고요. 참, 궁금한 게 있는데 동생한테 대체 무슨 말을 했어요? 동생 표정이 이상해서."

"어떤데."

"웃던데요."

"웃어?"

"네. 그런데 동생은 어마어마하게 화가 나면 웃어요."

"기분이 좋을 때는 어떤 표정일지 궁금하군. 아니, 딱히 보고 싶지 않아. 당신 동생이 기분 좋을 때 나는 분명 기분이 나쁠 테니 말이야."

"대체 무슨 일이 있었어요? 화양공과의 일은 내가 다 말했으니 그건 아닐 테고요."

"그게……."

"염?"

"저기 내가 가기 전에 동생 방에 있는 바둑판 좀 치워달라고 하면 안 될까."

"대체 왜요."

"그게, 말하기가 좀 곤란하고 동생은 아마도 지금도 화가 나 있을 거야. 그러니 그냥 그것만."

"공자, 공자가 동생과 무슨 말을 한 건지 나도 알아야 하지 않을까요. 군사나 성의 일 때문이라면 내가 도와줄 수 있어요."

"아니, 그럴 수 없을 거야. 그 일이 아니거든."

"일단 해봐요."

결국 무염은 요새에서 있었던 사실을 토해냈다.

말을 다 들은 사량은 자신이 할 수 있는 일이 정말 아무것도 없다는 것을 인정했다.

"대, 대체 왜 그랬어요."

사량의 얼굴은 새빨개졌다.

"그게, 그…… 날…… 이었으면, 지금쯤 알 수도 있…… 지 않을까 해서. 아닌가?"

사량은 더 볼을 붉혔다.

"있었으면 당신 어머니 찾아가서 울며불며 사정했지, 화양공 나리와 만나지는 않았을 거예요. 내 사정이고 공자 사정이고 다 미뤄두고 일단 지킬 것부터 지켜야 하잖아요. 그런데 아니었으니…… 내 사정도 공자 사정도 다 중요해지는 거죠."

"지금은?"

"미안해요."

사량은 진심으로 미안해했다. 미안, 당신은 그리 열심히 했는데 내가 부족해서요. 그 미안한 표정에 무염이 더 미안해졌다.

"아냐. 그런 표정 짓지 마. 내 정성이나 횟수가 부족했나 보네. 정말 서운한 거 아니니, 그러지 마."

"그건 무슨?"

"아냐."

행여나 했던 희망은 결국 이리되고, 무염은 사징 앞에 숙이고 들어가야 하는 자신의 처지를 거듭 확인해야 했다.

혼주 바꿀 수 없나. 그 황 선생인가, 하는 분으로. 엎드려 절만 해도 허락해 줄 분인데…….

아니, 될 리가.

그 황 선생도 사정을 들었다면 당장 뛰어들어 와 멱살부터 잡을 것이다.

"별수 없군."

무염은 길게 길게 세수를 하고 옷을 갈아입은 다음 죽림관의 사징을 찾아가야 했다.

사징은 죽림관 본관의 가장 큰 방에 앉아 있었다. 금방 이슬 닦아낸 꽃처럼 아름다운 얼굴로, 무염이 들어온다는 것을 뻔히 알면서도 책을 보며 꿈쩍도 하지 않았다.

"나 왔다."

"와."

"……."

금하의 요새를 탈환한 뒤, 사징은 사량 앞에서는 더없이 정중하게 무염을 대했다. 범아까지 놀랄 지경이었다. 그러나 그 태도가 남들 앞에서만이란 걸 모르는 무염이 아니었다.

무염이 앉자, 사량이 그들 앞에 놓인 상에 아침을 차려주었다. 갓 지은 밥이 놓이고, 구수한 된장국과 야채를 삶아 간장 양념을 한 반찬과 두부, 강에서 금방 잡은 생선을 살 발라 만든 튀김, 그리고 절인 채소를 놓았다.

"그럼 맛있게 먹으며 사이좋게 이야기해 봐요."

사량은 동생 앞의 잔에 차를 따라주고, 무염의 잔에도 따라주었다. 무염은 그 차 따르는 순서가 무척 신경 쓰였다. 차 따르는 순서야말로 누가 어른인지를 말하는 것이니.

왜 저놈이 먼저인가. 내가 나이도 많은데.

아무것도 모르는 사량은 주전자를 놓고 나갔고, 문이 닫히자 사징은 한 모금 마시며 말했다.

"나는 이 성의 성주고, 갈씨 집안의 당주이니, 이 성안에서는 내가 공자보다는 위지. 그런데 공자는 뭔가. 누님 남편도 아니고, 뭐 그냥 객이네."

"……."

무염은 기가 차서 사징을 보았다.

"자, 들지."

잠시, 서로 묵묵히 아침을 시작했다.

한마디도 하지 않았다. 한마디도.

밥과 반찬이 절반 넘게 사라지고, 그중에 가장 공들여 만든 생선이 먼저 바닥나기 시작했다. 서로 경쟁적으로 집다 보니, 한 조각만 남았다. 두 쌍의 젓가락이 동시에 그 조각을 찍었다.

무염이 노려보며 말했다.

"놔."

사징 역시 지지 않았다.

"내가 좋아하는 것이라 누님이 각별히 만든 거니, 이건 내 거다."

"나도 좋아한다."

"누님이 공자 식성을 어떻게 알아."

"화양성에 지낼 때 한 지붕에서 같이 지내면서 아침저녁마다 직접 먹여주었으니 모를 리 없지."

그리 말하고 빙긋 웃자, 사징의 이마에 힘줄이 돋았다.

그때 문이 열리며 사량이 들어오는 바람에, 둘 다 얼른 젓가락을 치웠다.

"모자라는 것 없나요? 아, 밥은 좀 남았는데 반찬이 하나도 없네요. 더 줄까요?"

사징이 말했다.

"괜찮습니다. 그나저나 공자가 양이 아주 많더군요. 제가 손도 대기도 전에 휩쓸어가니. 하긴, 덩치가 있으니 그럴 만도 하지요. 누님, 이러다 이 융금성의 식량이 남아나질 않겠습니다. 하하."

저놈이 다 처먹어서 하나도 없네요, 라는 뜻이다.

저 자식이, 무염은 웃으며 사징을 쏘아보았다.

"아, 사량. 당신 동생은 정말 새처럼 먹더군. 그러니 저리 하얗고 마른 데다 굶은 생쥐처럼 날카롭지. 대나무 숲으로 들어가면 뭐가 처. 남. 이고 뭐가 대나무인지 모를 거야. 하하.”

잠시 웃으며 서로를 노려보았다.

사량은 둘을 번갈아 본 뒤에 웃었다.

“역시 같이 식사를 하니 금방 정다워지는군요. 사징은 공자더러 씩씩하다 칭찬하고, 공자는 사징이 말랐다고 걱정하고. 매일 아침 이리 같이 먹어요.”

“…….”

“…….”

사징의 얼굴에서 핏기가 가시고, 무염도 마찬가지였다.

그럴 리가, 이 갈 봉사. 우리 둘 다 지금 체할 지경이거든?

사량이 더 가지고 오겠다 하며 나가자, 무염이 말했다.

“설마 매일 이래야 하는 건가.”

“공자가 누님한테 말해보시지? 같이 먹으면 체할 것 같고, 얼굴만 마주 봐도 이가 갈린다고. 나는 절대로 먼저 말하지 않을 테니, 공자가 먼저 말하게.”

그리고 무염은 사징의 입술 끝이 치솟는 것을 보았다. 사량이 말한 바로 그 ‘웃는 얼굴’이었다. 두 번 보기도 싫다.

“백, 솔직히 말하겠다. 지금 나는 화양에서 다 버리고 왔어. 당분간 어찌 될지도 모르는데…….”

“아, 그래. 들었어. 이제 정말 아. 무. 것. 도 아니더군.”

“…….”

“화양을 나왔으니, 이제 공자도 아니고 군사도 없으니 장군도 아니지. 그리고 당분간 여기에서 나한테 신세져야 할 처지가 되었더군. 안 그래, 막 씨?”

뭐라. 목에 힘이 들어가며 이마에 핏줄이 올라왔다. 사징은 다시 그 입꼬리를 픽 올리며 웃었다. 이걸 그냥 콱. 손에 힘이 들어갔으나, 다시 문이 열리는 바람에 둘 다 표정을 삭 바꾸었다.

그런데 애써 표정을 바꾼 그들 앞에 나타난 것은 사량이 아닌 벙글벙글 웃는 황 선생이었다.

"모두 잘 드셨습니까."

황 선생은 팔에는 커다란 바구니를 끼고, 다른 손에는 달게 조린 녹두와 용과가 든 접시를 들고 그들 옆에 앉았다.

"아가씨가 가져다 드리려는 것을 제가 가지고 왔습니다. 젊은 두 분이 사이좋게 마주 앉아 있으니 참 보기 좋습니다. 나중에 셋이서 같이 산행이나 가보는 게 어떠하겠습니까. 팔보산이 험하다 하나, 아름답고 근사한 곳은 참 많습죠."

둘 다 굳어가는 얼굴을 필사적으로 펴야 했다. 갈 봉사가 나가니 이제 황 봉사가 들어왔다.

황 선생은 상 위에 후식과 계피차를 놓은 뒤 바구니를 내밀었다.

"그리고 공자, 이건 공자께 소인이 드리는 선물입니다."

황 선생은 바구니의 천을 벗겨냈다. 그 안에 탕탕이 웅크리고 앉아 꾸벅꾸벅 졸다가 무염을 보자 눈을 반짝 떴다.

"이건—"

"화살에 맞아 많이 다쳤었지요. 다행히 소인이 젊은 시절 의술을 좀 배워두었습죠. 강호를 돌다 보니 뼈 맞추고 상처 치료하는 거야 도가 텄고요. 천만다행으로 목숨은 건졌습니다. 다만 나이도 있고 상처가 가벼운 것도 아니라 완전히 치료하기는 힘들 것 같습니다. 다 나아도 멀리 날지는 못할 것 같아요."

"아닙니다. 꼼짝 없이 죽었을 거라 포기했는데. 살아 있는 것만 해도 감사합니다."

"공공에게 감사하십시오. 공공 녀석이 발견하고 저희들을 불러왔거든요. 덕택에 공자께도 늦지 않게 갈 수 있었고요. 참으로 충복입니다, 충복."

"정말 감사합니다, 선생님."

황 선생은 손사래를 쳤다.

"선생님은 무슨. 아닙니다. 저 같은 것이 무슨 공자 같은 분의 선생입니까. 아가씨나 나리도 과분한 호칭으로 부르셔서 송구한데, 공자까지. 그나저나 짐승마저도 이리 공자님을 따르니 공자님은 정말 아가씨께 연분입니다."

사징의 손에 든 찻잔이 퉁겨 올라갔다. 봉사 황 선생은 무염에 대한 칭찬을 길게 늘어놓기 시작했다. 모든 칭찬의 끝은 이러니 아가씨의 연분이다, 이러니 아가씨의 지아비다, 아가씨 잘 부탁드린다, 어서 혼례 올리고 부부가 되고 가족이 되면 좋겠다 등등으로 끝나서 사징의 비위를 끝없이 뒤틀리게 했다.

"칭찬 참 과분합니다, 선생님."

"뭘요. 아닙니다. 그럴 만한 분인뎁쇼."

무염은 사징의 얼굴이 더 뒤틀리는 것을 보고 싶었으나, 그때 밖에서 뭐가 우당탕하고 굴러들어 오더니 우렁찬 목소리가 들렸다.

"누님! 저, 명천이가 왔습니다! 하하하! 형님 구하러 가는데 도움을 못 드려서 죄송합니다! 아, 글쎄, 궁주님하고 황상께서 못 가게 하셔서, 하하하! 그나저나 형님 계십니까? 아, 계시다고요! 안 오시면 제가 누님께 청혼하려고 했는데 말이죠! 하하! 형님, 늦지 않게 오셨군요!"

무염의 손에서 찻잔이 퉁겨 올라갔다.

"……대체 왜 그랬어요, 어린아이한테."

사량은 한숨과 함께 말했다.

명천 본인은 무염이 문을 박차고 달려나와 자신을 반가워해 주는데 감동하고 또 감동하며 좋아했다. 웃으며 멱살부터 잡아 흔드는 것은 아무리 좋게 봐도 반가운 인사와는 거리가 멀었으나 명천은 무염이 자신을 참 허물없이 대한다며 더 좋아했다.

사량이 무염을 붙들어다 처소로 데리고 가지 않았으면 여전히 그러고 있었을 것이다.

"그놈이 왜 여기에 있는 거지."

"아, 그야…… 명천이 황상의 호위인 동시에, 궁주의 친구잖아요. 그래서 궁주와 함께 여기로 왔어요."

"그러니까 나는 저기 저 화양에서 목숨을 걸고 달려오는 동안, 저놈은 여기서 당신하고 있었다는 건가? 나는 최 장군이 여기 있는 줄 알았고. 다른 사람도 아닌, 최 장군이라 믿고 맡긴 거야. 저놈이 아니라."

그리고 밖을 찌를 듯 가리켰다.

"최 장군은 기슭에서 헤어진 다음 아태관으로 갔고요, 대신 천이가 마중 나와 같이 갔어요."

무염의 얼굴이 확 변했다.

"천이? 천이이? 다시 한 번 말해봐. 천이라고?"

"천…… 이가 왜."

"이봐, 사량. 당신이 내 이름 한 번 부르는 데 얼마나 걸린 지 알아? 그리고 그사이에 얼마나 많은 일이 필요했는지 알아? 그런데 내가 당신 옆에 없었던 게 고작 열흘이거든. 열흘 만에 천이? 천이라고?"

"저리 보여도 한참 어리거든요? 그리고…… 아니, 그렇게 남자라면 다 경계할 거면서 최 장군 손에는 어떻게 맡긴 건가요."

"애가 셋인 유부남하고 열여덟 살짜리 펄펄 끓는 녀석하고 같나."

"아, 다섯이래요. 지난번에 아들 쌍둥이가 태어났다고 하던걸요."

"오, 축하해야겠군. 이제 아들이 셋…… 가만, 지금 그 이야기하던 게 아니잖나. 왜 최 장군이 아니고 저놈이 있는 거야. 최 장군은 지금 어디 있어."

"최 장군은 지금 폐하와 아태관에 있어요. 황상의 황군을 이끌고 온 것이라, 여기에 주둔하지는 않을 거라 하더라고요."

"그럼 여기에 내내 바로 그 명천이 있었다는 건가."

"아, 그건 아니고요. 사흘에 한 번 정도는 아태관으로 가고, 그다음…… 아뇨, 없었어요!"

무염의 얼굴이 살벌하게 얼어붙는 것을 보며 사량은 둘러댔다.

"정말이에요!"

"그래?"

"동생하고는 이야기 잘된 거 맞죠?"

그리고 손을 맞잡고 눈을 반짝이는 사량에게, 무염은 사실대로 말했다.

"아니."

"어, 좋아 보였는데."

그건 당신이 갈 봉사라 그런 거고.

무염은 한숨과 함께 말했다.

"일단 당신 동생의 화부터 풀어야 할 것 같아. 아침 식사 한 번으로 풀릴 일이 아니라서 말이지. 아, 그렇다고 매일매일 같이 먹으라고 하지는 마."

"정말 해결할 방법이 없을까요. 동생은 내 앞에서는 항상 속을 숨겨서, 화를 풀어주고 싶어도 화를 낸 일이 없다고 딱 잡아떼거든요."

"화를 내는 문제는 우리 둘이 부부만 되면 해결될 것 같아. 아침 해가 뜨듯이 저절로 해결될 테지."

"네?"

"황상이 계시니 황상을 내 혼주 삼아, 관부에 올려 버리는 거지. 호적은 내 호적을 하나 새로 만들고."

"그게 왜 해결책인지……."

"당신 동생이 화가 난 건 아마도 혼례 전에 내가 당신의 정조를 채가서 그런 것 같아. 무례하다 생각하는 거지. 그러니 일단 정식 혼례를 치르고 사량이 내 아내가 되면 동생도 더 화내지 않을 거야. 혼례 전에 무례한 일을 했다 하더라도, 사당에 제를 올리고 부부로 적을 올리면 서두르든 말았든 일단 끝이지. 안 그래?"

사량이 얼굴만 붉히자, 무염은 턱을 건드려 올리게 하고는 말했다.

"그래도 걱정되는 건 말이야, 내가 지금 아무것도 해줄 수 없다는 거야. 화양에 있을 때는 줄 것만 생각할 수 있었지. 그런데 지금은 내가 몸만 들고 나온 처지라."

"그건 왜 걱정해요. 몸이라도 들고 나온 게 어디라고. 하나도 걱정하지 말아요. 내가 다 알아서 할게요. 줄 것은 마음이고 받을 것도 마음이면 되는 거죠. 그러니 하나도, 하나도 신경 쓰지 말아요."

"몸을 빼면 안 되지."

"그것도 중요한 거였나요?"

"그럼, 아주 중요하지. 당신의 살, 당신의 눈, 당신의 체온, 당신의 입술, 당신의 숨소리, 나한테는 다 중요해요."

무염의 손이 사량의 턱을 매만졌다.

"관부에 올리는 건 이제 사량은 내 거니까 앞으로 그 누구도 건드리지 말라는 공적인 증거인 거고…… 다만, 이리 필부처럼 데리고 가는 것은 미안하다는 거지."

"누구나 몸만 남으면 필부죠. 괜찮아요, 정말로……. 사실, 채화와는 좀 거창하게 약혼식을 했었어요. 출정을 앞두고 있을 때라 혼례나 다를 바 없이. 그런데 결국 그 꼴이 되었잖아요."

무염은 턱이 움찔했다. 이보세요, 그 이름이 여기서 왜 나와.

"염? 표정이 왜 그래요?"

"사량, 다음부터 그 이름을 말할 때면 그냥 '개자식'이라던가 '그놈'이라던가 거친 호칭을 사용해. 솔직히 말하자면, 그 자식이 여기 이 성에 있었다는 것도 싫고, 더 싫은 건 나보다 더 오래 당신하고 이곳에서 살았다는 거야."

"그래도…… 어, 헤어져 줬잖아요."

"그것 하나만은 칭찬해 주지. 그런데 그 주제에 다시 찾아와? 이거, 다 끝나면 찾아내 죽도록 때려주고 싶어."

사량이 창백해졌다.

"그러지 말아요."

"설마, 편드는 건가."

"저기, 제가 잘 말해서 보냈으니 우리 그냥 잊어요."

"무슨 말을 잘해서 보낸 건데?"

사량의 얼굴은 더 창백해졌다.

"정말 제가 잘 말했어요. 당신은 그에 대해 잊고, 없는 이름으로 생각해요. 그리고…… 우, 우리는 우리 일만 생각해요."

"어떻게?"

"그냥, 뭐…… 황 선생이 하셨으니 알아서 잘하셨을 거예요."

"당신이 말 잘했다며?"

"아, 제가 말을 잘해달라고 전한 것을 황 선생이 알아서 하셨다는 거죠! 미안, 내가 잘못했어요! 다시는, 다시는 그 이름을 입에도 담지 않을게요!"

사량이 너무 당황해서 무염은 의아했다.

"알았어. 그리하면 나도 더 안 묻지."

"잘 생각했어요!"

사량은 급히 고개를 끄덕였다. 뭘 숨겨서 저러나, 무염은 궁금하긴 했지만 묻지 않기로 했다. 나중에 황 선생에게 물어보지, 뭐.

다만 도망쳐 나와 관부에만 올리는 혼인이라니, 그게 미안하다. 보름 전만 해도 화양에서 모두의 축하를 받는 혼례를 생각하고 있었는데. 세상이 이리 쉽게 변하나 싶다.

"공자, 왜 그리 토라지나요."

"그저 만나기만 하면 된다고 생각했는데, 만나고 나니 온갖 생각이 다 나서. 미안해."

"뭐가 미안해요, 정말. 일단 와줬고, 그다음 무사하고, 서로 이리 보고 있잖아요. 황 선생하고 최 장군이 오기 전을 생각하면…… 하루에 십 년씩 늙는 기분이었다고요. 그러니 내일이 어떻던 모레가 어떻던 오늘의 나는 너무 좋아요. 그때 늙은 만큼 하루하루 젊어지는 기분이네요."

"내일 어떻게 될지 몰라도?"

"네. 그때부터 지금까지, 이렇게 공자를 앞에 두기 전까지 항상 생각한 건데요. 내가 어쩔 수도 없고 알지도 못하는 내일의 나쁜 일은 어차피 내일 일이라고 생각하기로 했어요. 그리고 오늘 좋은 일을 오늘 얼른 하지 않으면 안 된다고요. 그 좋은 일이 내일까지 기다려 준다는 보장도 없고."

"그래, 당신 말이 맞군."

기분이 좋아진 사량은 무염의 볼을 쓸어 올렸다.

"그럼요. 오늘 좋으면 좋은 대로 있어요."

화양에 계속 있었으면, 무염의 아버지가 받아들여 주었다 하더라도 그다음 일을 기약할 수 없기는 하다. 화양공은 또 몇 번이나 무염을 사지로 몰아냈을 것이다. 언제고 운이 다하면 정말 죽었을 것이다.

그저 힘든 일을 시키는 거라면 감수하지만, 아버지의 본심을 듣자 무염은 그 끝이 없을 거라는 것을 깨달았다.

결국 모든 것을 놓아두고 떠나왔고, 그 덕에 이 두 손안에 있는 것은 허무와 고통이 아닌 당신. 내일 뭐가 되던 오늘의 당신은 오늘의 내 품에 있고.

"내년의 우리도 이러면 좋겠네."

"오십 년 뒤의 우리도 이러면 좋겠고요."

무염은 사량의 볼과 턱에 입을 맞추었다. 체온과 살결이 닿자 다시 확인한다. 여기, 이곳에 있는 것은 나고 이 손으로 잡는 것은 당신.

"그래. 지겹도록 보자. 오래오래 살아서."

입을 맞추고 이번에는 길게 빨아들였다. 달콤한 기분이 피와 살로 녹아드는 것이 느껴진다.

"량."

"네, 염."

부드러운 손길이 턱을 매만지고, 입술이 콧잔등에 닿고는, 그다음 볼에 닿았다.

이 여자 앞에서 울었던 날이 생각난다.

다시는 생각하고 싶지 않은 밤.

영영 잃어버릴지도 모른다고 생각했던 그날 밤, 당신 덕에 태어나고 만들어진 모든 것이 당신이 없으면 다 죽어 없어질 거라 생각했다. 그 뒤에는 살 자신조차 없었다.

"눈을 들면 있고, 고개를 돌리면 있고. 잠에서 깨면 있고, 잠드는 눈앞에도 있고. 이런 당신이 좋아."

"공자."

"그리고 사랑해."

사량이 가슴에 얼굴을 묻는다. 작은 고양이나 강아지가 주인의 품을 찾듯 상냥한 기댐이었다. 무염은 사량을 꽉 안았다. 품 안에 더 깊이 묻히며 사량이 작게 말했다.

"어, 저기, 염."

"응. 왜?"

"선 것 같아서."

"이거 좀 불공평하네. 나는 당신이 무슨 생각하는지 전혀 모르는데 당신은 내 속을 훤히 확인할 방법이 있으니."

품 안에서 끄— 하고 신음이 나왔다.

"동생이 화내요."

"이 방에 우리 둘뿐인데."

"저, 여긴 제 처소라서……."

무염은 사량이 더 말을 마치기 전에 입술을 덮었다. 달콤한 입술을 맛보며, 사량이 저항하지 않을 거라 믿으며 허리를 잡아 바짝 당겼다. 딱딱하게 발기한 것이 배를 누르자, 사량이 작게 신음을 내쉬었다.

"응— 으. 공자."

무염은 웃고는, 사량을 와락 안아 침대로 던졌다.

"꺅."

놀란 사량이 비명을 질렀다.

무염은 엎드린 사량의 목덜미에 입 맞추고, 어깨를 벗겨 그 위에 입 맞췄다. 사량이 고개를 살짝 젖혀 그런 무염을 보았다.

드디어 안락한 곳에서 편하게 내 여자를 애무하고 있다.

여기선 사랑해도 되고, 마음껏 품에 안아도 될 테지. 어딘가에서 처남 놈이 눈을 번득이고 있을 테지만, 그건 무시하고.

"너무 환한데요."

"환하니 더 좋지."

밀어내야 하는 것이 맞지만, 사량은 따뜻하게 젖은 입술이 볼에 닿자 천천히 녹아내렸다. 물속으로 모래 한 줌이 녹아 가라앉듯 하나둘 흩어지며 나른해진다.

그래, 이 사람 참 힘들게 여기까지 왔지.

이 남자가 견뎠던 시간을 생각하면, 예의나 체면 같은 게 무슨 소용인가 싶어진다. 안고 싶으면 안고, 기대고 싶으면 기대고, 가지고 싶으면 가지고.

내 남자고 그의 여자고, 내 여자고 그녀의 남자니.

가만히 기대는데, 무염이 사량의 머리카락을 걷어내고 맨 어깨를 문지르더니 살짝 물었다. 사량은 놀라 돌아보았다.

"으악! 왜 이래요!"

무염이 쿡쿡 웃었다.

"너무 게으른 표정으로 있어서 말이야."

"그럼, 어떻게 해야 만족스러울 만큼 성실한 표정인 걸까요."

"흠— 글쎄요."

무염은 허리띠를 풀고, 사량의 등을 드러냈다. 환한 햇살 아래 매끈한 등이 드러나자 그는 그 등골을 손으로 훑어 내리며 속삭였다.

"역시, 낮에 보니 더 좋네."

"부끄러운데……."

"벌써 빨개졌군."

그의 입술이 쪽, 소리를 내며 입술에 닿았다. 어머, 하고 가볍게 놀라는 사이 그는 옷을 하나하나 벗겨 던졌다. 금방 허리, 엉덩이, 허벅지, 다리까지 모두 드러났다.

환한 낮의 빛 아래 노골적으로 다 드러나자, 사량은 얼굴을 더 붉히며 손가락을 깨물었다. 괜찮을까, 이런 생각도 들고. 어느새 옷을 벗어 던진 그의 맨가슴과 어깨로도 자꾸 눈이 갔다. 여전히 아름답고 단단해서, 계속 쓸어 올리고 어루만져 보고 싶다.

"뭐 그리 탐나는 듯 보시나. 그리 볼 거 없어요. 다 사량 거야."

무염이 목덜미에 얼굴을 묻고 깊게 빨아들였다.

나른한 신음이 등에서 들려오며, 따뜻한 입술이 살갗에 간지럽게 닿는다. 등줄기를 어루만지는 손길과 함께, 그 모든 것이 잔잔하고 뜨거운 물결을 만들어갔다. 손이 엉덩이를 만지다, 슬그머니 다리 사이로 들어오더니 갈라진 틈을 쓸어내린다.

"아······."

작게 신음이 나왔다.

엉덩이 뒤로 무염의 허리가 닿았다. 더운 살들이 서로 닿고, 깊은 곳으로 통하는 속살의 입구 위로 단단하게 굳은 것이 닿아왔다. 그립던 것보다 더 뜨겁고 더 단단하다.

사량은 처음을 생각했다. 밤, 애달픈 속삭임, 옷 속으로 파고들던 손과 거칠고 아프게 몸속으로 치달아 들어오던 그를. 어둡고, 조금은 서늘하던 그때에, 그는 너무 뜨겁고 간절했다. 어떻게든 뭐든 해주고 싶었다.

그런데 지금, 그는 따사롭고 환한 햇살 아래 즐겁게 흥분하고 있었다. 사랑하고 사랑하기만 하면 되는 날에, 그저 그렇게만.

허리를 만지던 손에 힘이 들어가고 엉덩이를 세우더니, 그대로 속 안으로 굵고 뜨거운 것이 꽉 채우며 들어왔다.

"흐으······!"

숨을 몰아쉬었다.

잊었다. 이 남자 참 컸지.

뻐근하다 싶으나 이내 그 움직임에 몸을 싣게 된다. 하아, 하아, 하는 설렘을 담은 신음과 함께 천천히 열이 올랐다. 꿈틀대는 허리가 뒤로 붙을 때마다 굵고 단단한 것이 몸 안으로 박히고 젖은 살과 살이 부딪히는 소리가 터졌다. 땀과 맑은 애액이 흘러내려 허벅지를 적신다.

"—흐윽."

뒤로 들어오니 더 깊고 강하다.

조금 살살해 달라 하고 싶다. 허리를 잡은 손에 힘이 들어가며 밀치는 힘이 굉장하다. 신음이 절로 나온다. 몸이 떨리고, 속살이 출렁이며 굵은 성기를 꽉 감았다.

"사량…… 이러면!"

본의가 아니라 하고 싶다. 눈을 질끈 감으니, 다시 속살이 흥건하게 젖어들며 꿈틀댄다. 그가 더 흥분해서, 그 손이 허리를 꽉 잡고 엉덩이 사이로 연달아 파고들어 왔다. 뒤로 힘껏 꽉 들어오는 압력에, 사량은 자기도 모르게 이불 속에 얼굴을 묻고 신음을 삼켰다.

"읍. 우읍. 염……."

너무 세다고 말할 틈도 없이 철썩대는 소리가 연달아 터진다. 다리 사이로 그가 오고 가는 느낌에, 퍽퍽 밀어붙이는 힘이 너무 강했다.

숨 가쁜 소리가 등 뒤에서 들려왔다. 기쁨인지 탄성인지 모를 신음과 함께 그의 몸이 더 깊이 더 강하게 들어왔다. 엉덩이가 그의 허벅지에 바짝 부딪히고, 다시 부딪혔다.

"으!"

무염은 몸을 밀어 넣으며, 젖가슴을 움켜잡아 주무르다 끝을 당기고, 다시 주무르며 애무했다. 다른 손이 배를 문지르다 다리 사이로 갔다. 연달아 쿵쿵 올려치며, 그 손으로 예민한 부위를 문지르고 눌렀다.

"아!"

순간 사량은 저도 모르게 뒤로 몸을 밀었다. 엉덩이가 더 세게 부딪히고, 그가 당기는 힘 역시 더 빨라졌다. 허리에 엉덩이가 닿고, 남근은 뿌리까지 빨려 들어갔다 번들대며 빠져나오고 다시 들어간다.

견디지 못한 사량의 몸이 앞으로 기울며, 얼굴을 이불에 묻고 신음과 흐느낌을 흘렸다. 흥건히 젖은 허벅지는 더욱 흥건히 젖으며 아래로 끝없이 맑은 액을 흘려보낸다.

젖은 눈 너머로 그의 허벅지가 보였다. 그가 나갈 때마다 허벅지 사이로 스치는 단단한 성기와 엉덩이를 잡은 손이 생생하다. 끝없이 철썩철썩 소리가 들린다. 엉덩이가 허리에 들러붙고, 젖가슴이 출렁였다. 젖은 살이 밀리고 꿈틀대고 순간에 그가 부딪히며 애액이 확 튀었다.

"하으. 아!"

땀이 등 위로 툭툭 떨어졌다. 흥분에 찬 숨소리에, 그 가슴속에서부터 깊이 폭발하는 환호가 터졌다.

"하! 사량……."

신음과 흐느낌이 범벅이 된 끝에, 마침내 허리를 잡은 손이 힘주어 몸을 당겼다.

"으!"

그의 온몸이 속으로 확 파고들어 오고, 우뚝 멈추더니 사정이 이루어졌다. 떨림과 정적과 함께 젖은 몸을 타고 땀이 흘러내렸다.

사량은 가만히 그 모든 것을 기다렸다. 숨을 몰아쉬며, 입술을 물고 뜨거운 정액이 속을 적시는 것을.

무염은 깊은 한숨을 내쉬고는 몸을 치우고, 젖은 얼굴을 쓸어 올려 땀에 젖은 머리카락을 쓸어 넘겼다. 그의 앞에서 가늘게 떨리는 사량의 몸도 등골 사이로 땀이 고여 촉촉했다.

무염은 사량 옆에 몸을 눕혔다. 풍부한 빛과 그녀의 체취로 가득한 방 안에 헐떡이며 누워 있으니, 그 역시 이제 실감이 났다.

이게 꿈은 아니라고.

"량—"

쾌락이 가라앉으며 몸을 적시는 나른한 만족감 속에 무염은 몸을 돌렸다. 사량은 가느다랗게 숨을 몰아쉬며 빨개진 볼로 엎드려 있다, 그가 바라보자 젖은 눈을 들었다.

"뭐예요. 또 자기 마음대로."

"경고할 걸 그랬나. 뒤로 덮칠 거야, 하고. 당신 등과 엉덩이를 볼 때마다 하던 생각인데. 보면서 하면 끝내줄 거야, 하며."

"그, 그럴 필요는 없지만 그리 엉큼하게 말하지 말아요. 부끄럽게."

무염은 어깨를 어루만지고는 그 위에 입을 맞췄다.

촉촉이 젖은 몸에서 달콤한 체취가 풍겨왔다. 사량은 몸을 움츠리고 다시 원망의 눈길을 보냈다.

무염은 피식 웃었다.

"다음부터는 예고하지. 이번에는 앞이고, 다음에는 다른 방향이에요, 하고."

"놀리지 말아요."

"사량—"

사량은 무염의 가슴에 이마를 얹고 눈을 감았다. 이제 무슨 일이 벌어지는지, 무염은 너무도 잘 알았다.

"사량? 가만, 안 되는데. 이봐— 벌써……."

흔들 틈도 없이, 사량은 눈을 감고 그대로 혼절하듯 잠들어 버렸다. 최소 반 시진은 푹 잠든다는 것을 아는 무염은 포기했다. 뭐, 제대로 흥분하기는 했다. 허리에 들러붙는 엉덩이를 보니, 물건은 더 단단해지고 허리도 빨라졌다.

무염은 사량의 감은 눈과 가만히 숨을 내쉬는 입술을 느긋하게 만지다 이마에 입을 맞추었다. 언제 봐도 예쁘다. 특히나 잠든 게. 이걸 나만 봤어야 하는데— 빌어먹을 명천이 자식.

뭘 할까, 이 잠든 얼굴만 봐야 하나, 그렇게 생각하며 같이 눈을 붙였던 무염은 안에 있냐며 부르는 소리에 눈을 떴다.

사량의 방 앞이니 무염을 부르는 소리는 아니었다.

"누님, 계십니까."

사징이군.

"……."

무염은 잠시 생각했다. 여기 없다며 모르는 척하고 있을까. 아니면 사량을 깨워서 당신 동생이 왔다고 할까.

둘 다 싫다. 하나는 왠지 저놈이 무서워서 그러는 것 같고, 다른 하나는 아무리 동생이더라도 사량을 앞세우는 것이라 더 싫다. 무염은 이불을 올려 사량을 덮어준 후 옷을 챙겨 입고 문을 열었다.

예의 바른 사징은 바깥문 밖에 있었다. 무염은 침실의 안쪽 문을 잘 닫은 뒤 바깥문을 열었다. 불쑥 나오는 무염을 본 사징의 얼굴이 움찔 굳었다.

"아니, 공자가 왜 거기서 나오는 거지."

"사량은 나한테 시집온 거나 다를 바 없으니, 남편이나 다를 바 없는 내가 같은 방에 있는 게 무슨 문제인가. 안 그래?"

"남녀가 유별하거늘."

"남녀야 유별하지만 부부는 일심동체지."

그리고 무염은 앞에 있는 탁자를 잽싸게 잡아 눌렀다. 사징이 손을 뻗기도 전이었다. 사징은 이를 박박 갈아붙였다.

"웃기지 마. 혼인 올리지도 않았고, 외간 남자야. 외간 남자가 내 집에서 내 집 여자 처소에 드나들어?"

"이제 네 누나가 아니라 내 여자다. 여기가 네 집이건, 네 영지건 어디든 간에 사량은 내 여자. 융금의 갈씨 낭자 사량이 아니라 막씨의 처 사량이지."

"……."

"그래, 무슨 일로 온 건가, 처~ 남."

"누님께 공자를 좀 불러달라 말하려 했는데 그럴 필요 없게 되었군. 이 앞에 있으니 말이야. 황상께서 보자고 하신다. 준비해라. 곧 아태관으로 출발할 테니!"

"얼마나 걸리나?"

"지름길로 가면 해 지기 전에 도착한다. 길이 좀 험할 테지만 말이야."

"……."

가면서 얼마나 굴려댈지, 안 봐도 뻔하다.

"그리고 공자, 나는 아직 혼부에 도장을 안 찍었고, 언제 찍을지 모르고, 꽤 오래 안 찍을 수도 있어. 그러니 당분간 군자답게 처신하는 게 좋을 거다."

무염은 이 예쁜 머리를 한 대 쥐어박고 싶은 기분이 간절했으나, 이놈은 혼주고, 혼주는 혼부에 도장 찍기 전까지는 상전이라는 것을 모르는 무염이 아니었다.

"알았으니 기다려 봐."

무염은 문을 쾅 닫고 안으로 들어갔다.

사징이 밖에서 고함을 질렀다.

"왜 도로 들어가는 건가! 나와!"

잠에서 깬 사량이 이불 속에서 고개를 들었다. 이불에 덮인 머리로 눈을 깜빡이다가, 무염이 앞에 앉자 잠에 취한 목소리로 물었다.

"어, 염. 무슨 일인가요."

"당신 동생이 찾아와서."

사량은 눈을 크게 떴다.

"세상에, 공자가 나갔어요?"

"아, 당신 동생도 우리가 부부나 다를 바 없다는 것을 인정하고 있으니 걱정하지 말아요. 황상이 찾으신다 해서 나가봐야 해. 오늘 안으로는 못

올 것 같으니 미리 말하려고. 뭐, 보고 싶을 테지만 오늘 밤은 우리 둘 다 참기로 하지."

그리고 무염은 사량의 손을 모으고 손끝에 입을 맞추었다. 손끝이 부끄러운 듯 움츠러들고, 무염을 보는 눈길도 수줍음을 담았다. 조금 전 진하게 허리를 흔들던 여자가 맞나 싶다.

"황상께 제대로 감사 인사를 드려야 하는데요. 여기로 오셨을 때 한번 인사드리긴 했는데, 역시 부족한 것 같네요."

"내가 당신 몫까지 드리지."

"할 수 있으면 여기로 모시고 와요. 부족한 게 많아 큰 잔칫상을 마련할 수는 없지만 정성은 다해야죠. 아, 맞다. 기다려 봐요."

사량은 옷을 꿰어 입고 안으로 들어가 옷궤를 꺼내 열었다. 그리고 그 안에서 종이로 잘 싸둔 옷을 꺼냈다.

"그건 뭔가."

"헌 옷을 입고 갈 수는 없잖아요. 씻은 다음 이걸로 갈아입고 가요."

"당신이 만든 건가."

"아…… 음, 포장은 내가 했어요."

"그래, 누가 만든 건지는 안 묻지."

"고마워요. 다음부터도 묻지 말아요, 절대. 갈아입고 동생하고 같이 가면 되겠네요. 저기, 여기로 나가 뒤뜰로 가면 돼요. 온천이라 물 데울 필요 없는 거 알죠?"

"지난번에 썼잖아."

"그렇네요. 잠깐, 이리 와봐요."

사량은 무염의 턱을 건드렸다. 무염이 고개를 숙이자, 사량은 양 볼과 이마에 쪽쪽 입을 맞추고는 생긋 웃었다.

"가면서 먹을 거 챙겨올게요."

"지름길로 가면 금방 도착한다던데."

"어, 거기로 가지 말아요. 지름길은 공자 같은 초보자가 가기에는 험하고 아주 위험한 길이에요. 빨리 갈 수야 있는데, 그러다 다친다고요. 공자가 아무리 무인이라 하더라도 산길을 가는 건 완전히 다른 문제인데, 동생이 자기는 산길 잘 안다고 쉽게 생각했나 보네요. 제가 잘 말할게요."

사량은 옷을 마저 입고 머리를 묶어 올린 뒤 달려나갔다.

무염은 사량이 준 옷을 보면서 생각했다.

험하고, 아주 위험하고…… 험하고, 아주 위험하고…….

야, 이 빌어먹을 갈씨 놈아.

정오 즈음에 무염은 사징과 함께 융금을 출발할 수 있었다.

사량은 사징에게 무염의 안전을 신신당부하며, 아무리 무염이 무인이라 하나 산길은 위험한 것 같다, 조금 걸리더라도 말을 타고 길로 가라, 성에 군사가 있어 잘 지킬 수 있으니 서두르지 마라, 라고 했다.

"죄송합니다, 누님. 제 생각이 짧았군요. 이럴 때 누님 혼자 성에 놓아둔다 생각하니 걱정이 되어서 그만."

"곽안 장군이 있는걸요. 걱정 말고 다녀와요."

"그래도 금방 오겠습니다, 누님."

"서두르다 다치지 말고요. 자, 여기. 가면서 먹어요."

무염이 가증스러워하는 동안, 사징은 사량이 챙겨준 도시락을 받았다.

성이 멀어지고 숲이 깊어지자, 무염이 물었다.

"이봐, 백. 누님을 보내는 것이 그리도 서운한가."

"공자, 나는 어린아이가 아니야. 언제고 좋은 사람, 어울리는 사람이 나타나면 누님을 보내 드려야 한다는 건 알고 있어. 아무리 내가 누님을 좋아해도, 결국 동생이고, 동생이 할 수 있는 일과 누님의 연분이 할 수 있는 일은 다르다는 것, 나도 알아."

"그럼 나한테 왜 그리 심통인 건가."

"나는 누님을 보내는 게 싫은 게 아니야, 공자."

"그럼?"

"그냥, 공자 네가 싫은 거야."

"……."

정말로 쥐어박고 싶었으나, 아직 혼부에 도장을 못 찍었다.

사징은 앞을 보며 말했다.

"공자가 아닌 다른 사람이었으면, 이러지는 않았을 것 같지만. 다만, 공자라서."

"내가 무례하거나 기분 나쁘게 한 바가 있었으면 사과하고, 태도가 마음에 안 든다면 고치려고 노력하지. 그러니 나의 뭐가 싫은지 말해봐."

"다 싫어."

"……."

"그중에 가장 싫은 건, 공자가 무인이라는 거야. 언제고 공자는 전장으로 나가야 할 테지. 물론, 다른 것도 다 싫어. 생긴 것도 싫고, 그 지나치게 큰 키도, 말투도, 눈빛도, 누님을 그리 음란한 눈으로 보는 것도, 다. 하지만 그 무엇보다도 공자가 무인이라는 것이 가장 싫은 거야."

"그럼 전장에 안 나가면 되는 건가."

"싸우러 나가지 않으면 지킬 수도 없지. 지킬 수 없으면 이곳은 또 그때처럼 비참해질 테지. 별수 없이, 싸울 일이 있으면 나가 싸워야지. 하지만 나는 누님이 눈물 흘릴 일이 생기는 게 싫어. 공자, 나는 누님께 제대로 해드린 게 없어. 공자가 온 날에 대해 말하자면, 내 속은 정말이지 최악이었지. 지킨다, 지킨다 하면서 나는 누님을 그때처럼 내몰고 있었더군."

그리고 사징은 무염의 얼굴을 보았다.

"그때나 지금이나 공자가 마음에 안 드는 건 매한가지야. 하지만 그래도 몇 년 만에 처음으로…… 아니, 정말로 처음으로 누님은 나나 아버지, 황 선생님 말고 다른 사람을 의지하고 믿더군…… 믿음에 보답할 만한 사람인지 아닌지도 모르는데 말이야."

"처음 내 태도가 나빴…… 던 건 인정하지."

"그게 문제였던 건 아니야, 공자. 어차피 나는 말로 지껄이는 것은 안 믿어. 혓바닥 하나로 태산을 만들고 바다를 만들지. 그러니 그까짓 혓바닥 따위. 뭘 선택하고 무엇을 하는지, 무엇을 희생하고 무엇을 감수하는지, 그것만이 그 사람이 무엇인지를 말하지. 그런 내가 공자의 무엇을 보고 무엇을 믿을까. 누님을 보낼 만한 남자인지 아닌지 아직은 몰라."

무염은 뭐라 더 할 말이 없었다.

아버지를 잃고, 넝마가 된 성을 지키며 살아온 청년이다.

무염이 전장의 한복판에 있었다면, 이 청년은 가진 것을 빼앗고 짓밟으려는 자들을 상대로 약탈의 한복판에 있었다. 이 청년에게 아무나 대뜸 믿고 의지하는 것은 힘든 일이다.

"나는 공자에게 누님을 울리지 말라고 했었지. 하지만 정말로, 정말로 싫은 것, 정말 내가 용납할 수 없는 건 누님이 너 때문에 우는 거야."

"하고 싶은 말이 뭔가."

"그러니 살아. 무슨 일이 있어도. 어떻게든."

조용한 가운데 말발굽 소리만 다각다각 이어진다.

하고 싶은 말을 다 하라고 하면 내일모레까지 이야기해도 모자랄 사정이지만 그 정도로만 그친다.

어느덧 아태관 근처로 오자 정찰병이 그들을 먼저 발견하고 요새로 돌아갔다.

잠시 뒤 요새에서 푸른 갑옷의 무장이 마중 나왔다.

“화.”

최화 장군이었다.

“어서 오게.”

칼날처럼 차가운 얼굴의 무장은 본인이 할 수 있는 선에서 가장 다정한 표정을 지어 보였다. 그러나 사징에게나 무염에게나 만나서 기분 나쁘다는 표정으로밖에는 보이지 않았다.

“무사히 와서 다행이야. 순탄하게 온 것은 아니지만, 어쨌건 목도 붙어 있고 팔다리도 다 붙어 있지 않소. 그러면 된 거지.”

“일전의 일은 정말 감사드립니다.”

“할 일을 한 거지. 재미는 있었소. 그리고 융금백도, 수고했더군. 궁주에게 들었소.”

“당연히 할 일을 한 것입니다. 무엇보다 미흡하나마 공자에게 도움을 드리고 신세를 조금이나마 갚은 듯하여 참 다행입니다.”

“아니, 그렇지 않습니다. 백이야말로, 별로 도움드린 것도 없는데 그리 애써주셔서.”

그리고 서로 하하 웃으며, 필사적으로 친한 척을 하기 시작했다.

아, 공자가 참 잘 싸우더군요. 아하하, 융금백도 검술이 참 번개 같더군요. 하하.

최화는 둘을 번갈아 본 뒤에 말했다.

“내 앞에서는 그리들 애쓰지 않아도 되네. 물어뜯고 싶으면 뜯고, 씹으려면 씹어. 보기 참 안쓰럽군.”

무염과 사징 둘 다 얼굴이 확 풀리며 머리를 숙였다.

“알아주셔서 감사합니다.”

“일단 들어오게.”

두 사람은 최 장군을 앞에 세우고 아태관 안으로 들어갔다.

아태관은 무염이 지난번에 보았을 때와는 달랐다. 그 길지도 않은 시간에 모두 예전 모습으로 수리되어 있었다.

성벽은 높아지고, 포구에는 대포가 들어왔고, 멀리 보이는 입구에는 전함이 있었다.

"어서 오게, 공자."

황제는 아태관의 누대 난간에 기대 협곡과 호수를 감상하고 있었다. 사징은 아래에서 물러나 최화 장군과 기다리기로 해서, 둘이 만나게 되었다. 감사 인사를 하려는데 황제가 선수를 쳤다.

"황은이 망극하네 뭐네 하지는 마, 공자. 융금에 갚을 빚이 있는 참에, 자네 덕에 갚게 된 것 같아 다행이라 생각하네. 오히려 내가 감사할 일이지."

무염은 감사를 담아 머리를 숙였다.

무엇이든 해야 했다. 그리고 무염은 황제 앞으로 보냈던 융금백의 서찰을 기억해 냈다.

죽기 직전 황제에게 서신을 쓴 것은 황제에게 무슨 수를 써서라도 알릴 일이 있어서였을지도 모른다. 그리고 그 내용은 아버지 막채규의 배반과 매수에 대한 것일 가능성이 컸다.

무엇보다 사량과 사징에게 남긴 융금백의 유서에 '신의'라는 말이 강조되었다. 융금백이 가족들에게 말한 '신의'의 상대는 황제였을지도 모른다.

그에 기대 무염은 서신을 보냈다.

어떤 답이 올지 예측하는 것은 어려운 일이었다. 황제와 융금백의 관계가 어떠한지도 모르고, 실제 그 서신의 내용을 아는 것도 아니었으니. 그러나 놀라울 정도의 화답을 받자 무염은 황제가 이 모든 것을 예상하고 있었을 것 같다는 생각이 들었다.

천 리 밖에서도 졸. 언제까지 그의 편일지도 모르며, 언제부터 그의 편이 되었는지도 모르는 그런 사람이 바로 이 고락천, 황제다.

"이제부터 어떻게 할 생각인가."

"아직은 정한 바 없습니다."

황제는 난간에 기대 수평선을 보았다. 소금하와 금양호보다는 작지만 상당한 규모의 호수를 바라보는 아태관의 누대에서, 소금하를 감싼 협곡 너머 상산의 깃발을 내건 배들이 보였다.

"상산의 수군이지. 그러나 걱정할 건 없네. 물러나는 중이야."

무염은 상산군이 팔보산 안으로 들어온 것은 알고 있었다. 수군까지 들어온 것을 보니 금방 전쟁이 벌어질 판이었다.

"지금 철수 중이네. 전날, 자네와 융금백이 요새를 점령하는 동안 나는 상산공과 만났다네. 술 한잔 나누며 협상을 했지. 그 후 물러나기로 했네."

"상산공은 무슨 조건으로 물러난 겁니까."

"여기서 나와 당장 전쟁을 벌일 건지, 아니면 다른 길을 택하던지. 하지만 아태관에서 전쟁이 벌어지면 저 위에서 장요 장군의 군사가 내려올 거란 말도 했지. 또 이 팔보산을 전쟁터로 삼으면 그에게 얼마나 불리한지도. 물론, 그건 내가 설득하기도 전에 이미 납득했더군."

황제는 빙그레 웃었다.

"그래서 상산공은 이 팔보산과 아태관, 융금은 포기하고 물러났네. 하루 이틀 이 좀 갈다가 다른 길을 찾을 테지. 어디가 될지야 뻔하고."

무염이 보기에 답은 단순했다.

화서항.

그곳은 상산이 가는 시늉만 해도 얼른 항복하고 화양으로 향하는 길을 내줄 곳이기도 하다.

그리고 상산이 이렇게까지 움직이는 지금 화양도 적의 이가 그 목 근처까지 왔다는 것을 받아들여야 한다.

"어차피 우동관의 목적은 화양이지. 나는…… 내가 다스리는 땅은 이

대로 내가 죽으면 제대로 보전되기 힘들 거야. 누군가가 차지할 테지. 북명이든 상산이든."

"그럼 최후의 승자는 우동관이 되겠군요."

"내가 황성에 가만히 처박혀 있으면 그리되겠지. 하지만 자네나 나나, 그건 싫잖아……. 지금, 나는 내 마지막을 걸고 한 판의 전쟁을 벌이는 거야. 내가 보지 못할 뒷날이 적어도 내가 원하는 방향이기는 하도록."

"무엇을 위한 전쟁입니까."

"뭘까. 권력? 황위? 아니면, 패업? 자네가 내 위치에 선다면, 자네는 무엇을 하겠나."

"평화."

황제의 검은 눈이 물끄러미 보고 있었다. 무염은 달리 원하는 건 없다. 오로지 평화, 안정, 그리고 그저 그렇게 살아도 상관없는 날들.

"정의가 아닌 힘이 세상을 가집니다. 원리도, 섭리도 아닌, 그저 힘의 흐름이 고이는 곳에 나라가 생기고, 약하면 빼앗기고 강하면 빼앗고, 약하면 짓밟히고 강하면 약탈하지요. 염치없는 자는 벌을 받지 않고, 죄가 없어도 당해야 하는 세상……."

"일각도 같지 않은 사람의 심성에 모든 것이 맡겨지는 세상이지. 공자, 나는 내 아들들이 평화로운 나라를 다스리길 바랐다네. 적을 없애고, 약한 자들끼리 손을 잡게 해주고 적이 될 만한 자의 팔다리에 기름이 끼게 했지. 모든 전란을 다 다스릴 수는 없었으나 큰 전쟁은 없도록, 그 누구도 이 평화를 범하지 못하도록. 그랬더니 적이 될 만한 자는 오만하며 탐욕스러워지고, 약한 자들은 서로가 가진 것만 알량하게 지키고자 하더군. 내 아들들은 싸울 줄도 모르는 도련님들이 되어 있었고."

"이십 년의 평화를 얻었지 않습니까."

화양은 풍족한 농지와 어디로든 갈 수 있는 항구를 손에 넣었고, 남위는 언제라도 나라를 지켜낼 충성심 깊은 인재들과 군사를 가지고 있다. 북명이 물러난 이유 중 하나는 물자 부족과 내란이다.

황상이 아들들을 마음 놓고 믿었던 것도 그 탓일지도 모른다. 장수들이 있으니, 나라를 물려받을 아들들의 손으로 나라를 지키게 하고 싶었으나 그 애정이 패착이 되었다. 그래도 결국 나라를 찾고 지금 안정되게 한 것은 황상이 지난 이십 년간 쌓아온 것 덕이다. 그 앞에서 싸웠기에 안다.

어차피 전란을 막는 것은 사람이 할 수 있는 일이 아니다. 비가 오고 눈이 내리듯, 그리 정해져서 하는 것뿐. 때론 견디고 버티는 것이 할 일이기도 하다. 그리 버티고 견딘 뒤에, 맑은 날과 봄을 보기를 바란다.

"전란이 가신 뒤에 또 전란이지. 지난 제물이 내 아들들이었다면, 이번 제물은 화양이 될 거야."

무염은 쓰게 웃을 수밖에 없었다. 그리되면 자신이 어떻게 되는지 잘 알고 있다.

"아버지께서는 곧 제가 이곳에 있다는 것을 알게 되실 겁니다."

"부르면 갈 건가."

"어차피 요새의 군사는 화양이 공격당하면 출정하게 될 겁니다."

"솔직한 심정을 말하자면, 나는 자네 아버지하고 우동관이 서로 싸우다 망했으면 좋겠어. 하지만 그리되면 이 땅은 다시 불바다가 될 테지. 이십 년이나마 맛보았던 평화는 그저 옛 추억이 되고, 백성들은 전란을 피해 도망 다니고, 내가 이룩한 것도 먼지처럼 사라질 테지."

"황상—"

황제는 난간을 두드리며 다시 높은 암벽 위에 전망을 바라보았다. 팔보산과 암벽이 붉게 물들어 있었다. 식어가는 가을바람이 처마와 누대를 훑었다.

"공자, 그래도 나는 자네가 오래 살아 영광을 보고, 자네 덕에 세상이 평화를 얻기를 바라네. 자네가 내가 발견하지 못한 자들을 발견하고, 내가 가지 못한 길을 가기를 바라네. 그것들을 다 볼 수 있기를 바라지만, 그러지는 못할 거라는 것도 알아."

그리고 황제는 어깨 너머로 무염을 돌아보았다.

"자네 아버지가 자네를 부르면 자네는 가야 할 테지. 자네 아버지가 싫어도, 자네에게 자네 고향과 가족이란 외면할 수 있는 것이 아닐 테니. 그런데 궁금하군. 또 그렇게 싸울 건가. 보답 없고 기약 없이."

황제는 산 너머를 가리켰다.

"천하와 바꿀 수도 없는 자네 여자도 두고 말이야."

"저도 압니다."

또 힘들 때가 올 것이다. 사징이 그리될 것을 눈치채고 있어 저리 나오는 것도, 이해는 한다. 물론 이해만.

"서른 해 전에 황제로 등극하며, 천하를 가지는 것은 황제가 아닌 백성인 세상이 오기를 바랐다네. 평화와 내일이 백성의 것인 세상. 나는 그런 세상을 보지 못할 테지만, 자네는 볼 수 있기를 바라네. 또 그리된다면 내 뒤에 남을 손녀를 부탁하네."

놀란 무염에게 황상이 고개를 저었다.

"아니, 혼인하라는 말은 아니네. 절대 아니야. 나도 자네하고 우리 손녀하고 얼마나 안 맞는지 알아. 내 손녀는 내 손녀가 좋다 하는 남자한테 보낼 거야. 그 녀석이 이 남자도 싫고 저 남자도 싫고, 다 싫다 하지만 말이야."

"남자들 의견도 물어보셔야…… 하지 않을까요."

"아, 저 아이가 지금이야 어리다 보니 사내애 같아 보이긴 하지. 그래도 공자, 저리 봬도 조금만 지나면 아주 예뻐질 거야. 장담하지. 황후도 그랬으니. 다섯 해 안에 온 황성에 내 손녀를 달라는 남자가 줄을 설 거야."

무염은 황후께서 그리된 것은 황상의 눈에 수북하게 쌓인 콩깍지 덕이 아니냐는 말을 할 뻔했다. 그러나 황상의 얼굴을 보니 너무 진심이라 할 말이 없었다.

"기대…… 해보도록 하지요."

"그럼. 그때가 되면 분명 자네는 자네 동생들 늘어놓고 부디 하나만 골라달라 할 거야. 하하하."

"……"

아, 천 리 밖에 있는 자도 졸로 만들 수 있으면 뭐 하나.

손녀밖에 모르는 바보인 것을.

"황상, 그럼 저도 부탁드릴 것이 있습니다."

"아, 말하게."

"잠깐만 기다리십시오. 저와 황상만 할 수 있는 일이 아니라."

"무슨 일인데 그러나."

"우선, 기다리기만 하십시오."

"……?"

무염은 뛰어나가 사징을 찾았다.

사징은 최화 장군과 있었다. 황성에서 가장 차가운 남자와 남쪽에서 가장 차가운 남자 둘은 마주 보고 진지하게 이야기를 나누는 중이다. 최화가 먼저 돌아보았다.

"무슨 일인가, 막 장군."

"제 처남 찾으러 왔습니다. 어이, 징. 일어나라. 할 일이 생겼다."

"아직 처남 아니라고 했다!"

무염은 앙탈하는 사징을 끌고 황상이 기다리고 있는 누대로 달려갔다.

황제는 누대의 의자에 앉아 기다리고 있었다.

"대체 무슨 일이라 그러나."

무염은 종이 한 장을 꺼내 탁자에 놓았다. 황제는 종이를 펼치고 언제 왔는지 모를 여애가 바치는 돋보기안경을 가져다 코에 걸쳤다.

"혼부로군."

사징은 창백해져서 무염을 휙 돌아보았다.

"너, 언제!"

황제는 종이를 위에서부터 아래로 짚어가며 말했다.

"여기, 막무염 자네 이름이 있고, 여기에는 자네 처가 될 낭자의 이름이 있군. 대체 언제 이걸 가지고 왔나. 아, 화양에서 떼온 거로군. 그 정신 없는 와중에 필요한 일은 다 하고 왔군. 대단해, 대단해."

무염은 화양을 떠나기 전 예전에 살던 동네의 관아에 들러 서식을 맞춰 가져왔다. 흰 머리를 드는 것도 힘겨워하던 늙은 관리는 무염의 얼굴도 제대로 보지 않고 출생을 확인해 주었다. 본인이 확인해 준 것이 화양의 공자 막무염인지, 장씨의 의자(義子) 무염인지는 아직도 모르고 있을 것이다.

"이거, 나하고 융금백 자네가 도장을 찍으면 될 것 같은데."

사징의 이마에 땀이 맺히기 시작했다.

"황상, 저기—"

황제는 여애를 불렀다.

"여애, 인장 좀 가지고 오게. 어디 있는지 알지?"

"네."

여애는 잠시 뒤에 붉은 함에 담긴 황제의 개인 인장을 가지고 왔다. 황제는 인장을 찍은 뒤에 사징에게 내밀었다.

"나는 되었네. 이제 신부 혼주인 자네 차례야."

사징은 이 세상에 존재해서는 안 되는 것을 노려보며 손에 힘을 주었다. 탁자 위에 얹은 손끝이 하얗게 변하고, 이가 부득부득 갈려 나왔다. 그러다 무염과 눈이 마주치자, 그의 입술 끝이 픽 올라갔다.

"아, 나도 정말 찍고 싶은데 지금 도장이 없어서. 나아아아아아ㅡ 중에 융금으로 돌아가면 거기서 찍도록 하지."

무염이 피식 웃었다.

"어이, 사징. 네 소매 안에 있다는 거 알아."

"없다."

"털어서 나오면 내가 직접 찍을 건데 그래도 괜찮나?"

"……."

황상을 만나는 자리니 성주인 사징이 만일을 대비해 인장을 가지고 올 거란 것 정도는 무염도 알고 있었다. 그래서 여기로 들고 온 것이다. 황제에게 받은 뒤에 만나러 가면 이 녀석은 이 핑계 저 핑계 대며 안 찍을 테니.

"인장을 내놓던가 직접 찍던가."

"공자 집안과 우리 집안은 따지자면 원수가 아닌가. 그 문제를 해결해야 하지 않을까?"

"인연 끊었어. 나는 이제 그 집 자식 아니다."

"아, 그 덕에 공자도 뭐도 아무것도 아니지."

"이보시게, 처남. 공자 시절에는 나는 녹봉이 아예 없었어. 때때로 내 사재를 털어 군비를 때워야 할 정도였지. 내 재산이라곤, 황상께 받은 것과 집 한 채뿐이었으니 오히려 지금이 나을지도 모르는데?"

"그런 주제에 누님을 유혹한 건가."

"그런 주제라니. 그런 주제라서 성공한 거지. 사량은 밤낮 백의 응석을 받아주다 보니 응석 부리는 남자들에게는 참 약하더군."

"내가 무슨 응석을 부렸다고!"

"이봐, 백. 내가 보기에는 말이야, 자네가 그리도 누님을 내놓지 않으려 하는 것은 내가 싫어서가 아니라 자네가 누님이 없는 것 자체를 싫어해서 그런 것 같아. 옷 챙겨주고 머리 빗겨 묶어주고 좋아하는 반찬으로 밥해주고. 매일매일 마르나 찌나 살펴…… 이보게, 백. 내가 돌아가신 우리 어머니에게도 그런 대접을 받아본 적이 없어."

"없……."

차마 말을 잇지 못하고 사징은 이를 사려물었다.

"그러니 이제 그 생활을 청산하고 누님은 내게 보내. 내가 대신 좋은 여자 소개해 주지. 그 여자와 함께 살다 보면 융금백도 젓가락으로 반찬 집어 먹는 방법 정도는 배우게 될 거야."

"……찍으라는 건가, 말라는 건가."

그제야 무염은 이 녀석이 도장을 찍은 다음에 이 말을 했어야 했다는 것을 깨달았다. 그러나 이미 말은 해버렸고, 쓸어 담을 수도 없거니와 황급히 비굴해지기도 자존심 상했다.

"찍어."

사징은 싫다고도 말 못하고, 그렇다고 찍을 수도 없어 혼부를 노려보았다. 그러는 동안 최화가 누대로 들어왔다. 이 대치전이 뭔지 물어본 그는, 여애가 무슨 일인지 설명해 주자 자리 잡고 구경하기 시작했다. 장수 하나가 자리를 뜨더니, 다른 장수들과 무관들을 더 데리고 왔다. 그 뒤를 이어 범아가 명천을 데리고 왔다. 명천이 사징의 어깨 너머로 혼부를 들여다보았다.

이제 도장을 찍을 거라는 자와 오늘은 아니라는 자로 갈려 내기가 벌어졌다. 바구니가 놓이고, 그 양옆으로 내기를 건 자의 명단과 금액이 적혔다. 황제도 여애를 불러 귓속말로 뭐라 했다. 여애는 고개를 끄덕인 후에 오른쪽 바구니로 가서 이름을 적고 돈을 넣었다.

무염은 어느 쪽에 돈을 거는 자가 많은지 흘끗 보곤 말했다.

"어서 하시지? 해 진다."

침묵과 긴장 속에, 모두의 시선이 사징의 소매를 향했다.

소매 안에서 드디어 도장이 나오자 탄식과 환호가 터졌다. 무염이 혼부를 밀었다. 사징은 도장을 쥔 손을 들어 최대한 멀리했다.

"공자, 찍기 전에 어디다 살림을 차리고 어떻게 누님을 보살필 건지 먼저 이야기하는 게 도리가 아닐까. 이렇게 대뜸 누님을 보낼 수는 없어서 말이야."

황상이 뒤에서 말했다.

"아, 그건 걱정 말게. 짐이 봐주지. 말만 해. 벼슬이면 벼슬, 집이면 집, 다 해주지."

사징의 눈에 원망과 서러움이 피어올랐다.

"왜! 그런!"

좌중 중 절반이 원망의 얼굴로 황제를 바라보았다.

이건 반칙이라고, 아무리 황상이 찍는다에 걸어도 그런 식으로 상황을 바꾸는 건 도리가 아니라고 원성을 높였다.

그때 등 뒤에서 명천이 크게 말했다.

"사징 형님! 막 형이 마음에 들지 않으면 제가 있습니다, 제가! 저는 어떠십니까! 여기, 이름만 고치면 되는데! 이리 주십시오! 고쳐서 드릴 터이니, 저에게 누님을 주십시오!"

제 딴에는 농담이었으나, 무염이 너 이 자식아 무슨 소리냐고 일어나기 전에 창백해진 사징은 급히 도장을 찍었다.

이제, 황상을 원망하던 눈길이 명천을 보았다. 사징은 아차— 하며 탄식을 하다, 아! 하고 비명을 질렀다. 사징은 급히 혼부를 잡으려 했지만 무염이 먼저 빼앗았다.

"끝났다."

"……"

"이제 네 누나는 내 거다."

무염은 완성된 혼부를 팔랑팔랑 흔들었다. 찍는다에 걸었던 사람들이 환호하고, 안 찍는다에 건 사람들이 이건 반칙이라고 항의하는 동안, 사징이 벌떡 일어났다.

모두가 조용해진 가운데, 사징은 붉은 눈으로 무염을 노려본 뒤 사람들을 헤치고 뛰쳐나갔다.

지켜보던 범아가 작게 말했다.

"……재 운다."

사징은 그날로 사라졌고, 무염은 아태관에서 하룻밤을 보내야 했다.

다음날 아침 황 선생이 나타났다. 무염은 최화와 함께 황 선생을 맞이했다. 황 선생은 꾸벅 인사를 하고 말했다.

"어젯밤에 나리가 오셔서 문 닫고 들어가 갑자기 통곡을 하시기에 제가 왔습니다. 대체 무슨 일이 있었습니까."

"통곡?"

"네. 아주 대성통곡을 하시던데. 무슨 큰일이라도 있습니까?"

"이거."

무염은 황 선생에게 혼부를 내보였다. 황 선생의 얼굴이 환해졌다.

"큰일이 맞긴 하군요! 누님을 공자께 보내시는 것이 얼마나 기쁘시면 그리 울음을 터뜨리신단 말입니까."

"그…… 런 것 같지는 않지만."

"아가씨는 아십니까?"

"네. 혼인은 이미 충분히 약조한 것이니, 언제 식을 올릴지만 정하면 됩니다, 선생님."

황 선생의 눈이 축축해졌다.

"정말 감사합니다, 공자! 그리고 장군님도."

최화는 손사래를 쳤다.

"아니, 아니네. 다시 한 번 말하지만 나는 내 딸이 낭자처럼 하면 정신 차리라고 등짝을 후려칠 거고, 내 아들이 공자처럼 하면 다리를 부러뜨릴 거야."

"아닙니다, 정말 감사드립니다."

황 선생은 눈물을 닦으며 말했다.

"그간 못된 사내놈들 욕심에 고생이 참 많으셨던 분입니다. 참 염치없고 못된 놈들 아닙니까. 힘없다며 노리개로 삼으려 들다니. 아가씨의 잘못도 아닌데, 그 탓에 몇 년간 상복만 입고 지내실 때 어찌나 안쓰럽던지 요……. 아가씨 연분은 이리 따로 있었군요. 참말로, 참말로 감사합니다."

"가진 것도 없이 데려가서 오히려 미안합니다."

"아뇨, 아뇨. 아닙니다. 아가씨야 당분간 여기서 지내셔도 되는데요. 오히려 좋습니다. 멀리 가시지 않고 여기서 살림 차리시고, 나리나 공자나 같은 곳에서 사이좋게 살면 얼마나 좋습니까."

그놈하고 사이가 좋아질 리는 없지만, 무염은 웃었다.

"감사합니다, 선생님. 그 사람한테 선생님 이야기는 많이 들었습니다. 선생님께 고마워할 일이 참 많다 그러더군요."

"오히려 제가 감사할 일입니다. 은인의 따님이고 후계자인 분인데, 가족도 없는 제가 딸이다 아들이다 하고 주제넘게 생각해 왔습죠……. 아가씨나 나리가 없었으면 저는 짐승이었을 것입니다. 그분들 덕에 이 모지리가 선생님이 되고 은인이 된 거지요. 이 성만 나가도 무뢰배 황 모, 날건달 황 모, 천하에 쓸모없는 황 모입니다."

"선생님, 귀한 자도 부유한 자도 너도나도 다 배신하고 속이고 죽이는 세상에서 가장 귀한 것은 믿을 수 있는 사람입니다. 그 사람이 감사하듯 저도 선생님께 감사합니다."

"누군들 그러지 않을까요. 아가씨는…… 그분 앞에서는 어떻게든 좋은 사람이 되고 싶어지는 그런 분입지요. 이런 말 하기 참 외람되지만, 제 운명의 여인이랄까요. 마음에 든 여인을 잡아보지도 못했고, 자식도 없이 부모님께도 불효한 놈이었는데…… 하늘이 그런 놈에게 이리 과분하게 좋은 것을 주신 겁니다."

그리고 무염을 보고 활짝 웃었다.

"아가씨에게 좋은 연분이 생겨서 참 좋습니다. 우리 착한 아가씨에게 왜 좋은 연분이 없나, 그리 원망했더니 제일 좋은 연분을 준비하느라 늦은 거였나 봅니다."

"저야말로 과분한 연분이군요. 그리 귀하게 여기는 여인을 데리고 가는 것이니. 보화를 얹어 보내는 것보다, 귀하게 여기는 마음을 얹어 보내는 것이 가장 큰 것 아닙니까. 어찌 보답해야 할지."

"잘해주십쇼. 그냥, 잘해주면 되는 겁니다. 그냥 그러면……."

결국 못 참고 황 선생이 눈물을 뚝뚝 흘렸다. 무염은 황 선생의 어깨를 두드려 주며 부드럽게 말했다.

"이만 갑시다. 황상께 말씀드리고 올 테니, 기다려 주십시오."

"네. 알겠습니다."

반나절 정도 지나 융금성에 도착하자, 성 사람들이 죄 몰려나와 맞이했다. 눈앞 가득한 사람을 보고 무염이 당황해 물었다.

"무슨 일입니까."

황 선생이 웃으며 말했다.

"벌써 준비를 시작했나 봅니다."

"무슨 준비? 설마……."

"나리가 시키신 거군요. 거, 참. 벌써 이리 준비하시다니, 정말 좋은가 봅니다."

"……."

그게 아니라, 내가 혼부 들고 식 올리겠다며 졸라대면 속이 뒤집어질 테니 선수 치는 걸 테지.

이 행복한 황 선생에게 그렇게 말할 수는 없어, 무염은 웃기만 했다.

곽안도 군관들과 함께 나와 축하 인사를 했다. 화양군도 팔보산과 융금 근처에 있던 상산군이 물러난 것을 알고 있었다. 긴장도 풀리고, 모시던 장군에게 경사가 있어 맛있는 것을 먹을 수 있게 되자 다들 기분이 좋아져 있었다.

무염은 수하들의 인사를 받으며 말했다.

"내일까지는 전쟁이 없을 테니 편히 잘 먹고 마시게, 곽안."

"감사합니다!"

"그리고 저기…… 잔치에 들어가는 건 죄다 처남…… 이 내는 거라, 적당히…… 좀 해줘."

그러나 곽안과 수하들은 뒷말은 귓등으로도 안 듣고 잔치 음식을 기대하며 우르르 몰려갔다.

무염은 사징이 준비한 것이 많기만 바랐다. 식량이 축나면 축냈다고 트집 잡아댈 텐데, 큰일이다.

죽림관 사람들은 돼지와 닭을 잡고, 고기는 추리고 돼지 뼈로 국을 끓이기 시작했다. 고기를 다져 만두와 완자를 만들고, 쌀로 떡을 만들고 밀로는 국수를 뽑았다.

다음날 황상과 그 일행이 도착했을 때 급하게나마 잔치 준비는 다 끝나 있었다.

무염은 사람들이 꼭꼭 숨겨둔 사량을 찾는 것은 포기하고 황 선생에게 잡혀가 혼례복을 입어야 했다. 입어보니 안타깝게도 좀 작았다. 소매와 바지 길이가 짧은 것을 본 황 선생은 턱을 두드리며 말했다.

"성에 준비된 혼례복 중 제일 큰 거였는데 작군요. 이럴 줄 알았으면, 신랑 혼례복도 같이 준비할 것을."

죽림관 안에는 급히 혼인하거나 돈이 부족한 마을 사람을 위해 혼례복을 항상 준비해 두고 있었고, 그중 제일 큰 것을 가지고 왔지만 무염에게는 작았던 것이다. 황 선생의 생각보다 무염이 더 긴 것이 문제였다.

"일단 벗어보십시오. 제가 고치겠습니다."

"바느질을 할 줄 아십니까?"

"어지간한 아녀자만큼은 합니다. 믿고 주십시오. 지어드린 옷은, 제가 공자의 집에 갔을 때 갑옷을 보고 대충 맞춘 거라 클 거라 생각했는데 그게 맞은 거였군요."

그럼, 그 옷은 이 황 선생이 지었단 건가. 놀란 무염을 앞혀두고 황 선생은 푸른 비단 조각을 구해와 소매와 바지를 늘려 고치기 시작했다. 잠시 뒤, 그는 순식간에 옷 하나를 뚝딱 고쳐 내밀었다. 무염은 몸에 맞는 옷을 입은 뒤 감탄했다.

"대단하십니다."

"험하게 살다 보면 별걸 다 하게 됩지요. 일어나십시오."

밖으로 나오니 성 사람들은 물론이요, 병사들까지 죄 구경하러 나와 있었다. 조용한 결혼을 예상하고 있었던 무염은, 융금에 사람이 이렇게 많다는 것을 처음 알게 되었다.

"이리로 오십시오, 공자님."

황 선생은 무염을 데리고 죽림관 뒤의 사당으로 갔다. 사당에는 등과 화환이 걸려 있었다. 거기까지도 구경 온 성 사람들로 가득했다.

무염은 사당 안으로 들어갔다. 안에는 사징이 싸늘한 얼굴로 앉아 있었다. 눈가는 여전히 붉었다. 무염은 어이가 없었다. 이놈, 이거 설마 그제 울고 어젯밤에 또 운 건가.

"어서 와, 신랑."

"설마, 네가 내 신부인 건가?"

"혼주로 온 거다. 나하고 혼례를 올리고 싶다면, 굳이 말리지는 않겠어."

"누님을 시집보내지 않을 수 있다면, 대신 시집올 수도 있다는 건가."

"그래. 네가 누님 남편인 것보다, 내 남편인 게 낫겠다."

"……그게 조상님들 앞에서 할 소리냐."

사징은 위패들이 놓인 제단으로 가 향을 올렸다. 향의 연기가 사당의 천장으로 길게 피어올랐다. 사징은 그 앞에 엎드려 절을 했다.

무염은 가장 오래된 가문 중 하나인 융금 갈씨의 사당에 놓인 위패들을 보았다.

천하가 여러 조각들로 갈라진 뒤 각 성의 성주들은 다 바뀌었고, 그중에 성을 지켜낸 가문은 이 남쪽에서는 화서 유씨 가문과 융금 갈씨 가문 정도였다. 그리 오래 이어져 온 덕에 사당 안의 위패는 많았고, 그중에 사량의 부모님 위패도 있었다.

무염은 그 위패를 보았다. 살아 있는 모습은 한 번도 보지 못했으나, 그가 없는 세상에서 그에게 정말 많은 도움을 받은 것 같았다. 위험할 때마다 그가 해놓은 일들이 도움이 되었다.

감사의 마음이 든다. 화징이 믿던 많은 신의들이 배신당했으나, 결국 가장 깊고 귀한 신의가 보답했다. 배신과 배덕의 세상에 그 신의는 더없이 귀하고 보배로웠다.

사징은 천지신명(天地神明)을 모신 사당으로 들어가 향을 올리고 오곡 제물을 바친 뒤 절을 했다. 무염도 같이 절하는 것으로, 새 식구인 신랑이 조상과 신에게 자신을 알리는 의식이 끝났다. 그리 일을 마치고 돌아선 무염 앞에, 붉은 옷을 입고 봉관을 쓴 신부가 있었다.

사징은 신부에게 다가가 손을 잡고 축하 말을 한 뒤, 차마 떨어지지 않는 손으로 신부를 인도했다. 무염이 흘끔 보니, 사징은 목숨이라도 넘겨주는 표정이었다. 무염은 손안에 사량의 손목이 들어오자마자 잽싸게 당겼다.

"고맙다, 처남."

"잘…… 부탁한다. 그리고 누님 울리면, 내 조상님들에 걸고 정말 용서 못한다."

"축하의 말로 받아들이지. 어서 손 떼고 가. 이제 네 누나 아니다. 내 여자야."

"너……!"

사징은 노려보았으나, 신부의 혼주인 이상 넘기는 입장이 될 수밖에 없는지라 이를 북북 갈며 뒤로 물러났다.

이제 무염 앞에는 혼주로부터 넘겨받은 신부가 있다.

무염은 붉은 혼례복과 너울을 보며 속삭였다.

"근사한 혼례복이 있었군. 이것도 없이 맞이하는 건가, 불안했는데."

붉은 너울로 얼굴을 가린 사량이 웃으며 말했다.

"어머니 신부복이에요. 당신에게는 아버지 옷을 주려 했는데, 찾아놓고 보니 너무 작아서. 근방에서 제일 큰 것으로 가지고 온 건데, 맞았나요?"

"맞게 만들었지."

무염은 눈부신 듯 너울 너머의 얼굴을 보았다. 어렴풋하게만 보이나 그 반짝이는 눈과 상냥한 목소리만으로도 그 너머의 그녀가 얼마나 아름 다울지 설레며 기대하게 했다.

호화롭고 예쁜 신부복에 봉관을 씌워주고 혼례를 치르고 싶었는데, 결국 이리되었다.

산골, 그녀의 고향에서 이렇게. 전란을 앞두고, 언제 출정할지 모르는 지금.

언제쯤 평화로울지 모르겠으나 그런 내일을 걱정하기보다는 오늘이 행복하면 그저 행복하기만 하면 되는 것 같다.

세상에 수많은 인연의 실이 있으나, 그 많고 많은 인연의 실 중 붉은 실은 당신과 이어진 한 가닥뿐.

인연의 현이 울어 그 끝을 당기면 서로가 이어져 있음을 알게 되리니.

인연의 흐름이 당신을 향해 흘러갔고, 그렇게 당신을 만나 또 다른 생이 당신으로부터 시작된다.

오늘 하루를 더 보태 내일 더 사랑하며, 모레는 내일을 더 보태, 그렇게.

둘은 같이 조상의 위패 앞에 향을 올리고, 그다음 천지신명의 사당에 향을 올렸다.

사징이 합환주를 가지고 오자 무염은 신부의 너울을 벗겼다.

봉관 아래 아름다운 얼굴이 웃고 있었다. 무염은 고개를 숙여 입술에 입을 맞추고, 합환주를 받아 마신 뒤 건넸다. 신부가 마시자 신랑은 받아 마저 마시고 다시 절을 했다.

이로써 완전한 부부가 되었음을 조상과 신 앞에 맹세하자, 무염은 혼주들이 도장들을 찍은 혼부를 호적 옆에 있는 함에 넣고 잠갔다. 사징이 호적에 이름을 적고 도장을 찍었다.

드디어 의식이 끝나고, 임시로 신랑의 혼주가 되어준 황상이 선물을 주고 구경 온 다른 장수들도 한두 개씩 예물을 건넸다.

조금 늦게 온 최화는 장남과 같이 선물을 건네고 무염과 인사를 나누게 했다. 장남은 잔뜩 상기된 얼굴로 허리를 숙였다. 예전에 한 번 본 적이 있는 무염이 반갑게 말했다.

"많이 컸군요. 그때는 아이였는데, 이제는 장부가 다 되었습니다."

"열일곱이라 이번에 처음 출정했지. 마누라가 이거 챙겨줘라 저거 챙겨줘라 하며 어찌나 잔소리를 하는지. 아들하고 출정을 하는 게 아니라 행차하는 아들 모시고 가는 기분이더군."

최화가 한숨을 내쉬자 아들은 무척 당황했다.

"그…… 그, 그 정도는 아닙니다, 아버지. 제가 아이도 아니고!"

"이봐, 이보라고, 막 장군. 제 딴에는 장가도 안 간 주제에 자기가 다 큰 줄 알아. 출정하는 날, 나한테 묻더군. 아버지께서는 열일곱에 한 일 중 가장 큰일이 무엇입니까. 그래서 답해줬지. 네 엄마랑 결혼해서 너 만들었다."

"아버지!"

최화는 아들의 머리를 잡아 누른 다음 말했다.

"그러니 막 장군, 자네도 이제부터 부지런히 임무에 임해 어서 나 같은 고통을 누리게. 몇 해 지나면 우리 둘이 술잔을 기울이며 우리들이 무슨 죄를 저질러서 이런 망나니들을 키우고 있나, 한탄하게 될 거야."

"아버지! 이러시면 안 됩니다!"

"자, 아들. 이제 우리는 먹으러 가자. 이리 와라."

"제가 이러려고 소개해 달란 게 아니었단 말입니다!"

"오늘 장가가는 남자 앞에 너 같은 게 잘 보일 줄 알았냐. 무슨 병법에 대해 논하겠다고? 이리 와서 먹기나 해라. 반찬 투정하지 말고."

"아니, 아버지. 제가 언제 그랬다고!"

"어제도 먹기 싫다 투정하는 거 들었다. 네 엄마한테 그것만은 한 소리 해야겠다."

최화는 부끄러워 미치는 장남을 데리고 잔칫상으로 가, 아들에게 잔을 따라주었다. 아들은 거의 울 것 같은 얼굴로 술을 받아 마셨다.

다음, 범아가 와서 장미색 옥팔찌를 선물로 주었다. 사량은 놀라고 감사했다.

"이리 귀한 것을 주시다니."

"제가 직접 골랐습니다. 아니, 여애가 고르고 저는 그저 승낙한 거지만. 가지고 있던 걸 선물로 드리니 좀 미안합니다. 혼례 선물을 하게 될 줄은 몰라서."

"아니에요. 오히려 소중히 가지고 있던 것을 주는 것이니 더 감사해요."

"제 장신구들은 매일매일 먼지만 먹고 있으니, 낭자 같은 분에게 가면 물건이 더 좋아할 겁니다. 그리고…… 아무리 보아도 이 화양산 곰에게는 낭자가 아깝지만 인연이란 별수 없으니 축하합니다."

무염이 심드렁하게 말했다.

"이보시오, 나 말고 대체 누가 어울린다는 건지."

"우리 할아버지 젊은 시절 정도는 되어야 하지 않겠소."

"뭐라."

무염은 어처구니가 없었다. 너는 태어나지 않았잖아. 꿈꾸는 이상형의 남자가 한 번도 보지 못한 젊은 시절의 황상이라니. 본 적도 없는 상대가 이상형인만큼 구제불능도 없다.

조촐한 혼례였으나 사람들에게 베푸는 잔치 음식만은 풍요로웠다.

구운 돼지와 닭, 양념 절인 쇠고기, 국과 국수, 만두와 과자가 부엌에서 나와 사람들의 축하와 기쁨 속에 돌아갔다.

축가의 시간이 오자, 황 선생이 비파를 뜯어 노래를 불렀다. 방울 소리 같은 화려한 전주 뒤로 아름다운 선율이 흐르고 굵으면서도 부드러운 황 선생의 목소리와 어우러졌다.

듣던 성 사람들은 그에 맞춰 박수를 치고, 추임새를 넣었다.

황제는 술잔을 기울이다 멈추고, 범아는 턱에 손을 얹고 멍하니 들었으며, 언제 나왔는지 모를 공공은 아직도 바구니 신세인 탕탕 옆에서 그 노래를 들었다. 노래에 관심이 없는 탕탕이 부우부우 울자, 공공은 부엌에서 훔쳐 온 닭고기를 건네주었다.

무염은 감탄하며 사량에게 물었다.

"황 선생은 못하시는 게 대체 뭔가."

"그건 저도 아직 몰라요."

노래가 끝나자 환호와 박수가 터졌다.

사람들 손에 손을 거쳐 술이 한 바퀴 더 돌고, 음식도 돌았다. 밤이 깊어가고 벌레 우는 소리가 들리는 가운데 아이들이 하나둘 쓰러져 갔다. 바람은 서늘해지고 별빛은 더 하얗게 쏟아진다.

북이 울리며, 신랑 신부가 신방에 들 시간을 알려왔다. 기어코 용납할 수 없는 시간을 맞이한 사징은 앉은 자리에서 술 한 동이를 다 비웠지만, 그래도 일어날 수가 없었다.

결국 사징 대신 황 선생이 화등을 들고 둘을 신방으로 안내해야 했다.

"나리가 누님이 시집가니 그래도 좀 서운한가 봅니다. 하하."

무염도 같이 웃었다. 너무나 후련해서.

별당은 다들 축등을 놓고 가 그 주변이 낮처럼 환했다. 푸른 기와 처마 밑, 창턱, 문, 배롱나무, 비파 나뭇가지, 대나무 숲에 사람들의 축하를 담은 수많은 등이 놓여 있다.

황 선생은 화등을 처마에 걸어준 뒤 물러났다.

조용해지며 단둘만 남게 되었다.

무염은 사량의 손을 잡고 안으로 들어가 휘장을 내렸다.

그 안에서, 무염은 너울을 벗기고 봉관을 내려주었다. 비녀로 틀어 올린 머리가 드러났다. 무염은 비녀를 뽑았다. 머리카락이 출렁이며 목덜미와 어깨, 등을 타고 흘러내렸다.

무염은 고개를 숙여 입을 맞추었다. 길고 부드러운 입맞춤이 끝나자 그다음 손길은 부드러웠다. 턱을 건드리고, 볼을 쓸어 올리고, 눈썹을 매만지고 붉은 연지를 바른 입술을 어루만졌다. 하나하나, 그 끝으로 흡수하듯.

그 손을 느끼며 사량의 입술이 작게 속삭였다.

무염은 귀를 기울이며 말했다.

"더 크게 말해봐."

입술이 수줍게 닫혔다가, 귓가로 다가와 속삭였다.

"사랑한다고요."

처음 당신을 봤을 때부터.

연못 위로 빗방울이 스치듯, 파문이 일었고.

그다음은 당신의 눈빛, 목소리, 손길 하나하나가 빗줄기처럼 내려와 내 마음을 무수히도 때렸어요.

홀린 듯 당신을 보고, 취한 듯 당신을 느끼고.

하늘에 묶인 별처럼 당신을 따르고. 눈길 한 번에 설레고, 말을 걸 때마다 긴장하고, 당신 마음을 모르니 한마디에 들뜨고 다른 한마디에 실망하고.

당신 마음을 믿는 지금은 내 모든 것이 통째로 당신 것. 당신과 함께 숨 쉬고 당신과 함께 심장이 울려요.

무염은 볼에 입을 맞췄다.

죽원의 비, 당신의 노래, 어느 축제날의 불꽃, 비파나무 사이로 난 오솔길, 담쟁이 덮인 젖은 담, 빗줄기 흐르던 처마, 그리고…….

이렇게 오늘 밤. 당신과 기억하는 찬란한 순간이 하나 더.

부드러운 목덜미에 입 맞추고, 드러나는 흰 몸을 향해 찬사와 감사를 담은 입맞춤을 남겼다. 붉고 부드러운 비단 위에 앉히고, 다시 그 손을 당겨 그 손끝 하나하나에 감사하듯 입 맞추었다.

검은 밤하늘 위에 내리는 별들만큼 많은 사람들 중에, 단 하나의 인연.

그 많은 별들 중 단 하나를 찾아내고 그 하나가 찾아드는, 이야말로 기쁜 기적이다.

흰 매화를 수놓은 붉은 신이 벗겨지자, 무염은 그 발등에 마저 입을 맞추고 몸을 일으켰다.

이제, 기쁨이 담긴 아름다운 눈이 앞에 있다. 오로지 그를 향하는, 그만을 향하는 기쁨의 눈이다.

무염은 그 볼에 손을 얹고 길게 입을 맞추었다.

당신, 사랑하는 내 여자.

사징은 괜찮다, 어차피 할 일이었다 등등의 말들을 떠올렸으나 조금도 기분이 좋아지지 못했다.

곽안은 엎드려 자고 있고, 최화 장군은 만취하여 생선처럼 쓰러진 아들을 질질 끌고 갔으며, 그 와중에 황제만은 우아하게 앉아 황 선생과 이야기를 나누는 중이다. 황 선생은 송구스러워 몇 번이나 고개를 주억거렸다.

그 광경을 보며 속으로 말했다.

싫다.

애초에 보내는 게 아니었다, 부터 시작해서 보내지 않을 방도가 있었느냐까지.

그래도 싫어.

그래서 아득한 예전의, 사실은 기억하기도 싫은 채화와의 약혼을 떠올려 보았다.

당시는 십 년을 알고 지내온 남자다 보니 별생각이 없었다. 사징도 어려 결혼에 대해 구체적으로 생각하지도 않았거니와 누님이 남의 사람이 된다는 생각도 들지 않았다.

그런데 지금은……!

사내라면 근처에만 있어도 지겨워하던 누님 얼굴이 밝아지는 것부터 좀 불길했다. 젊은 남자이니, 아무리 누님이더라도 사심이 없겠느냐는 생각으로 애써 참았는데 결국 이리되었다.

그래도 저 곰이 여태 무례하게 군 것이 있어 유혹을 한다 해도 누님도 넘어가지 않을 거라 믿었는데. 그리고 누님은 건방진 남자를 무척 싫어하니, 절대 넘어가지 않을 거라 믿었는데!

그랬는데……!

옆에서 보니 저리 굴면 쇳덩어리 같은 여자라도 녹겠다 싶기도 했고, 왜 하필이면 내 누님한테 저러냐는 생각도 들었다.

그리고 그렇게 저 곰은 누님을 채가 품 안에 넣었고, 끝이다. 지금쯤 누님을 품에 안고 행복하게 웃고 있을 테지.

속에서 불길이 확 치밀어 오른다. 주먹 쥔 손이 부르르 떨리고, 턱에도 힘이 들어간다.

옆에서 차분한 목소리가 들렸다.

"……어머니 재혼하는 아들도 백보다는 담담하겠소."

사징은 고개를 돌렸다.

범아가 잔에 술을 따르며 보고 있었다.

"홀로 키운 딸을 보내는 아버지도 백보다는 담담하겠고."

"이보시오, 너무 갑작스러워 이러는 거요. 내 나이 여덟에 어머니 보내고, 그 후로는 누님이 날 돌봐주셨지. 아버지 살아 계셨을 때도 우리 둘뿐이었소. 그리 살다 보니, 내가 누님께 너무 의지했나 보오."

그리고 지금, 사징은 누나가 세상에서 제일 사랑하는 남자가 자신이 아닌 것부터 받아들이기 힘들었다.

"궁주, 나는 말이오. 이 성을 지켜내고, 그다음 누님을 지켜내는 것만 생각하며 달려오다 이제 누님을 지킬 필요가 없어지니…… 좀 허탈한 거요. 이게 맞는 건데, 그게 또 그렇군."

"그런가."

"내가 말이오…… 궁금한 게 있었는데, 궁주를 보면서."

"해보시오."

범아는 매우 놀랐다. 네가 궁금한 게 다 있니? 그러다 이 녀석이 취해서 반말을 하고 있다는 것을 깨달았다.

"궁주는 왜 황상과 같이 다니는 거요."

"그건 왜?"

"그냥 궁금해서. 나는 누님이 조용히, 보호받으며 안락하게 지내길 바랐고 저런 주변 시끄러운 화양곰과 결혼하게 되어 속이 상해. 황상 역시 황상이기 이전에 할아버지라 마찬가지란 생각이 들어. 궁주가 궁 안에서 잘 보살핌 받으며 사는 걸 원하지 않으실까."

범아는 네가 상관할 바 아니라고 말하고 싶었으나 사징은 진지하게 궁금해하고 있다. 정말 궁금한 걸까. 아니면 취해서 그냥 헛소리를 주체 못 하는 건가.

"나는 할아버지의 아들이 되고 싶었소."

사징이 경악했다.

"이미 여자잖아."

"비유가 그렇다는 거지, 그렇게 정색할 필요는 없잖아."

"대체 어떻게 아들이 된다는 건지, 이해가……."

"나는 내가 계집아이로 태어난 게 그리 억울할 수가 없었어. 내가 아들이었다면, 할아버지도 저리 절망하지 않으시고 내가 조상을 잇고 황조를 이을 수 있을 거 아냐. 그런데 아무것도 이을 수 없는 계집아이. 시집가면 끝. 남남이 되어 할아버지를 도울 수도 없고 나랏일을 할 수도 없지."

"그래서?"

"그래서 이번에 성을 나가실 때, 할아버지 옷자락을 붙잡고 나도 데리고 가달라 했어. 나랏일을 돕고 싶다 했더니 허락 안 하시고, 나 혼자 여기 있기 싫다고 앙앙 우니 그제야 집어 들고 가주시더군."

"울어?"

"바늘로 찌르고 꼬집어도 울음이 안 나와 결국 앞에 서기 전에 얼른 코를 비틀고 물을 찍어 넣었지. 속아주신 건지, 그렇게라도 데려가 달라 하는 게 안쓰러우셨던 건지는 모르지만. 그런데 그냥 같이 다니면 되지 젊은 사내 있는 곳에만 가시면 나를 붙잡아다 꾸며 보낼 궁리만 하시오. 가채에 비녀에, 귀걸이에. 그게 얼마나 무겁고 번거로운지."

"하긴, 내 아버지도 나더러 머리를 그러고 다니면 어느 여자도 따라붙지 않을 거라 하셨지."

"머리를 어쩌고 다녔길래?"

"그냥 풀고 다녔소."

범아는 사징의 얼굴을 흘끗 보았다.

"……다른 여자들이 안 오긴 하겠군."

네가 생각하는 것과는 매우 다른 의미로. 지금도 술 들이켜 적당히 풀어진 꼴이 누가 봐도 절세가인이 흐트러져 있는 모습이다. 객잔에서 이러고 있으면, 모두 내 품으로 쓰러져 달라 몰려들 테지.

이 녀석이 처음 불빛 아래 모습을 드러냈을 때 황실 무사들 표정이 어땠더라. 세상에, 우리가 선녀를 잡았나 봅니다! 라는 표정들이었다. 여애마저도, 그냥 떠나자는 황상의 말에 '저기요, 저거 들고 가면 안 될까요?' 라는 표정을 지어 보였다.

이 청년의 누나가 화양에 있다 들었을 때 황군들은 고양되었다. 얼마나 고양이 되었는지, 당장 화양으로 갈 생각에 가슴이 벅차올랐다. 드디어 화양에 도착하자, 병사들은 물론이요 군관들까지 화양공이고 화양이고 뭐고 다 잊고 일단 사징의 누나를 찾느라 눈이 시뻘게졌다.

드디어 보았을 때, 기대 이상으로 보답받자(닮은 데다 사량은 가슴도 있었으니) 그 분위기는 절정에 달했다. 그러나 하필이면 그 막무염이 이건 내 거라며 으르릉대며 나타나는 바람에 다 울면서 포기했다.

"그런데 궁주, 내가 보기엔 말이야. 황상께서는 궁주가 좋아 어쩔 줄 모르는 것 같소."

"뭐."

"아들이나 손자라면, 자리를 물려줘야 하니 기대도 하고 닦달도 하고 실망도 하지. 그런데 궁주는 그냥 예뻐 죽는 것 같소. 첫사랑에 빠진 것처럼."

이놈이 이런 말을 할 줄 아는가. 범아는 기가 막혀 보았다.

술 냄새도 안 나고 얼굴도 살짝 발그레할 뿐 무덤덤하나, 이 남자가 이리 말하니 취했거나 충격으로 돌았거나 둘 중 하나다.

"나더러 어쩌라 그러는 거요, 백?"

"그냥, 궁주는 궁주인대로 있어도 되는 건데 달리 할 말이 뭐 있소. 황상은 궁주가 저기 가서 물구나무서기를 해도 예쁘다 귀엽다 할 거요. 그러니 다른 의미로 사랑받으려고 애쓰지 마. 이미 듬뿍 사랑받고 있으니까."

"……정말 취했네."

"어, 그러니…… 궁주는 시집 잘 가…… 황상이…… 좋아할 남자로…… 안 그러면 나처럼 울 거야……."

그리고 사징은 졸린지 꾸벅꾸벅 고개를 끄덕이기 시작했다.

"할아버지께서 신랑감 몇 내밀기는 했소."

"아…… 그래?"

"그중에 융금백도 있었는데, 싫다고 했지."

"내가 어때서."

"너무 여자처럼 생겼다고."

순간 사징의 눈에 힘이 들어갔다.

"이보시오, 그게 내 잘못인 건 아니잖소. 나는 우동관이 궁주의 키를 가지고 험담을 하기에, 그건 궁주 잘못이 아니라며 정색을 했는데, 궁주는 내 잘못도 아닌 것으로 나를 거절했소? 이거 참 분하군. 이럴 줄 알…… 았으면…… 나도 같이 그럴걸……. 으…… 실망이야…… 정말……."

그리고 그 말을 끝으로 사징은 탁자 위로 고꾸라졌다.

놀라 달려온 황 선생이 깨꼬닥 죽은 사징을 흔들었다.

"나리, 나리. 정신 차리세요. 세상에, 우리 나리 만취하셨네. 궁주님, 나리가 행여 실례를 범하지 않았습니까?"

범아는 히죽 웃었다.

"아니. 제정신일 때보다 귀여웠소."

"……?"

발이 걸려 우당탕 넘어지는 소리에 채규는 눈살을 찌푸렸다.

"누구냐."

아무 답도 없자, 채규는 제대로 찾아온 두통을 참으며 물었다.

"누구냐 물었다."

무릉일 리는 없다. 무건일 리는 더더욱. 아내일 리도 없고.

도둑이라도 든 건가, 하고 고개를 돌리자 책꽂이 뒤에서 작은 머리가 나왔다.

"접니다."

"무흔이구나."

이 아이가 어떻게 들어왔나. 보령이 없으니 이제 서재가 아니라 아이 놀이터가 된 건가.

"거기 있지 말고 이리 와라."

막내아들은 머뭇대다가 다가왔다. 아들 중 무염이를 빼고는 유일하게 아버지를 닮은 얼굴이라, 막채규 자신의 어린 시절 모습이 그 안에 고스란히 담겨 있었다.

"왜 온 거냐."

"저, 아버지. 들었습니다."

"뭘."

"아버지께서 형님을…… 음, 싸우고 쫓아내셨다고."

이것과는 다른 말이었을 테지만, 아이가 자기 나름대로 이해해 납득하다 보니 이리되었을 것이다.

"네 형은 다른 곳에 있고, 곧 돌아올 거다."

"정말요?"

"그래. 누가 뭐라 하더냐."

"형님이 제가 화낼 일을 하셨다고, 미안하다 하시고 가셨거든요. 행여 그 탓에 돌아오지는 못하시는 건지, 만약 그렇다면 저는 아직 화날 일을 하나도 발견하지 못했고, 아무리 생각해도 형님이 잘못 생각하신 것 같으니, 제가 직접 뵙고 그리 말씀드리고 싶습니다."

"직접?"

"네. 아무리 화가 나도, 얼굴을 보면 항상 생각이 달라집니다. 그러니 형님도 그러실 것 같아요. 저는 정말 무엇에 화내야 하는지 모르겠고, 나중에 알게 된다 해도 괜찮으니까 돌아와 달라고요."

"그걸 왜 내게 말하는 거냐."

"그건 말입니다, 아버지."

무흔은 우물쭈물하다가 말했다.

"형님은 아버지 부탁이라면 다 들어준다고 하더라고요. 저기, 그래서 아버지하고 같이 가면 만나주시지 않을까, 해서."

누가 그러는 거냐고 묻고 싶다. 요 며칠간 큰아들을 거치지 않고 직접 전해지는 말들은 항상 경악스러웠고, 이 무흔이가 하는 말도 마찬가지다.

"내가 네 형을 만나러 간다고 그러더냐."

"네. 저기, 팔보산으로 가신다 하더라고요."

처음에는 전령을 보내려고 했으나 전령이 가면 무염이 있다는 것조차 확인하지 못하고 돌아올 것이 뻔해서 직접 가기로 했다.

융금에 있으면 다행이고, 없으면 없는 대로 그 여자아이라도 만날 생각이었다. 그리 죽네 사네 했다면 죽지 않은 한 연락은 하거나 한번 찾아가기라도 할 테니.

"갈 예정이긴 하다."

"그럼 같이 가요!"

"아니, 따라오지 않아도 된다."

"얌전히 따라만 가겠습니다."

"그리 원하면, 나 말고 네 어머니에게 말해봐라."

"네?"

아들이 긴장했다.

"데려다주마. 거기서 말하려무나."

채규는 아들의 팔을 잡아끌었다.

무염이었다면 두 팔로 번쩍 들어다 옮겼을 텐데, 채규에게는 이렇게 잡아끄는 것 정도가 한계였다. 아들은 아버지의 걸음을 맞추어 급히 걷기 시작했다.

내 아들, 무흔.

아직은 이상하다.

염이도 그의 아들, 릉이도 건이도 그의 아들이고 이 아이도 아들이란다. 그리고 이 아이를 핑계로, 채규는 아내가 있는 내원으로 향하고 있다.

그 미친 날 뒤로는 한 번도 보지 못한 아내다.

몇 년 전에 그런 말이 나왔더라면, 며칠 미친 듯이 싸우고 다음 며칠은 더 미친 듯이 싸운 뒤에 끝났을 것이다. 아내는 하다못해 이제는 사통 누명까지 씌우는 거냐 분노하며, 막채규가 잘못한 일의 목록 중 가장 잘못한 것의 목록에 이걸 넣었을 것이다. 막채규 본인이 오히려 아내에게 화를 냈을지도 모른다. 그러게 왜 오해할 만하게 하느냐고.

그런데 가장 나쁘기로 작정한 듯이 일이 시작되고 끝났다.

좀 나아질 거라 기대하던 아내, 연모하는 데 흠뻑 빠져 너그러워졌던 아들. 그래, 희망이 문제였다, 희망이. 과거에 대한 망각을 담보하여 행복을 꿈꾸었던 덕에, 일은 작정하고 악몽이 되었다.

아내는 무너져 버리고, 아들은 인연을 끊어버렸다. 높이 올랐던 것만큼 더 산산이 내동댕이쳐 깨졌다. 붙일 엄두도 나지 않을 정도로 파편이 되어 마음에 수북하게 박혀 버렸다.

이제 어쩌면 좋은가.

감도 잡히지 않는다.

아내는 포도원의 의자에 앉아 있었다. 무흔과 남편을 보자 아내의 얼굴이 하얗게 굳었다.

"나리."

"무흔이가 왔기에 데려다주려고 왔소."

"시키시지 그랬습니까."

아들 앞이라 아내가 최대한 아무렇지도 않게 그를 대한다는 건 알았다. 아무리 사이 나쁜 부모라도, 아들 앞에서까지 냉랭하게 굴고 싶지 않은 것이 아내 마음인 것이다. 이 상황이 차라리 나아 채규는 무흔이를 더 잡아두고 싶은 심정이었다. 가식이고 거짓이건만 부드럽기는 하다.

아내는 막내아들의 등을 밀었다.

"무흔이 너는 어서 들어가렴."

"죄송합니다."

무흔이는 인사를 하고 안으로 들어갔다. 긴장한 남편에게 아내가 조용히 말했다.

"보나마나 염이 일로 갔겠지요. 아이 눈치가 눈치라, 이번은 출정과 다르다는 것을 압니다."

"찾으러 갈 거요."

"어디로?"

"융금으로 가볼 생각이오."

"직접 가십니까."

"그렇소. 그래야 할 것 같아, 아니, 그래야만 해서."

"가서 무슨 말씀을 하시게요."

"아직은 모르겠소."

"나리는 그 아이가 왜 떠났는지, 알고나 있나요."

"내가 잘못한 건 나도 알고 있소."

"사과라도 하실 건가요."

"필요하다면."

아내가 웃었다. 비웃음이다.

"필요하다면? 고작 말로 사과할 거면서 필요하다면? 하긴, 모르겠네요. 그 아이는 정을 준 사람들에게는 약하기 그지없어서. 당신이 애원이라도 하면 속는 줄 알면서도 돌아올지도요."

"하라는 거요, 말라는 거요, 부인."

아내의 얼굴이 흐려졌다.

"부인이라. 어쩔 수 없이 당신 아내군요. 이리 죽으면, 죽어서도 나는 당신 옆에 묻힐 테죠. 저승으로 가면 또 당신을 남편이라 봐야 하겠고. 구천에서라도 헤어질 방법은 없나."

"내 오해로 벌어진 일이니, 사과하오."

"쉽네요, 참. 당신 옆에서 근 이십 년을 속이 다 타도록 살아왔는데."

"앞으로 잘하겠소."

"이리 편할 수가."

아내는 고개를 저었다.

"아무것도 하지 않고도, 앞으로 할 거라는 장담만 믿고 여태 해온 것을 없는 일로 해달라니. 당신이 이십 년간 해왔던 일이 그리도 쉽게 없어질까요."

그럼 나더러 뭘 하라고, 채규는 덤비듯 말하려다 그만두었다.

잘못해 온 날들이 너무 길었다. 한 번 실수였다면 그리 넘어갈 수 있어도, 진득하게 쌓여온 시간이 길어도 너무 길었다.

"내가 무엇을 해야 옳은 거요. 부인…… 아무것도 모르겠어."

"정말 몰라요?"

"그래. 뭘 해야 하는지."

채규는 고개를 저었다.

"어디서부터 시작해야 할지, 정말로. 그저 지금 당장 그 아이를 보긴 봐야 할 것 같다는, 그런 생각만 들어."

"무슨 말을 할 건가요. 네가 없으니 일이 안 된다, 아니면 돌아와 나를 설득해 달라 할 건가요?"

"부인—"

"나리는 여전히 모르지요. 내가 뭘 원하는지. 하긴 그걸 알면 뭐 하나요. 당신은 그저 시늉만 할 테죠. 진심도 없이."

아내는 머리를 들었다.

"아시나요. 이 근방이었어요. 제가 나리하고 처음 만난 것이. 어머니는 점쟁이가 한 말을 믿었죠. 저더러 태후의 상이라며, 천하를 쥘 남자를 남편으로 섬길 거라 하셨고 아버지도 거들었네요. 그래서 찾은 것이, 당신 형이었던 화양공과 이제 막 오른 젊은 상산공이었지요. 천하를 쥐고, 천하의 여인들을 다 모아다 제집 안방에 넣어둘 사내들."

채규도 기억한다. 이곳에서, 아내는 장모와 함께 있었다.

눈이 마주쳤었다. 그 맑은 눈을 보며 채규는 잃어버린 옛 여자를 생각했었다.

무염의 어머니, 첫사랑. 그 일을 들키자 어머니는 며칠 기가 막혀하다가 그래도 아들을 보았으니 첩으로 삼아 데리고 있으라고 관대하게 나왔다. 그러나 어머니 제안을 거절한 건 그 여자다.

'싫습니다. 그건 원하지 않아요.'

'그럼 뭘 원하는지 말해.'

'제가 원하는 건 분명한데, 공자님이 원하시는 건 뭔가요.'

'아무것도 없어.'

'그럼 그냥 갈게요.'

'그리해.'

그리고 여자는 새 남편을 찾아 떠났다.

우겨 넣듯 머리에서 지우고 생각나면 다시 지워댔다. 사랑한다 생각했는데 사랑받은 건 아니었나 보다. 그 여자를 생각하면, 인정하기 싫었으나 자존심 상하고, 치욕스럽고, 우울하고, 울화도 치밀었다. 그걸 잊으려 하다 보니 건드리는 하녀만 늘어났다.

그러다 화서항주의 금지옥엽 유미흔이 온 것이다.

취향 탓인지, 아무리 예쁘다 해도 채규는 여인의 미모에 흥미를 가져본 적이 없었다. 유미흔은 분명 아름다운 소녀였으나, 채규는 그 미모에는 감흥이 없었다. 여자의 미모를 보는 눈에 관한 한 채규는 불감에 가까웠다.

다만, 채규는 소녀의 눈을 보았다. 당돌하고 활기찬, 온기와 자비를 담뿍 품은 그 눈. 아내의 미모나 날씬한 자태는 나중에 보였고, 딱히 감흥도 없었다. 미모에 집착하는 것은 형이나 우동관이었다. 그들에게 여자들은 전리품이자 승리의 상징이었다. 유미흔은 모든 것을 다 갖춘 가장 대단한 전리품이었다.

"나리, 나는 당신 형이 싫어서 당신이 보였던 건 아니에요. 당신은 조용하고, 우울하고, 섬세하고, 그런 사람이었고, 처음 만났을 때 나는 처음으로 눈을 마주하고, 처음으로 내 안을 들여다보려는 사람과. 내가 원하는 것이 무엇인지 알고 싶어하는 사람과 내가 좋아하는 것이 무엇인지 궁금한, 그리고 무엇보다 내가 궁금한 사람과 만났다고 생각했어요."

"그리 보였나."

"알아요. 착각이었죠. 당신은 제가 만난 남자들과는 참 달랐거든요. 그래서 착각했나 봐요."

착각이 아니야, 부인.

그날, 맞선을 본 것은 형과 그녀였지만 이야기를 한 것은 아내와 그였다.

형의 손버릇에 대한 이야기가 이미 나온 상황이라 분위기는 싸늘하게 얼어붙은 지 오래였다. 모두가 차를 홀짝이며 가장 예의 바르게 튀쳐나갈 수 있는 때를 기다리는 동안 둘만은 딴 세상이었다.

내내 아내의 눈을 보았다. 활기차게 반짝이던 다정한 눈. 무슨 생각을 하는지 궁금하고, 무엇을 원하는지도 궁금했다. 좀 더 나아 보이고 싶었고, 좀 더 바라봐 주었으면 좋겠다, 싶었다.

"화양과의 혼담이 끝나니 우동관과의 혼담은 더 쉽게 진행되더군요. 그 혼담과 함께 벌어진 화서의 회맹에, 당신이 나타났죠. 왜 천방지축 나갔냐고 했지요? 그날, 나는 당신을 만나러 간 거였어요. 나를 알아볼 거라, 꿈에도 생각 못하고."

왜 아무 말 하지 않았느냐고, 그것은 그때 당신인 줄 안다고 하면 도망쳐 버릴까 봐 그랬다.

다른 사람인 척하는 그녀를 보며, 재미있고 좋아서 가만히 있었다. 등 뒤에서 화징이 웃든 말든. 나중에 그가 정말 못 알아본 거냐고 물었을 때, 채규는 알아봤는데 속아줬다고 답했다.

당시 화징은 이미 결혼해 딸까지 있었던지라 동갑인 채규를 소년처럼 보았었다. 그는 동생을 격려하듯 웃으며 어깨를 쳤다.

'어, 그럼 좋아하는 거네.'

'아마도.'

'그럼 말을 해, 말을. 어서 말하라고!'

'말해서 뭐 해.'

'혹시 알아. 담 넘어와 줄지. 이제 자네는 화양공이잖아. 데리고, 화양성으로 도망쳐 버려.'

화징이 몇 번이나 말했었다.

말만 하면 돼. 그러면 다 해결될걸!

"말할 기회가 없었던 거요, 부인."

"그런가요. 그래도 지금 생각해요. 예정된 대로 상산공의 아내가 되었다면, 나는 그저 당신을 섬세하고 우아한 청년으로만 기억했을 거라는 것. 당신이 그 비무대회에 나와 상산공을 모두 앞에서 때려잡았을 때, 나는 정말로 당신이 나를 사랑하길 바랐어요. 당신이 나를 원해서 온 거라, 이런 세상이니 속상할 일도 슬플 일도 불안할 일도 많을 테지만, 당신이 나를 위해 오고 나를 데리러 온 거라, 이제 다 잘될 거라 생각했죠. 그 뒤는…… 사랑하게 하면 되는 게 아닌가, 그다음은 언제고 사랑해 줄 거다, 그다음은 지치더군요. 당신 등과 당신의 시선과 당신의 손을 보며, 언제고 돌아서 나를 보기를, 다정하게 쓸어주기를 바라며 간절히…… 그저 한마디만, 한마디만 해주면 그러면 정말 좋을 거라고."

"부인, 내가……."

"그런데 그런 날은 오지 않네요."

아들이 언제고 오리라 믿었던 아버지의 배려를 받을 그날처럼, 아내가 원하던 날도 오지 않았다.

아들이 견뎌야 했던 것은 아버지가 품고 살아야 했던 모든 어두움이었다. 형과 아버지에 대한 원망, 어머니에 대한 분노, 아내와 어떻게 해야 할지 모르던 불안함까지.

너라면 다 버틸 줄 알고 그랬나 보다.

네가 받아주기 시작하니 나는 정말로 끝도 정도도 없었다.

네 어머니에게 했던 것처럼 네게 했구나, 염아.

"내가……."

"사과하지 말아요. 바뀔 거라 장담하지도 말아요. 나는 또 그거 하나 믿고 어리석게 바라고, 실망하고, 고통받고, 또…… 이제는 지쳐서, 너무 지쳐서, 당신을 견딜 자신이 없어요."

"……."

"그러니 이제 나를 찾지도 말고, 말도 하지 말아요. 화내기도 지치고, 질투하기도 지치고, 그 아이도 없고. 이렇게 숨만 쉬며 살 테니 우리 다시는 서로 찾지 말아요. 이제는 정말, 내가 견딜 수가 없어요. 당신을, 당신과의 삶을."

채규는 아내의 흐느낌을 들었다. 화나게 하고, 다시 화나게 하고, 상처받은 아내가 화를 삭이는 것은 수없이 보았다. 하지만 이리 목 놓아 우는 것, 이리 아프게 우는 것은 어찌해야 할지.

"가요."

아내가 젖은 목소리로 말했다.

"그리고 그 아이를 만나거든 내 말도 전해줘요. 다시는 여기로 오지 말라고."

다음날 새벽, 채규는 차게 식은 화양의 바람을 맞으며 성을 나섰다. 그 대신 성의 일을 맡게 된 무릉이 아버지를 배웅했다.

새벽에 도착한 소식도 전했다. 좋은 것은 하나도 없다. 화서항 근처에 주둔하던 장수들이 상산의 움직임이 이상하다 알려왔고, 조만간 원치 않더라도 교전이 있을 것 같다고도 했다.

"어떻게 할까요."

"교전이 벌어지면, 물러나라고 해라."

불길한 상황인 건 맞다.

우동관이 남쪽을 향하고 있다. 북으로 향할 거라 하더니, 모든 낌새가 남쪽을 향하고 있다. 지금, 턱 밑에 칼이 있다. 언제 찔러올지 모르는 칼이.

"아버지, 이리되면 제가 융금으로 가는 편이 나을 것 같습니다."

"진작 말하지 그랬느냐. 왜, 언제 생각이 바뀐 거냐."

"조금 전에."

"네가 가면 네 형을 데려올 수 있을 것 같으냐. 안심하고 돌아가라 하면 정말 안심하고 돌아올 테지. 내 말은 하늘이 하늘이라 해도 안 믿지만, 네 형이 땅이 바다라 해도 믿지."

무릉이 눈살을 찌푸렸다.

"알겠습니다. 그럼 아버지가 다녀오십시오."

채규는 배에 올랐다. 그러나 무릉은 같이 오라는 말은 끝까지 하지 않았다.

第十七章　몰(沒)，출(出)

사량은 얕은 물에 발을 담갔다. 흰 모래가 발을 감싼다. 잿빛 물고기 떼는 사람 그림자를 보자 얼른 흩어지고, 그 위로 가을의 햇살이 수면 깊은 곳까지 비추었다. 바람에 수면이 일렁일 때마다 흰 모래 위로 그물이 얼룩져 흔들린다.

강에는 융금성 성민의 배가 어망을 드리우고 물고기를 잡고 있었다. 수달들이 바위 위에 앉아 잡어들을 기다렸다. 허이, 기합과 함께 그물에 걸린 은빛 물고기들이 작은 배 위로 끌려 올라왔다.

"역시 아무도 없는 데로 갔어야 했어."

무염이 배를 보며 말했다.

"어디로 가고 싶었는데요?"

"온천 있잖아. 아무도 없고, 따뜻하고, 무척 좋던데."

"대체 거길 몇 번을 가는 거야. 당신 혼자 쓰는 곳이 아니라고요."

"그러면 사람이 들어가지 않는 깊은 곳으로 들어가면 되는 거지. 거기도 괜찮던데."

"지난번에 지네들 보고 놀라놓고선."

"지난번에 그랬는데, 이제는 지네들하고 친해진 것 같아요. 팔보산에 사는 것들하고 하나둘 친해질 생각이야. 원숭이하고 친해지고, 그다음 지네, 그다음 뱀, 그다음 박쥐. 지금은 지네하고 친해지고 있는 중이고 말이야."

"흐음. 걔들이 공자를 받아들일까 몰라."

"몰라서 그러는 것 같은데, 내가 동물들하고는 잘 지내. 탕탕을 보라고."

무염은 웃으며 물을 헤치고 들어갔다. 가을 냉기에 물이 제법 찼다.

"그리 하나하나 다 친해지고 나면 말이야, 당신 동생이 나를 구박하면 다들 내 편을 들어줄 거야."

"역시, 여기서 눌러앉을 속셈이군요."

"그럼. 만약 떠나게 된다 해도 옷 속에 당신을 잘 넣어갈 테니 당신 동생한테 행여나 하는 기대는 하지 말라고 해."

"그러지 마요. 언제고 동생도 결혼하고, 아내 생기고 자기 자식들 생기면 저절로 해결되는데. 심통을 부리더라도 봐주라고요."

"량, 너무 응석 받아주지 말라니까. 그 녀석은 여덟 살 애가 아니라 스물한 살 난 어른이라고."

"그래도 범아 궁주가 같이 지내줘서 다행이네요. 사실 동생하고 말이 통하는 사람이 성안에 없기도 했거든요."

시원한 바람이 불어와 사량의 머리카락을 넘겼다. 무염은 사량의 허리를 감싸 안고, 바람이 드러낸 목덜미에 입을 맞추었다.

"잘되었네. 얼른 장가보내자."

"궁주 정도 되는 분하고 어떻게. 그만둬요."

"둘이 좋다면 좋은 거 아닌가."

"이봐요, 아무리 동생을 장가보내 주고 싶다 해도 기미도 없는데 짝짓지 말라고요."

"나는 그저 등을 좀 툭툭 밀어주는 정도야. 눈 맞추는 거야 본인들 일이고."

"염—"

조각배에서 작은 물고기들이 날아오자, 수달들이 얼른 물속으로 뛰어들어 그 물고기들을 잡았다. 작업을 마친 어부들은 삿갓 아래로 인사를 한 뒤, 배를 대기 위해 상류로 올라갔다.

단둘이 남게 된 무염은 기분이 좋아졌다. 물 흐르는 소리에, 수달들이 헤엄치는 소리에, 그리고 아무도 없고.

환한 햇살 아래 바라보는 그의 여자는 아름답고, 발목을 적신 물은 서늘하고, 아침에 일어나도 이 여자는 그의 여자고 잘 때도 그의 여자. 요즘은 모든 순간순간이 구슬처럼 완벽하고 아름답기만 하다.

"이리 와, 량. 해 지기 전에 들어가야지."

"팔보산 사람이 다 되었네요. 해 지는 시간도 알고."

"산하고는 제일 먼저, 제일 열심히 친해졌지. 자, 와."

사량이 자박자박 물을 헤치고 왔다. 무염은 바위 위에 앉아 사량의 발을 적신 물을 닦고 신을 신겨주었다. 정수리에서 향긋한 체취가 풍겨온다. 밤마다 맡는 향기, 아침마다 확인하는 향기다.

꿀 같은 신혼의 날, 우리 장군님 장가보냈다며 좋아하는 화양군은 물론이요, 성민들까지 막 혼등 올린 부부는 꿀처럼 달디달게 지내는 것이 좋다며, 가는 곳마다 자리를 비켜주었다.

사량은 무염을 데리고 여기저기 다녔다. 푸른 덩굴이 지붕처럼 우거진 숲, 꽃들 만발한 습지, 따뜻한 온천, 깊고 푸른 계곡. 사징이 온천에 갔다

가 봐선 안 되는 광경을 본 충격으로 사흘간 정신을 놓고 있던 것을 제하
곤, 둘은 즐겁게 지냈다. 충격받은 사징은 범아가 뒷덜미를 잡아끌고 나
와 밥을 먹어야 했다.

사량은 저녁에 대해 이야기했다. 음, 오늘 저녁은 동생하고 먹어볼까
요. 궁주도 초대하고. 그러지 말자. 오늘 밤에 내가 긴히 할 말이 있어서
우리 둘만 먹어야 해. 무슨 말? 글쎄, 당신 허벅지가 끝내준다는 거? 으
아. 이봐요, 이봐.

무염은 턱을 감싸 잡고 이마에 입을 맞췄다. 요즘은 대체로 이렇게 끝
나 버린다. 안 돼요, 안 돼요, 쪽— 아, 마음대로 해요. 가만 이게 아닌데?

"자, 어서 돌아가자."

"그러……."

사량은 멍하니 수평선을 보았다.

"왜, 량."

사량은 손을 들었다.

강 위로 무언가가 둥둥 떠내려오고 있었다. 수달들이 일제히 물속으로
뛰어들고 백로 떼가 솟아올랐다.

그것이 무엇인지, 먼저 알아본 무염이 급히 사량을 당겼다.

불에 타다 만 나무 조각들이 빠르게 떠내려오고, 그 뒤로 강을 뒤덮을
정도로 순식간에 불어났다. 그 나무 조각들에 반파된 배들이 뒤섞여 있
고, 찢긴 돛과 깃발이 물에 잠겨 딸려왔다.

사량이 신음을 흘렸고, 무염은 사량을 꽉 안았다.

무염은 무너진 선교에 꽂힌 깃발을 보았다.

'서(嶼).'

푸른 깃발 위에 서.

화서항이다.

"이리 와."

무염은 급히 사량을 데리고 절벽 끝으로 가, 그 계단을 올랐다.

"뭐죠."

짐작을 하면서도 사량이 중얼거렸다.

무염은 사량을 데리고 급히 절벽을 올라 아태관으로 향했다. 아태관의 수문에서는, 같은 것을 발견한 황군이 정찰을 할 배를 내보내는 중이었다.

"사량, 당신은 지금 융금으로 돌아가 있어."

"공자는요?"

"아태관에 들러, 황상과 이야기한 뒤에 돌아갈게."

"상산이 여기로 돌아오는 건 아니겠지요."

"내 생각도 아니야. 자. 어서, 융금으로 가 있어."

무염은 사량을 보낸 뒤에 아태관으로 향했다.

입구에 최화가 기다리고 있었다.

"어서 오게."

"무슨 일이 벌어진 겁니까."

"뭐, 저리 조각 조각난 배가 떠내려오려면, 전쟁밖에는 없지."

"역시, 상산입니까."

"하나 다음에 둘이 오듯 뻔한 수순이지."

"문만 두드려도 되는 곳을 왜 쳐들어간 겁니까."

화서항은 전쟁에 무방비한 곳이다. 게다가 장남 우범신의 아내가 화서항주의 딸이자, 유미흔의 조카다. 무염은 화서항주가 화양을 배신할 거라고만 생각했지 불바다가 될 거라고는 생각해 본 적이 없다.

"얼마 전 우범신의 동복형제인 우교신이 수군을 이끌고 출항했다는 소식은 접했네. 우동관은 일부러 그 아들에게 일을 맡긴 거야. 어찌할지 뻔히 알고도 말이야."

"화서항주는 어찌 되었는지 아십니까."

"아직 전해지지는 않았네. 잡힌 건 알아."

우교신과 우범신의 관계를 생각한다면, 후계자가 될지도 모르는 사이 나쁜 형의 사돈을 우교신이 어찌할지는 뻔하다. 우동관 역시 아들도 못 낳은 며느리의 친정이 박살나든 불타든 미안해할 리 없다.

"자네는 어쩔 건가."

"일단, 확인한 뒤에 융금으로 가겠습니다."

"그리고?"

"융금에 있는 화양군을 요새로 보내야지요. 지금 결정할 수 있는 일은 그 정도입니다."

"자네 아버지가, 자네가 여기 있는 걸 알면 부를 텐데. 자네도 알다시피 자네가 융금을 떠나 화양 안으로 들어가면 화양은 그대로 고립될 거야. 자네도 화양이 입성은 쉬워도 수성이 어려운 걸 알잖아."

"압니다만, 아직 아무 일도 없습니다."

"아직은 없는 거지. 하지만 곧 벌어질 일이 무엇인지는 자네도 모르고 나도 몰라. 오로지 자네 아버지만 알겠지."

성벽 위로 비둘기들이 도착하기 시작했다.

최화는 그 비둘기들을 보며 말했다.

"그리고 그 자네 아버지가 오고 있네."

"……."

"어제 소식이 전해졌어."

융금으로 돌아와 동생을 찾은 사랑에게 사징은 상황을 알려주었다.

화서항이 급습당해 점령당하고, 금하와 금양을 장악한 상산 앞에는 이제 화양으로 향하는 길이 훤히 뚫리게 되었다. 화양, 무염의 고향이자 가족이 있는 곳이 적 앞에 노출된 것이다.

예상은 했지만, 사량은 화서항이 문을 열어줄 줄만 알았지 이런 치명적인 일을 당할 줄은 몰랐다. 화서항이 불바다가 되면 주변으로 퍼질 공포는 더 크다. 화서항이 항복하면 다들 상황을 관망만 할 테지만, 이리되면 다들 어떻게든 선택을 해야 한다. 그리고 사량이 봐도 무염이 없는 화양에 동맹들이 얼마나 충성을 다해줄지는 의문이었다.

"소식이 하나 더 있습니다, 누님."

"네. 말해요."

"화양공이 여기, 융금으로 출발했다 합니다."

"그걸…… 어떻게 알았어요?"

"언제고 찾아올 거라 생각해 궁주에게 척후들을 좀 빌렸어요. 행여나 싶어 도움을 청했더니 수락해 주었고, 궁주의 척후들이 미리 알려주었습니다."

사량은 그 정도로 궁주랑 친해진 거냐 묻고 싶었으나 동생의 눈이 태평해서 그만두었다. 그 정도는 누구나 빌려주는 줄 알고 있다.

"그럼, 화양공도 화서항의 일을 들었을까요."

"올라오는 동안 들을 수는 없을 테고, 도착하는 대로 듣게 될 테지요. 그리고…… 누님도 짐작하시겠지만, 화양공은 그 곰에게 다시 오라 할 겁니다."

"그건 나도 알아요."

사량은 웃으려 했지만, 이번만큼은 마음대로 되지 않았다.

화양성이야말로 무염의 진짜 사지다. 게다가 지금 황상이 원군을 거부하면 화양은 그대로 고립되고 그 안으로 갈 무염도 고립된다.

"누님."

"미안해요. 걱정이 되어서."

사징은 모두가 걱정합니다, 라고 말했다.

"누님, 그 화양산 곰이 화양으로 가는 건 저도 반대입니다."

사징은 등 뒤를 가리키며 말했다.

"현재 상황으로는, 저 밖에서 군사를 모아 회전하는 것이 상책입니다. 화양성 안으로 군사를 끌고 가 수성하는 것은 하책 중의 하책, 중책은 일단 화양을 포기하고 뒤로 쳐들어가는 거고요. 저는 화양공이 상책을 택하기를 바랍니다."

"택할 리가 없는데……."

사량은 직접 화양공과 대면해 봐서 그가 어떤 사람인지 너무도 잘 안다. 그에게 믿고 양보를 하라 설득하는 건 매우 힘든 일이다.

"여태 해온 걸로 보면, 화양공은 당연히 수성을 택할 테죠. 상산공에게 화친도 제의할 겁니다. 그럼 상산공은 화친하는 척하며 화양의 뒤통수를 칠 테고요. 또—"

사량은 멍하니 동생을 보았다. 그리되면 무염은 무엇을 택하든 괴로울 것이다. 사량은 슬퍼졌다.

세상이 그 사람에게는 부질없이 가혹하기만 하다.

아버지에게 가는 것도 가혹하고, 여기 남는 것도 가혹하다.

"누님……."

사징은 눈을 길게 감았다가 뜨며 부드럽게 말했다.

"아버지는 황상께 충성하셨고, 그 충성의 이유는 다름 아닌 평화였습니다. 고작 십여 년의 평화를 얻은 대가로, 아버지는 목숨까지 잃으셨지요."

"모두가 그런 일을 겪어요. 우리들만 슬프다 할 수는 없어요."

"압니다. 모두가 슬프지만, 제가 슬픈 건 또 다른 의미더군요. 그래서 저는…… 아버지가 원망스러웠고, 황상은 더 원망스러웠습니다. 아버지를 사지로 몰고 간 화양공보다, 사실 더 미웠던 것은 그 많은 선택들이었습니다."

"백, 그러지 말아요."

"저는 그리 원망스럽기만 한데, 누님은 아무것도 원망하지 않으셨지요. 또 지금도. 하지만 저는 그러지 못했어요. 원망하고, 또 원망했지요. 세상이 다 싫고 밉기만 했지요."

사징은 사량의 어깨를 잡았다.

"이 미운 세상이더라도, 세상은 저 하나가 아니겠지요. 다 같이 있는 세상에 한 몸만 빠져나갈 수 없다는 것도. 세상에는 언제나 해야 할 일이 있다는 것, 해야 할 때가 있다는 것도 압니다."

사량은 사징의 얼굴과 눈을 보았다. 그리고 자신이 여태 열여섯에 위기에 처했던 동생만 생각해 왔다는 것을 알았다.

몇 년의 고난을 겪으며, 동생은 이미 성인이며 남자가 되어 있다.

"그러니 한번 해보도록 하지요."

"네?"

"화양공과 한번 해보도록 하자고요."

"백—"

"요새까지 모셔다 드리겠습니다. 그곳에서 화양공과 만나 할 수 있는 일을 합시다. 작게는 융금과 누님, 크게는 천하를 위해. 뭐, 덤으로 그 곰도."

"힘든 일이 될 텐데요. 지난번에는 힘들었어요. 그리고 실패했죠."

"달라지지 않았습니까. 그때 그 곰은 화양공의 아들이었지만, 지금 곰은 누님의 남자입니다. 해보세요."

✧

　금하 요새에 도착한 채규가 가장 먼저 확인한 것은 요새의 사령관이
마촉 장군이 아니라는 것이었다.

　"마 장군은?"

　곽안의 얼굴이 창백해졌다.

　"설마, 전령이 아직 도착하지 않았습니까?"

　마촉 장군의 보고가 끊어진 건 알았고, 알아보라 했었다. 아무 소식이
없어 늦어지는 거라고만 생각했는데.

　"얼마나 된 건가."

　"보름 조금 안 되었습니다. 전령도 분명 전했다고 해서 그리 알았는데.
주공께서 그전에 출발하셨나 봅니다."

　떠나온 것은 고작 사흘 전, 전령이 왔다면 보고는 물론이요, 그에 대한
정리까지 끝났어야 했다.

　중간에 누가 보고를 가로챘다고밖에는 볼 수 없다.

　화양에서 그런 짓을 하고도 자신이 무사할 거라 믿을 사람은 무릉밖에
없다.

　"무슨 일이 있었던 건지 말해보게."

　곽안은 마촉 장군의 배신과 우동관, 융금과 황제군의 도움을 받아 요
새를 찾은 이야기를 했다. 듣는 내내 채규는 머리가 아파왔다.

　"자네 혼자 한 건가."

　"공자님이 하셨습니다. 덕택에 황상과 융금의 도움까지 받을 수 있었
습니다."

　"그것도 보고했었나."

"네."

역시, 무릉이 맞다.

무릉은 형이 융금에 있다는 것을 알자, 제 선에서 무언가 했을 것이다. 소식을 가로채고, 그 전령을 통해 형에게 융금이나 요새에 계속 있으라고 전했을 터. 채규는 자신을 보내며 내내 침착하던 아들의 얼굴을 떠올렸다.

배웅하는 자리에서조차 그랬다.

그래서 그랬군. 형에 관한 한, 이미 알고 이야기까지 나누고 있었으니 그랬다.

"그리고 융금에서 주공을 뵈러 왔습니다."

아들이 온 건가. 채규는 다시 아들을 본다는 생각에 안도감이 먼저 들었다. 처음이다. 그 녀석의 등을 보고 그 등을 좇는 것은. 그래도 만나기는 하니 다행이다.

그리고 채규는 기다리는 사람이 누구인지 보고, 자신이 얼마나 상황을 쉽게 여기고 있었는지를 깨달았다.

기대했던 아들은 없었다.

대신, 보고 싶지 않았던 얼굴이 있다.

"너냐."

젊은 여자가 무릎을 굽혀 인사했다. 더 센 두통이 머리를 쿡쿡 쑤셔대는 기분이 들기는 했으나, 정작 아프지는 않았다. 당장 좀 아프라고 고함이라도 치고 싶은데, 아프지가 않으니 오히려 화가 났다.

"얼마 전에 헤어졌는데, 오랜만에 보는 것 같구나."

"워낙 많은 일이 있다 보니 그리 느껴지기도 합니다."

"그 아이가 너를 보냈느냐."

"아닙니다. 제가 왔어요."

사량은 항상 늘어뜨리고 있던 머리채를 틀어 올려 목덜미를 훤히 드러내고 있었다. 목을 드러낼 수 있는 건 혼인한 여자들뿐. 같이 떠났던 남자는 약혼자가 아닌 최화 장군이었으니, 그 약혼자와 결혼한 것은 아닐 터.

결론은 뻔하다.

"내가 네 시아버지가 된 거냐."

"네."

"얼마나 되었지?"

"보름 정도 되었어요."

"혼주 없는 혼인을 한 거냐."

"황상께서 혼주가 되어주셨습니다. 호적은…… 그 사람이 따로 만들어, 황상께서 인정해 주셨지요. 법적으로든 사적으로든 이제 부부입니다."

"너 없이는 못 살겠다더니, 결국 이리되었구나. 축하한다. 어쨌건 부부가 되었으니 기왕 이리된 거 잘살아라."

"왜 오신 건지, 여쭈어봐도 될까요."

"돌아오라 하려고 왔다. 너와 그 아이 사이도 다 인정하마. 그리고 뭐든 원하는 대로 다 해주겠다. 후계자로 삼아달라 해도 들어줄 수 있다. 돌아만 와라. 내가 양보할 것은 다 양보하마."

엄청난 말이다. 사량은 마음이 고요히 가라앉는 것을 느꼈다. 깊고도 깊은 고요가 찾아온다.

이걸 뭐라 해야 하나.

오는 내내 긴장했는데, 이런 말을 듣게 될 줄이야.

지난달에 들었다면 엄청난 말이라 생각했을 테고, 순수하고 기쁜 마음으로 받아들일 수도 있었을 것이다. 드디어 아버지의 인정을 받게 되었다며 좋아했을지도 모르겠다.

그런데 지금, 사량도 이 화양공이 왜 무염을 필요로 하는지 너무도 잘 알 것 같았다. 장수로서의 무염이 필요한 것을 넘어, 모든 것을 해줄 무염이 필요한 것이라— 얼굴을 보니 알겠다.

무릉이 아버지와 불화할 것이라는 것 정도는 금방 예상할 수 있었다. 맞지 않는 부자지간의 충돌을 최대한 막아준 것은 장남인 무염이었고, 그가 없으니 무릉은 마음껏 무례해지고 아버지는 아들에게 손쓰는 방법도 모르고 있을 것이다. 그리고 그리 갈라진 지금, 상산의 위협이 코앞에까지 와도 아무것도 못하고 있을 테고.

"돌아가면…… 정말 그리해 주실 건가요."

"그래. 다른 원하는 것이 있느냐."

"그 사람의 뜻에 대해 묻는다면, 저는 모릅니다. 그 사람이 여태 원한 것은 그저 화양에서 행복하게 사는 거였거든요. 전쟁을 막고, 화양을 지키고. 그다음은 평화롭고 행복하게."

"그럼 오너라. 내가 그 아이에게 매정했던 건 나도 안다. 미안하게 생각하고, 무엇으로든 보답할 테니 돌아와다오."

사량은 이 말을 그 사람이 들으면 어떠할까, 궁금해졌다.

저 사과에 진심이 얼마나 들어 있는지, 당사자인 그 사람이 모를 리 없다. 정말 하나도 없다는 것을, 그 사람이 모를 리가.

"안 됩니다."

채규는 턱에 힘이 들어갔다.

"이미 부부가 되었잖으냐. 설마 여기, 이곳에서 아무것도 아닌 채로 살겠다는 거냐."

"그 사람은 이제 제 것입니다."

"뭐라."

"제 남자예요. 그러니 이대로는 못 드려요."

채규는 이를 물고 간신히 화를 참아냈다.

"무슨 소리냐."

"나리, 화양에서 저는 나리와 그 사람을 나누어 가졌어요. 그리고 그런 상태에서 혼인했다면, 저는 항상 불안했을 테죠. 언제 나리가 그 사람을 사지로 보낼까, 괴롭힐까……. 그리고 그 사람은 제 앞에서 상처받고 부서지고, 다시 상처받고 부서졌을 테죠. 실제, 떠나기 직전에 나리는 그 사람을 참 많이 부서뜨렸어요."

"이제 안 그러마."

"그런데 나리 말이 거짓이든 진실이든 그 사람은 결국 나리와 만나면 나리 말을 듣게 될 테지요."

"그 아이는 내 아들이다. 네가 건방지게 나설 수 없어."

드디어 화양공의 목소리에 서늘한 칼날이 배어든다.

안다, 사량도.

아들이다, 그래, 아들.

끊어낼 수 없는 덫처럼, 이 아버지가 아들을 옭아맸다.

이러니 안 된다는 거다. 지금 가면 다시 덫이 될 테니.

"그래서 그런 걸까요. 나리가 그리 괴롭혀도 그 사람은 나리를 미워하지 않더군요. 나리가 약하다는 것을 아니까, 그래서 그랬죠. 아무 말도 안 하지만, 저는 그 사람이 이미 정을 준 약한 사람에게는 얼마나 약한지 알아요. 그러니 나리 옆으로 보낼 수 없어요."

"이제 오해도 의심도 없어. 그 일에 대해 미안해하고 있으니 그 아이와 만나게 해다오. 너에게도. 네 아버지 일, 네 일, 다. 미안한 일이었다. 이제 그만 잊자. 보상하마."

사량은 동냥이라도 받는 기분이었다.

원하는 것이 이거라면 옜다, 가져가라. 가져가. 미안하다니까.

아버지는 당신을 믿고 동량으로 향했고, 그 사람은 그래도 아버지라 보듬으려 하던데, 그런데 당신은 왜 진심이 없는 건지.

왜 고통은 받는 사람만의 몫인지.

아무 고통도 주지 않고 받지도 않으면 참 좋으련만.

누군가는 주고, 누군가는 받고. 그런데 상처는 준 자보다 받은 자가 더 깊이 견뎌야 할 몫이 된다.

"사람은 참 변하지 않아요. 덫에 걸린 듯, 거듭거듭 같은 일을 하죠. 그러니 사과, 말로 하는 사과는 받지 못합니다. 나리가 그 사람을 만나러 융금으로 오시겠다면, 저는 무슨 수를 써서라도 만나지 못하게 할 것입니다. 나리는 그 사람에게 마소를 대하듯 가혹하셨어요. 그것을 다 본 저는 그를 보낼 수가 없어요."

"그렇다면 네가 원하는 것을 말해라. 뭐든 하겠다. 필요한 것, 원하는 것, 다 말해봐!"

"물러나 주세요."

"뭐."

"나리가 그 사람에게 명령을 할 수 있는 자리에서 물러나 주세요. 후계자로 누구를 정하시든 그것은 나리 소관이시니 그것까지는 바라지 않습니다."

"네가 뭔데!"

"그 사람, 제 겁니다. 제 것을 가져가시겠다면, 나리도 그렇게 해주세요."

이게 건방지게 어디까지 기어오르나 싶었다. 채규는 어이가 없고 분이 치밀었다.

"미쳤구나."

이를 갈아붙이고, 성난 목소리로 말했다.

"나는 네가 처음부터 싫었다! 얼굴 마주하기 전부터도, 참 싫었지! 네가 그의 딸이라는 것도 싫었고, 염이가 너를 마음에 두는 것도 싫었고, 너하고 결혼하고 싶다고 했을 때는 정말 견딜 수가 없었다! 왜 하필 넌지, 왜 하필 내 아들인 건지, 왜 하필! 그 덕에 다 꼬였어!"

"저도 모릅니다. 왜 하필 이리된 건지, 왜 하필 화양의 공자인지, 왜 하필…… 나리의 아들인지."

"이건 그 아이 뜻인 거냐."

"아닙니다."

"그 아이가 이 일을 알면 어떻게 될까. 네가 감히 제 아비를 물러나라 했다는 것을 알면, 참 좋아하겠구나!"

"하나 더 있습니다."

"뭐냐."

다시 대치다.

사량은 앞의 화양공과 다시 대치하고 있는 것을 느끼고 있었다. 여기서 이 사람에게 지면 무염을 내줘야 한다.

그때처럼.

처음에는 고개를 숙이고, 그다음에는 무릎을 꿇고, 그다음에는 도저히 못하겠다며 버텼다.

이 화양공 앞에서, 사량은 죄다 실패했었다.

그 한 번으로 충분하다.

사량은 지금 자신이 무슨 말을 해야 할지 알고 있으며, 이번에는 어찌될지 예측할 수는 없었다.

그저, 상황이 맞기만을 바랄 뿐이다.

"이 근방의 군사에 대한 모든 권한을 그 사람에게 맡겨주세요. 이곳 요새의 군사, 융금에 있는 군사, 더불어 화남과 화촉, 후만, 광양항에 있는 모든 군사를 움직일 수 있도록. 나리의 대리가 아닌, 그 사람의 이름으로 할 수 있도록."

채규의 눈이 커졌다. 얼굴이 굳고, 턱에 힘이 들어가더니 주먹에 힘이 들어가며 떨린다.

"대담하다고 해야 할지, 발칙하다 해야 할지."

"말도 안 되는 일은 아니라 믿습니다."

"그래, 그렇긴 하구나. 어차피 그 아이가 점령해 준 곳이니."

선대 화양공이 다 잃은 영토를 다시 되찾고 넓힌 곳들이다.

근방에 군사를 배치하고, 다스릴 자들을 골라 추천한 것 역시 무염이었다. 그러니 모양새가 나쁘지는 않다. 얼토당토 없는 것도 아니고.

다만, 그리되면.

말이 좋아 군사를 달라는 거지, 화양성 빼고는 죄다 무염에게 달라는 말이다.

뭐 이런 여자애가 며느리라고 들어온 건지.

채규는 어이가 없었으나 지금 상황에 대해 생각해야 했다. 무염이 성 밖으로 나가 이 요새를 탈환하였고, 곽안의 보고는 무릉이 끊어버렸다. 이리되면 무릉 역시 같은 생각을 했을지도 모른다.

"네가 말하는 것을 들어주는 건…… 엄청난 믿음이 필요한 일이다."

"알고 있습니다."

"모든 것을, 정말 모든 것을 염이의 선택에 맡기는 거다. 내 운명, 화양, 미래, 가족들의 목숨, 다. 이봐라, 고작 지난달에 나는 염이가 너를 맞이하는 것조차도 의심했다. 여우조차 안 된다던 내게, 이제 범을 만들어 달라는 거야."

"적어도, 그 범은 나리를 물지 않을 겁니다."

"그래?"

채규는 웃음이 나왔다. 어처구니가 없어서.

"그걸 믿으라고?"

"믿지 않고 그 사람만 데려가시겠다면, 제가 못 가게 할 겁니다."

"이게 내 몫이라 네가 내게 명령하는 거냐."

"제안이고, 부탁입니다. 믿어주시면, 그러면 됩니다. 그 사람도, 저도,
믿음에는 배신하지 않을 것입니다."

"뭐가 달라지는 건데."

"화양 그 자체를 위하는 일이라면, 나리는 무엇이든 하실 거라 알기에
이러는 겁니다."

사량은 간절히 말했다.

"그러니 부탁드립니다."

"실컷 명령해 놓고, 이제 부탁한다는 거냐."

"처음부터 부탁이었습니다. 나리가 원하셔야 할 수 있는 일이니."

무염이 융금으로 돌아왔을 때, 사량 대신 사징이 죽림관 문 앞에 나와
있었다. 저녁노을을 타고 내려온 선녀 같은 주제에 입만 열면 만정 다 떨어
지는 사징은 무염을 싸늘하게 보고 있었다.

이 녀석이 이런 표정이면 무슨 일이 벌어지는지 이제 무염도 알았다.

"할 말 있으면 하게, 처남."

바로, 트집 잡았을 때.

"화양공이 금하 요새로 왔다."

"……."

이 녀석 표정이 이 정도인 게 참 용하다. 그 일이 벌어지면 일단 멱살부

터 잡을 거라 생각했다.

"그럼……."

"그리고 갔어."

"음?"

"누님이 배웅하셨고, 다 끝났다."

"아버지가 뭐라 하셨나."

"지난번에 누님이 당한 수모에 관한 한 누님이 감수할 생각이 있어서 그리된 거지. 그리고 이번은 아니니 공자가 걱정할 일 없어."

"그럼?"

"자."

사징은 문서를 보였다.

"이게 뭐지."

"글자 못 읽어? 한 자, 한 자, 내가 불러줘?"

"……."

오라는 말이 적혀 있거나, 오지 말라는 말이 적혀 있거나 둘 중 하나일 거라 생각했는데 아니다.

화촉, 화남, 금하 유역에 후만까지, 화양성을 제한 모든 군사에 대한 소집권과 지휘권, 차출, 징발까지 죄다 위임했다.

화양성을 제한 모든 지역을 영토로 준다는 말이나 다를 바 없었다. 또 적이 쳐들어올 경우 모든 것을 믿고 맡긴다는 뜻이기도 했다.

한 달 전의 아버지라면 상상도 할 수 없는 결정이었다.

사량과 결혼하는 것조차 허락 못할 만큼 의심하던 아버지인데, 이 지역 군사를 다 줄 수 있단 말인가.

이 엄청난 일을 아버지가 결심을 하고 떠나왔다면 무릉이 전령을 보내 이야기를 해도 벌써 이야기했을 것이다. 그런데 아무 말 없었고, 그렇다면 이건 아버지가 혼자서 결정한 일이란 뜻이다.

"……이게."

"이리된 이상, 공자는 상산이 쳐들어올 경우 군사를 모아 가야지. 안 그래?"

사징은 문서를 말아 탁 쥐고는 차갑게 말했다.

"공자, 이래서 나는 공자가 싫었지. 언제고 출정하게 될 테고, 또 출정하지. 누님은 몇 번이나 공자의 등을 보게 될 테고. 그나마 나은 거라면 여기서 출정하는 거라고 해야 할까. 공자가 화양성에 계속 있었다면…… 나는 상상도 하기 싫군."

그리고 사징은 누님 성격에 견디고 참아주는 게 아니라 언제고 성을 뒤집어엎었을 거라 예상할 수 있었다. 그때야말로 화양공이 의심하고 의심하던 일이 벌어지게 되었을 것이다.

"공자, 공자 혼자서 상산과 싸울 수는 없어. 상산공을 이긴다 하더라도, 우범신이 지원군을 끌고 오거나, 근방의 성주들이 화양을 지원하지 않고 상산을 도우면 이겨도 소용없을 수가 있어."

"즉—?"

"이번 전쟁은 황상의 도움 없이는 힘들다는 거야. 하지만 황상은 바로 지원군을 보내지는 않을 거야. 우동관을 치는 것과 별도로 공자 아버지인 화양공에게도 받을 것이 있다고 생각하시는 것 같아."

"짐작되는 바라도 있나."

"그저, 있다는 것은 아는데 무엇인지는 모르는 거야. 내가 물어보지. 뱃속에 든 먹구렁이 한 마리 정도의 목은 잡을 수 있을 테지."

황상을 두고서도 참으로 무엄하게 말하는 것이, 딱 사징이다.

무염이 상대하는 것보다 사징이 하는 편이 낫기는 할 것이다. 무염이 상대를 살피면서 대화한다면, 이 녀석은 필요에 따라 단숨에 본론을 잡아

끌어낸다.

즉, 무염이 먹구렁이와 대화를 한다면 이 녀석은 먹구렁이를 잡아끌어 그 목을 친다.

"웬일인가 싶군."

"아무리 싫어도 누님 남편이고, 누님 남자니까. 누님이 키우시는 원숭이도 각별한데, 하물며 남편이면. 그리고— 공자 출정할 때, 나는 배웅 안 할 거다. 공자가 싫어서가 아니라 공자 보내고 누님이 우는 게 싫어서다."

"고맙다."

"너 좋으라고 하는 거 아니다."

"그래도 고마운 건 고마운 거지."

무염은 사징의 어깨를 두드려 주었다. 사징이 싸늘하게 노려보았다.

"내 몸에 손대지 마."

"……."

사량은 저녁 준비를 하고 있다가, 무염이 오자 반갑게 맞이했다.

"어서 와요."

평소와 다를 바 없었다.

무슨 일이 있나요, 별일 없으면 어서 와서 저녁 먹어요.

방긋.

"염?"

"당신 동생이 다 일러바쳤어. 그런 얼굴로 방글방글 바라보지 말자."

"뭘요?"

"내 아버지 일."

"당신 아버지가 원래 그럴 작정이셨다고……."

"그럴 리가."

무염은 사량의 어색한 얼굴을 보며 말했다.

"그럴 리 없지, 사량."

"아녀자가 무슨 일을 하겠어요."

"당신은 꼭 이럴 때만 아녀자라고 빠지더라. 아버지가 뭐라 하셨지? 솔직하게 말해. 다 받아줄 테니."

"공자를 원하더군요."

"그리고 당신은 그에 대고 협상을 했겠군…… 안 그래? 원하는 것을 들어주지 않으면 죽어도 못 보낸다고."

"공자, 공자가 저와 고향과 가족 중 하나를 택해야 하는 일이 벌어지는 건 한 번으로 족해요. 두 번도 싫고 세 번은 더 싫어요. 둘 다 택할 수 있는 방법을 어떻게든 생각해야 했어요. 당신이나 동생보다는 내가 가는 편이 나을 거란 생각도 했고요."

"아버지가 뭐라 하시던가."

"힘든 말은 하지 않으셨어요. 미안하다고, 원하는 것은 무엇이든 들어줄 테니 화양으로 오라 하셔서 그리한 거죠."

"아버지가 내 선택에 운명을 맡기는 건 처음이라 놀라기는 했어."

무슨 일이 있었던 건가.

보고 듣지 못했으니 모르겠고, 성의 정황을 주기적으로 알려오는 무릉 역시 한마디도 없었다. 다만 아버지의 생각이 달라질 계기가 있기는 했을 것이다. 사량이 설득했다 하더라도, 아버지의 생각이 달라질 만한 계기가 없었다면 지난번처럼 되었을 것이다. 사량 역시, 그것을 알기에 더 말하지 못하는 걸 테고.

사람의 일이란 복잡하기만 하다. 무슨 일을 정할지, 정말 정해질 때까지는 모르는 것이 사람의 일이다.

"량, 지금 나를 보내줄 수 있어?"

"막고는 싶어요. 성문 앞에서 발목이라도 잡아볼까 참 고민 많이 했어요. 전쟁터까지 같이 따라갈 생각도 했고. 사실, 이 일이 실패하고 당신이 화양을 지키러 가야 하면 같이 갈 생각이기도 했어요."

"그랬다간 당신 동생이 내 다리를 부러뜨려서 가지 못하게 할걸. 그러지 마."

"그것참 좋은 방법이네요."

"그렇게 반짝이는 눈으로 말하면 안 되지. 여기 있어…… 당신이 내 옆에 있으면 나는 불안해서 아무것도 못 할 테니. 미안, 이런 복잡한 남자라."

"이런 남자가 나한테 온 거니 괜찮아요."

사량은 무염의 가슴에 이마를 대고 그의 체온을 느끼며 말했다.

"이겨도 져도 상관없으니, 살아만 와요. 여기서 기다릴 테니, 간절히 바라고 바랄 테니, 그러니 살아만 와요. 돌아오면 그때마다 기도할게요. 아주 출세해서 전장에 직접 나갈 일이 없게 해달라고."

"내가 출세해야 하는 이유가 그건가."

"네. 그럼요. 직접 나가서 싸우지 못할 정도로 올라가라고요."

"때로는 황제도 전장에 나가야 하는걸."

사량은 고개를 숙였다. 할 말이 많을 줄 알았는데, 앞으로 못할 말을 지금 실컷 하고 보내려고 했는데, 말문이 막혀 버렸다. 목이 막히고 눈이 흐려진다. 아예 목 놓아 통곡하고 싶은 것을 참는 것도 힘들다.

무염이 흐르는 눈물을 닦아주었다.

"울지 마. 벌써 당신 울린 거 알면, 처남이 나를 가만히 놔두지 않을 거야. 당장 내 다리를 부러뜨리려 할걸."

"알았어요."

"죽원을……."

"네?"

"죽원을 생각할게, 항상. 빗줄기, 죽원의 향기, 그리고 당신…… 당신의 노래, 당신의 목소리. 그러니 당신도 생각해 줘. 화양, 빗소리, 바다 소리…… 사당 안의 향 내음. 좋은 것만 생각하자."

"알았어요."

"고마워."

"뭐가."

"있어줘서, 기다려 줘서, 믿어줘서, 나를 봐줘서, 사랑할 수 있어서, 사랑해 줘서. 그러니 돌아올게. 가야 하는 길은 수천 갈래라도, 와야 하는 길은 하나일 테니. 반드시 돌아올게."

이마가 품 안으로 파고들어 왔다. 무염은 흐느끼는 몸을 깊게 안았다. 항상 전장을 향해 나갔건만, 나가는 길이 이리도 힘든 것은 처음이었다.

그런 만큼 돌아오는 길은 너무도 아름다울 것이고, 그리 기쁜 귀향길은 없을 것이다.

지금은 그 순간만을 생각하고 싶었다.

황제는 무릎 꿇고 엎드린 사징을 보았다. 한 손에는 술잔을, 다른 손으로는 이마를 짚고.

"잘 들었네. 경은 그래서 짐더러 화양을 도우라는 건가."

"그렇습니다."

"그래."

화양공이 내린 결정은 황제에게도 의외였다.

근방 모든 권한을 아들에게 다 쓸어주고 갔다.

며칠 전의 화양공이라면 상상도 못할 일, 이곳으로 온다는 소식을 접했을 때부터 각오하고 있었는데, 아들과 만나지도 않고 파격적인 결정을 하고 갔다. 화양공이 왔다 갔다는 것을 몰랐다면 다른 사람이 대신하고 갔다고 생각했을 것이다.

"상황이 변했군. 그리되니 자네도 그리 적극적으로 나오고."

"지금 상황에서는 화양이 전쟁을 이겨도 다음 전쟁은 가늠할 수 없습니다. 상산의 동맹이 깨지지 않으면 전쟁에 이겨도 지는 수가 있습니다."

"그래서 짐더러 나머지를 맡아달라는 건가."

"그렇습니다, 황상."

"그렇다면 말이야, 화양이 이기고 짐이 우범신을 깨면…… 그다음 자네 자형은 어떻게 할까. 북진하여 상산을 정복하면 그야말로 패업을 가능할 수 있는 거점을 확보하는 셈이지. 짐에게는 어차피 후계자가 없고, 그리되면 짐은 그대 자형에게 양위라도 해야 할지 몰라."

"생각해 두신 후계자가 계십니까."

"조카들은 아직 살아 있어."

"조카 중 누구를 고르시든 내란은 벌어질 수밖에 없습니다. 분열된 남위는 배를 드러내고 누운 짐승이나 다를 바 없습니다. 이곳은 불바다가 되고, 동제가 와도 깰 수 있을 겁니다."

"또는 자네 자형이 접수하거나. 아, 그리되면 자네는 변방 백에서 외척이 되겠군."

"안 됩니까."

"뭐라?"

"외척이 될 수도 있을 겁니다. 하지만 소신은 외척이기 이전에 이 천하의 사람입니다. 이 땅의 힘없는 사람들이 자신의 집에 등을 대고 잘 수 있도록, 이름 없는 병사라도 고향으로 돌아가 가족과 만날 수 있도록, 오늘 태어나는 아이가 땅을 일굴 수 있도록, 무사는 사욕을 부리고 남의 것을 빼앗기 위해 검을 쥐는 게 아닌 나라와 백성을 지키기 위해 검을 쥐고, 책사는 스스로의 이름을 높이기 위해 계략과 모략을 쓰는 게 아니라 나라를 다스리기 위해 머리를 쓰는, 그런 천하를 원하는 사람입니다."

"젊은이라 패기가 넘치는군. 그건 참 힘든 일이야."

"소신 혼자서 힘들면 다른 사람을 찾을 것입니다. 또 다른 사람을. 몇 사람이 모여 머리를 모으고, 서로의 장(長)을 합하고 단(短)이 힘을 쓰지 못하도록. 여러 머리가 그리 모이다 보면 언제고 천하를 위한 모든 머리가 될 것입니다."

"그럼, 자네는 짐이 그중에 무엇을 해주길 바라는 건가."

"상산의 원군을 막아주십시오. 와릉에서 진영을 틀면 급습을 하기 쉽습니다. 또한 반격을 받았을 시, 일단 퇴각하여 역습하기도 쉬운 지형입니다. 와릉까지의 길은 소신이 안내하겠습니다."

"그럼, 자네는 내게 무엇을 주겠나."

"황상은 남위의 백성들을 지켜주셔야 할 분입니다."

"이봐, 내가 말하는 건 그것이 아니야. 나 하나, 이 고씨 사내, 아들을 다 잃은 이 늙은 애비에게 자네가 줄 것. 선물 하나를 주면 좋겠어."

"말씀하십시오."

"화양공."

"……네?"

"화양공이 내 앞에 오기를 바라네. 내 앞, 내 눈앞에서, 머리를 조아리기를 바라네. 그 정도 선물은 받아야 움직일 맛이 날 게야."

황제는 빙그레 웃었다.

사징은 어느 순간부터 저 황제가 짐이 아닌 '나'로 칭했는지 가늠해야 했다. 사징도 이 황제가 자신을 칭하는 말이 언제 달라지는지 알았다.

"드리겠습니다."

"자네가?"

"네, 그리하겠습니다. 막무염의 일은 누님의 일이고, 누님의 일은 제 일입니다. 그러니 제가 하겠습니다. 할 터이니 약조해 주시고 맡겨주십시오. 어떻게든 해 보이겠습니다."

황제는 웃고는 술잔을 들었다.

"자, 그렇다면 그 후로 정말 전쟁이군. 세상이 한번 불길에 휘말리고, 영웅의 목은 잘리고 명마의 다리는 부러지겠지!"

채규는 화양에 도착하는 날 급보를 받았다.

화서항은 결국 항주의 목을 내놓았다.

우동관의 차남이 화서항을 점령했다 하나, 후만에서의 반란이 그랬듯 보나마나 아버지의 뜻에 따라 점령한 것이다. 우멱이 어떻게 살해당했는지 본 직후이니 제대로 효자 노릇을 했을 터.

이제, 화양까지 길은 훤하게 뚫린다.

"주공, 부인께서 오셨습니다."

부관이 전하는 말에 채규는 절망감만 들었다. 두렵다. 아내에게 하필이면 이런 소식을 전하게 되었다는 것이, 아무것도 할 수 없다는 것을 알리는 것이.

"듣고 왔어요."

아내가 하얗게 굳어 말했다.

"듣고……."

휘청 쓰러지려는 아내를 채규가 잡았다.

"부인."

아내는 숨을 깊게 몰아쉬고, 간신히 그의 팔을 붙들어 지탱하려다 다시 주저앉았다.

채규는 아내의 몸을 잡고 아내가 맨바닥에 쓰러지지 않도록 부축했다.

"제발, 잘못 온 거라 말해줘요. 당신이 아무 일도 없다는 진짜 소식을 알고 있다고…… 제발 부탁이에요!"

아내는 슬픔과 두려움에 눈물을 떨구었다.

마지막으로 전해진 것은 안 장군의 급보였다. 군사 이천으로는 도저히 어찌할 수 없어 퇴각한다는 말과 함께, 상세하고 절박하게 상황이 적혀 있었다.

"미안하오."

"조카아이들은 어찌 되었나요."

"남자들은 다 죽었소. 여자아이들은……."

어찌 되었을지는 뻔하다. 아마도 지금쯤 골고루 나눠지고 있을 것이다. 사돈이기도 한 화서항이 그렇게 될 지경이라면, 다른 성들이 어찌 될지 안 봐도 뻔하다. 그 근방 군사를 가진 자들은 바쁘게 복종과 군사를 약속해 대고 있을 것이다.

"부인은 돌아가 있으시오. 어떻게든 내가 해볼 테니."

"괜찮은 거 아니죠?"

"뭐가."

"화양이요."

"최선을 다하고 있소."

아내가 다시 눈물을 떨구었다. 상황이 얼마나 심각한지, 이미 알 만큼 알고 있을 것이다.

"부인……."

아무런 위로가 될 수 없는 남편이란 것을, 뼈저리게 느끼고 있다. 아내의 눈물을 거두게 할 수도, 아내가 안심하게 할 수도, 아내가 위안을 얻을 수도 없다.

"아무런 쓸모도 없군, 나란 인간은. 미안하오."

"아무 말도 하지 마세요."

"마음을 고쳐 달라는 의미로 하는 사과는 아니오. 그냥, 아무것도 해줄 수 없어, 정말로 미안하오."

아내는 고개를 저었다.

"필요없어요."

"들어가 있으시오. 곧 릉이와 건이가 갈 거요."

건넬 말도 없어 채규는 아내의 차게 식은 손을 잡았다. 기대지도 의지하지도 않는 손은 나무토막처럼 얹혀 있을 뿐이다.

바로 앞에 있는데 이리 멀 수가.

"정말…… 정말로, 미안하오."

"벼랑 끝이라 이러시나요. 참 길기도 한 시간을 그리 허망하게 보내고 끝에 와서야 이러시나요. 나리, 저 역시 나리에게 아무런 위로도, 아무런 안도도 줄 수 없어요."

아내의 손은 빠져나갔다.

서늘한 바람이 스치고 채규는 홀로 남았다.

누구도 오지 않았다.

뭐든 생각하고 싶었으나 아무 생각도 나지 않는다. 회색의 허무한 고독 속에, 그는 홀로 앉아 있을 뿐이다.

이런 상황인데 그 아이는 과연 군사를 끌고 도와주러 와줄까. 의심을 하고 의문을 품으려고 해보았으나 먼지처럼 가라앉는다. 대신 가라앉히려 하고 싶으면 싶을수록, 절박한 외침이 머리를 울린다.

와다오, 염아.

와서 내 목을 졸라도 상관없으니, 오기만 해다오.

절망과 전쟁을 앞두고, 그저 외롭기만 한 내게.

다른 사람들 모두를 보내고 홀로 귀신처럼 앉은 내게.

지금 네가 보고 싶구나.

닷새 뒤, 채규는 화서항을 점령했던 상산의 진군과 상륙을 들었다. 유
재 장군의 패전을 들은 것을 마지막으로 채규는 모든 군사를 성으로 불러
들여 방어 준비를 시작했다.

第十八章 회향

상산군은 금양호를 가로질러 단번에 화양 앞까지 진군했다. 함대를 항구까지 퇴각시킨 화양은 한 달도 안 되어 상산에 완전히 포위되었다. 화서항과 금양호는 모두 상산의 손에 넘어가고, 근방 성주 몇은 상산에 투항했다.

일이 그리되는 동안 서쪽에서 보고된 것은 아무것도 없었다. 군사를 모았다는 말도, 진군 중이라는 말도 없다. 서부의 군 지휘권을 모두 위임받은 무염은 아예 그곳에서 사라진 듯 아무 소식도 보내지 않는다.

무릉이 와 척후의 보고를 전했다. 원하는 말은 없다. 상산의 영채가 완성되었고, 그 수군이 집결하고 있다. 금방이라도 전쟁을 할 태세나, 그렇다고 정말 싸울 생각은 없어 보이기도 하다.

"서쪽에서는 아직 아무 말 없는 거냐."

"그걸 왜 제게 물어보십니까."

"지금, 보고가 두 갈래로 갈려서 들어오고 있으니 그렇지. 나에게 오는 것과 너에게 가는 것. 나에게 들어오면 네게도 들어가는데, 네게 들어가는 건 내게로 나오질 않는구나."

"제게 온 소식도 없습니다."

들어오던 게 있기는 있다는 말이다.

새삼, 이 무릉을 제대로 교육시키지 않은 것이 후회된다. 아내가 워낙 끼고 살아서 알아서 하라 한 건데, 이렇게 막 나갈 줄은 몰랐다. 이 녀석에게 성주는 형이고, 믿고 따를 만한 명령을 내리는 것도 형이고, 지켜주는 사람도 형이고 보호할 사람은 동생들과 어머니뿐이다. 싸움이 나도 벌써 났을 이복형제인데, 이 녀석과 무염 사이에는 기미도 없다.

그 덕에, 무염이 없으니 채규와 무릉은 부자지간이 아닌 사이 나쁜 남이나 다를 바 없다. 의논을 할 상대도 믿을 상대도 아니다.

"상황이 어느 정도란 걸, 너는 알고나 있는 거냐."

"그전에 궁금한 것이 있습니다."

"물어봐."

"서부를 형님에게 맡긴 것, 아버지 뜻입니까."

"왜 묻는 거냐. 나답지 않아서? 통 크게 군사를 다 맡기니 또 이상한 거냐."

"그럼 안 이상합니까."

이 아들 앞에서 비꼬는 것은 집어치우기로 했다. 무염은 한숨으로 끝나지만, 이 녀석은 비꼬면 배로 꼬는 놈이다.

"릉아, 이미 결정은 했다. 과정은 이제 중요하지 않다. 그보다 나는 아직 네게 말 안 한 게 있다. 너는 네 형이 어디 있는지 알면서도 가만히 있었더구나."

"형님이 성안에 있으면 오히려 위험해서 그랬습니다. 형님도, 화양도, 다. 차라리 형님이 성 밖에서 자유롭게 움직이는 편이 나아서. 아버지가 형님에게 서부를 다 맡기고 오셔서 놀랐지만 다행이라는 생각은 했습니다."

"네 형은 주저앉아 이 화양이 상산의 손에 넘어가는 것을 방관할 수도 있다."

"여태 아무 소식이 없어서 불안하십니까."

"나는 오판이 항상 두려웠고, 이게 그 오판일까 두렵다."

"형님도 예전에 그러시더군요. 하나를 그르쳐 다 잃을까, 그 그르친 일이 성을 위험하게 하고 어머니와 동생들을 위험하게 할까 항상 두려웠다고."

"너는 네 형이 올 거라 믿느냐."

"네, 믿습니다."

"나 몰래 네 형이 연락이라도 한 거냐."

"전혀 아닙니다."

저 당연하다는 답에 웃고 싶었으나 웃기지 않는다.

웃긴 건 막채규 자신뿐인데, 스스로를 비웃기에는 너무 피곤하다.

지금, 상산과의 대치만으로 보내는 피 말리는 날들 속에 소문은 무성하게 돈다. 무염이 성 밖으로 나간 것은 이제 비밀도 아니었다. 무염이 추방당하다시피 한 것이며, 그 주축이 성주이자 아버지인 채규라는 소문은 당연히 돌고 있을 것이다. 어느 정도 사실이기도 하니, 달리 변명할 거리도 없다.

상산에서 보낸 전령이 도착한 것은 대치 열흘 만이었다. 공격도 엄포도 없이, 약 올리듯 보낸 전령이었다.

전령은 육지 쪽 성벽에서 다 보라는 듯 상산 깃발을 들고 와 크게 북을 울린 뒤 들여보내라 고함을 질렀다.

전령을 통해 전해진 우동관의 서찰을 본 채규는 기가 막혔다.

"뭐라 합니까."

"나더러 직접 오라는군. 자기들 진영으로."

무릉이 기가 차서 말했다.

"말이 됩니까. 대치도 하지 않았고, 교전도 하지 않았습니다. 약 올리는 겁니다. 대놓고 무시하고!"

"그래, 그들은 아무것도 하지 않았지. 우리 역시 아무것도 하지 않았고. 아니, 못했지."

"아버지, 상산공은 지금 무리한 원정 중입니다. 황군이 북으로 향하면 당장 상산의 본진이 위험할 수 있습니다. 우범신이 아무리 대단하다 한들, 황군의 장수들 앞에서는 애송이입니다. 버티세요. 언제고 물러날 겁니다."

"하지만 저들이 진격하고 이 성을 공격하면 어쩌겠느냐. 상산의 수군이 모두 몰려와 화양을 공격하면."

"어차피 상산의 수군은 제대로 된 수군이 아닌 수적이 깃발을 달고 내려온 거라고요. 한번 밀리면 쥐 떼처럼 흩어질 겁니다."

"다른 의견은 어떠한가."

그러나 회의실 안의 장수들은 의견을 내놓지 못하고 있었다. 동의해도 문제 하지 않아도 문제, 결국 침묵을 택하고 있다.

"일단 만나는 게 좋을 것 같다."

"아버지!"

"항복할 궁리를 하는 건 아니다. 하지만 서부로부터 군사를 모았다는 말도, 출발했다는 말도 듣지 못했다. 황군 역시 마찬가지. 지금 우리는 고립되어 있는 거다."

무릉의 얼굴이 굳었다. 객관적인 상황만으로 보면 채규의 말이 맞았고 믿음과 정황을 가지고 말하는 것은 오히려 무릉이었다.

고립된 것이 맞다.

온 천하에 이 화양 하나가 되었다.

채규는 웃었다. 동량 때 황상의 기분이 이런 거였군.

오판이 두렵다. 그리고 그 오판의 대가를 치르는 것은 더 두렵다.

"전령에게 전해라. 모레 일경에 보자고. 일이 위험해지면 나를 버리고 성문을 닫아라."

채규는 회의를 파하고 내원으로 갔다.

내원은 불도 꺼져 있고 조용하다. 장 부인이 부엌에서 물을 끓여 나오다 성주를 보고 깜짝 놀랐다.

"나리!"

"아무 말 하지 마라."

장 부인은 안절부절못하다, 나와 있던 무흔이를 데리고 갔다.

안으로 들어가니, 아내는 앉아서 장부를 보고 있었다.

성이 공포로 술렁이는 가운데, 가장 침착한 사람은 의외로 전쟁을 겪지도 보지도 못한 아내였다. 내원의 하인과 하녀들을 모두 보내 병영의 일을 돕게 하고, 시녀는 장 부인과 몇 명만 남겼다.

"부인."

아내는 지친 얼굴로 고개를 들었다.

"나리."

"다쳤군."

"네?"

채규는 아내가 머리카락으로 가린 이마 쪽의 상처를 보이게 했다. 꽤 깊었다.

"조금만 아래였으면 더 위험할 뻔했소."

"가린다고 가렸는데 보였나요. 별거 아니에요. 지나가다 나뭇가지에 긁혔어요. 요즘은 평소보다 더 덤벙대는군요."

자조적으로 웃으며 아내는 고개를 저었다.

낡은 옥비녀가 머리에 꽂혀 있었다. 상중임을 알리는 삼베 끈과 함께.

"무슨 일로 오신 건가요."

"장모님 것이군."

"네?"

"화서항에서 혼례를 올리고 화양으로 올 때, 장모님이 자신이 가지고 있던 것을 당신 머리에 꽂아주었지. 그리고 당신은 무랑이가 시집갈 때, 역시 머리에 꽂고 있던 비녀를 뽑아주었지."

"화서항의 풍습이죠. 가장 아끼는 비녀를 딸에게 주는 것."

딸인 무랑을 시집보낸 날 밤 아내는 밤새도록 울었다. 딸은 이래서 문제라고, 이리 생이별을 할 줄 알았다면 아들만 낳을 걸 그랬다며 아이처럼 엉엉 울었다.

"나리."

아내가 조용히 말했다.

"애쓸 것 없어요. 잘해주려고, 다정해지려고."

"부인."

"죄책감 때문에 그럴 필요는 없다는 거예요. 화양 정도 되는 성의 안주인으로 있으며 전란 한번 겪지 않을 거란 생각은 하지 않았어요. 결혼할 때, 전쟁은 싫다, 전쟁에 나가는 것도 전쟁을 끌어오는 것도 싫다, 그리 말하긴 했어도 전쟁이 아예 없을 거란 생각은 하지 않았어요. 화서항 백 년의 평화도 이리되는데, 화양이라고 그러지 않을까. 그러니 죄책감으로 이러지는 말아요. 원망하지 않으니."

"왜 그러시오. 내 잘못이 많은데."

"저는 성주인 당신에게 화낸 적도 없고, 화낼 생각도 없어요. 달라지는 건 없고, 이미 벌어진 일을 돌이킬 수도 없으니. 그 책무를 진 당신이 옳은 선택을 하던 나쁜 선택을 하던 따라요. 내가 화낸 건…… 남편으로서의 당신이지…… 성주인 당신에게는 화낸 적 없어요. 나지도 않고. 그러니 이런 팔자에 처한 것에 당신이 미안해할 것 없어요."

"우동관이 오라 하는군."

"네?"

"내일모레 저녁에 성을 나서 만날 거요. 무슨 말이든 오고 가겠지."

아내의 숨소리가 빨라졌다.

"잘될 수도, 잘못될 수도 있소. 당신을 동정하는 것도, 불쌍해서 이러는 것도 아니오. 미안한 건 사실이지. 좀 더 잘할 수도, 좀 더 편하게 해줄 수도 있었을 텐데, 최악으로 만들어놓고 이리 가게 되는군. 그러니 내 무사함을 빌어달라는 말도 할 수 없소. 다만 가기 전에 보러 온 거요."

"그래서 이리 다정한가요."

"아니, 그냥 보러 왔소. 더 이상은 바라지 않아. 그리고 무슨 말을 하든 지난 상처들을 다 씻을 수 없다는 건 알고 있소. 꼬박 스무 해가 더 흘러도 다 씻을 수 없을 텐데, 고작 몇 마디로 할 수 있을까. 그곳에서 무슨 말이 오고 갈지 모르나, 좋은 말은 아닐 거요. 상산군은 그냥 물러나지는 않을 테니."

"기쁜 날을 나누어야 슬픈 날에 같이 슬퍼할 수 있다 하지요, 손을 잡고 있어야 놓을 때 놓는 줄 아는 거라고. 이런 상황에서 무슨 말을 더 하나요. 나리, 그래도 저는 이 성에 있을 거고, 상황이 힘들어지면 무릉이편으로 아이들을 탈출시키겠어요."

"당신은?"

"본관의 누각은 참 높지요. 거기서 몸을 날리면, 적어도 살아남을 걱정은 하지 않아도 되겠네요."

"부인."

"참 다행인 건 말이죠, 무랑이가 시집가 여기 없다는 거예요. 그 아이를 보내고 그리 펑펑 울었는데, 지금은 참 다행이에요."

아내는 쓸쓸한 얼굴로 고개를 저었다.

"시집오면서 전란은 싫다고 했지요. 그래요, 싫어요. 너무나. 당신과 함께한 이 이십 년, 당신에게 감사한 건 그것이에요. 어디에서 전란이 일어나든 내 코앞은 꽃으로 가득하죠."

"끝난 건 아니오."

"끝나진 않았는데, 어찌 될지도 모르지요. 미리 절망하며 준비해야 할지, 마지막 희망을 가지고 버틸지, 저는 뭐가 나은지 모르겠네요. 그래도, 잘 풀리길 바랍니다."

좋은 아내와 남편 사이였다면, 이 다독임에 힘이라도 얻었을 텐데, 지금 그와 아내는 아니다. 채규는 아내의 손을 잡았다. 아내는 손을 빼지는 않았다.

"다녀오겠소."

뭔가 할 말이, 하나만 하면 될 것 같은데 결국 하지 못했다.

채규는 손을 놓고 내원을 나섰다.

이틀 뒤, 화양의 성주는 기병들과 함께 성문을 나섰다.

우동관이 기다리는 곳은 상산군의 영채 앞에 새로 세운 작은 병영이었다.

우동관은 말을 타고 나와 있었다.

"어서 오게, 화양공. 기다리고 있었어. 긴장하지 마! 지금, 상산공과 화양공이 아닌 친구 사이로 보자는 거니!"

그리고 우동관은 말 머리를 돌려, 채규를 병영 안 막사로 데리고 갔다.

호위도, 시종도 모두 물리고 둘만 남게 되었다.

"원하는 게 뭔지 말해봐."

"나는 화양을 가지러 여기에 온 거고, 그 외에는 원하는 게 없어. 그것만 주면 물러나지."

"자네를 주군으로 모시고, 지원군을 보내라는 건가."

"고작 그거 하나 가지고? 아니야, 그건. 나도 이 정도 되는 군사를 손가락 걸고 약속 하나 하고 돌아가려고 데리고 온 건 아니거든!"

"그럼 뭔가."

"일단 자네와 자네 아들들 목은 가져야겠어. 자네부터 시작해서 자네 막내아들까지. 자네 큰아들은 살아 있으니 제사상 걱정은 하지 말게나. 동생들과 아버지 제삿날이 다 같으니 참 편하겠군."

"이봐!"

채규는 어금니에 힘이 들어갔다. 이건 무슨 개소리야.

"원하는 건 그것뿐인가."

"자네가 지금 항복해도 언제 내 뒤를 칠지 누가 아나? 친우도 배신한 자가, 나를 배신하지 않을까. 그러니 나 말이야, 나는. 자네 믿고 돌아가는 건 참 싫어. 자네가 아무리 황금과 비단을 준다 해도, 다 싫어."

"나를 치면 다 가만히 있어줄 거라 하던가."

"황상? 아니면, 자네가 통째로 넘겨준 영토를 가지게 된 자네 장남?"

채규는 등이 오싹 굳었다.

알고 있나, 이거. 하긴, 모르기도 힘들겠다 싶었다.

"일단 황상과는 이야기가 잘되었어. 팔보산 아래에서 술 한잔 하면서 이야기를 나누었지. 황상께서는 과거의 원한 같은 것은 잊어주시기로 했지. 하긴 나는 그때 내 성안에 앉아 가만히 있던 죄밖에 없지."

"이황자와 삼황자는—"

"아, 나는 잘못 없어!"

삼황자는 몰라도 이황자를 암살한 것이 이 우동관이란 것은 누구나 안다. 그럼에도 이 우동관은 모르는 척하고 황상도 아닌 척해주는 중이다.

"굳이 따지자면, 정말 황상의 아들을 사지로 몰아넣어 죽게 한 건 자네야!"

"설마, 그것도 아시나."

"당연히. 아주 예전부터, 처음부터 아셨더군!"

"황상이 뭐라 하시던가."

"북진만 하지 않으면, 화양을 어찌하든 관여하지 않으시겠다고 했지. 내가 칭제를 하여도 상관없고."

"나를 치듯 황상을 칠 텐데?"

"이봐, 규. 황상은 늙었어. 후계도 없고. 화양만 내 손으로 오면, 황상은 내게 양위하고 물러날 수도 있어. 그러면 나는 관대하게 황상의 노후를 보장할 생각이야. 다 늙은 분, 내가 굳이 목까지 쳐서 저승길로 보내드릴 필요는 없지."

"화양의 군사는 화양에만 있는 게 아니야."

"서부? 저런, 자네 아들은 아직 움직이지 않았어. 움직일 생각이라도 있는지 모르겠군."

우동관은 빙그레 웃었다.

"규, 자네는 정말 운이 좋았어. 항상 좋지. 옆에서 보면 자네는 정말 너무나 운이 좋아 기가 막힐 지경이었어. 어찌 그리 딱딱 맞춰서 운이 좋은지. 자네 형이 계속 화양공이었다면, 자네 형으로 막씨 가문은 끝났을 테지. 자네는 서른 되기도 전에 목이 잘렸을 거야. 그런데 더 망하기 전에 죽어버려서, 자네가 화양공이 되었지. 그리고 내가 화서항주의 사위가 되었다면, 역시 끝났을 거야."

"이봐……."

"그리고 말이야, 자네가 앓아누워 있을 때, 그때 나는 진격하고 싶어 손이 근질거렸지. 그런데 자네 부인이 어떻게 장수와 성주들을 구워삶았는지 내 편으로 넘어오는 자들이 하나도 없더군. 그래서 살았고, 동량 전투 직전, 자네가 황상을 배신했을 때, 그때도 자네는 망할 뻔했어."

"그건."

"오호, 규. 그때 약속을 믿은 건 아니겠지. 동량에서 북명이 승리하면, 나는 바로 화서와 화양부터 칠 생각이었어! 황제가 죽기만 기다릴까? 그건 싫었어. 당장 가지고 싶었거든! 그런데 그 분위기는 이레도 가지 않았지. 자네 아들이 황성을 지켜내며 북명의 기세도 꺾이고, 나는 또 그만두어야 했지. 그런데 그 기막힌 운도 여기서 끝나는군."

"애초에 나와 협상을 할 생각이 없었던 건가."

"당연하지. 내가 미쳤나. 화양 같은 살찐 양을 그냥 지나치게. 그간의 평화는 자네 아내와 아들에게 감사해야 할 일이야. 그들 뒤에만 있었으면 자네는 이 자리에 있을 필요도 없었을 테지."

"……그럼, 그날 내게 왜 그런 말을 했지."

"믿은 건 자네야. 의심한 것도 자네고. 그리고 자네 아들은 추방당해 서쪽으로 갔고, 자네가 넘겨준 군사와 영토를 가지고 그냥 눌러앉겠지. 추방당한 원한을 씹으며."

"항복한다면?"

"그냥은 안 될 텐데. 말했잖아. 자네 집안 남자 목이 다 필요하다고."

"독한 농은 이제 그만하게. 아직 어린애들이야!"

"그래도 자네 아들들이지. 자네 목, 그다음 자네 아들들 목, 내 앞에 모두 목을 조아리고 다 떨어져 준다면 화양은 얌전히 접수하고 자네만큼이나 관대하게 다스리겠네."

채규는 얼굴에서 핏기가 가셨다.

우동관이 비웃으며 그런 상대를 보았다.

"내가 보기 다 불쌍하군. 좋아. 그리 택하기 버거우면 말이야 자네는 여기서 포로가 되어버려. 그다음, 자네 아들들더러 오라고 하지. 기대해 봐. 아들들이 자네를 위해 올지, 아니면 그냥 버틸지."

"나는 협상을 위해 왔어."

"뭐, 그건 내가 알아서 하지. 자네가 나를 죽이려 했고, 그래서 어쩔 수 없이 자네를 잡아둔다고."

분노가 치밀었다. 이놈 목에 칼을 꽂고 싶었다.

뭐라 하는 건가, 이 자식아.

"가겠어."

"그래, 가봐."

채규는 막사의 문을 열고 나갔다. 호위들이 무사한 주군을 보고 안도했다.

"돌아간다. 서둘러라."

호위들은 급히 무장을 확인하고 말에 탔다.

그때 우동관이 외쳤다.

"모두 공격해라!"

호위들이 놀라 신음을 흘렸다. 채규는 어깨 너머로 돌아보았다. 우동관의 얼굴에 기쁨이 차오르더니, 크게 외쳤다.

"지금 저자가 나를 공격하고 암살하려 했다! 저 야비한 자가 나를 속이고 상산을 속이려고 왔다! 화양공의 목을 가지고 오는 자에게는 장군의 지위를 내린다! 살점 하나에 금 한 냥씩 주지!"

함성과 함께 북이 울렸다. 병장기 챙기는 소리가 들렸다.

수하가 당황해 채규에게 물었다.

"주, 주공. 이게 어떻게 된 일입니까!"

"도망친다."

"네?"

"최대한 빨리 상산의 진영을 돌파해, 화양성으로 간다. 어서!"

채규는 말에 올라타고 등자를 쳤다. 호위들이 급하게 그를 둘러싸 엄호해, 입구로 돌진했다.

입구까지 가는 것은 금방이었다. 영채 입구를 지키던 병사들이 덤볐으나, 단숨에 베어내고 입구는 통과했다.

북이 둥둥 연달아 울렸다. 함성과 고함 소리와 함께, 등 뒤로 말발굽 소리가 우르릉 울리기 시작했다. 채규는 돌아보았다. 상산군이 든 횃불이 낮처럼 주변을 밝히며 그들을 뒤쫓고 있었다.

"더 빨리!"

채규는 고함을 지르며 등자를 쳤다. 말들은 울부짖으며 필사적으로 달렸다. 그러나 후미가 따라잡히며 가장 뒤에서 달리던 화양군 몇몇이 떨어지고 말들도 울음과 함께 쓰러졌다. 끝의 화양군과 선두의 상산군이 섞이기 시작하며, 더 따라잡히고 있었다.

채규는 다시 돌아보았다. 거대한 횃불들이 들소 떼처럼 밀려들며, 거의 천여 기에 달하는 군사가 몰아치고 있었다.

토끼몰이나 다를 바 없다. 이 많은 군사들을 상대로 이길 수 있을 리 없었다. 적이 워낙 많아, 일단 따라잡히자 삼켜지듯 포위되기 시작했다. 어깨에 불타는 통증이 일었다. 채규는 상처를 확인할 틈도 없었다. 창이나 화살이 스친 것 같다.

"젠장!"

신음을 참고, 박차를 가해 말이 더 속도를 냈으나, 옆으로 상산군 하나가 들러붙었다.

"내가 잡았다!"

상산군이 고함을 지르며 검을 들었다. 순간, 그 상산군의 옆으로 서늘한 얼굴이 보였다. 섬뜩하게 보일 정도로 아름다운 얼굴이다.

그 눈길이 예리해진다 싶더니 불빛 아래로 검날이 번득였다. 그 빛이 상산군이 탄 말의 다리를 잘라냈다. 말은 오는 속도만큼이나 무시무시한 속도로 바닥으로 내리꽂혔다. 몇 마리나 되는 말들이 같이 나동그라지고 병사들이 내동댕이쳐졌다. 워낙 엄청난 속도로 돌진하던지라, 거의 십여 기의 기병이 단숨에 쓰러지고 엉켰다. 거기에 뒤에서 계속 밀려드는 통에 그 부분이 빠르게 혼란해졌다.

선두의 기병을 쓰러뜨린 무사가 외쳤다.

"이리로 와—!"

그리고 횃불을 들었다.

빛 아래로 아름다운 얼굴이 드러났다.

익숙한, 분명 본 적이 있는 얼굴인데 낯선 얼굴이다.

상산군 하나가 창을 들고 달려들자, 그의 검이 빠르게 날아가 그 팔을 베어내고 목을 쳐냈다. 기병 둘이 양쪽에서 창을 들었으나, 단숨에 피보라가 일며 두 기병이 동시에 쓰러졌다. 어차피 엉망이던 기병의 전열은 모두 허물어졌다. 쓰러지고 밀려나고 뒤로 처지고 짓밟히기 시작했다.

"주공! 위험합니다!"

등 뒤에서 누가 고함을 질렀다.

채규는 멍하니 옆을 보았다. 오른쪽에서 공격이 오려 한다. 적의 양손에 든 검이 채규를 향해 날아왔다.

그 찰나, 거대한 횃불이 적을 후려쳤다. 적은 그 불빛에 떠밀려 단숨에 날아갔다. 이어, 보통 검보다 더 큰 검이 다른 적을 후려쳐 날렸다. 밀려들던 상산군이 검에 베어나가고 쓰러졌다. 바닥으로 나동그라지고, 풀과 바위와 뒤엉키며 밀집하던 적의 전열은 이제 가망 없게 엉망이 되었다. 강한 공세로 몰아치며 화양을 도운 기병들은 상산군을 몰아내 우측을 장악했고, 좌는 이미 장악되었다. 화양군은 가운데로 모여 안전하게 달릴 수 있었다.

"앞으로 가라!"

고함 소리가 들렸다.

"그대로 돌파한다!"

그 외침과 함께 거대한 말에 탄 무관이 앞으로 돌진해 나갔다.

무관을 선두로, 화양군은 뒤도 돌아보지 않고 달렸다. 채규도 고삐를 잡고 달렸다. 성벽에 다다르자, 횃불이 성문 위로 모이며 성벽과 성문을 환하게 비추었다.

선두의 무관이 성문 앞으로 달려갔다. 성벽을 지키던 병사가 외쳤다.

"누구냐!"

무관이 투구를 벗으며 고함을 질렀다.

"화양공자 막무염이다!"

놀란 아버지를 등지고, 무염은 크게 외쳤다.

"성문을 열어라! 어서!"

성벽 위로 곽효명 장군이 달려왔다.

"공자님?"

"어서 열어!"

성문이 활짝 열렸다. 다 열리기도 전에 화양군은 그 안으로 들이닥쳤다. 천여 기의 기병이 단숨에 안으로 들어왔고, 모두 들어온 것이 확인되자 무염이 외쳤다.

"닫아라! 그리고 아버지께서 다치셨다! 누구든 모시고 가!"

이게 뭐지. 채규는 성벽 안으로 단숨에 들어온 천여 기의 기병과 그들을 끌고 온 아들을 보았다.

무염은 숨을 몰아쉬며 들어온 병사들을 다 확인했다.

닫히는 성문 너머로 상산군이 보였으나, 화양군이 화살을 날려 그들이 오지 못하게 하며 성문을 닫았다.

곽효명 장군이 달려오며 고함을 질렀다.

"공자님!"

몸이라도 내던질 기세로 달려온 곽 장군의 눈에 눈물이 맺혔다.

"오실 줄 알았습니다!"

"반갑네. 그리고…… 누구든 아버지 모시고 안으로 들어가. 많이 다치셨다."

아버지의 허리와 팔이 피로 흥건했다.

무염은 보령을 기다렸으나, 보통 이럴 때면 어디서든 당장 튀어나와야 하는데 보이지도 않았다. 잠시 뒤 병사와 장수들을 헤치고 나타난 것은 무릉이었다.

"형님!"

무염은 팔을 벌렸다. 무릉이 달려와 팔을 잡고 기쁨을 표했다.

"드디어 오셨군요!"

"안 하던 일 하느라 반쪽이 되었구나."

"반성 중입니다. 어머니가 일해라, 해라 할 때 미리미리 이런 것에 익숙해질걸, 하면서. 다행입니다, 무사히 돌아오셔서."

"일단 북으로 군사를 보내라. 오면서 그쪽으로 상산군이 이동하는 것을 봤다. 이쪽은 미끼고, 그쪽으로 수레와 투석기, 전차가 이동하고 있으니 준비시켜. 어서. 급하다."

"어느 정도가 오는 겁니까."

곽효명 장군이 물었다.

"많지는 않았다. 그러나 투석기와 대포는 반드시 없애야 할 거다. 그것만은 위력이 무시무시하더군. 성벽에 구멍난 걸 봤는데, 무시할 수준이 아니었다."

"알겠습니다."

명령이 내려지자, 병사들은 급히 북쪽으로 이동했다. 투석기에 맞설 대포를 준비하고 성 밑으로 기어들어 올 적을 쫓기 위한 기름을 달구기 시작했다.

"주공께서는—"

곽효명 장군이 화양공 쪽을 보았다.

무염은 여전히 보령이 없는 것이 이상했으나, 기다려도 오지 않으니 아마도 못 오는 거라 판단할 수밖에 없었다.

"내가 모시고 가겠다."

무염은 아버지의 팔을 잡았다.

"다들 따라와라."

호위들이 뒤를 따르고 양옆으로 횃불이 밝혀졌다. 무염은 성의 본관으로 가 의원이 언제 오는지 확인한 뒤에 내실 의자에 아버지를 앉혔다.

"아버지."

채규가 말이 없자 무염이 말했다.

"아버지, 주변에 아무도 없습니다."

"성은?"

"성벽 방어에는 문제없을 겁니다. 어차피 공격은 강하지 않을 테고, 그에 대한 준비는 다 되어 있습니다."

"군사는 얼마나 가지고 온 거냐."

"급히 모아 삼만 정도. 화양성 안에 있는 이만을 합치면 오만 정도 됩니다. 상산은 현재 구만입니다. 그중 상산공이 친히 키운 보병이 오만. 경

보병, 중보병, 다 합친 겁니다."

"이길 만한 거냐."

"저들이 지금 공성전을 길게 할 사정이 안 됩니다. 황상은 아직 움직이지 않고 있다 하나, 아태관의 수군이 북상했고, 상산공 집안은 우동관의 원정이 길어지면 틈이 나게 되어 있습니다. 그러니……."

채규는 드디어 일이 정상으로 돌아가는 기분이 들었다. 답답하게 꽉 막혀 있던 것이 확확 뚫리고, 앞뒤 다 막힌 문이 열리는 것 같았다.

"피곤하구나."

"쉬십시오. 다치시긴 했지만, 치명상은 아닙니다. 밖에는 치명상이라 할 테니, 안에 계시고……."

"돌아온 거냐."

"아버지—"

"돌아와라."

"……."

"내가 잘못했다. 네가 없으니 뭐 하나, 정말 제대로 되는 게 하나도 없더구나. 다 엉망이었다. 성도, 나도."

"지난번 일은 마음에 담아두지 않습니다."

"그래도 용서해라."

"마음에 담아두지 않고, 버렸고, 끝입니다. 정말로 괜찮으니 이만 나가 보겠습니다. 쉬십시오. 중요한 말이 있고, 이건 상산군을 성에서 멀리 밀어낸 뒤에 말씀드려야 할 겁니다."

"……설마, 항복이라도 해야 한다는 거냐."

"아버지, 성은 지킬 수 있습니다. 그리고 지금, 상산을 향한 항복은 그냥 죽는 것뿐입니다. 굶은 호랑이는 뭐든 잡아먹어야 물러나는 법입니다. 일단 아버지는 편찮으신 걸로 하고, 무릉이에게 전권을 위임해 주십시오."

"아니, 네가 해라."

"그게 편하시면 그리하겠습니다."

"젠장, 더 할 말 없는 거냐! 너는 성을 버리고 나갔고, 그다음…… 다음!"

채규가 결국 못 견디고 입술을 물고 노려보았다.

무염은 잠시 아버지를 보다, 고개를 숙이며 말했다.

"아버지, 아버지께서 요새로 와서 하신 일, 감사합니다. 그리 권한을 넘겨주셔서 이렇게 올 수 있었던 겁니다. 나머지 일은 생각도 하지 마시고, 말도 하지 마십시오."

"돌아오기는 할 거냐. 그거나 말해!"

"약속드릴 수도, 장담할 수도 없습니다."

"와! 애비로서 명령한다. 나는 네 주군이었고, 네 아버지였고, 네 근본이었어! 난……."

"아버지, 그러지 마십시오."

달래듯 무염이 조용히 말했다.

"우리는 언제고 또 같아질 겁니다."

"안 하마."

"아버지가 무슨 오해를 하셨는지, 왜 그러셨는지는 저도 압니다. 듣고 난 다음은 너무 치욕스러워, 차마 말도 못했는데…… 어머니도 아십니까?"

"그리되었다."

"그렇다면 어머니가 감당해야 할 치욕은 제 것보다 더 클 겁니다. 아니, 비할 바 없을 겁니다. 아무리 아버지가 어머니를 냉대하셨어도, 그래도 어머니는 동생들의 어머니고 성주의 아내입니다. 어머니는 아버지가 다른 여자들을 취한 것보다, 그게 더 견딜 수 없으실 겁니다. 게다가 아버지와 제 문제는 어쩌다 있었던 사고나 실수가 아니라, 계속 있어왔던 일입니다."

"그렇다고 그리 가버리면 어쩌자는 거냐!"

"몰랐습니다."

"뭘."

"일이 이리될 줄은. 너무 빨리, 너무나 급하게."

무염은 말을 하고도 지치는 기분이었다.

항상 이런 식이었다, 아버지와 그는.

중요한 문제를 앞두고 감정적으로 먼저 부딪혔다. 대체로 무염이 숙이고 아버지가 공격했다.

"아버지, 적이 코앞입니다. 전쟁이 없을 때의 성과 지금의 성은 다른 세상입니다. 그러니 일은 잊어버리시고 정신 차리세요. 그게 안 되면, 적어도 나중에 생각해 주십시오."

"한참 생각했었다."

"뭐를 말입니까."

"그 일들. 오해들, 의심들. 다…… 어찌해야 할지, 어떻게 돌이켜야 할지, 어떻게 네 마음을 돌려야 할지, 다. 하지만 생각하려 할 때마다 무엇부터 시작해야 할지 도무지 알 수 없더구나. 네 얼굴을 보면 알 거라 생각해서 요새로 갔던 건데, 그 아이가 막았지."

"그 사람은 저를 위해 그런 겁니다."

"안다. 그리고 나도 네가 그래야 여기로 올 거란 걸 안다. 아무것도 없이 너만 오라고 하면, 우리는 또 똑같았겠지. 서로가 익숙한 굴을 파고 처박혀 버렸을 거다. 그래서 뭐든 변해야 한다고 생각했다. 내내 그렇게……!"

"아버지—"

"젠장, 모르겠다. 상처 주는 말은 잘도 나오더니, 너를 움직이는 말은 어떻게 해야 할지 모르겠어!"

"아무 말씀하지 마십시오."

"그럼 너라도 뭐든…… 말해다오, 제발!"

"아버지가 하실 말씀도 제가 듣고 싶은 말도 없습니다. 아버지—"

무염은 아버지의 팔을 세게 잡았다.

"아버지하고 저는 끝났습니다."

무염은 손아래에 있는 아버지의 몸에 힘이 확 들어가는 것을 느꼈다.

"저는, 저와 아버지가 서로 다른 길을 가면서도 같은 길을 간다고 생각했습니다."

"너……."

"그러며 저는 제가 아버지 아들인 줄 알았습니다. 아버지를 위한 일이며 고향과 가족을 위한 길이라고, 힘들어도 해야 하는 일이라고. 그런데 그게 애초에 잘못된 거였습니다."

"내가 오해해서 그런 거라 말했지 않느냐! 나도 내가 정 많은 아비가 아니란 건 안다. 그건 네가 이해해!"

"그래서 제가 착각했던 겁니다, 아버지."

채규는 말문이 막혔다. 너한테 그만큼 줬다고 따지려다가도, 그 의미가 뭔지 자신도 알기에 할 말이 없다.

"정말 안 오겠다는 거냐."

"이제는 저 혼자가 아닙니다, 아버지. 계속 잘못된 상태로 있으면…… 저는 저를 생각해 주는 사람을 또 힘들게 할 겁니다. 어머니를 그리 괴롭게 한 것으로도 넘칩니다. 그 사람은—"

"그 아이는……."

"그 사람과 아버지는 잘 지낼 수가 없어요. 저는 그 사람과 행복하게 지내고 싶어 혼인한 거지, 제가 잘못 생각해 짊어지고 온 짐까지 다 맡으라고 할 수는 없습니다. 지난번 그 일로도 충분합니다. 어머니를 그리 만들고, 그 사람을 그렇게 떠나게 한, 그 며칠이 저에게는 참 힘들었습니다. 다시는 그러고 싶지 않아요."

그리고 무염은 손을 놓았다.

"우리 둘 다 서로에게 원하는 것이 달랐고, 다른 줄 몰라서 그리된 겁니다. 제가 뭐든 있을 거라 생각하고 문을 열어달라, 열어달라 했던 겁니다. 그 안에 아무것도 없는 줄 모르고."

"너는 정말—!"

"황상께서 아버지가 사과하시길 바랍니다."

갑자기 나온 말에 채규는 말문이 막혔다.

"태자의 일, 동량에서의 아버지의 배신, 다. 황상께서 지원군을 약속하며 내건 조건은 그것입니다. 융금백 갈사징이 같이 왔습니다. 그가 아버지를 모시고 황상 앞으로 갈 겁니다. 만약 황상이 움직이지 않으시면, 그때 우리는 공성전을 해야 할지도 모릅니다."

"……뭐."

"그러니 부탁드리는 겁니다."

"어떻게 가라는 거냐."

"지금 금하와 해안에 상산의 수군이 포진해 있습니다만, 융금백이 일단 뚫고 갈 수 있다 하니 맡깁니다. 금하를 장악한 후에 보내 드리고 싶긴 하지만, 시간이 없습니다. 황상께서 내건 시간이 그리되었습니다. 그 후에도, 그전에도 안 된다 하셨습니다."

그리고 무염은 아찔한 오판을 할 수도 있는 자리에 아버지를 세우고 싶지 않았다. 평화 시에 아버지는 좋은 영주고 효율적인 영주다. 아들인 무염에게 가혹하고 아내인 유 부인에게는 부정한 남편이었어도, 적어도 성민들에게는 공정한 성주였으며, 세운 법은 합리적이고 관료도 모두 유능했다. 그러나 전쟁을 하고 오판을 하게 하면, 그 명성은 순식간에 먼지처럼 사라질 것이다.

"아버지는 이 성의 성주시고, 어머니의 남편이고 동생들의 아버지이십니다. 그러니 부탁드립니다."

"그것으로 끝이냐."

"나머지는 황상께서 말씀하실 겁니다."

"아니, 너와 나."

"깨진 건 깨진 거고, 잃은 건 잃은 겁니다. 판돈을 다 쓰면 다음 판은 없고, 가진 것을 다 잃으면 겨울은 고달플 수밖에 없습니다."

"말 돌리지 마. 너와 나 말이다."

"시작도 없었고, 그래서 끝날 일도 없습니다. 아버지, 아버지께 벌을 내리는 것도 아니고 아버지를 버리는 것도 아닙니다."

"너와 나는 대체 뭐냐고!"

"아버지께 저는 무엇이었습니까."

"……."

"제게 아버지는 아들로 받아들여 주길 바라는, 인정받고 사랑받지는 못하더라도 그래도 핏줄인 그런 분이었습니다. 그래서 뭐든 다 할 수 있었습니다. 아버지께 저는 무엇입니까. 아들입니까, 하인입니까."

말이 없자 무염의 눈도 흔들렸다. 그리도 싫었던 말인데, 정작 해놓고 나니 또 뭐가 그리 힘들었나 싶었다.

아들인 줄 알고 믿었고, 부탁했고, 애걸했고, 간청했다. 그 비참한 밤에 무염은 그리하면 될 거라 생각했었다. 아들이니, 아버지니.

그런데 아니었다.

그것도 이제 끝, 더 이상은 없는 끝이다.

"황상에게 가겠다."

"안전하게 모시도록 부탁해 두겠습니다."

"융금백에게? 제 아비의 원수이고, 제 누이에게 그 수모를 준 시아비인데."

"아버지를 모시고 가는 건 그의 일입니다. 공사는 구분할 줄 압니다."

"성을 부탁한다."

"룽이에게도 그리 말하겠습니다. 나머지는 돌아와서 말씀하십시오."

"그러마."

아들의 담담한 눈을 보며 채규는 이제 그 둘 사이에 정말 아무것도 없다는 것을 받아들여야 했다.

그 무엇도 돌아오지 않았다. 완전히 달라진 것을 받아들이는 것 외에는, 남은 것이 없다.

밖에서 부관이 불렀다.

"나리!"

"무슨 일이냐."

"마님께서 오셨습니다."

"들어오라고 해라."

무염이 일어났다.

"저는 가보겠습니다."

"기다려라."

창백한 유 부인이 들어와 남편의 몸을 살폈다.

"다치셨다 들었습니다."

"그리 달려올 정도는 아니요. 괜찮소."

유 부인은 그 말이 거짓이 아님을 눈으로 확인한 후 안도하다, 그제야 무염을 발견했다. 부인이 말이 없자, 무염이 먼저 말했다.

"안녕하셨습니까."

"보기보다는 괜찮게는 지냈어."

"걱정 많으셨을 텐데, 수척해지셨네요."

부인은 희미하게 웃었다.

"거짓말 마. 속상해서 마구 먹어대 오히려 피둥피둥할 거다. 다들 뒤에서 욕할 거야. 전란에, 다들 걱정이 앞서는데 부인은 토실토실해졌다고. 릉이에게 들었어. 혼인했다며."

"죄송합니다."

"전쟁 끝나면 여기로 와서 한 번 더 올려라. 번잡스러운 시절을 보내느라 다들 잊은 풍습이나, 원래는 그랬단다. 미안하게 보내서 속이 아팠는데, 인연이 끊어지지 않아 다행이구나. 정답게만 지내렴."

"감사합니다."

"네가 오지 말길 바랐는데, 이리 오니 그런 생각을 내가 왜 했나 싶구나……."

유 부인은 고개를 숙였다.

"지금, 나하고 조금만 더 있으면 울 것 같으니…… 어서 나가려무나. 와줘서 고맙구나, 정말로."

무염이 나가자, 그나마 부드럽던 채규와 아내의 분위기는 찬물을 한 동이 부은 듯 싸늘하게 식었다.

"의원은 언제 오나요."

유 부인이 물었다.

"내가 들어오라고 하면 올 거요."

"그러게 왜 나가셨습니까. 릉이가 반대했다면서."

"우동관과 내 사이에 할 말이 남아 있어서 그랬소."

"그는 모르면 모를수록 좋은 사람입니다. 아예 모르는 게 가장 좋고요."

"황상이 나더러 직접 오라 하는군."

아내는 흠칫했다.

"그건 무슨 소리세요."

"황상이 나더러 오라 했소. 원군을 보내는 조건으로, 내가 직접 가야 해."

"대체 왜 부르는 건데요."

"그것이야말로 내가 우동관을 찾아간 진짜 이유요. 황상은 그냥은 나를 돕지 않아, 절대로. 무슨 수를 써서라도 염이가 오지 못하게 만들 수도 있었고. 염이가 나타나기 전까지 나는 그리 확신할 수밖에 없는 입장이었소."

"제가 모르는 거라도 있나요."

"동량에서 황군이 패하도록 가장 크게 일조한 게 나니까. 황제의 아들, 장수, 병사, 거기에 화징도 죽음으로 몰아넣었지. 나는 북명에 정보를 넘기고, 지원군을 보내지 않을 거라…… 보내도 구색만 좀 맞춰 보낼 거라 약속했소. 북명은 그 덕에 동량에서 제대로 황군을 박살 낼 수 있었지. 아주 적기에, 아주 좋은 방법으로."

아내의 얼굴이 하얗게 변했다. 황제의 도움이 간절한 처지에, 남편이 한 일은 비 오는 날에 벼락 치는 거나 다를 바 없었다.

"대체 왜 그랬어요!"

"우동관과 약속했으니."

"왜 그런 약속을 했어요!"

"만약 황상이 패하고, 남위의 황군이 완전히 무너지면 가장 위험한 건 화양이었소. 나는 우동관에게 치를 대가가 있었고, 우동관은 그런 걸 잊어줄 사람이 아니었지."

"무슨 대단한 대가라 그런 건데요."

"부인, 나는……."

"네."

"그날, 무턱대고 나온 거요."

"그날이라뇨."

"화양성을. 정말 무턱대고 나왔지. 사실, 가만히 있어도 되었을 거요. 그랬으면 정말, 아무 일도 없었을지도 모르지. 그저 그렇게 살다가 그저 그렇게 끝났겠지. 차라리 그게 나았을 거야. 나는 이런 세상에서 성을 지키는 법도, 싸우는 법도 모르니. 그런데 그런 주제에 나는 나왔소. 나와놓고 보니 정말 물정 모르는 놈, 내 손으로 객관 잡는 법도 모르는 멍청이였지. 화징, 그 친구가 따라와 준 덕택에 객사하지 않고 화서항까지 갔소. 나중에야 회맹(會盟) 핑계를 대었지만, 사실 나는 참석하지 않기로 했었어. 형님 돌아가신 지 얼마 되지도 않아, 성 정리도 안 된 상황이라 못 간다고. 그런데 그런 주제에 무턱대고 가버린 거요."

"왜요."

"나는 당신과 우동관이 결혼한다는 이야기를 들었소. 무엇을 할 수 있을지도 모르면서 달려갔지. 적어도, 시집가기 전에 당신에게 한마디 정도는 할 수 있을지도 모른다고, 어쩌면…… 아니, 사실 아무 생각 없었어. 그냥 안 된다는 생각밖에는."

한 번 나오니 줄줄 나오는 말들.

쓸어 담아두고 누가 알지 못하도록 묻어버린 말들이다.

화징의 죽음과 우동관의 침묵 속에 없어야 했던 진실들.

"그러다 비무대회에 대해 들었소. 나는 내가 이기면 당신을 얻게 될 거라 생각하지는 않았지. 그래서 우동관을 찾아가 말했어. 화양과 남위의 평화에 대해, 화서항과 상산이 한편이 되는 데 황상도 반대하고 있다고. 화징이 화서항으로 향한 건 그 탓이었고, 나는 가는 길에 덤으로 구해서 간 거였소. 그리고 나는 황상과 전쟁을 하기 싫다면, 내게 우승을 양보해

달라 했지."

"우동관이 그에 동의하던가요."

"그랬지."

"네?"

"비무대회 날 양보해 주겠다고 했소."

"정말요?"

"말은 그리했지. 하지만 우동관이 항상 그렇듯, 거짓말이었을 테지. 나는 그 말을 믿지 않았소. 말만 그리하고 대회장에서 내 다리라도 부러뜨릴 거라 알았지. 손이 심하게 미끄러졌다며 내 목을 벨지도 모르고. 어디든 영원히 불구로 만들어 비웃을 테지. 우동관은 그런 자고, 나도 알아. 그래서 그와 헤어진 뒤 화징을 만나 부탁했소. 화징은 황상의 명령을 핑계대고 우동관과 만나, 그날 잔에 약을 탔소. 다음날 우동관은 약에 취해 몸도 못 가누더군. 다른 무사들이야 돈 받고 출전한 거라, 휘청대는 우동관에게 필사적으로 져줬지. 나만 빼고."

아내의 얼굴이 굳어갔다. 이 얼굴이 두려워 근 이십 년을 숨겨왔던 진실이다. 아무것도 노력으로 얻은 것이 없는, 이겨본 적이 없는 남자.

"그 소동은 그렇게 만들어진 거요, 부인. 내 몸에 신장(神將)이라도 깃든 게 아니야. 우동관은 그제야 속은 걸 알았지. 분노한 우동관이 마음만 먹으면 나와 화양부터 위험해질 상황이 되고 말았어. 그날 나는 바로 화서항주와 이야기를 했고, 다음 화징을 통해 황상에게도 말했소. 황상은 도와주었지. 화서항과 상산에 황제의 칙사가 가고, 상산 앞으로 황군이 진군했소. 일이 그리되자 우동관은 양보할 수밖에 없었고, 화서항주도 그리했소."

"왜…… 말을 안 한 거죠."

"그것은 그 회맹의 진짜 비밀이었으니. 황상, 나, 우동관, 화징까지. 우리는 그 일을 필사적으로 가벼운 소동이자 얼결에 이루어진 혼인으로 만들었소. 그것이 알려지면 일은 복잡해지지. 우동관은 통 크게 친구에게 여자를 양보한 남자가 아닌 뒤통수 맞은 얼간이가 되고, 나는 협잡으로 아내를 얻은 자가 되고, 황상은 그런 둘을 이용해 사기를 친 셈이니. 화서 항주도 마찬가지. 우리는 겉으로 내세울 명분이 필요했고, 그 명분을 핑계 삼아 평화를 얻어냈소. 그렇게 남위는 십여 년의 평화를 얻었지. 이 화양도, 화서, 융금까지도. 다만 우동관은 좌절과 분노를 얻어갔소. 천하를 얻고자 하나, 아직 모자란 자의 분노. 나는 항상 그게 두려웠소. 우동관은 분노를 잊어줄 리 없고 언제고 이 일에 복수하고야 말 거라 알았소. 황상의 군대가 남진하는 북명에게 박살날 때, 나는 그때의 일을 떠올릴 수밖에 없었지. 그래서 그가 원하는 대로 무엇이든 해주며, 또 해주며, 제발 쳐들어오지 않기만 바랐소…… 아둔하게도……. 그 두려움 앞에, 다 배신한 거지. 화징도, 황상도…… 염이도."

"차라리, 그냥…… 내버려 두지 그러셨어요."

"우리들의 결혼 생활에 대해 미리 알았다면, 당신은 차라리 그리되길 바랐을 테지. 하지만 나는 정말, 무턱대고 그리했소. 뒷일 같은 것은 생각할 틈이 없었어. 그래, 뒷일은 생각도 안 했지. 정말…… 너무 생각을 안 했어."

"사랑할 수 없던가요."

"아니…… 그건 이미, 너무 오래전부터 쉽게도 하던 거였소."

말이 나오자, 왜 이렇게 허탈한지. 고작 이 한마디를 못해서 이 속을 너무도 오래 태워먹고 있었다.

"다만, 나는…… 당신에게 어떻게 사랑받아야 할지, 그걸 몰랐소. 상상 속에서 나는 좌절하고, 실망하고, 버림받고, 배신당했지. 나는 그저 약하고 야비하고 아둔한 남자요. 어디 하나 사랑스러운 구석이 없는."

눈 밑이 아파오는 것을 느끼며 채규는 이마를 짚었다.

"빌어먹게도, 나란 놈은 단 한 번도 스스로 얻어본 적이 없었어. 특히나 사람의 마음은…… 얻어본 적도, 얻으려 한 적도 없었지. 그런 것을, 이번에야말로 얻지 못하면 어떻게 하나. 겁에 질리고, 두려워하며…… 내가 당신을 사랑하는 건지, 사랑할 수는 있는 건지 그것도 두렵더군. 당신이 나를 얼결에 바뀐 결혼의 상대로만 아는 것이……. 나는 뭘 어떻게 해야 하나."

그래서 채규는 아내가 화를 내고 독설을 퍼부어댈 때만 이해할 수 있었다.

딱 그 정도만.

사랑받는 법은 몰라도 미움받는 법은 아는 남자라.

"긴 세월을 흐르고 흘러…… 이리도 길게 흘러, 너무나 길게 흘러서…… 나는 이제야 깨닫는군. 왜…… 왜, 단 한 마디가 두려워 못했던 것인지…… 그저, 한마디만 하면 되었을 것을. 많은 말들을 하면서도 그 말은 하지 않았어. 딱 그 말만 하면 되었을 것을."

그랬다면 그 말을 하는 순간부터 다 풀렸을지도.

아닐지도 모른다.

아내와 싸우고, 실망하고, 그러며 또 다른 여자를 찾았을지도 모르고, 그래도 아들을 미워했을 테고, 아들에게 모진 말을 하며 결국 떠나게 만들었을지도 모른다.

하지만 그 말을 할 걸 그랬다는 후회만큼은 하지 않았을 테지. 이리, 지워지는 무지개를 보듯 안타깝지도 않을 테고.

"그 아이에게도 두려웠어. 의지하는, 급하고 두려운 일이 생길 때마다 그 아이부터 찾는 나를…… 밀어내고 밀어냈지. 그러나 정작 밀어내고 싶은 것은, 당신에게 사랑받지 못할까 봐 두려워 미움받는 길로만 가던 만큼, 정작 밀어내야 했던 것은 이 목 안에 맺힌 말 한마디였어. 한마디, 딱 한마디……. 두려움에 막혀, 그저 내뱉지 못하던…… 그 한마디…… 그게⋯⋯! 그게!"

많은 순간이 있었다. 혼인하여 화양으로 향할 때, 아내가 그 여자와 딸을 몰아낸 뒤에 울고 있을 때, 가장 최근에는 습격에서 아내부터 잡아끌어 당겼을 때, 그리고 본관에 머물 때.

그때 한마디만 하면 다 끝났을 것을.

이 자리에 이렇게 있지도 않았을 것을.

"미안. 정말, 미안하오⋯⋯."

그 말은 아들은 받아들이지 않았다.

사과만 하고 아무것도 하지 않았으니 당연했다. 그때 했어야 했던 것은, 그저 말뿐인 사과가 아니라 직접 그 아이를 데리고 와 아들에게 안겨줬어야 했다. 그 아이가 첩이라도 상관없으니 머물게만 해달라던 그때. 냉대해도 참고 참던 아들이 이러지 말아달라 애걸하던 그 소망을 들어줬어야 했다.

그게 마지막, 용서라도 받을 수 있었던 마지막.

그러나 그는 상처 위에 상처가 아닌 척 덧바르는 것을 택했다. 다시 상처는 터지고 곪을 텐데, 상처가 아니라며 덧발라 봤자 소용없는데, 또 그리해 곪고 썩게 하여 피와 뼈까지 삭게 했다.

무염의 어머니에게도 말했어야 했다.

당신이 필요하다고, 아내로 삼을 수는 없을 테지만 그래도 당신이 곁에 남아주면 어떻게든 당신을 지켜 돌보아줄 테니, 떠나지 말아달라고. 미안, 가지 마, 당신이 필요해.

아내에게도.

당신이 나를 사랑하든 말든 나는 그렇다고, 그러면 되었을 것을. 지금 당장 사랑받을 수 없다면 내가 노력할 테니, 언제고 그리해 달라고. 당신의 다정함, 상냥함, 다 필요하다고.

아들에게도. 너를 잃을까 봐 두려운 나를 보더라도 제발 경멸하지도, 무시하지도, 뒤돌아서지도 마라 했어야 했다.

한 걸음만 밖으로 내디뎠으면. 이리 초라한 자신을 버렸으면 그랬으면 다 되었을 것을.

당신도, 그 아이도, 가장 약한 나는 버리지 않을 거란 사실을 알았으면 좋았을 것을.

처음부터 한마디만 했으면, 한 번 약해지면 그리 거듭 아둔하지 않아도 되었을 텐데, 그랬을 텐데, 더 생각할 필요도 고민할 필요도 없었을 텐데.

머리는 아프지 않은데 목과 눈과 온몸이 아프다.

왜, 모든 것을 잃고 나서야 이제야 이러는 건지. 그저 물처럼 흘려보내고 남은 것이 없다. 금은 버리고 은은 녹슬고 옥은 깨졌다.

"처음부터 당신을 사랑했소. 이십 년, 한순간도 그러지 않았던 날이 없었지……"

아내가 보는지, 듣는지 모르겠다.

어쩌랴. 이미 모든 것이 너무도 늦은 것을. 머리를 아프게 짓누르던 것이, 썩은 피와 고름이 쏟아지듯 그 눌러 담았던 것이 터져 올라오는 것 같았다.

무릎의 힘이 풀리고, 이마가 바닥에 닿았다. 대체 왜, 할 수 있는 일이 아무것도 없는 지금 이렇게 하는 것인지. 할 수 있는 일이 많을 때 이럴 수만 있었다면, 그랬다면 얼마나 좋을까. 시간이 한 달만 전으로 갈 수 있다면 얼마나 좋을까.

그렇다면 애정은 썰물처럼 빠져나가 적막과 절망만 남은 이 진창에 앉아, 이 허망한 통곡을 하지 않아도 될 것을.

결국, 나는 빛나던 당신에게 가당찮은 남편, 빼어난 아들을 둔 그저 그런 아버지. 사랑해야 할 아이들에게 친절 한 줌도 나누어 주지 않은 매정한 아버지.

"다른 말은 모르겠어. 그저…… 부인……."

흐리고 뜨거운 눈 아래로 더 뜨거운 눈물이 흘러내렸다. 상처를 비집고 나오듯 아프게 나와 바닥으로 뚝뚝 떨어진다.

"용서하지 마시오."

왜 이 말을 이제야. 이십 년간 그 어느 순간에도 할 수 있었던 말을 왜 이제야.

가야 할 길 하나밖에 없는 이 순간에서야.

"절대로, 절대로 용서하지 마."

지평선 너머로 해가 떠오르고, 날카로운 햇살이 화양을 비추었다. 사징은 성벽에 앉아 화양을 내려다보았다. 참으로 큰 도시라 생각하며.

"쉬지."

사징은 고개를 들었다.

커다란 화양 막씨 곰이 내려다보고 있었다.

"어디서?"

"내 집에서 자라. 여기서 별로 안 멀다. 데려다주지. 그나마 제일 편하게 잘 수 있을 거다."

"화양공은 간다던가."

"참 일찍도 묻는군."

"바빴거든."

사징은 성벽 너머를 보았다. 성으로 오자마자 상산군 일부가 성벽을 공격했다. 응전이 상당히 빠르고 강했기에 상산군은 새벽에 물러났고 해

뜰 무렵에는 완전히 사라졌다.

그리고 조용해진 지금, 사징은 성벽 위에 앉아 화양을 내려다보는 중이었다.

언제 봐도 얼굴만은 아름다우니, 지금 역시 노을 아래 선녀다.

아깝다. 이놈이 여자였으면 저 발아래 금은보화는 물론이요, 나라까지 깔아줄 남자들이 줄을 섰을 텐데. 사내라도 상관없다는 사람도 있을 테지만.

무염이 병사들에게 사징이 어디 있느냐 묻자, 너도나도 가르쳐 주며 정말 사내가 맞느냐 물었다. 그 천둥 같은 목소리를 듣고도 희망을 품는 병사들이 너무도 안쓰러웠으나, 사징이 위험할 정도로 예쁜 것 역시 사실이다.

"화양공은 어떻게 되었냐고."

"가실 거다."

"그래? 다행이군."

"아버지 잘 부탁한다."

"팔다리까지 책임질 수는 없지만, 목숨은 붙여서 황상 앞으로 모시고 가마. 네가 너무 욕심만 부리지 않으면 안심할 수 있을 거다."

"말 한번, 참."

"아버지 원수이고, 누님에게 수모를 준 사람인데 내가 친절해야 할 이유가 있나?"

"그렇긴 하다만."

할 말 없다. 이놈이 그렇다면 그런 거고, 아니면 아닌 거고. 무염은 그 옆에 앉았다. 사징은 다시 화양성을 보며 말했다.

"이곳은 크군, 참."

"그래, 크지."

"누님은 융금을 떠나 이런 성으로 왔었군. 이렇게 크고 아는 이도 의지할 이도 없는 곳이란 걸 알았다면 누구 하나는 붙여 보냈을 거야."

"그러게 왜 몸만 덜렁 보낸 건가."

"보내고 싶었는데, 누님이 극구 거절하셨지. 손 하나 아쉬운데 호위네 몸종이네 하며 병사를 빼가고 싶지 않다며 말이야. 내 몸 하나 정도는 지킬 수 있다고 하셨지…… 그런데 제일 위험한 게 옆에 있었을 줄이야. 내가 곰한테 꿀단지를 줘서 보낸 거지."

"이봐, 나는 왜."

"결과적으로 공자 네가 가장 위험한 존재였지 않은가. 힘들게도 했고. 말은 안 하시지만, 공자 너 몰래 울기도 많이 울었을 거다. 네가 가엾고 안쓰러워서."

"……."

정말인지라 무염은 할 말이 없었다.

"누님은 싫은 사람이 괴롭히든 못살게 하든 아무 상처 안 받으셔. 못하게 할 궁리만 하지. 그런데 좋아하는 사람에게는 다르지. 그런 누님에게 공자는 참 힘든 존재였어."

"미안하군, 그건."

그날 무염을 전장으로 보내며, 사량은 울지 않았다. 전날에는 그리도 울더니 정작 그 당일에는 웃으며 보내주었다. 웃는 모습만 기억해 달라는 것 같았다. 등 뒤에 두고 나갔다며 슬퍼하지도 걱정하지도 말라며.

그전만 해도 천하가 누구 것이 되던, 상관없었다.

십왕이 서로 멱살을 부여잡던, 치고받던, 아무 상관 없었다. 그러다 이리 다시 전장에 서자, 알 것 같다. 이런 세상에서는 모든 운명이 손쓸 수 없이 흘러간다고. 이 전쟁이 완전히 끝나기 전까지는 그리 흘러갈 거라고.

"그래도 뭐, 이 화양이란 곳은 제법 괜찮은 동네군. 전란만 없었으면 누님은 오늘 아침, 이런 노을을 보며 일어났겠지."

"내 품 안에서 말이야."

"……이 성벽에서 던져 버리는 수가 있다."

이놈이 이리 말하면 대체로 진담이다. 그것참 고마운 일이군요, 같은 말은 다 농담이고.

"이봐, 처남. 성을 떠나 여기로 같이 오면서 처음으로 그 생각을 했지. 이 성의 노을을 같이 보면 좋을 것 같다고. 정말 멋지다고, 같은 세상이 달라 보이는 그런 순간일 거라고. 한번 보면 이걸 보여준 나한테 감사할 거라고."

"그래? 뭐, 그럴 만은 하군."

같이 오는 내내 무염은 자신을 스쳐 지나갔던 것들 중 가장 아름답고 근사했던 것이 무엇인지 돌이키고 있었다.

그리고 지금도, 무언가를 볼 때마다 같이 나누는 것을 생각한다.

이제 옆에 없어도 체향을 맡고, 웃음을 보고, 눈길을 느낀다. 아름다운 모든 곳에 그녀가 있고, 눈길이 멎는 모든 곳에 그녀가 있고, 텅 빈 침상에 누워도 그녀가 있다.

그렇게 아무것도 없던 세상이 모든 것이 있는 세상이 된다. 얻은 것은 그녀 하나인데, 전부를 가지게 된다.

그때 아이의 고함이 들렸다.

"형님!"

무흔이 계단 아래에서 뛰어 올라왔다.

"무흔아."

무흔은 품 안으로 쏙 뛰어들어 왔다. 뒤에는 담의가 지친 표정으로 기어오고 있었다.

"공자님, 허억, 안녕, 흐억, 하십— 니까."

그리고 가엾은 담의는 주저앉았다.

무흔은 품으로 파고들며 엉엉 울었다.

"으아, 형님!"

"좋으면 웃어야지. 좋다고 우는 거, 벌써부터 배우면 안 된다."

"형님이 오해를 하시고 가신 것 같아서요! 저, 형님께 화 하나도 안 났어요."

"알아, 알아. 이 형이 잘못 생각했어. 무흔이는 형한테 화 안 났더라."

"정말이죠?"

"그럼, 그럼."

그리고 무염은 등 뒤에 있는 사징을 돌아보았다.

"소개하지, 사징. 내 막냇동생, 무흔이야."

"동생 한번 많군. 대체 몇 명인가?"

"일단, 아는 동생만 한……."

무염은 세다가 그만두었다. 아버지가 만들어놓고 잊어먹은 동생도 많을 것이다.

"그건 잊고. 자, 막내야, 인사해라. 너도 아는 융금의 숙녀 갈사량 낭자의 동생, 사징이란다. 알지? 내가 말한, 선녀처럼 생겨서 성품은 야차처럼 못되어먹은 그 사람이다."

무흔은 얼른 눈물을 닦아내고 사징을 보았다. 눈이 초롱초롱 빛나기 시작했다.

"막무흔입니다."

"그래."

무흔은 사징에게 눈도 떼지 못했다. 당연히, 자비심도 인내심도 없는 사징은 짜증을 냈다.

"이봐, 공자. 공자 동생은 사람을 빤히 보는 버릇이 있나, 아니면 이게 화양의 풍습인가. 여기 와서 그 누구도 내게 인사도 안 하고, 말도 없이 빤히 보기만 하니."

너란 놈은 어딜 가나 그런 풍습을 만든다고 무염이 말해봤자, 사징을 흉포하게만 만들 것이다.

"막내야, 저분이 그리 보는 게 싫다는구나. 그만 보렴."

"하지만…… 어, 음, 제가 본 사람 중 가장 예쁜 분이라서. 죄송합니다."

얼굴에 대한 칭찬을 죄다 '여자 같다' 라는 욕으로 접수하는 사징은 눈살을 찌푸렸다.

"뭐."

"정말, 제가 본 분 중 가장 예쁘세요!"

"그래서."

"어, 형님이 혼인했다고 하니, 이제 저도 할 겁니다. 제가 청혼하면 되는 건가요."

"공자, 나는 남자라 공자하고 혼인 못해."

"아닙니다! 저기 저 멀리 대황산에 있는 선녀탕은 신묘해서 거기에 들어가면 모두 아름다운 여인이 된다 합니다. 일단 아름다우시니 들어가서 여인만 되면 되실 것 같은데요."

무염은 사징의 눈치를 살폈다. 이 녀석이 아이라고 봐줄 리가 없다. 남녀노소가 이놈의 가시 돋친 혓바닥 앞에서는 만민평등이다. 역시나 사징은 싸늘하게 말했다.

"막무흔 공자, 그 선녀탕이 있는지 없는지도 모르겠고, 있다 한들 그런 걸 바꿔줄 생각으로 만든 것 같지도 않으며, 무엇보다 나는 네가 싫어. 이게 가장 중요한 점이 아닐까."

무염은 울음을 터뜨리려는 무흔의 귀를 급히 막으며 말했다.

"너 말이다, 너. 내 아이들 태어나면 근처도 오지 마."

사징은 코웃음을 쳤다.

"벌써 '들' 인가. 포부도 크군."

第十九章 보 답

며칠이 흐른 걸까. 하루, 이틀— 사흘?

유미흔은 그날 후로 한숨도 잘 수 없었다.

첫날은 잠을 못 자고, 그다음 날은 그저 비몽사몽으로 자는 건지 마는 건지 보내고, 그 후로는 품에 막내아들을 안고 눈만 감았다. 잤다고 우기고 싶기도 했으나, 피로한 어깨와 무거운 등이 그렇지 않다 한다.

눈을 뜨니 옆에는 막내아들의 작은 머리가 붙어 있다. 이 철없는 막내는 큰형이 돌아온 첫날, 뭐에 그리 충격을 받은 건지 종일 훌쩍훌쩍 울었다. 데려다준 무염의 말로는 '실연'이라는데, 누구로부터 받은 건지는 비밀이라 했다.

아직 밤, 유미흔은 무흔의 이불을 덮어준 뒤 장 부인을 깨워 무릉을 불러달라 했다.

"자는데 깨워 미안하지만 서둘러 주게."

"네, 마님."

부름을 받은 아들은 한달음에 달려왔다.

"무슨 일인 겁니까."

"네 형에게 이야기하는 게 맞지만…… 나도 사람이다 보니 네가 편해서 불렀단다. 잘 들어주렴."

"알겠어요. 말씀하세요, 어머니."

"네 아버지가 황상께 간다고 들었다. 오늘이란 건 아는데, 그게 언제니."

"아침입니다."

남편이 택할 선택지가 많지 않다는 건 알고 있다. 또 남편이 태자를 죽게 한 것에 대해 황제가 없던 일로 하자 할 리도 없고.

"황상께서 뭐라 하실까."

"모릅니다."

사죄받고, 용서하고, 통 크게 군사를 보내주며 끝날까.

유미흔은 황상의 얼굴을 떠올렸다. 참으로 우아한, 세련되며 기품 있던 남자다. 그 풍모에 가슴 설레던 여자들이 얼마나 많았던가. 그러나 여인에게 그리 보여도 사내들끼리의 일은 다르다. 남편과 황상의 일은 남자들의 일이다.

"배웅하지 않으련다."

"알겠습니다."

아들은 설득하는 시늉도 하지 않고 답했다. 배웅한다고 했다면 그럴 필요는 없지 않냐, 어머니가 당한 게 얼만데, 라는 표정을 지을 것이다.

"희생이 적게 이기면 좋겠구나."

"저도 그렇습니다. 그러니 걱정 마세요, 어머니. 지금이야 전란을 앞두고 있어서 이리 뒤숭숭하지만, 언제고 전란은 끝나고 우리는 이기고 분명 예전의 화양으로 돌아올 겁니다."

아들의 따뜻한 말에 유미흔은 기분이 나아졌다.

이 아이는 항상 이렇다. 어머니에게 속상한 일이 생기면 좋은 말 다정한 말을 하며 위로하려 애쓴다.

혼인하면 분명 제 마누라한테도 이럴 텐데, 그리 아들을 나누어 가지면 심술이 날 것 같다는 생각이 들 정도로 이 아이의 다정함에 기대왔다.

남편이 헐게 하는 만큼 아이들로 채워 넣었다. 무염도. 친아들은 아니지만 유미흔은 한 가지는 분명 믿고 있었다. 아이들이 위험해지면, 무염은 목숨을 걸고서라도 지켜줄 거라고. 다행이라 생각했었다. 나 말고 아이들을 사랑해 주는 사람이 있어서, 믿고 맡길 사람이 있어서.

"네 아버지가 미안하다 하더구나. 그간 했던 것들이 다 잘못이라고, 미안하다고. 용서하지도 말라 할 정도로 미안해했어."

그리고 남편은 이십 년간 단 한 번만 해줬더라면, 그 말 한마디만 믿고 견뎠을 말도 했다.

그리 바라던 말인데 정작 듣고 나니 참 허탈하더라. 씨앗은 죽고 가지는 말라 비틀어졌는데 물을 붓는다고 될 리가 없더라.

그 말 한마디를 처음에 했더라면, 유미흔은 아마도 그 말 한마디만 믿고 그가 무슨 일을 하든 견뎠을 것이다.

무엇을 해도 용서했을 테고. 조금만 잘해줘도 눈물을 흘리며 고맙다고 하고. 다정한 말 한마디에 십 년 원한이 녹아내릴 테고, 시시한 사과에도 감지덕지. 손만 잡아줘도 너무 좋아서 밤잠도 설쳤을 것이다. 그래, 그래, 사랑한다잖아. 저리해도 저 사람은 나를 사랑해, 그러며.

갑자기 힘이 쫙 빠졌다. 자신이 할 어리석은 행동이 눈앞에 펼쳐지니 허망하다. 그것 역시, 딱히 행복한 것 같지는 않아 보인다.

"제가 더 잘해 드릴게요."

"릉아."

"어머니가 형님께 많이 의지하셨던 거 압니다. 제가 어리고 또, 뭐 제대로 보여 드린 것도 없으니 당연하다고 생각했어요. 그런데 지금 저도 컸고, 제 앞가림은 할 수 있으니 제게 의지하셔도 될 겁니다. 형님은 좀 서운해하실지도 모르는데, 그래도 저는 어머니 친아들이고, 제가 행복하게 해주고 싶은 여인은 어머니뿐이에요."

"장담하는데, 너도 네 마누라 생기면 그리 말할 테고 네 딸 생기면 또 그렇게 말할 거다. 배신하고말고."

"그럴 리 없어요."

"네 형 봐. 세상에 나밖에 없는 효자였다가, 제 여자 생기고 네 아버지가 그 아이를 쫓아내자마자 성이고 고향이고 냉큼 버리고 달려나갔지. 이제는 남자 안 믿어. 남편이건 아들이건, 다 똑같아."

무릉의 얼굴이 부드러워졌다.

"너도 분명 그럴 거다."

"설마요. 저는 어머니뿐이라니까."

"그건 네가 아직 총각이라 그런 거고. 안 믿어, 안 믿어. 기대하면 항상 뒤통수치는 게 사내놈이니."

"이제 좀 어머니답네요. 며칠 슬퍼하시기만 하셔서."

"물론, 나는 아직도 슬퍼. 오라버니, 조카들…… 그래도 네가 있고, 네 동생들이 있고, 네 형도 돌아와서 다행이구나."

하지만 안다. 남편이 돌아오면, 무염은 떠날 것이다. 도저히 잘 지낼 수 없는 자기 아내와 아버지 사이에서 이미 아내를 택한 지금, 돌아오지 않는다.

"릉아, 이제 가봐라. 네 아버지 배웅해. 그리고 그 아이, 보령이는 풀어 줘라. 네 아버지하고 같이 보내."

"네?"

"내가 잘못한 것도 있고, 생각해 보니 안쓰럽기도 하더구나. 어린 나이에 원망할 데가 없어서 그런 못된 짓을 한 것 같고, 내가 그때 어리고 분을 참지 못해 잘못한 것도 사실이잖니."

"어머니, 그 계집애가 무슨 짓을 했는지 모르세요? 정말 큰일 날 뻔했습니다!"

"그래도 큰일이 나지 않은 걸 보니, 그 아이도 운이 나쁜 편은 아닌 것 같구나. 놔줘라. 네 아버지하고 같이 보내고, 성으로 돌아오지 못하게 하는 선으로 끝내자."

"벌하고 싶지도 않으십니까."

"그 아이를 괴롭힌다고 뭐가 달라지니. 단, 성안에서 보이면 그때는 무사하지 못할 거라 엄포는 놓으렴."

"알겠습니다."

"그리고 고맙다. 네 어미도 아비도, 참 못난 꼴만 보여줬는데 다 바르고 다정하게 커줘서."

"무슨 소리세요."

"고마워서 그래."

아들은 웃었다. 언제 봐도, 보기만 해도 행복해지는 웃음이다. 유미흔은 그런 아들의 어깨를 두드려 주고는 보냈다. 그리고 그렇게 홀로 남게 된 유미흔은 서늘한 바람을 맡았다.

그 바람과 함께 새벽의 화양이 밝아온다. 두려움에 젖어 적막한, 전란 속의 화양이다.

부인은 누각의 난간에 기대 바다를 보기로 했다. 배웅하지 않을 거라 했으나, 그래도 아이들의 아버지, 남편, 이십 년을 함께해 왔다. 보고 있고 싶다. 그가 어디로 가는지.

미련은 없고, 기대도 없다 하지만 그래도 그러고 싶다.

미안하다, 미안하다, 하는 남편의 눈물을 보며 유미흔은 이제 남편을 사랑하지 않는다는 것을 알았다.

이십 년간 미워했던 남자가 아닌, 그냥 불쌍한 남자가 앞에 있었다. 가엾고 구차하고 처량한 남자가.

그런데 사실 그런 남자를 사랑했었다.

믿을 것 하나 없는 세상, 때때로 자기 자신조차도 배반하는 그런 세상에, 엉겅퀴처럼 가시 돋친 당신을 사랑했다.

당신이 약해서, 당신이 섬세해서, 당신이 안타까워서, 당신을 안고 싶고 위로해 주고 싶었다. 당신이 내게 기대주기를. 가슴으로 필요한 사람이기를 바라기만 했다. 동정한 것이 아니다. 동정이 어찌 사랑인가. 유미흔은 이 험한 세상에서 동정이 얼마나 얄팍한 감정인지 알았다. 그 인내심 없는 감정은 가벼운 고난에도 사라지고 만다. 그러니 남편을 동정한 것은 아니다. 사랑하니 필요한 사람이 되고 싶었던 것뿐.

남편의 눈물을 보며, 유미흔은 남편은 자신의 바람과는 달리 다른 사람으로 살아왔던 것을 알았다. 강하고, 지배하고, 억누르고, 휘두르고. 맞지 않는 만큼, 비어 있는 만큼, 타인의 고통으로 갚아야 했던 삶. 아닌 것이 되기 위해 그토록 애써야 했던 당신.

왜 이제야.

그 사람이 하도 아닌 척하여 결국 사랑하지 않게 된 지금, 왜 이제야 그런 당신이 아직 그곳에 있다 말하는 것인지.

바람이 볼을 스친다. 처음 이곳에 왔을 때 희망만이 있던 시절과 같은 바람이다.

그리고 이곳에서의 그 긴 시간들. 봄의 웃음소리와 여름의 찬탄, 가을의 한숨과 겨울의 탄식, 한 해 한 해 기억하고 슬퍼하고 다시 기억하고 슬퍼하고 고통받고, 그러다 지쳐 갔던 날들이 떠오른다.

배웅하지 않으련다.

그리고…… 나는 당신을 기다리지 않을 겁니다.

거듭, 맹세해요.

나는 당신을 기다리지 않을 거라고.

그러니, 잘 가요. 영원히.

마주하는 아버지는 무염이 보기에 완전히 다른 사람 같았다. 긴장하던 눈빛도, 경계하던 얼굴도 없다. 담담한 포기가 그 얼굴에 있었다.

"무사히 다녀오십시오."

"무사히 도착만 하면 되겠지. 그다음은 그다음 생각하련다."

말이 자른 듯 끊어졌다. 둘 다 머뭇대다 채규가 먼저 말했다.

"나는 네 앞에서 엉망이었다."

"……."

"네 어머니, 그러니까 죽은 네 어미 말이다…… 그 앞에서도 나는 항상 엉망이었지. 그게 지겨워서 네 어머니가 떠난 거겠지만. 하긴 나라도 지겨웠을 거다. 네가 나타났을 때, 네 앞에서 나는 또 충분히 엉망이었지. 아니, 넘치도록 엉망이었다. 딱 그만큼이구나. 너하고 내가 그날들을 살아오며 해낸 것이……."

"아버지."

"내조에 말을 남겨뒀다. 한 해간 네게 성주 대리를 맡기고 올해 안에 돌아오지 않으면 나는 물러난 것으로 하고 그다음은 네가 알아서 해라."

"무슨 말씀이십니까."

"성을 떠나지 마라. 내가 물러날 테니."

"아버지."

"강해 보이려고 무던히도 애썼다. 내게 굴러들어 온 운들을 쥐고, 지킬 방법을 몰라 그저 허둥대기만 했다. 의지하는 것이라도 제대로 했으면 좋으련만 그나마도 하지 못했지. 그러니 이게 내가 할 수 있는 최선. 친정에 있는 그 아이도 불러와라. 나하고야 잘 못 지내겠지만, 물러난 나하고는 적어도 마주칠 일 없이 살겠지."

"그 중요한 결정을 이런 자리에서 하십니까."

"걱정 마라. 네 아버지로 말하는 게 아니다. 성주로서 말하는 거지. 그래서 지금 네게 말하는 건, 내 기분으로 하는 말이 아닌 진담이다. 또 필요한 절차는 다 끝났다."

무염은 당혹스러웠다.

무염이 아는 어제까지의 아버지와, 오늘의 아버지가 다르다. 그런데 내일의 아버지는 어떨지.

"릉이에겐 뭐라 합니까."

"이미 말했다. 그리고 이번 전쟁이 끝나면 화서항을 탈환하길 바란다. 네 어머니 친정 것이었으니, 릉이가 받는다 해도 모양이 나쁘지는 않지. 전쟁터는 관리 못해도, 장사하는 곳에서는 잘할 녀석이다…… 십 년…… 아니, 이십 년이 지나도 릉이는 전쟁 한복판에서 성을 지킬 아이는 못 된다. 나도 알고, 릉이 자신은 더 잘 안다. 건이나 흔이가 자라면 또 모르지만, 당분간은 그래. 그간 미안했다. 그리고 수고했다."

무심한 사과였지만, 지난번의 사과보다 훨씬 더 묵직했다.

"아버지—"

기분이 묘하다. 오는 내내, 아버지와 또 어찌 대면하나 걱정했는데, 기억하던 아버지와 앞의 아버지가 완전히 다르니 어찌해야 할지 정말 모르겠다.

어색해지기만 하는데, 다행히 무릉이 와서 말했다.

"어머니께서는 오지 않으신다 합니다."

채규는 실망도 하지 않고 화도 내지 않았다.

"알겠다."

그리고 채규는 자신을 싣고 갈 배로 갔다.

수부와 수군들이 출항을 준비하는 가운데, 사징이 기다리고 있었다.

"오십시오."

"계획은 있나."

"그건 제가 알아서 합니다."

사징은 같이 올라온 무염에게 말했다.

"간다. 그리고 공자, 우동관 따위에게 지고 오면 나한테 끝장날 줄 알아."

"너도 제대로 도착 못하면 끝장일 줄 알아."

사징이 코웃음을 쳤다.

"네가? 나를?"

"……."

콱 쥐어박고 싶었다. 무염 앞에서는 이리 깐죽깐죽 건방진 놈이 누나인 사량 앞에서는 잽싸게 점잖은 서생이 되니, 가증스럽기 그지없다. 사량이 저놈이 저리 입 터는 것을 봐야 하는 건데.

"간다."

사징은 쌀쌀맞게 말하곤 돌아섰다. 이 상황에서도 인사가 저따위인가. 무염은 기가 차서 보는데, 옆의 무릉이 작게 말했다.

"저기, 형님…… 하필이면 지금 이런 걸 묻는 건 좀 그런데, 형수님께 여동생은 없습니까?"

"없다."

"친척이라거나."

"룽아, 이 형이 지금 저 집안에서 충분히 미움받고 있거든? 막씨 집안

아들이자 네 형으로서 말하는데, 너까지 거기 보태지는 말자."

있다 하더라도, 막씨 집안으로 여자 하나 더 보내라 그러면 저 녀석은 일단 멱살부터 잡을 것이다.

무염은 배에서 내려 출항하라 명했다. 배가 닻을 올리고, 노가 움직이며 이내 부두에서 멀어졌다. 군항에서 출항한 전함 수척이 그 뒤 따르거니 앞서거니 하며 둘러쌌다.

화양이 멀어지는 것을 등 뒤로 느끼며, 채규는 그를 데리고 갈 청년과 함께 수평선을 보았다. 청년은 난간에 기댄 채 떨어질 듯 말 듯 서 있었다.

"지난번, 구해줘서 고맙네."

"구하고 보니 화양공이었던 거니, 고마우실 것까지는 없습니다."

"……"

말투 한번 참.

그래도 담담하고 굵은 목소리가 옛 친구를 생각나게 했다.

그 친구와 마지막으로 같이 지낸 것이 화서항의 회맹 때. 당시 화징은 입만 열면 딸 이야기였다. 첫 아이라 애가 걷기만 해도 기적이 일어났다 난리요, 알아듣기도 힘든 말 한마디에도 우리 딸 천재라며 자지러지던 때였다. 남의 집 아이들도 다 나이 먹으면 일어나고 말도 한다고 해봤자 소용없었다. 당시 화징에게는 모든 것이 우리 딸만 하는 일이었다. 너무나 지겨워서 제발 입 좀 다물어달라 사정했으나, 화징은 아침에 일어나면 똑같은 말을 또 시작했다. 결국 '우리 딸이 말이야……' 가 시작되는 즉시 채규는 귀를 닫았다.

그 여행길이 마지막. 아내와 결혼한 뒤, 그 내막에 대해 말이 나오는 것이 싫어 화징과는 연락도 하지 않았고 그 친구 역시 이유를 헤아려 찾아오지 않았다.

그 후에 본 것은 황제가 황성으로 각 성의 제후들을 불렀을 때였다. 그때는 그저 스치듯 눈으로만 인사를 나누고 자리를 떴다. 역시, 그 친구는 모르는 척해주었다.

그러고 보니 화징이 그리 자랑하던 아이가 화양으로 온 것이다. 사윗감은 꼭 근처에서 찾을 거라 다짐하더니. 그리 찾은 사위에게는 배반당하고 미래의 진짜 사돈은 코앞에서 졸고 있었던 것이다.

"사징이었나."

"그렇습니다."

"아버지 이름을 이었군."

보통 유복자에게나 아버지 이름을 내려주는데, 살아서 아버지 이름을 이었다니 특이하다. 열여섯밖에 안 된 아들을 남겨두고 떠나게 될 줄 알았던 걸까.

그때 무관이 갑판 아래에서 여자를 끌고 나왔다.

보령이었다. 얼굴은 말랐으나, 입고 있는 옷은 깨끗했다.

"보령아."

보령은 무릎을 꿇었다.

"나리."

사징이 말했다.

"출항 전, 둘째 공자가 맡기고 갔습니다. 부인의 명령이니, 싫어도 들어달라며. 하나도 쓸모없는 자를 배에 태우기는 곤란하나, 화양공이 책임지시겠다면 배 밖으로 던지지는 않겠습니다."

"내가 책임질 테니 놔주게."

채규는 창백한 딸의 얼굴을 보면서 안도했다.

"무사했구나."

"죄송합니다."

"룽이가 뭐라고 하더냐."

"마님께서 보내라 하니 보내는 거라며. 단, 이대로 가 돌아오지 말라 하셨습니다."

"그래."

"데려가 주십시오. 어디로 가든 제가 모시겠습니다."

"나는 이제 네게 해줄 게 없다."

"곁에 있게 해주세요."

"네가 한 일이 무엇인지, 너도 알지 않으냐. 네 서러운 마음에 한 짓이라 잊어줄 테니, 너도 잊고 떠나라. 노자 정도는 챙겨주마."

사징의 무심한 눈이 보령을 향했다. 아, 이 계집애군, 하는 정도의 표정이었다. 놀란 건 보령이었다.

"누구십니까."

"융금백이다. 그 아이, 갈사량의 동생이지."

갈사량이란 이름이 나오자, 보령은 흠칫 놀라 얼른 시선을 돌렸다.

"우선, 내려가 있어라. 나는 조금 있다가 내려가마. 어서."

사징이 말했다.

"나리도 지금 들어가 계십시오. 상산의 수군이 옵니다. 수적이라는 편이 나을 테지만."

"내 눈에는 안 보이는데."

"곧 옵니다."

"보이냐?"

"네, 그러니 들어가셔서 한동안 나오지 마십시오. 이기던 지던 어쨌건 기다리십시오."

화양공이 내려간 뒤, 사징은 선수(船首)로 가 수평선을 노려보았다.

지금 화양성을 떠난 배는 열일곱 척, 앞에서 오는 것은 서른여 척이다. 정보야 당연히 샜을 테고, 행여나 모를까 봐 척후들에게 쥐어서 보내는 거나 다를 바 없이 알렸으니 오는 게 당연하다.

사징은 상산의 수군들의 숫자를 가늠하고 대포를 확인했다. 수적들 대포라, 위협용일 것이다. 대포를 믿기보다는, 배 위로 기어올라 와 싸우는 데 주력할 것이다.

"대포."

사징이 말하자, 화양의 수군들은 심지에 붙일 불을 들고 대포를 단단히 고정시켰다. 갑판 아래에서도 대포 움직이는 소리가 들렸다.

앞의 상산의 수군은 일렬로 오고 있었다. 가을이라 유속은 빠르지 않았으니, 사슬로 예쁘게 묶고 강을 휩쓸며 내려오는 중이다.

사징이 말했다.

"쏘시오."

조용하자, 저러고 있을 줄 알았다고 생각하며 사징은 고함을 질렀다.

"하나——!"

그 우렁찬 목소리에 화양의 수군이 벼락이라도 맞은 듯 놀랐다.

"둘!"

열을 맞춘 적의 배들은 성채처럼 밀려온다.

그 거리가 거의 지척이 될 무렵, 사징이 고함을 질렀다.

"당장! 궁둥이 들고, 어깨 피고! 팔 움직여, 이 굼벵이들아! 당장 안 움직이면, 대포알보다 너희들이 먼저 날아갈 줄 알아라——!"

선녀처럼 어여뻐서 넋 놓고 있다가, 사징이 터뜨리는 그 웅장한 고함에 수군들은 경악하며 불을 붙였다.

"어서! 내가 직접 너희들을 대포에 쑤셔 박고 불붙이기 전에——!"

포성이 울리고, 포탄이 적함의 갑판 위로 쏟아졌다.

단단하지도 못한 상산의 수군들 갑판이 박살나고, 나뭇조각이 튀어 올랐다.

"화시(火矢)!"

불화살이 적의 배로 쏟아졌다. 배가 단숨에 불타올랐다. 애초에 숫자가 적은 화양의 전함을 압박 포위해서 점령할 생각이었던 상산군에게 이렇게 입구부터 터지는 것은 예상 밖의 일이었다. 이어, 정확히 조준된 기름 항아리가 상산의 갑판으로 던져졌다. 끈적끈적한 기름이 갑판에 들러붙고, 한동안 비가 없어 바짝 말려둔 상산의 전함은 쉽게 활활 타올랐다.

적의 지휘관들은 퇴각을 명하려 했지만 쇠사슬 덕에 제대로 돌릴 수 없었다.

사징이 고함을 질렀다.

"측면 대포! 그대로 돌파한다! 그 즉시 쏴라!"

화양의 전함은 포위를 뚫고 거슬러 올라갔다. 상산의 사슬로 단단히 묶인 배들은 그 덕에 오히려 제대로 다루지 못하며 급하게 무너졌다.

우왕좌왕하던 상산군은 간신히 사슬을 끊고 흩어지기 시작했고, 그 사이로 화양의 배가 파고들고 그 선측에서 대포가 쾅쾅 터졌다. 대포알이 양옆에 있는 배들을 연달아 박살 냈다.

몇 척이 가라앉고, 아직 사슬을 끊어내지 못해 같이 가라앉는 배들이 속출하는 가운데, 사징과 화양의 배는 포위를 완전히 뚫었다. 상산의 수군은 강을 타고 오히려 뒤로 밀려나며 거꾸로 쫓아와야 했다.

수평선 위로, 다시 상산의 적함이 나타났다. 후발대다. 선진이 불타는 것을 보고 빨리 출발한 것이다.

"많군."

사징은 짜증이 났다. 이것까지는 내가 계산했던가.

적함 몇 척이 따라붙으며, 쇠갈고리가 날아왔다. 화양군이 더 적어 미처 대응하지 못하는 사이, 쇠갈고리들이 연달아 박혀오며 갑판 위로 상산의 수군들이 뛰어내렸다.

적의 지휘관 중 하나가 이 배에 화양공이 탄 것을 알아낸 것 같았다. 그러지 않고서야 다른 배들 다 놔두고 여기로 뛰어들 리 없지.

사징은 칼자루에 손을 얹으며 돌아보았다. 이미 수십 명의 적이 갑판으로 뛰어들었다.

사징은 바로 검을 뽑았다. 빠른 발도와 함께 피보라가 일고, 갑판으로 피가 쏟아지고 목과 팔들이 단숨에 떨어졌다. 사징은 몸을 당겨 그를 향해 덮쳐 오는 적의 목을 뚫고, 바로 검을 뽑아내 등 뒤로 공격하려는 자의 허벅지를 찔렀다.

단숨에 휘몰아쳐 여러 명을 떨쳐 낸 뒤, 사징은 그에게 달려드는 갑옷 차림의 적장을 향해 검을 휘둘렀다. 단번에 배를 찔린 적의 얼굴이 굳으며 신음을 흘렸다. 사징은 걷어차 그 무사를 날린 뒤, 등을 공격하려 온 자의 목을 뚫었다. 피가 후두둑 쏟아져 목과 등으로 튀었다.

"노를 저어라! 갑판 아래로 내려가지 못하게 해! 빌어먹을, 나 혼자 싸운다! 거기 검, 그건 저녁에 사과 깎을 때 쓰려는 거냐!"

놀라서 보고 있던 화양의 수군이 그제야 함성을 지르며 싸우기 시작했다. 사징은 갈고리들을 걷어차 날리기 시작했다. 난간 위로 수적 하나가 뛰어들자, 그대로 그 갈고리를 잡아 머리를 후려쳤다. 한 손으로 묵직한 갈고리를 휘둘러 머리를 으깨는 것을 본 수적들이 경악했다. 저거 뭐야, 사람인가? 일단 생긴 건 사람인데!

사징은 수적의 배를 후려쳐 날리며 고함을 질렀다.

"가만히 있지 말고 싸워라! 어서! 아니면 관이나 짜던가!"

화양의 수군들은 급히 갑판의 적들을 베어내고 던지고, 갑판을 사수했다.

북이 엄청나게 울리며 아래에서 빠르게 노를 젓고 배에 속도가 붙자 갈고리들은 하나둘 떨어졌다.

그때, 우측에서 다시 적함이 들러붙으려 했다. 사징의 눈앞으로 대포를 장착한 강력한 전함이 보였다. 이건 수적의 배가 아닌 진짜 수군의 배였다. 측면의 포문이 열리며 대포가 나오고, 그 뒤로 횃불이 솟아올랐다.

아, 이런.

사징은 각오해야 한다 생각했다.

정말, 각오해야겠다.

그때 상산의 전함을 향해, 검은 들소가 돌진하듯 강력한 일격이 꿍음과 함께 덮쳤다. 우르릉, 하는 소리와 함께 적의 갑판이 박살나고 돛대가 단숨에 부러졌다.

거대한 충각이 적의 적함을 뚫고 무너뜨렸다. 적함도 강력했으나, 수류의 속도와 노 젓는 속도를 동시에 합한 엄청난 일격은 막강한 충각의 힘과 함께 적함을 단숨에 박살 냈다. 갑판이 우르르 무너져 위로 솟구치고, 돛은 완전히 부러져 강으로 떨어졌다. 무너지면서 쪼개진 배는 싣고 온 대포의 엄청난 무게가 실리며 더 빠르게 갈라졌다. 적군이 비명을 지르며 물속으로 뛰어들었고, 그 위로 검은 전함이 덮쳐 누르며 완전히 압박했다.

"어라."

사징은 고개를 들었다.

붉은 노을 속에, 검은 돛과 육중한 선체의 전함이 적함을 완전히 압도하고 있었다.

"사징!"

사징은 귀가 번뜩했다. 맞은편 배의 좌현(左舷)에 검은 무사복의 소녀가 서 있었다.

소녀는 난간을 뛰어올라 사징이 탄 배 위로 올랐다.

사징은 피투성이가 된 채 노을과 강바람, 포성과 고함, 함성과 배 무너지고 깨지고 박살나는 무시무시한 전장 속에서 눈만 크게 뜨고 소녀를 보고 있었다.

뭐라 말하지, 그런 것 같긴 하다고. 아, 질 뻔했다고? 대포 맞을 뻔했다고?

이런저런 생각을 하다가 사징은 다 집어치웠다.

와, 대단하다.

이게 최선이다.

갑자기, 범아가 사징의 양팔을 꽉 잡았다.

"너! 괜찮아?!"

아, 나는 괜찮지. 내가 안 괜찮게 만든 사람이 매우 많을 뿐.

사징이 고맙군, 하고 말하려는데 범아가 사징의 목을 와락 안았다. 놀란 사징은 그대로 있었다. 아무리 좋다 해도 이렇게까지 접촉할 필요는 없어.

"다행이다! 네가 큰일 나는 줄 알았어!"

대포에 맞으면 누구나 큰일 난다고 말하는 게 맞았으나, 사징은 그리 말하는 대신 가족이나 황 선생 외에는 지어본 적이 없는 표정을 지어 보였다.

정말 제대로 웃었다.

화나서 입꼬리 픽 올리는 그 웃음 말고.

"덕택에."

그리고 놀라 우뚝 선 범아의 머리를 쓸어내려 주고는 말했다.

"그럼, 마저 싸우지. 아직 좀 남아서."

갑판 아래에서 채규는 지옥문 앞에 서 있는 기분이었다.

포성과 고함이 들리고, 다시 배가 들썩이며 옆으로 크게 젖혀졌다. 포성이 꽝꽝 울리다, 갑판이 열리려 들썩이고, 잠시 뒤 그 틈으로 피가 스며들어 뚝뚝 떨어졌다.

보령은 결국 기절했고, 채규는 현기증이 이는 것을 간신히 참아야 했다. 거의 몇 시진 넘게 이어지던 포성과 병장기 부딪히는 소리가 잦아들고 조용해졌다.

갑판으로 난 문이 열렸다. 지친 얼굴의 무관이 얼굴을 내밀었다.

"무사하십니까?"

"그래. 위는 괜찮나?"

"저희야…… 괘…… 괜찮습니다…… 일…… 일단, 올라오십시오."

채규는 보령을 앉힌 뒤에 위로 올라갔다.

밤이었다. 수면 위로 불타는 나뭇조각 몇 개가 떠돌아다녔다. 횃불을 환하게 올린 전함들이 양옆을 호위하며 노를 젓고 있었다. 수군은 시체를 밖으로 던지고 부상자들을 실어 날랐다.

그 가운데 사징이 기다리고 있었다.

"황상께서 오셨습니다."

청년의 얼굴은 피투성이였으나 차분했다. 대체 무슨 일이 있었는지 청년을 보는 화양군의 눈은 감탄도, 감사도, 경외도 아니다. 세상에서 제일 무서운 것을 본 마냥 굳어서 이를 악물고 있었다.

"자네, 여기서 대체 뭘 한 건가."

"싸웠습니다. 공자가 알아서 하라 지휘를 맡겼으니."

"수전을 지휘한 적 있나."

"아태관으로 수적 떼들이 온 적이 몇 번 있습니다. 그때야 수군이 아닌 어부들을 데리고 싸운 거지만. 그래도 대포는 다룰 줄 알게 만들었더니,

수적 정도는 상대했습니다."

"……."

채규는 화양의 수군을 보았다. 다들 얼어붙어 있다.

절세미인이 남장한 것 같은 애가 뭘 할 줄 아나 하고 손 놓고 있다가 매우 섬뜩한 것을 보고만 표정이었다.

"수고…… 했네. 자네는 이제 어쩔 예정이지."

"융금으로 돌아갈 예정입니다."

"그곳에 자네 누나가 있겠군. 끝인가."

"제 일은 끝입니다. 전란에 관한 한 이 이상은 끼어들고 싶지 않군요."

"그럼, 자네 누나에게 전해주게. 염이와 잘 지내라고."

사징의 눈이 막채규의 얼굴을 향했다. 잠시였지만, 정말 뚫을 듯 바라보고는 눈길을 거두었다.

"황상께 가십시오."

옆에 용주가 서 있었다. 흑룡선보다는 날렵하고 가벼워 보이는 배였다. 황제는 갑판에 나와 있었다.

"어서 오게, 화양공."

"직접 마중 나오실 필요는 없었습니다, 황상."

"워낙 기뻐서 가만히 있을 수가 없었네. 게다가 어린 손녀를 보내놓고, 나 혼자 강가에 앉아 기다릴 수도 없지. 정말 반가워. 공이 무사해서 너무나 기쁘네. 여기 오면서 공이 다칠까, 아주 걱정이 컸네."

채규는 당혹스러웠다.

너무 반기는 태도가 아닌가.

사과하러 직접 오라 으름장 놓던 황상이 맞나.

채규는 용주에 탔다. 황제가 명령하자, 수부들이 다리를 떼어냈다.

"안으로 들게."

채규는 황제를 따라 선교 안으로 들어갔다.

아무것도 없는 방이다. 탁상 하나와 의자 두 개.

"자네 아들이 내 말은 잘 전했겠지."

"사죄를—"

"아, 내게 잘못했다는 거지? 가만, 자네가 대체 뭘 잘못한 건가. 내 아들을 잃게 한 것? 나를 배신한 거? 뭐, 자네 말고 배신하는 자야 널렸지. 자네가 아들을 잃게 한 아비가 나 하나만도 아닐 걸세. 그 아비들에게 다 사죄를 할 겐가."

"황상— 제가."

놀리는 건가, 뭔가.

"앉게."

황제는 먼저 앉으며 자리를 권했다.

죄인의 처지로 온 거라, 무릎이라도 꿇을 거라 생각했던 채규에게는 다 의외였다.

잠시 뒤, 나이 든 시녀가 와서 술을 놓고 갔다.

황제는 잔에 술을 따른 뒤 채규에게 건넸다.

"독주는 아니네."

"의심하는 것이 아닙니다."

황제는 자신의 잔에도 술을 따른 뒤 마셨다.

"나는 절대 자네를 죽일 생각은 없네. 나야말로 자네의 무병장수를 진심으로, 정말 진심으로 비는 사람이야."

"죽이셔도 상관없습니다."

"아냐, 아냐. 죽일 생각 없어. 오느라 정말 수고했어."

"며칠 전, 소신이 우동관과 만났습니다."

"뭐라 했을지 뻔하군. 그가 나하고 손잡았다고 했겠지? 그래, 그럴 줄 알았어. 그리 말하고 자네를 겁줘야지. 그래도 나는 자네가 자네 아들에게 서부의 군사를 다 주고 간 것도 의외였네. 그래, 사람이 그리 변해야지. 늙었다고 주저앉으면 다음 갈 곳은 관 속뿐이네."

"정말 우동관에게 그러신 겁니까."

"그랬지. 불러 앉혀놓고, 술상 차린 뒤에 말했다네. 이봐, 상산공, 자네는 저기 저 화양과 화서항까지 다 먹어치워. 남쪽의 황제가 되라고. 나는 이미 늙은 몸, 이 늙은 몸이나마 황상으로 남아 있고 싶으니 저 북쪽은 내가 차지하고 있겠네. 내 자리는 내 조카가 물려받을 테지. 상산공은 그런 내 말을 들으며 얼른 머리를 굴렸겠지. 여기서 황상과 손을 잡고 남쪽을 친 뒤에 이 황제의 조카가 물려받으면 그때 치자."

"……황상."

"정말 그랬어. 그래서 상산공은 마음 놓고 자네를 치러 갔지. 참, 웃겨. 자네나 상산공이나, 자기가 가진 것 중 가장 좋고 가장 먼저 지켜야 할 것이 무엇인지 도무지 모르니. 상산공은 자기가 다스리는 곳에 기반을 내리는 것보다 나를 치고 황성을 차지하는 것이 우선이었지. 상산에 제대로 기반을 잡으면 제대로 패업을 이룰 수 있었을 텐데. 하지만 우동관은 전혀 그러지 않았지. 오로지 남이 가진 것만 탐하느라, 자기가 가진 것의 내실을 다스리지는 못했지."

그리 잘 알면서 지난 전쟁 때 우동관에게 당했냐 하고 싶었다.

알아챈 듯 황제가 웃었다.

"알아. 나 역시, 내가 가진 것을 너무 과신했지. 내 아들들이 좀 모자라도 장수들과 관료들이 다 알아서 도울 거라 생각했지. 그러나 내 아들들은 내 생각보다 더 무능했고, 장수들과 관료들은 내게 충성하느라 아들들을 제대로 다루지 못했지. 그 후에, 나는 꽤 조심했어. 우동관이 알아챌까봐, 우동관이 진짜 전쟁이란 것을 하고 자기가 얼마나 형편없는 놈인지 알게 될까 봐. 상산에 처박혀 버릴까 봐, 내게 복수의 기회가 없을까 봐."

"……네?"

"나는 우동관을 새장 속의 새처럼 다루었지. 작은 전쟁에서 이기게 놓아두고, 자기가 대단한 명장이며 언제고 패업을 이룰 거라 우쭐해하도록. 정말 전쟁이란 것이 무엇인지 모르도록. 지금까지 우동관은 내 기대대로 움직여 주었고. 그 과신이 우동관으로 하여금 많은 군사를 이끌고 상산을 비우고 여기까지 오게 했어. 길목마다 언제 적이 나와 보급로가 끊어질지 모를 곳으로 왔다는 거야! 화서항을 점령하면 뭐 하나. 그곳의 수군은 아태관과 북의 수군이 밀려들면 어항 속의 물고기 신세야."

"……."

"아태관 쪽이 그래서 나아. 융금은 현재 어렵긴 하지만, 군수물자를 댈 수 있는 산로를 확보하고 있지. 산 자체를 차지하면 들어오는 적군을 막기도 쉽고. 그러나 화서항은 반대. 차지하기는 쉬워도 지키는 건 어려운 어항이야, 어항. 화양과 같이. 입성은 쉬워도 수성은 어려운. 그래서 그 오랜 시간, 그 누구도 건드리지 않은 거야. 화서항이 바치는 뇌물을 먹는 게 낫지, 점령하고 관리하는 건 또 귀찮아서."

"그럼……."

"우동관은 제 발로, 제가 영리한 줄 알고 함정으로 가준 거지. 만족스럽게. 그리고 이렇게 우동관의 상산은 파멸하는 거야."

뭔가, 이건.

예상했던 말도, 각오했던 상황도 아니다.

"자네도 그래. 자네가 가진 가장 좋은 것은 자네를 보호하는 아들이었지. 친절한 말 한마디에도 진심으로 감사할 아들을 두고도 자네는 우동관과 마찬가지로 다 버리더군. 그래서 이렇게 여기, 내 앞에 있지."

"황상께서 소신에게 원하시는 것이 무엇입니까."

"아주 쉬운 거야. 나와 함께 가는 거네."

"네?"

"나와 함께 황성으로 가지. 황성에, 자네가 머물 곳을 마련해 두겠네. 내 궁 안에, 홀로. 어떤 대접을 할지는 나도 아직은 모르겠어. 죄수로 다룰까, 그저 귀양객 정도로 다룰까? 잡초, 비렁뱅이, 날개 부러진 새, 다리 부러진 당나귀처럼 다룰까!"

등이 오싹해졌다. 용서를 빌리면 용서를 빌 테고, 죄를 갚으라면 갚겠다. 그런데 이건 예상 밖이었다.

"황상, 전혀 알아들을 수가 없습니다."

"이보게, 화양공."

황제의 얼굴이 다가왔다. 우아하고 세련된 웃음을 가득 담은 얼굴이다.

"매일 아침 말이야, 매일 아침 눈을 뜨면 나는 내 아들들이 세상에 없는 걸 알지. 아침부터 저녁까지, 나는 그날의 기억으로 돌아가고 그날의 곡소리를 듣고 그날의 찢어지는 가슴을 또 느끼지. 다들 언제고 슬픔을 잊을 거라는데, 나는 그리 못하겠더군. 되지 않아. 나는 매일 아침 가슴이 아프고, 매일 저녁 눈물을 흘리지. 가슴을 쪼개 아이들을 돌려받을 수 있다면 쪼개고 싶어. 지금도 쪼개지듯 아프니, 그냥 칼을 대고 쪼개도 좋아!"

"……."

"자네는 비열했고, 비겁했고, 내 아들은 비참하고 허무하게 죽었지. 내 병사들은 바닥에서 썩어가고, 내 신하들은 그 위에 썩은 물을 보탰어. 바로 자네 때문에!"

"황상…… 제가."

"사과하지 마. 빌지도 마! 그저, 그 표정…… 그 두려움에 찬, 당황한 표정. 정말 나를 달콤하게 하는군. 아주 좋아. 너무나 기분이 좋아서, 보고 또 봐도 질리지 않군. 더, 더 그리 만들고 싶어져. 적어도, 오늘 밤은 한숨 정도 자겠군!"

점점 오싹해진다. 노 젓는 소리가 계속 이어지며, 지금 채규는 화양과 화양의 군사로부터 멀어지고 있다는 것을 깨달았다.

"화양공, 지난번 자네 성에 갔을 때, 나는 정말 잠 한숨 잘 수가 없었네. 자네 자식들, 자네 아내. 볼 때마다 나는 속에서 울화가 치밀었지. 숨을 쉴 때마다 다 불 질러 버리고 자네 목을 따버리고 싶어 미칠 지경이지. 나를 아비라 불러줄 아이들은 하나도 없는데, 텅 빈 궁에 나 하나 앉아 있는데, 부모 없는 손녀 아이 보듬으며 한숨 쉴 뿐인데, 자네는……! 하, 내 가장 소중한 것 중 마지막을 앗아간 자네는…… 자네는 다 가지고 있지! 자네 막내아들을 봤을 때, 내 속은 갈기갈기 찢어졌어! 내게 이런 아이 하나만 남겨주었으면, 그랬으면 나는 복수고 뭐고 아무 생각도 하지 않고 그 아이를 보듬고 숨만 쉬고 살았을 거야……. 한시도 손에 안 놓고, 한순간도 눈 밖에 보내지 않았을 테지! 그런데 하나도, 하나도 없어! 정말 하나도! 세상이 내 관이고, 사방에 불길이라 내가 숨을 들이쉴 때마다 속을 활활 태우지! 가슴은 터지고, 터지고, 또 터져! 디디는 곳은 자갈밭이고, 눕는 곳은 죄다 가시밭!"

황상—

다시 불러보고 싶었다.

맞습니까, 당신이.

"이보게. 내 아들들의 장례를 다 치르고, 매일매일 그리 살았지. 그런데 내 아들들을 무덤으로 보낸 우동관은 천하를 논하고 자네는 자네 아들에 기대 살고 있었지."

이를 갈아붙이는 황제의 얼굴은 그래도 웃고 있었다.

"나는 이리 비참한데, 자네들은 그러고 살아."

제발 좀, 그만하자 하고 싶었다. 이런 말을 하러 온 게 아니다. 나는 엎드려 사과하고, 당신은 용서하기를 바라며 왔을 뿐이다.

"자네는 내게 사과하러 왔지? 용서를 기대했을 테고. 안 그래?"

"그렇습니다."

"그리해 줘? 그리 용서받고 돌아가면, 이대로 자네가 돌아가면 어떨까? 자네는 분명 달라질 거야. 충실한 남편이 되어 남은 날들 매일매일 아내를 위로하며 다정하게 굴 테지. 자네 아들들은? 자네가 그저 감사하다, 수고했다, 대충 말해도 자네 아들들은, 특히 자네 장남은 감사할 거야. 종종 심술도 부리고 신경질도 낼 테지만, 예전과는 비할 바 없는 아버지가 되어줄 테지! 시끄러운 쥐새끼 같은 아버지였는데 그 아버지가 사람 시늉만 해도 참 감사하는 거야! 자네 아들들은 모두 효자가 되어줄 테고 자네 아내는 자네를 극진하게 대해줄 테지. 안 그래?"

채규는 황제의 고요한 얼굴을 물끄러미 보았다.

왜 몰랐던 건가. 이야말로 진짜 귀신이었다는 것을. 진실로 산 귀신이 여기 있다.

"그렇게 자네는 행복하게 생을 마감하고, 그즈음에는 다들 자네를 사랑받는 아버지이자 남편으로 기억할 거야. 모두가 자네가 근 이십 년간 해왔던 일을 잊어줄 테지. 어떤가, 듣기만 해도 들뜨지 않나? 정말 그러고 싶어지지 않나! 당장 그러고 싶지?"

황제가 웃었다.

"그래서 안 보내주는 거야!"

채규는 이가 저려왔다.

"나는 자네가 빌어먹을 아버지, 짜증나던 주군, 생각조차하기 싫은 남편으로만 기억되다 잊히길 바라네! 자네가 정말 세상에 없어지면 좀 슬퍼하고 다행이라 생각하며 잊어먹을, 그런 아비가 되기를! 자네에게 기회가 다시는 오지 않기를."

"차라리 죽이시지 그럽니까."

"죽이는 것도 생각 안 해본 건 아닌데, 그러면 자네는 끝이잖아. 그걸로 간단히 끝내려고? 그럴 수는 없지. 나는 매일 아침 일어나 자네를 왜 더 고통스럽게 죽이지 않았느냐 후회할 텐데? 그러니 화양공, 내 옆에서 홀로 늙어가. 홀로, 외면받으며 지내. 아, 자네 표정 참 좋군, 보면 볼수록 달디달아. 누가 복수를 허무하다 했던가. 덜 복수한 자나 허무한 것을. 자네를 가두고 매일 살아갈 것을 생각하니, 자네가 외로워 미치는 것을 볼 생각을 하니 나는 술을 마시지 않아도 취하고, 꿀을 먹지 않아도 달아."

"이것…… 이 목적이셨습니까."

"이 늙은 내가 천하가 누구 것이 되던 무슨 상관이련가. 내가 원한 건 오로지 자네와 우동관, 둘의 파멸. 그뿐!"

채규를 보는 황제는 이제 완전히 웃고 있다.

정말 터질 듯 웃고 있었다.

"택하게 해줄까. 나도 도리가 있으니. 자, 그럼 돌아가 봐. 말해봐. 아무런 성과도 없었다고! 이제부터 화양이 알아서 해야지! 우동관에게 망하든, 우동관과 망하든 알아서 해! 하지만 자네가 여기서 나와 함께 황성으로 가면 최선을 다해 도와주겠네. 천하가 화양 막씨 가문의 것이 될지도 몰라."

채규는 할 말을 잃었다.

"자, 택하게."

"황성에서는 어떻게 지내게 되는 겁니까."

"개처럼 잡혀와 개처럼 늙는 거지. 굶기지는 않을 테니, 그건 걱정 말고…… 하, 참. 우동관이건 자네건, 참 재미있군. 가장 원하는 것이 가장 가치 없고, 가장 중요한 것이 역시나 가치 없지."

황제의 웃음이 진해졌다.

"어떻게 하겠나?"

"전⋯⋯."

돌아가면 아내에게 사죄하고, 모든 것을 버린 뒤에 다시 사죄하면 다시 시작할 수 있지 않을까 했었다.

내내 그저 그 생각만 했다. 그저, 그 생각만.

죄가 하나가 아니었다는 것을 잊었다.

그야말로 가장 무서운 자에게 진 죄를 잊고 있었다.

"⋯⋯화양을 도와주십시오."

채규는 무릎을 꿇고 엎드렸다.

잔이 올라가는 소리가 들렸다.

마시는 소리, 탁상에 내려치는 소리.

딱—!

"여봐라!"

황제가 크게 외쳤다.

"북망의 최화 장군, 요천의 장요 장군에게 전령을 보내라! 출정한다!"

채규가 고개를 들자 황제의 우아한 얼굴이 보였다.

"화양의 승리를 기원하네. 자네는 결코 보지 못할 테지만, 그래도 같이 기원하자고!"

얼마나 이 얼굴을 보았던가. 볼 때마다 대체 속에 무엇이 있는지, 진짜가 무엇인지 전혀 모를 사내였다. 필요에 따라 용이 되었다가 구렁이가 되었다가 고양이가 되었다가 범이 되는 사내였다.

그리고 지금은, 진짜 산 귀신이 되어 있다.

올 중원절에 작년의 귀신을 다 몰아냈더니 들어온 귀신은 이것이었다.

오래전에 만들어둔 귀신, 이야말로 진짜 귀신.

많은 순간들이 스쳐 지나간다. 저 황제가 열어둔 관으로 산 채로 들어가지 않아도 되었을 날들.

그러나 생은 한 번뿐이다.

돌아가 고칠 수도, 없는 셈 칠 수도 없다.

여기로 오는 생을 한 번 살았으니, 여기서 끝나는 생밖에는 주어지지 않는다.

第二十章　천하의　시작

사징은 밤에 금하의 요새로 들어갔다.

이대로 아태관으로 가는 것이 맞았으나, 사징은 화양공 막채규가 황상과 함께 떠나는 것을 본 뒤에 이 요새로 왔다.

사과.

사징은 화양공 얼굴을 봤을 때, 정말 사과를 받아야 할 일이 있다고 생각했다. 그러나 저 화양공은 아버지의 일을 성의 안전과 가족의 안전이라는 변명하에 사과할 테고, 그건 너도 내 사정 좀 봐주라는 전제가 있는 것이니 사과도 아니다.

누나의 일에도 화가 났다. 저열한 짓이었다. 혼자 남의 성에 있는 힘없는 여자에게 그게 무슨 짓인지. 아무 말도 하지 않은 것은 화양공이 결국 누나의 시아버지가 되었기 때문이지, 용서해서 그런 것은 아니다.

"융금으로 돌아가는 건가."

범아가 묻는다. 사징은 그 검은 눈을 보았다. 얘는 뭘 봐도 이리 집중해서 보는 건지.

"그럴까."

"그럴까?"

사징은 방금 전 이 소녀가 아주 흥분했던 것을 알고 있었다.

처음 융금에 왔을 때만 해도 긴장해 돌처럼 딱딱했는데, 지금은 이런저런 일을 하며 여유랄까, 그런 게 생긴 것 같았다.

처음 그 잔뜩 얼굴에 힘준 소녀를 생각하면, 조금 전 방방 뜨던 그 모습은 상상도 못할 일이다.

"이대로 누님께 돌아갈지, 아니면."

"아니면."

"곰에게 가야 할지."

사징은 요새를 보았다.

동량 전쟁 이후에 만들어진 곳이다. 화양이 이 요새를 만들 때 사징도 사량도 긴장했었다.

언제라도 화양이 융금으로 군사를 보내 점령할 수 있는 상황이 되었으니. 사령관으로 오는 놈들도 하나같이 개였다. 유표란 개자식은 물론이요, 마촉이란 놈까지. 아버지하고 친구 사이였다 하면서 부인도 있는 주제에 뻔뻔하게 누님을 욕심냈었다.

"화양은 공성전을 하지 않아도 될 정도로 군사를 모았다. 내가 곰이라면, 아버지가 도착했다는 소식이 전해지는 대로 이곳으로 전령을 보내 진군하라 할 거야."

"그리고—"

"그때 같이 가려고."

사징은 기분이 괜찮은 편이었다. 마주 보는 범아의 눈이 보통 사람의 시선과는 달랐으니. 보통 사람의 시선은 사징을 항상 불편하게 했다. 그러니까 눈을 크게 뜨고 숨을 몰아쉬며 아무 말도 안 하는 것. 제발 좀 내가 하는 말을 들어달라 해도, 빤히 보며 숨만 몰아쉰다. 아니면 가지고 있는 물건을 집어 던지거나. 언제고 공손한 태도를 보게 될까.

"궁주, 여기서 이기면 천하가 열릴 거요. 진짜 천하가. 황상께도 말씀드린 바지만, 이야말로 천하의 문이요."

아직 어두운 가운데 술렁이는 흐름은 느껴진다.

지금이 딱 그 정도.

"이 천하, 시대, 그 안에서 내가 무엇을 할지, 그 곰이 무엇을 할지, 역시 모르지. 흙탕물 안의 돌과 모래, 흙이 되어 휘말릴 때는 아무것도 몰라. 그런데도 가야 할 것 같아."

왜 이런 말을 하는 건지. 아니, 안다. 왜 하는지.

"그러니 궁주, 누님을 부탁하고 싶소."

이런 말을 할 날 같은 것은 없었으면 싶었는데.

"궁주, 내 아버지는 존경받는 분이셨지. 좋은 말을 다 가져다 칭찬해도 부족할 정도로 좋은 분이셨소. 그런데 아버지가 돌아가시고, 성이 어려워지자 모든 것이 바뀌었소. 모르오, 그저 운이 없었던 걸지도. 도와줄 만한 사람들이 모두 같이 죽어서 그리된 걸지도. 그런데 나도 나지만, 누님까지 그리될 줄은 정말 몰랐어. 인피를 벗어도 되는 세상에, 여자 몸 하나 남은 것이 무엇인지, 그날 알았지."

사징은 자신이 보는 누나와 외간 사내들이 보는 누나가 얼마나 다른지 뼈저리게 알았다. 조금만 운이 없었으면, 누나는 지금 누군가의 노리개로 전락해 있었을 것이다.

"그러나 시대를 택할 수 없고, 사람들이 할 수 있는 일이라곤 때로는 오늘을 견뎌내고, 때로는 오늘을 즐기고, 때로는 오늘에 감사하는 것뿐. 그래서 나는 그 후로는 그리 생각하기로 했소. 이것만이 최선이라고. 그리고—"

범아를 보며, 사징은 궁금하기도 했다.

이 아이는 어찌 살아 왔을지.

자신과 닮은 구석이 있기도 했다.

사징의 열여섯 그해, 성을 간신히 되찾았을 때, 다른 이들이 그를 위해 한 일들이 무엇인지 알게 되었을 때의 자신과. 그들이 자신을 위해 무엇을 감수할 수 있는지 비로소 알게 되며, 무게감과 죄책감 속에서 다시 태어나야 했던 자신과 닮아 보인다.

뭘 해야 할지 모르는데, 뭐든 해야 하던.

뭐, 그래서 그냥 좀 보게 된다.

너는 어찌할지.

나와 같을지 다를지.

"이 자리에서 후회되는 건, 어디를 가든 내 뒷자리를 믿고 맡길 친구를 만들지 못했다는 거요. 그리고 더 후회되는 건, 궁주는 그럴 만한 사람인데 친분과 교류를 나눌 시간이 부족했다는 거요."

"사징—"

"황상의 인정, 그분의 뒤를 잇는 것, 그런 것이 궁주에게 중요하다는 건 알아. 그래도 궁주는 내가 보기에, 궁주가 생각하는 것보다 더 믿을 만한 사람이라고 말해주고 싶소. 지금의 자신을 믿으며 자신에게 좀 더 너그러워도 될 거라고."

"부탁하려고 밑밥 까는 것처럼 보이는데."

"그런 사람이 아니라면 말도 하지 않을 거요. 누님께 상황 봐서 도망치라고만 하지. 아니, 애초에 나는 돌아갔을 테지. 곰보다는 누님 옆에 있는 게 나을 거라 생각해서."

사징은 눈을 감고 바람을 맡았다.

"나는 천하가 누구 것이 되든, 어떻게 되든 상관없다고 생각했소. 절망인지 포기인지, 그저 내 성과 누님을 지키는 일만 생각했지. 세상으로 나갈 생각도, 세상과 싸울 생각도 하지 않았어. 아무도 믿지 않고, 아무도 기대하지 않았지. 모두가 배신자고 모두가 도둑들인 세상— 그러다 이제는 조금 바뀌어도 될 것 같다고 생각하오. 진흙 속에서 연꽃이 피어나듯, 이 난세에서 가장 믿지 말아야 할 것이 사람이나 믿어야만 하는 것 역시 사람."

사징은 진심이라 생각하며 말했다.

"그러니 부탁하오."

사징은 온몸에 닿는 바람의 방향이 바뀌는 기분이 들었다.

이게 진짜라는 기분이 드는, 그 순간.

생은 한 번뿐이니, 선택하고 앞으로 간다.

달리고, 때로는 걷고, 때로는 쉬면서, 언제고 어떤 길을 돌아왔는지 알 때까지 가는 것이다.

누나가 그랬듯, 이제 내가 할 차례.

언제고 돌아보면, 걷고 걷다 돌아보면, 하늘을 보게 될 것이다. 그리고 많은 별들이 흐르는 크고 장대한 운한을 이 지상에서 보듯 이런 세상을 보았고 견디며 지나왔다는 것을 알게 될 날이 올 테지.

그러나 아직은, 이 물결 속에 있다.

이 별들의 물결 속에.

기분은 좋다.

물살이 느껴진다. 직접 헤치고 가는 물살이.

나아가고 있다는 것이, 무언가를 향해 간다는 것이 느껴진다.

❖

사량은 사당 앞에 승전을 비는 향을 올렸다.

사랑하는 두 남자를 보낸 사량이 할 일은 성 사람들을 돌보고 지키고, 그다음 이리 마음을 다듬는 일이었다.

여러 일들이 있어도 성은 올해의 수확에 성공했다. 수확만 앞둔 논과 밭을 버리고 도망쳐야 하는 일이 빈번한 세상이다 보니, 수확물을 창고에 넣는 순간의 안도는 이루 말할 수가 없다.

두 번째 쌀농사도 준비하기로 결정했다. 군량미도 필요할 테니 준비는 할 수 있을 만큼 하는 것이 좋다는 의견들이 모였다. 다들 희망을 품었기에 그리 정한 것이기도 하다. 지켜낼 수 있다는 희망이.

곧 동생이 올 거라 생각했지만, 오후에 전령이 예상과는 다른 소식을 전했다. 돌아올 줄 알았던 사징은 금하의 요새에서 다시 화양으로 가기로 했다.

아태관과 성을 지키는 것은 황군이 해줄 터, 그리고—

황 선생은 사징이 오지 않는다는 것을 알게 되자 무척 복잡한 얼굴이 되었다.

"나리가 왜……."

"올해 여름은 참 많은 것이 시작된 여름이 될 것 같아요."

그 사람을 만나고, 이제 전란.

항상 옆에 있어줄 것 같던 동생도 보낸다.

이 산속에서 그저 평화롭게 지낼 수 없는 시대.

싸울 수밖에 없을 때는 싸워야 한다. 다만 그 싸움이 너무 가혹하지 않기를 바란다.

더불어 승자가 우리이기를. 우리의 둥지를 지키고 우리의 핏줄을 지키고 우리의 내일을 지키는, 그런 싸움이 될 수 있기를 빈다. 그리고 적들이 남긴 이들에게 우리가 자비를 베풀 수 있기를 바란다.

사량은 다섯 해 전의 전쟁을 기억했다.

모두가 잊지 못하는, 사량 역시 잊을 수 없는 전쟁이었다. 아버지가 출정한 뒤 사량은 동생과 함께 승전보가 오기를 기다렸었다. 출정 전부터 암울한 상황이었으나, 그래도 바랐다.

그리고 마침내 융금으로 온 것은 아버지의 비보.

그 후 북명은 물러났으나 융금과 그 근방은 전쟁터나 다를 바 없었다. 성은 다른 사람의 손에 넘어갔었고, 간신히 되찾으니 그다음에도 적이나 다를 바 없는 자들이 왔다.

하루하루 보내며 바라고 바랐다. 전란의 싹이 사라지고, 불길이 가라앉기를. 오늘 서쪽 하늘로 보는 것이 연기가 아닌 아름다운 노을이기를. 내일 동쪽 하늘 아래 보는 것이 적이 아닌 아침 해이기를. 바라지 않는다고 오지 않는 게 아니듯, 바란다고 오는 것도 아니지만, 그래도 바라고 바란다.

검은 하늘에 하나둘 별들이 스미어 나오고 그 별들이 가득해지면 흰 길이 보인다. 하얗고 찬란한 운한, 별들이 흐르는 길.

그만큼 많은 인생들이 서로 얽혀 흐르는 이 난세, 그 물결 위에 내가 하나 있고, 당신이 하나.

사량은 눈을 감았다.

중원절의 불꽃, 당신의 회색 눈, 고요한 비, 흠뻑 젖은 자갈길, 처마로 흘러내리던 은빛 물줄기, 그리고 당신.

당신이 오면 나는 그저 미소 짓고, 당신의 목을 안고, 당신의 볼에 입맞추고, 당신의 품에 기댈 것이다.

당신이 무사하면 나는 자갈 하나에도, 볼을 스치는 바람에도 감사할 것이다.

그러니 무사해요, 염.

사랑하는 당신.

어서 무사히 돌아와요.

❖

드디어 황제로부터 칙서가 도착했다. 황군의 진군에 대한 보고를 받은 직후였다. 칙서에는 황제가 화양공의 사죄에 무척 만족했으며, 최선을 다해 화양을 돕고 이 위나라의 평화를 지키겠다는 말이 적혀 있었다.

무염은 안심했다. 북에서 내려올 상산의 지원군 걱정을 덜었으니, 일단 화양 앞에서 이기면 된다.

"아버지는 언제 돌아오시는 겁니까, 형님."

"그에 대한 말은 없으시구나."

황제가 보낸 칙서와 같이 온 아버지의 서신에는 황상과 함께 황성으로 갈 터이니 기다리지 말라 적혀 있었다. 아버지가 직접 쓴 것이니, 할 말이 없다.

어머니 유미흔 역시 이에 대해 듣지 못했다는 반응이었다.

"그런 말은 한마디도 하지 않았는데."

물러난다 하였으나, 돌아올 줄 알았다.

아버지에게 있어 화양은 고향이며 막채규라는 사람 그 자체였다. 화양 땅을 떠난 적조차 별로 없는 아버지. 부득이한 일정 외에는 항상 고향에 머물렀고 출정은커녕 여행조차 별로 하지 않았다. 아버지가 정말 원해서 황성으로 가신 건지, 아니면⋯⋯.

무염은 눈을 감았다. 그래, 황상이 사과 한 번에 우리 모두 손잡고 이해하고 용서하자고 할 사람은 아니다. 뭔가 더 받아낼 것이 있는 것이다.

"아버지께 실망입니다."

무릉이 말했다. 무염이 보자, 무릉은 길게 숨을 몰아쉬고는 아주 성난 어조로 말했다.

"정말 실망이라고요. 저는 그래도 아버지가 돌아오셔서 그간 해왔던 일들에 사과하시지는 못할지라도 좀 달라진 모습이라도 보여주시길 원했습니다. 형님에게도 잘해주고, 어머니께도 좋은 남편이 되어주시고. 정말 그러실 줄 알았는데, 아버지가 황상께 가실 때만 해도 그럴 거라 생각했는데, 이게 뭡니까. 그냥 도망치시는 거잖아요."

"릉아, 그만해."

어머니가 달래듯 말해도 무릉은 화가 풀리지 않는 얼굴로 고개를 저었다.

"조금 고쳐지는 게 뭐 그리 힘듭니까. 돌아와서 좀 달라지시는 시늉만해도 어머니나 형님은 고맙다 할 텐데, 그게 그리 힘듭니까. 이건 나는 미안하니까 이제부터 너희들끼리 알아서 살라는 거잖아요."

"동생들 앞에서는 그리 말하지 말거라."

"알아요. 하지만 아버지께 더 실망한 건 어쩔 수가 없네요. 결국 뭐 하나 아버지 스스로 해결한 게 없잖아요."

"그만하자."

유 부인이 타일렀다.

"아직 아무것도 안 끝났단다. 네 아버지한테 화내는 건 좀 나중에 해도될 것 같다. 지금은 너희 둘 다 성을 지키는 것만 생각하렴."

유 부인도 남편이 오지 않게 된 것에 허탈해졌다.

그 외로움 잘 타는 사람이 황성에서 홀로 잘 지낼지는 걱정이다. 약한사람이라, 보통 사람보다 몇 배는 더 외로울 텐데.

"우리, 닥친 일만 생각하자. 내일 일은 오늘 저녁에 잘 수 있을 때 걱정하는 거야. 나는 이만 가보마."

무릉과 어머니를 보내고, 무염은 화양을 보며 생각에 잠겼다.

황군의 장요 장군이 요천에서 출정하고, 최화 장군은 팔보산을 넘어 상산으로 진로를 꺾었다. 우동관이 비워준 팔보산이 황성으로 가는 길이 아닌 상산으로 넘어가는 직행통로가 되어준 것이다.

이제, 우동관은 어찌할 것인가.

우동관은 돌아갈 수 없다. 황제는 그 아들들의 목을 잘라내는 대신 협상을 할 책사들을 보낼 터, 분열시킨 뒤에 상산을 칠 게 뻔하다. 이기지 못한 우동관을 보며, 아들은 죄 분열할 것이다.

십왕쟁패, 누구나 왕이 될 수 있지만 누구도 천하를 가질 수는 없는 세상. 십왕 중 하나로 태어나 쟁패의 꿈을 꾸지 않고 젊은 시절을 보낸 자는 없다. 지금 저 앞에 있을 우동관 역시 마찬가지.

다만 지금은 바람이 다른 시기가 되었다. 가장 큰 물줄기가 하나 있고, 그 위에 제대로 배를 싣는 자가 이기게 될 터.

남위 황조를 흔들려고 우동관이 끌어들였던 북명은 오히려 대패해 퇴각했고, 북명의 황제는 그 전쟁에 엄청난 군사와 물자를 잃은 덕에 내란과 분열에 휩싸여 끙끙대는 중이다. 나라 다스릴 힘을 잃은 지 오래인 동제는 군사 끌고 성문 앞까지만 가면 항복할 테고, 서한은 유목민들의 땅이나 다를 바 없는 외지가 되었다.

이 전쟁에서 이기고 남위를 장악하면 정말 천하가 열린다.

화서항에서 우동관이 물러나고 평화롭게 지낸 이십 년은 남쪽에 부와 안정에 대한 기대감과 열망을 가져다주었다. 천하를 향한 발판이, 천하와 싸우지 않는 동안 만들어졌다.

이제 어떤 세상이 열릴 것인가. 평화인가, 다시 전란일까.

그리고 이런 세상에서 나는.

무염은 지평선을 보았다.

넓게 열린 화양성의 누각에서 화양을 향해 열린 세상이 보인다.

나는 어떤 세상을 보고 어떤 세상을 달릴 것인가.

그리고 당신에게, 무엇이 될지.

팔보산으로 향하던 날 아침, 무염은 이런 날을 맞이하게 될 줄 몰랐다.

월산족 반란 진압을 위해 출정했다가 돌아온 지 얼마 되지도 않았는데, 제대로 쉬지도 못한 무염에게 아버지는 또 출정을 명했다.

다 반대했다. 월산족의 반란으로 무염을 보내는 데도 다들 반대했었다. 그래도 가야 했던 그 월산족의 본거지는 무염에게 그대로 악몽이 되었다. 그곳 근방의 기후와 늪지는 토박이가 아닌 한 팔보산 이상으로 최악이었다. 무염은 준비도 없이 급히 갔다가 결국 병으로 쓰러졌다. 주둔하던 자들에게야 익숙한 병이었으나, 그곳이 처음인 무염은 지독하게 앓아야 했다. 고열에 몇 번이나 혼절하고, 전황에 대해 제대로 보고도 듣지 못하고 인계도 제대로 되지도 않는 중에 월산족이 기습해 왔다. 무염은 병중에 일어나 병사들을 퇴각시켜야 했다.

한참이나 퇴각해 왔으니 사실상 월산족에게 다 내주는 패전이었다. 아버지에게 돌아가야 했으나 병에 낫는 데 한참 걸렸고, 돌아갈 만큼 회복되는 데도 시간이 걸렸다.

간신히 화양으로 돌아간 무염이 가장 먼저 가야 했던 곳은 아버지 앞, 그 자리에서 무염은 늦은 귀환에 대해 사죄하고 패전에 대해 보고해야 했다. 어떻게 진 건지, 얼마나 희생된 건지, 얼마나 잃은 건지 아버지의 긴 침묵을 견디며 보고했다.

"그래, 졌구나."

긴 보고가 끝나자 아버지가 말했다. 아버지의 얼굴은 비웃고 있었다. 무염은 가혹한 시간을 견뎌야 할 거라 생각했다. 아버지가 모두 물러나라 했을 때, 무염은 더욱더 가혹한 시간이 될 거라 각오해야 했다.

그리고 그렇게 단둘이 남은 자리에서 무염은 자신이 잘못한 일이 얼마나 많은 건지 알았다. 새롭게 안 것도 있고, 그것마저 그의 잘못인 건지 모르나 아버지가 잘못이라고 하니 잘못이라 받아들여야 할 것도 있었다.

차라리 주먹에 맞는 편이 나았다. 아파서 다른 생각은 안 들 테니. 비웃음은 무염이 다른 생각을 하고 싶을 때 나왔고, 비아냥거림은 그건 아니라 말하려고 할 때마다 나왔다.

결국 묵묵히 다 들어야 했고, 그 모든 비난이 간신히 끝나자 무릎을 꿇고 사죄해야 했다.

내 잘못이니 모든 책임을 지겠다, 벌도 달게 받을 테니 같이 간 병사들은 잘못이 없다, 그들이 이 패전을 용서 받고 쉴 수 있도록 해달라.

열 번 지고 한 번 더 지고 온 것보다 더 사죄했다. 비난이 목적이지 용서나 징벌이 목적은 아니었던 아버지는 용서한다는 말도 괜찮다는 말도 없이 그저 가라고 했다.

억울하지도, 분하지도 않았다.

그저 아플 뿐.

익숙해지자고, 몇 번이나 말해도 아픈 건 어쩔 수 없었다.

이번에 나는 왜 살아서 온 걸까.

돌아올 때마다 그의 자리가 세상에 없다는 것을 이렇게 확인한다. 처음에는 괜찮다, 그다음에는 견디자, 그러나 거듭될 때마다 한 군데씩 부서져 나간다.

처소로 돌아와 오랜만에 침대에서 잠들었지만, 그날 무염은 동량의 그 자리로 돌아가 꿈속에서 한 열 번쯤 죽었다. 죽을 때마다 일어났고, 다시 잠들어 또 죽었다.

더 죽고 싶지 않아 일어난 새벽에 그는 혼자였다.

어머니에게 의논이라도 하고 싶은데 그 섬뜩한 경고를 들은 뒤에는 마음 편히 이야기할 수조차 없게 되었다. 동생들에게 이런 일로 의지할 수도 없다. 부하들이나 지기(知己)들에게 아버지의 일을 말한다는 건 사당(私黨)을 만드는 거라 오해만 받게 될 뿐이다.

홀로 이 악물고 삼키는 수밖에는.

왜 그렇게 나를 미워하느냐, 인정하지 않아도 천대해도 좋으니 미워하지만 말아달라, 속으로만 말하며 삼켜야 한다. 그렇게 오늘은 돌을 삼키고 내일은 칼을 삼킨다. 속에는 상처만 가득해, 피를 철철 흘린다. 그런데 그래도 버텨야 한다.

왜 버티는지도 모르는데 버티고 있다. 두 다리가 달렸으니 걷는 것이고 숨을 쉬니 쉬는 것, 오늘 또 살아지긴 하니 살아진다. 그렇게 잠들었다가 일어나, 오늘 잊자고 스스로에게 말한다.

아버지는 원래 그런 분이다. 원래 정을 잘 안 주시는 분이니, 그러니 너무 기대하지 말자. 아버지는 성주시니, 다정하기만 하면 되던 의부와는 다르다.

그리고 한 달 뒤 후만에서 반란이 일어난 것이다.

아버지는 무염을 불러 명령했다.

"일단 후만을 접수하고, 융금으로 가 그 융금백의 인을 가지고 와라."

의외다 싶었다. 성주가 멀쩡히 있는 곳은 왜.

동량 이후 그곳이 힘들다는 건 알았다. 우동관이나 다른 적대적인 장수가 차지하게 되면 화양이 위험해질 수도 있으니 화양이 직접 접수하는 편이 나을지도 모르겠다는 생각은 들었다. 게다가 그 성주도, 마촉 장군의 보고로는 아주 젊고 건방지다고 했다. 그런 성주라면 아버지 의견이 맞겠다 싶다. 다만 후계자가 멀쩡히 승계한 성을 빼앗았다는 비난을 듣기는 할 것이다…….

그러다 어렴풋이 깨달음이 왔다. 아, 그래서. 그렇구나. 그래서 나를 보내는구나.

가기도 전에 지쳐서 도저히 가지 못하겠다 하고도 싶었으나 융금이란 말이 왠지 끌렸다. 언제고 한번 가봐야 할 곳이었으니, 이번에 가보는 거다. 운이 좋아 성주와 이야기가 잘 풀리면 그 이야기도 할 수 있겠지.

팔보산에 도착한 다음날 새벽, 무염은 우역의 출정을 듣고 그 뒤를 따랐다. 그리고 그날, 그 혼잡한 교전 속에 그녀가 있었다.

새벽의 꿈인 듯, 스러지는 별들이 남긴 환각인 듯.

그날 밤, 희게 흐르는 별들을 보던 당신의 쓸쓸한 눈.

성과 동생을 걱정하고만 있을 당신을 보며, 내일 또 전쟁을 할 거면서, 재처럼 날릴 그런 날들을 마주할 거면서 나는 당신을 보았다.

당신. 호수 위를 떠도는 서늘한 안개 같던 당신.

햇살이 비껴들고 바람이 불면 사라져 버릴, 새벽의 안타까운 안개 같던 당신.

메마른 겨울의 냉기가 남은 벌판을 적시는 따뜻한 봄비처럼, 다시 살이 돋고 피가 돌고 숨이 쉬어졌다. 당신으로부터 세상이 만들어지고, 당신으로부터 삶이 새로 시작되었다.

그리고…….

어느 바닥에 있어도 당신은 내 옆에 있어주었으니 나 역시 당신을 위해 무엇이든 될 수 있을 테지.

당신은 달리 다른 것이 될 필요 없어. 오로지 당신이기만 하면 되는 거니.

무염은 눈을 감았다.

죽원, 그 청량한 비, 빗소리 속으로 녹아들던 당신의 노래.

내가 바라는 세상은 그저 그것.

다시 속삭일 수 있기를, 다시 안을 수 있기를. 지평선만 보고 있을 당신의 눈이 나를 보고, 그 얼굴에 웃음이 피어오르고 눈에 기쁨이 차오르기를.

사랑하고 사랑하는 내 소중한.

그러니 바라고 바란다. 당신이 눈물로 걱정할 날이 없기를, 지평선을 슬픈 눈으로 볼 일도 없는 그런 날이 오기를.

새벽, 화양에 포성이 울렸다.

다시 이어진 대치 끝에 상산 진영에서 화양의 북문을 향해 공격이 시작된 것이다.

무염은 우동관이 드디어 고향으로부터 달갑지 않은 소식들을 받았을 거라 짐작했다. 무염은 무릉과 곽 장군과 함께 북쪽 성벽으로 향했다. 수천여 명의 상산군이 몰려와 있었다. 그들 사이로, 거대한 대포가 굴러와 언덕 위로 올랐다.

다시 포성이 울리며 포환이 성벽을 후려쳤다. 성벽은 무너지지 않았지만 적중한 포환은 쿵, 하는 울림을 크게 남겼다.

무염은 서문으로 군사들을 소집시켰다. 서문의 대로로 곧 군사가 모였다.

"북문에서 공격이 시작되면 그때 나가라. 나가는 기척이 없도록."

포성이 연달아 터지고 북쪽 성벽에서 드디어 제대로 굉음이 울렸다. 크고 깊은 울림이 바닥까지 울리게 했다.

무염은 성 밖으로 군사를 보낼 시간을 가늠했다.

단, 저들이 가진 공성기는 없애야 한다. 우동관의 달갑지 않은 소식에는 저 공성기가 두 번 지원될 수 없다는 말도 있을 테니, 일단 저게 없어지면 당분간 안심할 수 있다.

다시 포성이 울리고, 드디어 성벽이 우르릉 진동하더니 일부 무너져 내렸다. 화양의 공병들이 모두 몰려들어 성벽을 메우고 그동안 성벽의 궁수들이 상산의 포병을 향해 화살을 꽂아 넣었다.

대포에 다시 불이 붙고, 이번에는 정말 제대로 명중하고 말았다. 성의 일면이 더 무너졌다.

"나가라!"

무염의 명령과 함께 서문이 열리며 화양군의 군사들이 일제히 돌진해 북문을 공격하는 군사를 급습했다.

옆에서 공격이 오자 상산군도 맞서 싸우기 시작했다. 성벽은 그 틈에 얼른 공병을 투입해 복구하고, 화양의 대포들도 상산의 대포를 향해 불을 뿜었다. 화력은 약하나 명중률은 높은 화양의 대포가 쏜 포환이 몇 번이나 그 근방을 후려치고, 이미 쏘느라 근방을 흔들어댄 덕에 더 약해진 바닥이 무너졌다. 묵직한 대포가 방향을 잃고 떨어졌다. 상산의 군관들이 말을 달려 대포를 지키게 했다. 그러나 북문은 약한 대신 수로와 늪지가 있어 바닥이 무른 편이었다. 육중한 대포들이 견디지 못하고 바닥으로 떨어지려 했다. 상산군은 필사적으로 대포를 옮기려 했으나 일단 늪으로 들어간 대포는 빠르게 가라앉았다.

그때 금하 쪽에서 긴 포성이 울렸다.

"공자님!"

수하가 고함을 질렀다.

무염은 금하 쪽을 보았다. 포성은 그곳에서 들리고 있었다.

환한 불빛과 함께 금하 위로 화양의 깃발을 건 전함들이 나타났다. 전함은 단숨에 금하 유역에 있는 상산의 수군과 부딪혀 박살 냈고, 전함들이 교전하는 동안 다른 화양의 전함이 해안에 배를 댔다. 배들이 빠르게 접한 뒤 문을 열었다. 상산군이 몰려와 막기도 전에 신속하게 상륙이 이루어졌다.

갑작스런 상륙과 급습에 상산군의 영채로 불길이 오르고 혼란해졌다.

달려온 무릉이 그 광경을 보았다.

"저거, 누굽니까."

"곽안인 것 같다."

본진이 공격당해 상산의 원군이 더 오지 못하는 가운데, 상산은 더 맹렬히 화양의 성벽을 공격했다. 그러나 화양군은 화살을 쏘고 기름을 부으며 공격을 막아냈다.

정오가 넘어가자 드디어 금하 유역에 주둔한 상산군이 막사와 영채를 버리고 퇴각을 시작했다. 수레는 버리고 말과 병장기만 간신히 챙겨 달렸다. 식량도 대포도 다 버려야 했다. 화양의 성을 공격하던 상산군 역시 말머리를 돌려 해하로 달렸다.

금하로 상륙한 화양군은 상산의 영채를 파괴하고 그들이 놓고 간 군량과 화약을 수습했다.

해 저물 무렵, 화양성의 성벽은 완전히 복구되고 금하는 화양이 장악할 수 있게 되었다.

항구로 화양의 장수들과 사람들이 몰려온 가운데, 금하 유역과 성 근방을 완전히 장악한 전함들이 도착했다.

무염은 의외의 사람이 전함에 있는 것을 발견했다.

사징이 갑판에 앉아 피 젖은 검을 어깨에 얹고 물끄러미 보고 있었다.

"곽안은 부상당했어."

사징은 갑판 뒤를 가리켰다. 곽안이 미안하다는 얼굴로 고개를 숙였다.

"큰 부상은 아닙니다만, 너무 빨리 맞아버렸습니다!"

"수고했다. 제때 잘 와줘서 정말 고마워."

"하하, 뭘요, 장군님."

달려온 곽효명 장군이 아들의 부상에 기겁해 안으로 실어 나르게 했다. 곽안은 아직 보고할 게 있다며, 기다려 달라 아버지에게 말했다.

"보고는 나중에 받을 테니 지금은 들어가라, 자네 아버지가 걱정으로 기절하시겠다. 곽씨 둘 다 쓰러지는 건 사양하고 싶은데 말이야."

무염이 비켜주자 곽효명은 부상당한 아들을 싸 짊어지다시피 하며 안으로 옮기게 했다.

그렇게 곽안이 사라진 뒤 무염은 기함의 수병들을 둘러보았다. 다 하얗게 굳어 있다가, 무염이 나타나자 아버지 만난 아이들처럼 좋아했다. 그러나 사징이 바라보자 다시 하얗게 굳었다.

"이 배만 지옥을 통과한 건가. 왜 이러지."

"좀 재촉을 했더니 저러는군."

그 말에 수병들의 얼굴이 더 하얗게 변했다. 사징이 무슨 짓을 한 건지, 무염은 안 봐도 보는 것 같았다.

"왜 돌아온 거냐."

"네가 혼자 싸워 이겼다고 잘난 체하는 게 비위 뒤틀릴 것 같아서."

"정말?"

"거짓말이다. 그저, 걸어보기로 했다."

사징은 돛대에 머리를 기대며 무염을 올려다보았다.

"나를, 내 운명을, 그리고 이 땅의 내일을 여기 이 전쟁, 그리고 네 어깨에. 그러니 같이 싸우고, 같이 돌아가자."

"놀랍군."

"네가 싫다. 예전에도, 지금도, 그리고 앞으로도. 하지만 한 가지는 알겠다. 적어도 이번 전란을 위해서는 너를 도와야 한다는 것. 그러니 온 거니, 절대 지지 마."

"고맙다."

그리고 경악한 사징의 얼굴이 사량과 참 닮았다 생각하며, 다시 한 번 말했다.

"정말 고맙다, 처. 남."

전세가 또 바뀌었다.

상산은 드디어 본국이 위험하다는 것을 받아들이고 회전을 준비하기로 결심했다. 금하 유역과 화양 근교의 주둔지도 빼앗긴 상산이 할 선택은 어차피 많지 않았다.

가장 가깝고 유리한 회전을 위한 장소로, 그나마 빨리 퇴각해 전력을 거의 보전한 상산군은 해하로 이동했다.

일단 좁은 지역이라, 상산군에는 유리했다. 큰 위력을 자랑하는 중보병과 보병들을 돌진시키고, 좁은 지역 안에 화양의 기병을 묶어 약화시킨 뒤에 짓밟으려는 것이다. 성벽을 붕괴시키려고 상산이 힘겹게 가지고 왔던 거포는 화양 앞에 흉물처럼 버려진 가운데, 보급을 위한 금하는 도로 빼앗기고 군량 역시 퇴각하느라 버려두었다.

지금, 회전을 하고 화양을 점령하지 않으면 상산군은 상산까지 갈 식량도 넉넉하지 않은 상황이다.

척후들이 상산이 해하에 주둔을 하고 전열을 다듬고 있다는 것을 알려왔다. 행여나 화양이 응하지 않을까, 주변을 약탈하기까지 했다.

"우리도 그곳으로 간다."

모두가 예상한 곳이다. 그 외에는 회전을 치를 곳이 없다.

곽 장군이 전령을 보내 금하에 주둔하던 군사를 모두 해하로 이동하게 했고, 화양의 군관들에게 해하로 가서 회전을 치를 것이라 통보했다.

이제 공성전을 할 필요가 없어졌고, 군사도 충분하다.

다만, 지역이 해하. 평원은 평원이되 좁은 평원.

상산군은 더 많다. 모이고 나니 이제 거의 십만.

해하는 좁고, 그런 곳을 전장으로 삼은 상산이 하고자 하는 것은 좁은 지역에서 뭉쳐 돌파해 짓밟는 것이다. 우동관이 가장 정성 들여 양성한 중보병들은 좁은 곳에서 위력적으로 변할 것이다. 게다가 날이 서늘해 중무장한 보병들이 움직이기도 좋다. 우동관이 야전(野戰)에서 어느 정도의 실력을 발휘할지 모르고, 운이 그에게 얼마나 있을지는 모르니 승리를 완전히 장담하기 어렵다. 지휘관인 우동관은 단순하고, 단순한 만큼 파악하기도 쉬운 상대였으나, 단순하게 강한 자였다.

지도가 펼쳐지고, 회의가 거듭되는 가운데 무염은 해하 근방을 보았다. 의견은 대체로 비슷했다. 둘 중 하나다. 정면으로 부딪히던가 아니면 그들을 어떻게든 흩어놓든가.

"우리가 저곳에서 진을 치고 기다려 주면 바로 몰려와 우리를 치겠지."

무염의 손이 해하 중앙을 가리켰다.

"일단 충돌하면 최대한 시간을 끌도록 하고, 그사이 양 장군과 한 장군이 양익에 있는 기병들을 쳐내. 우동관은 기병들을 지휘하고 있을 테니,

양 장군이 무슨 수를 써서라도 우동관을 떨쳐 내 지휘관이 멀어지도록 한 뒤 포위, 진행은 그렇게 해보지."

"저들이 우리보다 많습니다."

양 장군이었다.

"안다. 그러니 처음 부딪힌 우리 측 진영이 뒤로 물러나며 그들이 최대한 밀집하도록 한 뒤 보병을 준비시킨다. 서쪽에서 온, 곽안이— 아, 지금은 유형규 장군이지. 지휘할 보병이 우측으로, 다음 내가 전령을 보낼 테니 이 장군이 북에서 이끌고 올 보병은 좌측으로 해. 그동안 기병들은 모두 후방으로 지원이 오지 못하도록 막으며 쳐."

"처음 부딪히는 부대의 희생이 너무 커진다. 상산이 강하게 들어올 경우 무너질 수도 있고. 그러면 다 수포로 될 거다. 아예 산산이 깨질걸."

이 회의실에서 저리 반말을 쩍쩍대도 되는 것은 단 하나뿐이다. 무염은 구석에 앉아 있는 사징을 보았다.

"그러니 공자, 그 공격과 방어의 선두에 누가 있느냐는 아주 중요하다. 포위하고 섬멸하는 순서야 좋다. 다만 버티고 모을 힘이 필요하지. 어떻게 할 거지."

"그곳은 내가 간다."

무염은 사징이 놀라는 것을 보았다.

"후방 기병들은 모두 정해진 장수들이 지휘하고, 공격 선두는 내가 지휘한다."

전략에 대해 아는 바가 거의 없는 무릉도 그것만은 알아들어 얼굴이 굳었다.

아는 바가 대단히 많은 사징은 노려보듯 보며 말했다.

"위험하다."

"그 중앙이 가장 중요하고, 중앙이 겁먹거나 혼란해지면 전장 자체가

다 위험해진다. 내가 맞서 싸울 테니, 믿어라. 어차피 감수할 건 감수해야 하는 전장이다. 쉬운 전장이 아니야."

사활을 건 것은 화양이나 상산이나 마찬가지니.

일단 전략이 잡히고, 그다음은 누구를 어디로 보내고 누가 어디서 대기를 하며 전령은 언제 출발하게 되는지를 논했다.

몇 시진이 걸린 회의가 끝나고 장군들이 휴식과 명령 전달을 위해 자리를 뜨자, 남은 것은 화양공 가문의 무염과 융금백 가문의 사징이었다.

완전히 둘만 남자, 사징이 말했다.

"같이 가지."

"응?"

"어차피 나는 이 안에서 지휘할 군사는 수군들인데 배를 가지고 해하로 갈 생각은 없으니 할 일 없지. 그러니 네 옆에 내가 있겠다."

"네가 다치면 사량이 힘들어할 텐데."

"지금 상황으로는 내가 다쳐도 울고 네가 다쳐도 울어. 우리 둘 다 같이 안 다치도록 협조하자는 거다."

"무예에 소질 없다고 하지 않았나."

"전장에서야, 내 멋대로 싸워도 되잖아. 아버지와 선생님이 걱정하던 것은 사소한 다툼에서도 심하게 싸우는 거지, 전장은 어차피 그냥 싸우면 되는 거 아닌가."

"진심인 거냐."

"나는 언제나 진심이다. 그리고 이건 진심이니 뭐니 논할 게 아니라, 허락할 거냐 말 거냐 문제 아닌가."

"위험하고, 너도 위험해진다. 다치면 곤란해. 네가 칼에 찔리면 피라도 나는지 의심스럽긴 하다만."

"칼에 찔리면 나도 사람이라 피 나고 아픈 게 당연하잖아. 뭐, 찔려본 적이 없어서 잘은 모르겠지만."

무염도 이놈이 누군가와 맞서서 지거나 밀리는 것은 상상도 되지 않았다. 무염의 악몽인 그 탁우기와 붙여놔도, 조금 전에 뭐 하나 썰고 왔는데 그게 탁우기였나? 할 놈이다.

"그러면 준비해라."

왠지 녀석하고 아주 오래오래 같이 싸울 것 같다는 불길한 예감이 들었다. 가만 그러면 내가 이곳의 지휘관이니 제대로, 실컷 부려먹고 착취할 수 있겠다.

무염의 눈빛이 묘하니 사징의 눈꼬리가 올라갔다.

"왜 그렇게 보는 건가."

"아니, 아니야. 그냥, 잘 싸워보자고."

무염은 두 손을 든 다음 일어났다.

"이만 너도 쉬어라. 곧 출정하고, 출정하고 난 뒤에는 정말로 편안한 잠자리가 간절해질 테니."

결전이 예정된 것은 겨울 십이월 중순이었다. 북쪽이라면 혹한의 날일 터이나, 남쪽의 화양은 아직은 쌀쌀한 정도였다.

화양군은 화양성민의 배웅을 받으며 성을 나섰다. 해하에 도착하기 전에 출발한 화양군과 합류하여, 소를 잡고 승리를 기원하는 제를 올렸다.

구름 없이 맑은 하늘 위로 서늘한 바람이 불고, 북소리가 이어지며 장수들이 술잔을 들이켜자 정렬한 대군에서 함성이 터졌다.

꽤 큰 전쟁이 될 것이고, 이들 중 얼마나 살아 돌아갈 수 있을지 무염은 모른다.

아버지가 없는 지금 모든 결정의 책임이 그에게 있다.

엄숙한 가운데 제가 끝나고, 무염은 병사들 앞으로 말을 달려 독려한 뒤에 진군을 명했다.

성벽에서부터 시작된 진군은 사방을 검게 물들이며 해하를 향해 밀려 올라갔다. 북소리와 함께 발걸음이 맞춰 올라갔다. 등진 화양은 멀어지고, 지평선이 바뀌기 시작했다.

몇 번 전장에 나간 적이 있으나 무염도 이 정도 회전은 오랜만이었다. 최근에 치렀던 가장 큰 전쟁은 광양항을 점령한 전쟁이었다. 그때는 이만을 이만 오천으로 상대한 전쟁이었고, 화양이 점령하는 전쟁이었기에 운을 다 거는 전쟁은 아니었다.

그런데 지금은 모든 운명이 다 걸린 전쟁이다.

여기, 이 자리에 우동관의 운도 걸리고 무염과 화양의 운도 걸려 있다. 많은 왕과 제후와 장수들이 이런 전쟁을 치렀을 것이다.

어느덧 겨울의 지평선 위로 상산의 깃발이 펄럭이는 것이 보였다. 가을꽃이 모두 진 벌판 위로 까맣게 전열을 다듬은 상산군이 있다. 밀집한 위로 창이 솟아 있고 그 주변으로 방패가 단단히 감싸고 있다. 갑옷처럼 덮인 방패들이 햇살에 번득인다.

이미 단단히 준비했기에, 각 진영이 모여 전열을 다듬는 데는 얼마 걸리지 않았다.

긴장과 투지 속에 시간이 흐르고, 다시 시간이 흘렀다.

병영을 돌고, 장수들을 독려하고, 다음날 다시 그 일을 하며 북돋는 가운데 일전의 날이 밝았다.

푸른 해하를 등진 언덕에, 큰 북소리와 함께 상산군은 정확하게 밀집해 어긋남 없이 앞에 섰다.

무염도 군사를 끌고 전열을 정비했다. 횡으로 길게 만들어 그 중앙에 정예를 배치했다.

정확하게 배치되어 검고 큰 짐승 같아 보이는 상산군을 맞서, 화양군의 어깨에 힘이 들어가기 시작했다. 같은 가슴으로 숨을 쉬고, 같은 심장으로 뛰는 기분이 드는 순간이다.

무염은 칼자루에 손을 댔다. 그 주변으로 그를 보호하기 위한 화양의 기병들이 모였다. 아무리 무염이 자청해 선두에서 지휘한다 하나, 지휘관이다. 필사적으로 지키는 임무가 그들의 것이다.

그리고 등 뒤에는 사징이 있다. 전장에 온 주제에, 너무 춥다며 천으로 코까지 덮었다. 그 편이 나아 보이기도 한다. 저놈이 저 얼굴로 싸운다면, 일단 아군부터 넋을 놓을 테니.

상산 쪽에서 북이 울렸다.

둥, 둥, 둥.

고요한 전장 위로 그 소리가 울렸다.

다시 둥, 둥, 둥—

기합 소리와 함께 상산의 방패가 올라가고, 창이 앞으로 올라왔다. 새카맣게 세운 창이 벽처럼 서 올랐다.

다시 북이 둥—

함성이 터졌다.

벌판 끝에 자른 듯 정확하게 정비된 상산의 보병들이 진군을 시작했다.

쿵, 쿵. 사방이 천둥이 울리듯 울리며 진격해 온다.

함성이 터졌다. 전장의 열기가 피어오르고, 공포와 분노가 탄다.

맞서는 화양군이 하나둘 긴장하기 시작했다. 턱에 힘을 주고, 칼과 창을 쥔 손에 힘을 주고, 다리에 힘을 주고.

무염은 그들이 돌진해 오는 것을 지켜보았다.

쿵, 쿵. 소리와 함께 그들의 날카로운 창과 검들이 햇살에 부서지고 바람을 따라 쇠비린내가 풍겨온다.

끝에서 끝까지, 그 모든 것을 지켜보는 화양군의 눈이 점점 더 경악으로 굳어갔다.

"간다."

무염은 어깨에 힘을 주며 외쳤다.

"오늘, 이곳이 천하의 시작이니!"

함성과 함께 화양군이 드디어 내리박히듯 돌진했다.

기병들이 검을 뽑고, 창병이 창을 드는 동시에 북과 나팔이 울렸다.

가장 선두에 있는 자들이 상산과 부딪혀 밀쳐 올렸다. 햇살은 쏟아지고 그 아래로 양쪽 진영이 격돌했다.

꽝, 꽝. 소리가 나며 갑옷과 갑옷이 부딪혔다.

서로가 압박하는 가운데, 상산군은 돌파를 위해 계속 진격하고 후방의 우동관은 계속 북을 울리게 하며 진격을 명했다.

창이 올라가고, 방패들은 더 견고해졌다.

상산군이 더 밀집하며, 그 진군 속도는 더 빨라졌다. 그대로 짓밟혀 휩쓸릴 듯 강력하고 거대하다.

병사들의 등 뒤에서 계속 고함이 터지고 상산의 기병들이 후방을 압박했다.

"가서, 투귀의 목을 가지고 와라!"

우동관의 목소리다.

가까이 있다.

무염은 웃기고도 기가 막혔다.

일순, 엄청난 압박이 들어왔다.

포효 같은 함성과 고함이 터지고, 서로의 갑옷 위로 적의 검이 내리쳐졌다. 단도를 든 화양군이 달려들고, 상산군이 방패로 막으면 화양군은 옆에서 그 목을 뚫고 갑옷을 내려쳤다.

무염은 주변 기병들과 함께 그 보병들을 밀어젖히며 고함을 질렀다.

"후열, 앞으로!"

전열이 흐트러지자, 바로 뒤에 있던 후열이 상산군과 부딪혔다.

무염은 달려드는 적병들을 후려쳤다. 팔을 휘둘러 상산군의 목을 베어내고, 엉겨 붙으며 창을 찌르려는 자의 팔과 목을 단숨에 베어냈다.

쓰러진 상산군 위로 말발굽이 짓이겨지고, 혼전 중에 상산군이 화양군에게 밟히고 화양군이 그 위로 단도를 찔러 넣었다. 등 뒤로 상산군의 창이 화양군을 뚫고, 그자의 목을 화양군의 단도가 베어 넘겼다.

그 위로, 사징이 움직였다. 제비처럼 빠른 검은 적진으로 삽시간에 파고들며 적을 베어냈다. 엄청난 속도로 쏟아지는 공격 속에서도 사징은 적들의 검을 받아치고 휘둘러 목을 뚫었다.

"하!"

드디어 사징이 기합을 토해냈다. 이를 악물기 시작하고, 그 얼굴에 피와 살점이 튀며 혼탁한 전란 속에 그 역시 휘말려 갔다. 무염의 등을 찌르려는 기병의 팔이 사징의 검에 잘려 나가고, 등 뒤로 다시 달려드는 기병이 그에게 막히더니 그 목이 떨어졌다.

무염은 거대한 검으로 적들을 베어냈다. 육중한 검에 적들이 떨어져 나갔다. 혼전 속에 피보라가 일고, 목숨 잃은 자들의 피가 풀밭으로 흩어졌다.

적들이 뚝뚝 흩어지는 가운데 혼전은 계속되었다. 고함과 비명 속에서 서로 부딪히고 부딪히며, 다들 야수가 되는 그런 혼전이었다. 그리고 드디어 상산의 맨 선두에 있던 중장보병의 대열이 무너지기 시작했다.

무염은 그 속에서 달려드는 상산의 기병들과 맞섰다. 사징이 달려가고, 그 검이 번득이며 길을 내자 화양의 기병들이 몰려가 상산의 기병을 밀어냈다.

상산의 기병들이 뒤로 밀려나 아군의 보병들과 엉켰다. 밀집될 대로 된 상산의 보병들 사이에서 제대로 움직이지 못했으며, 사징은 거의 본능적으로 화양의 기병들과 함께 그 기병들을 몰아세웠다. 기병들은 지휘관인 무염을 발견하고 어떻게든 덤비려고 들어왔지만 그들 모두 아군인 보병들 속에 갇히고 말았다.

"궁병!"

무염이 고함을 지르자 양옆에 있던 궁수들이 기병들을 향해 화살을 퍼부었다. 화양군이 뒤로 물러나자마자 그 위로 화살이 일제히 쏟아지고, 공격에 힘을 실었던 적은 다시 혼란해졌다. 무염은 진격을 명했다.

"양익, 공격 시작해라——!"

무염이 신호를 보내자, 양익 앞의 전령들이 깃발을 들고 달렸다. 드디어 버티기가 끝나려 하고 있었다.

보병의 밀집이 끝나가는 지금, 화양의 기병들이 상산의 기병들을 쳐내기 시작했다. 상산의 양익은 뒤로 밀려나며 오히려 보병들과 섞이기 시작했다.

먼지와 고함 속에, 기병들에게 밀린 보병들이 서로 엉켜 쓰러지기 시작하며 아군의 발과 발굽에 채였다.

그 와중에 용기를 낸 상산의 장수 하나가 무염에게 달려들었다. 무염은 육중한 창이 가슴으로 날아드는 것을 보았다.

무염은 적장을 향해 정면으로 돌진했다. 창에 찔리기 직전에 무염은 허리를 숙여 창을 피하며 검을 휘둘러 적장의 목을 베어냈다. 적장의 목이 피와 함께 솟구쳐 바닥에 떨어졌다. 붉은 술이 달린 투구가 위로 오르자, 어디선가 비명 같은 고함이 들렸다. 무염은 그에게 달려든 병사의 머리를 날리고, 다시 그를 향해 덤비는 기병의 가슴을 찔렀다.

온몸이 피투성이, 그 속에서 무염은 후방의 기병들이 돌아오는 것을 보았다. 거의 동시에, 무염을 등 뒤에서 엄호하던 사징의 검이 적장의 목을 잘라냈다. 피보라를 일으키는 사징은, 사람이 아니라 검을 든 짐승이나 신에 가까웠다. 거침없이 빠르고 강한 공격이었다.

후방을 지키던 상산의 기병들이 밀려오고, 그 기병들은 오히려 보병들과 섞여 양익의 기병들과 같은 신세가 되었다.

보병들과 엉켜 말들이 쓰러지고 기병들은 내동댕이쳐졌다. 말들이 울부짖고 쓰러진 병사들이 신음하고 울부짖고 바닥에 피와 살이 쏟아진다.

그럼에도 흐름이 정돈되며, 화양의 공격이 흐름을 타기 시작했다. 좁은 지역 덕에 상산의 많은 군사는 오히려 그물 속 물고기 떼 꼴이 되고 말았다. 앞으로의 돌격은 화양군의 분전 덕에 주춤했고, 그 덕에 뒤에서 돌진시키는 것이 오히려 악수가 되었다. 중무장한 보병들은 발이 묶이며 방해가 되었고, 빠른 경무장 보병들은 움직일 수가 없으니 무용지물이다. 거기에 기병들이 뒤엉켜 완전히 아수라장이 되고 말았다.

하나로 움직여 돌진해야 하는 것이 아니라, 하나로 뭉쳐 소멸하려 하고 있었다.

"모두 어떻게든 앞으로 진격해라! 돌진해!"

어떻게든 화양의 대열을 뚫어야 한다는 생각에 적장이 너도나도 외쳤다.

선두에서 화양과 충돌한 보병들은 이미 상당수 전사해 바닥에 쓰러지고, 원래 양익으로 빠졌어야 할 기병들이 떠밀리며 오히려 보병들의 진로를 방해하고 있었다.

무염이 검으로 장수 하나를 베어냈다. 통째로 날아간 무관의 몸이 병사들 속으로 떨어졌다. 드디어 흐름이 완전히 통제되고, 무염의 주변은 공격의 흐름을 타고 밀려드는 화양군으로 뒤덮였다.

무염은 포위되어 방향을 잃은 상산 기병들을 베어내고, 다른 기병의 머리를 잡아 던지며 외쳤다.

"돌격―!"

대기하고 있던 전령이 급하게 깃발을 들고 지평선으로 달렸다.

오른쪽 측면에서 화양의 깃발과 함께, 완전히 새로운 병사들이 북소리에 맞춰 함성과 함께 돌격해 들어왔다.

측면이 깨져 나가며, 상산군은 더 빠르게 무너졌다. 반대편에서도 공격이 들어오며 상산군은 그저 안으로 뭉치며 아군들을 향해 돌격했다.

그때 선두에서 겁에 질린 고함이 터졌다.

"퇴각! 뒤로, 뒤로! 뒤로 가라!"

그 순간 공포와 절망이, 마치 물이라도 쏟아지듯 상산군을 휩쓸었다. 돌격대장들을 눈앞에서 잃은 상산의 병사들은 이제 어디로 가야 할지도 모르고 전의도 잃고 더 빠르게 엉키기 시작했다.

병사 구만이 지휘관을 잃고 들쥐 구만으로 변하는 것은 순식간이었다.

어떻게 뚫어야 할지 모르는 상황에서 그나마 판단력이 좀 남아 있던 장수들이 지휘관이자 주군을 향해 모여들었다. 패전이 분명한 전장에서 주군만은 피신시키려 했다. 피비린내 물씬 풍기는 전장에, 우동관은 자신이 직접 지휘하여 완전히 무너지고 있는 전장을 보아야 했다.

"주공, 어서― 목숨을 보전하십시오!"

필사적으로 화양군의 공격을 막아내며, 후방으로 빠져 주군을 보호하려는 장수가 외쳤다. 그러나 창이 날아와 장수의 등을 뚫었다. 즉각 숨을 거두어 버린 장수는 화양군에 짓밟히고, 주군을 탈출시키려 했던 장수가 죽으며 우동관이 피하려던 것을 알아챈 상산군의 전열은 더 빠르게 무너졌다.

우동관은 가야 했다. 그러나 말이 다리를 꺾으며 쓰러지고, 우동관은 내동댕이쳐졌다. 급히 달려온 장수가 일으켜 세우려 했지만 그 목을 검이 뚫고 지나갔다. 뒤엉킨 병사들 틈으로 우동관은 착각인 듯 착시인 듯 가까워진 어느 남자의 얼굴을 보았다.

가까워진 남자의 얼굴이 익숙하다 싶었다.

설마—

혼란한 혼전 속에 그 얼굴이 보이는데, 보일 리도 없고 보여서도 안 되는 얼굴이었다.

"황상?"

그 순간 그의 목을 누군가가 확 낚아챘다.

눈앞이 컴컴해지고, 그 몸이 우악스럽게 틀어 잡혀 어딘가로 끌려갔다.

"드디어 자네도 내 손으로 들어오는군, 상산공."

우아한 목소리가 들린다.

무염은 우동관의 등을 보았고, 그가 쓰러지는 것도 보았다.

생각보다 훨씬 가까이 있었다는 것을 무염도 그제야 알았다. 그러나 단숨에 사라져 어디로 갔는지 알 수가 없었다.

주군이 적병에 둘러싸여 완전히 고립되어 버리자, 어떻게든 우동관을 끌어내려 했던 상산의 지원군은 진입을 포기하고 아예 퇴각해 버렸다.

누군가 하나가 항복을 외쳐야 했으나, 그 명령을 내릴 우동관이 없으니 상산군이 할 수 있는 일이라고는 미친 듯이 도망치는 것 외에는 없었다.

외치지 않아도 안다.

무염은 화양군의 함성을 들으며, 승리를 확신하는 자들의 희열을 온몸으로 느꼈다. 크고 작은 전쟁을 치르며, 그 느낌만으로도 전장의 흐름을 안다.

어디가 흔들리는지, 어디가 이기고 있는지.

전장이 그와 함께 호흡하면서, 머리에 열이 차오르고 그 흐름과 하나가 된다.

무염은 숨을 몰아쉬며 고함을 질렀다. 코앞까지 다가왔던 위협이 무너지고, 드디어 화양군이 해하를 뒤덮었다.

무염의 옆을 지키던 사징이 피투성이가 되어 돌아왔다. 숨을 몰아쉬고 있었으나 팔다리 다 멀쩡했다. 무염이 보자, 사징은 손을 들어 보였다.

"이거 다 내 피 아니다."

"그래 보인다만."

"전쟁은 정말 처음이라 이긴 건지 아닌지도 모르겠군. 뭐야, 어떻게 되는 거야."

"기다려 봐라. 곧 알게 될 테니."

무염은 참았던 고함을 터뜨렸다.

기쁨이 뜨겁게 피를 달군다. 희열이, 환희가 한번에 들끓는다.

이제 돌아갈 수 있겠지, 당신에게.

당신 품에 기대고, 당신의 등을 안으며, 내가 돌아왔다 할 수 있겠지.

그러니 기다려.

당신이 있는 곳이 어디든 그곳이야말로 가야 할 곳일 테니.

내가 갈게.

종장[終章]

귀
향

소슬한 바람 소리에 사량은 귀를 기울였다.

겨울이 되어도 눈발 날리는 일조차 별로 없는 남쪽이라, 동지가 지나고 신년이 넘어야 좀 추울 정도다.

전령이 도착해 전장의 소식을 알려왔다. 사량은 아태관에 있을 범아에게 전령을 보내, 자신이 전장의 소식을 받았음을 알렸다.

그 용맹한 소녀를 기다리며, 사량은 전령이 보낸 소식을 읽었다. 하나는 전황에 대한 정확한 이야기들, 다른 하나는 그 사람이 직접 보낸 편지다. 황 선생도 소식을 듣고 달려왔다.

사량은 웃으며 노인에게 말했다.

"이겼다는군요."

"나리는요?"

"곽안 장군이 보낸 편지도 있네요. 한번 읽어보세요."

황 선생은 사량이 건넨 서찰을 보고 흐뭇하게 웃었다.

무염은 동생에 대한 칭찬은 꼭 곽안을 시켜 쓰게 하고 본인은 객관적인 척하며 험담만 써놨다. 동생 역시, 돌아오면 객관적인 척하며 무염의 험담만 할 테지.

사량은 사이좋으면서 내 앞에서는 이리도 나쁜 척을 하려 하는 건지 모르겠다고 말했다. 황 선생도 그에 동의했다.

"그러게 말입니다. 아무리 봐도 잘 지내시던데, 왜 사이가 나쁘다고 그리들 우기시는 건지."

"제 생각도 그래요, 선생님. 친한 걸 들키면 부끄러운가?"

"그럴지도 모르지요. 그나저나 드디어 젊은 분들이 세상을 움직이게 되는군요. 기쁩니다. 다 보고 싶은데, 제가 다 볼 수나 있을는지."

"그런 말 마세요, 선생님."

사량은 나이 든 황 선생의 손에 손을 얹으며 위로했다.

범아는 금방 융금으로 왔다. 근방에 있었다며, 소식을 전하려 했는데 그보다 먼저 사량에게 전령이 온 거라는 말도 한다.

사량은 범아에게 감사했다. 아태관을 지켜준 범아 덕에 화서항에 있던 상산군이 소금하를 타고 융금으로 오는 일은 없었다.

수전을 벌여 격파한 뒤, 아예 그 근방에 수채를 쌓게 하여 방어에 전념한 것이 범아였다. 황상은 정말로 열다섯 살 난 손녀에게 그 일을 맡겼고, 궁주도 훌륭하게 해냈다. 아깝기도 하다. 이 아이가 손녀가 아닌 손자였으면, 이 남위의 후계 걱정도 없을 텐데.

"동생이 없을 때 수고해 주셔서 정말 감사해요, 궁주."

"아닙니다. 아태관은 황실의 것이고, 또 지켜야 하는 의무 역시 황실의 것 아닌가요."

"동생도 감사할 겁니다."

범아의 날카로운 얼굴이 좀 부드러워진다.

"뭘요. 이런 얼굴로다가 잘했군, 고마워, 그걸로 끝일걸요."

사량은 웃었다. 하도 똑같이 해서.

다행이다. 누군가의 도움을 믿고 받을 수 있다는 것이 이리 다행한 일일 줄이야.

"아버지는 세상을 혼자 살 수 없다 하셨지요. 내가 할 수 있는 일을 누군가는 할 수 없고, 내가 할 수 없는 일을 누군가 할 수 있으니, 서로 믿고 살아야 한다고."

그리 믿었던 친구와 양자에게 배신당했지만, 그래도 아버지는 믿었다. 믿지 말아야 할 자도 믿었으나, 믿어야 했던 이들도 믿었다고.

"궁주를 알게 된 건 올해의 좋은 일 중 하나예요. 모든 것이 끝나도, 벗으로 지냈으면 좋겠어요."

범아는 얼굴을 붉혔다.

"제가 뭘 했다고."

"정말이에요."

사량은 생긋 웃어 보였다.

"궁주가 계셔서 우리들이 이리 안심하는걸요. 궁주 같은 분이 많아져서 더 믿고 의지할 수 있으면 좋겠어요. 그리고 궁주도 저를 믿고, 의지해 주면 좋고요."

범아가 더 얼굴을 붉혔다.

"다행입니다. 도움이 되어서."

사량은 어깨를 덮은 장포를 여미며 무염이 적어 보낸 말들을 떠올렸다.

화양공이 황성으로 떠났고, 어머니인 유 부인이 사량을 보고 싶어하며……

예상 못했다.

화양을 지켜내면 상산이 제구실하지 못하고 무너질 거라고는 생각했었다. 그리고 무염이 돌아올 거라, 그렇게만 생각했었다.

아무리 군권을 얻어냈다 하더라도, 사량은 그 아버지 밑으로 무염을 다시 보내기 싫었다.

그런데 이리되니.

화양의 섭정, 무릉이 힘들 것 같아 무건이나 무흔이 물려받을 때까지. 이것은 곧, 전쟁이 끝나면 화양으로 오라는 것이다.

사량은 오랜만에 무염이 그날 했던 말들을 떠올리며 웃을 수 있었다.

예쁜 집을 봐뒀어, 작은 대나무 숲이 뜰에 있는.

화양을 떠나며 그 꿈은 접었는데. 또 당신과 같은 꿈을 꾸네요, 염. 아, 이번에는 꿈이 아니겠군요. 게다가 그 안에 결실 하나가 더해졌고.

"이제 답을 적어 보내야겠네요. 이곳이 얼마나 무사한지, 그리고 당신이 무사한 것에 얼마나 감사한지, 기다리고 있는지."

기분 좋은 사량에게 황 선생이 슬그머니 물어왔다.

"답신에…… 그럼, 적으실 겁니까?"

"뭘요?"

"저기, 그러니까…… 아주 중요한 소식…… 말입니다."

사량은 웃으며 고개를 숙였다.

"그건 그 사람이 오자마자 놀라게 해주는 걸로 하죠. 놀랄 일 하나 정도는 있어야 하지 않을까요. 저는 어떻게 놀라게 해줄까, 하며 두근두근하고. 그 사람은 선물이 있어서 좋고. 자, 놀랐죠? 이러며."

부부가 알아서 할 문제라고 생각한 황 선생은 더 말하지 않고 웃기만 했다. 탕탕은 창턱에 앉아 조용히 지켜볼 뿐이다.

저 부엉이는 너무 오래 낫지 않아 이러다 날지 못하게 되는 게 아닌가 싶어 모두를 걱정시켰다. 황 선생은 더욱 공을 들여 탕탕을 돌보았고, 다른 사람들 역시 마찬가지였다. 그러던 어느 날, 탕탕은 몰래 날아다니다 들키고 말았다. 사람들이 애지중지 돌보아주고 입만 열면 맛있는 것을 먹여주는 데 맛 들려 다 나아도 아픈 척하다 들킨 것이다. 훨훨 날다가 사량과 눈이 딱 마주친 탕탕은 갑자기 땅으로 툭 떨어지며 아픈 시늉을 시작했으나 이미 늦었다.

사량은 아무리 공을 세웠다고 하나 이리 응석을 부리면 못 써요, 라며 훈육을 시작했다. 무척 훌륭한 훈육을 받은 탕탕은 사량 앞에서만큼은 필사적으로 날아다니고 황 선생이 오면 다시 툭 떨어지는 것을 반복했다. 마음 약한 황 선생은 꾀병이란 것을 알아도 모르는 척하며 귀여워해 주었다.

"뭐, 그냥 호구 노릇 합지요. 허허."

며칠 뒤 사량은 사징을 맞이했다. 문 앞까지 마중 나온 누나를 본 사징은 말에서 뛰어내리다시피 하며 달려왔다.

"저 없는 동안 무탈하셨습니까."

"그럼요. 나야 둥지 안에 있는 듯 괜찮았지만 동생은 아니잖아요. 전장에 있었는데. 와요, 피곤할 텐데. 수고했어요."

사량은 동생의 안색과 눈빛을 살폈다. 달라졌다, 싶다. 조금 더 커지고 조금 더 견고해진 눈빛.

나갔다 돌아올 때마다 얼마나 다른 사내를 보게 될까.

"궁주에게 감사할 일도 많아요. 동생이 부탁했다던데."

"믿을 수 있는 분이라."

사량은 웃었다.

"정말 믿을 수 있는 분이에요. 내가 그 나이 때 얼마나 아무것도 아니었는지 반성도 하게 되고요."

"궁주는 지금 어디 있나요."

"여기 같이 있지요. 곧 인사할 수 있을 겁니다. 백은 사당으로 가서 부모님과 조상님들께 인사드릴 준비를 해요. 나는 제주(祭酒)와 향을 가지고 갈 테니."

"홀로 힘드시지 않으셨나요."

"혼자서 기다린 것도 아닌걸요. 뭐. 황 선생도 계시고, 궁주도 있고, 또—."

"뭐가—?"

"자, 여기. 인사해 봐요."

사량은 소매를 들어 보였다.

잠시 못 알아듣고 눈만 깜빡이던 사징은, 잠시 뒤 드디어 깨닫고 하얗게 변했다.

"설마……!"

"어머, 표정이 왜 그래요?"

"아니, 그…… 그럼 왜 나와 계셨…… 는지, 날도 추…… 운데. 그……!"

"용 부인이 말하길, 이제는 움직이는 게 더 좋다고 하던데요. 그런데 표정이 정말 왜 그래요. 울려고 하는 것 같은데."

사징은 멍하니 보다가 얼굴이 붉어지더니, 다음 눈물이 맺혔다.

"너, 너무 기뻐서 그렇…… 습니다!"

사량은 소매로 동생의 눈물을 닦아주었다.

"이런 일로 울면 어떻게 해요."

"아니, 드디어…… 기뻐서 그렇습니다. 너무…… 아버지께 손자가 생기고, 제게는 또 핏줄이 생기고…… 가, 가족이. 새로!"

사량은 동생의 아이 같은 얼굴을 보며 기분이 좋아졌다.

이리 꿋꿋해도 열여섯부터 힘들게 성을 이끌며 이르게 철이 든 동생이

다. 새 식구가 생긴다고 하니 아이처럼 좋아한다.

하지만 더 크겠지요, 백은. 더 큰 어른이, 그리고 언제고 이 난세에 빛나는 별 같은 존재가 될지도.

"그럼, 사당에서 봐요."

사량은 사징을 들여보낸 뒤, 가까이 와 있던 범아를 발견했다. 마주치자 범아는 얼굴을 붉혔다.

"왔으면서 왜 인사 안 해요."

"조금 뒤에 하려고요. 두 분이서 인사하는데 방해하고 싶지 않았어요."

"저, 동생이 왔지만 여기 좀 더 머물다 가요."

"금방 갈 겁니다."

"혼기 찬 여자분을 외지에 잡아두는 건 도리가 아니긴 한데, 이대로 보내기 아쉽네요. 제가 걱정만 하느라 궁주께 제대로 된 대접도 못한 것 같아서요."

혼기라는 말이 나오자마자 범아는 얼굴에 뭐가 돋는 듯 기겁했다.

"혼기라니요! 저는 아직 어리고, 할 일도 많습니다."

"서로 돕고 살 분을 만나면 되죠. 궁주는 어떤 남자가 좋은가요? 황상 같은 분을 찾는다 하지는 마세요. 그 정도로 대단한 분을 찾다가는 평생 혼자 살고 말 테니. 솔직히 말해봐요."

범아의 얼굴이 얼어붙었다.

"궁주의 무위가 대단하니, 역시 무위가 뛰어난 남자가 좋은가. 학식? 궁주는 굉장히 배움이 많은 분이라 보통 분은 안 되겠지요. 인품일까."

"무위도, 학식도, 인품도 다 괜찮습니다. 그런 걸로 빼어난 걸 정해 사람을 고르지는 않아요. 그런 건 다 살면서 닦아나갈 수 있는 겁니다."

"그럼?"

"……얼굴."

"네?"

"그냥 얼굴 보고…… 천하에서 제일 아름다운 남자로 고르죠, 뭐."

사량은 눈을 깜빡였다. 이거, 농담인가. 어머, 벌써부터 그러면 못 써요, 해야 하나. 아니면…….

잠시 뒤, 범아는 자신이 무슨 말을 한 건지 깨닫고 신음을 흘렸다. 이런 젠장, 맙소사, 젠장 등의 말이 이어져 사량은 못 들은 척하고 돌아섰다. 농담이 아니었구나.

제주를 챙긴 뒤 사당으로 향하니 사징은 벌써 사당 앞에 무릎을 꿇고 앉아 있었다. 사량은 그 앞에 향의 불을 붙이고 제주를 따랐다. 사징은 술과 감사 인사를 바친 뒤에 물러났다.

"그 사람이 편지를 보냈어요."

"뭐라고요."

"이제는 화양에서 지내게 될 것 같아요."

"짐작은 했습니다."

사량은 빙그레 웃었다.

"혼자 남게 될 텐데, 괜찮아요?"

"황 선생도 계시고, 또 성민 모두 제 가족입니다. 오히려 누님을 따로 보내는 것 같아 걱정될 뿐이지요."

"그래도 나는 백에게 좋은 처가 생기면 좋겠어요."

웃는 사량의 얼굴에 사징은 당황했다.

"아직 생각을—"

"시간이 좀 걸릴 것 같긴 한데, 그건 천천히 생각해도 되겠지요. 오랜만에 같이 식사해요."

"네. 오랜만에 편안히 지내게 되겠군요. 전쟁은 두 번 할 게 못 되더군요. 참 힘들었어요."

사징이 진심으로 웃었다. 사량 역시 마음이 가벼워졌다.

동생이 이리 편하게 미소 짓는 게 얼마 만일까. 정말 큰 짐 하나를 덜었구나, 라는 생각이 든다. 상산은 패했고, 화양이 군사를 북진시키며 내년 즈음 화양이 남쪽을 장악하면 사방이 평화로워질 것이다.

이 팔보산 근역으로는 화양과 남위의 황군 모두가 있으니, 반란이나 사소한 세력 다툼에 관한 한 정말로 걱정이 없을 테지.

모든 전란이 아직 끝나진 않았지만, 그래도 사량도 기운은 느끼고 있었다. 십왕쟁패의 그 잔혹한 전란이 이제 가라앉으려 한다. 피비린내 나는 안개가 가시고 대지가 보이고 산이 보인다.

"그 사람은 잘 있던가요?"

"곰 말입니까? 뭐, 아주 튼튼한 사람이니 아프지는 않습니다. 다친 데도 없고."

"다행이네요."

"저를 먼저 보내며, 일이 남아서 늦게 가는 거라며 어찌나 잔소리를 해대던지. 대체— 제가 누님과 스무 해 넘게 같이 지내왔다는 건 전혀 모르는 것 같습니다. 저만큼 누님을 생각하는 사람도, 누님을 잘 아는 사람도 없는데 말입니다."

툴툴대면서도 사징은 딱히 기분 나쁜 얼굴이 아니다.

"고마워요."

"네?"

"다."

"남매 사이에 무엇이 고맙고 무엇이 다행이겠습니까. 행복하세요. 곰이 말을 안 듣는다 싶으면, 당장 연락하시고. 아니, 그냥 제가 같이 가드려도 되고."

"융금은?"

"이제 전쟁도 없을 텐데, 마을 사람들에게 맡겨도 됩니다."

"정말?"

"그럼요."

이거, 분명 그 사람이 무언가 말한 것 같은데. 사량은 밝게 생각했다. 역시, 사이좋으면서 나쁜 척하는 게 맞구나.

"기다리며 천천히 백의 혼처나 구해보죠."

"누님―!"

새벽, 사량은 여러 꿈들을 꾸다 깼다.

날개를 달고 바람을 헤치듯 아침 노을 번지는 구름을 보고, 하얗게 밝아오는 동쪽을 보았다. 겨울에도 푸른 남쪽 숲을 보았고, 하얗게 거품이 소용돌이치는 계곡을 보았다.

말의 숨소리, 그 뒤를 따르는 수하들의 목소리, 그 선두를 달리며 길 끝을 본다.

눈을 떴을 때는 새벽이었다.

산등성이 위는 하얗게 밝고, 먼 구름들은 붉게 물드는 아침이기도 했다.

창을 열고 바라보다, 사량은 비파를 들었다. 죽원의 처마와 대나무 둥치로 햇살이 스친다. 긴 그림자를 그려내 벽과 뜰에 드리우고, 눈을 아프게도 부시게도 했다. 죽림관은 아침 준비로 부산하다.

사량은 현을 퉁겼다. 오늘 아침은 어느 노래를 할까.

신의도 없고 자비도 없이 백 년간 계속된 전란의 시대를 버티며 사람들은 평화를 노래하고 자연을 찬미하던 노래는 잊었다.

남은 노래들은 이별과 고통에 대한 노래, 슬픔과 그리움에 대한 노래들이었다. 즐거움은 잊고, 희망도 잃어버렸다.

사람들이 간절히 바라는 것은 귀향과 평범한 삶. 가족들이 사는 곳이 지켜지고, 돌아올 수 없는 길이 아닌 언제고 돌아올 길을 가며 서로의 손을 흔드는 그런 삶이다.

창가에는 원숭이 공공이 물끄러미 앉아 있고, 그 옆에는 오랜만에 사냥에 성공한 탕탕이 쥐를 삼킨다.

비파 소리가 하루가 눈뜨는 아침을 향해 울린다.

이 시대, 남자들이 싸우면 여자들은 견디고, 이기면 안도하고 지면 이제부터 약탈당한다.

항상 그러고 사는 것이 이 시대의 사내요, 여자들. 사량은 전쟁이 일어날 때마다 바랐다. 이번 전쟁이 마지막이기를. 슬픔도 억울함도 없는 그저 평화가 오기를.

한 음, 다시 한 음, 울릴 때 전령이 깃발을 들고 달려왔다.

전령은 성문을 통과해 성주의 죽림관으로 달려왔다.

드디어 생각난다.

머뭇머뭇 떠오르던 노래가, 드디어.

뭐더라.

하늘 아래 천 갈래 만 갈래
가야 할 곳은 많아도 돌아오는 길은 하나

대나무 숲에서 맑은 바람이 불고
푸른 죽엽들 사이로 붉은 새가 난다오

머루는 검게 익고 푸른 논에는 흰 백로가 거니는 그곳

그리 가는 길은 하나

담 안에는 주인 잊은 누런 개가 짖고
새색시의 얼굴은 수심에 늙고
아이는 아비 얼굴도 모르고 자란다오
북으로 보내는 솜옷 짓는 눈은 이제 흐리고
아비도 오지 않았는데 이제 아이가 나갈 차례라 하는군

그래도 그리 가는 길은 하나

동으로 가면 첩첩산중
북으로 가면 칼날 섞인 찬바람
서로 가면 이슬비 한 방울 없는 모래벌판
남으로 가면 깊은 병과 벌레들이

그러나 그곳에는 달콤한 바람과 그대의 따뜻한 품

눈을 감았다 뜨면 갈 수 있을 듯한데
내 가야 할 길 하나건만 그곳은 어찌 이리도 먼지
머리카락처럼 많은 날들이 어제가 되었다오

그 길 하나, 그 길 가는 건데 이리 수십 년이 걸리는지

언제나 내 집 호롱불 아래 머리를 놓고 잠들어볼까

하늘 아래 천 갈래 만 갈래
가야 할 곳은 많아도 돌아오는 길은 하나

사징이 나와 전령을 맞이했다. 푸른 옷을 입은 아름다운 청년은 그 전령이 전하는 말을 듣고 고개를 끄덕인다.

사량은 비파를 놓았다.

지난 고통은 지난 고통, 그리고 어제의 슬픔은 어제의 슬픔이고 오늘의 기쁨은 오늘의 기쁨.

뭐라 말을 할 거라 생각했는데 나온 것은 그저 환희에 찬 찬탄.

볼을 스치는 아침 바람은 옥처럼 차고 맑다.

사량은 일어나 두근거리는 가슴을 가라앉히며 죽림관의 문을 나섰다.

햇살이 환히 쏟아진다.

눈부시다, 참.

화양군이 성의 입구에서 동료들을 만났다.

사량은 그중에 있어야 할 남자를 찾았다.

무염이 병사들을 앞세워 보내고 따라오고 있었다.

"염."

귀환이다. 회색 눈이 사량을 발견하자 활짝 웃었다. 얼마나 활짝 웃는지, 온 세상이 구석구석 환해지는 것 같았다. 마음을 비추는 해가 환하게 떠 온몸을 따뜻하게 덥혀준다.

"왔네요."

무염이 다가왔다.

"그래."

사량은 그의 얼굴을 살폈다.

새벽 내내 달려와 지친 기색이나 그 회색 눈은 따스한 기쁨으로 꽉 차 있었다.

"당신 동생을 먼저 보냈는데, 와서 내 욕을 실컷 했겠지. 같이 지내는 내내 어찌나 뒤에서 투덜대던지."

"그다지 많지는 않았어요. 절반 정도는 당신 욕, 절반의 절반 정도는 그래도 참을 만은 하다, 그 나머지 절반의 절반의 절반은 아예 나쁜 것은 아니다."

"칭찬은 하나도 안 한 건가. 전장에서 녀석이 투덜대는 거 다 참아주었더니."

"그래도 동생이 알고 보면 참 상냥해서—"

"그 이야기는 그만하고."

무염은 팔을 들었다.

"이리 와."

환한 햇살이 내리덮는다. 사량은 두 팔을 벌리고 무염의 팔에 안겼다.

다 진짜다. 이 어깨도, 이 팔도, 이 숨소리도, 이 체취도, 이 온기도.

강인한 팔이 몸을 안고, 그 넓고 단단한 품으로 파고들며 사량은 다시는 울지 않으리라, 이제는 이 기쁨에 익숙해지리라, 그러면서도 울음을 터뜨렸다.

언제고 이런 기쁜 일에 익숙해지면 그때는 울지 않고 웃겠지. 그러나 지금은 그러질 못하겠다.

"당신을 만난다는 것은 매번 좋을 것 같아요."

이리 기쁘니, 내일부터 이 남자에게 얼마나 약해질까.

해달라는 대로 다 해줄 거란 것도 안다. 뭐든 다, 뭐든. 그저 이렇게 그의 얼굴을 보고, 그의 목소리를 듣고, 그의 눈을 마주할 수 있다면 뭐든 다 괜찮다.

너무 소중하고 사랑스러워서, 당신이 웃고 당신이 행복해할 만한 일이라면 뭐든 다, 해줄게요.

　돌아오는 길은 하나, 그리고 내가 기다리는 사람은 오로지 당신.

　그런 당신을 위해, 나는 뭐든 해요.

　"어서 와요."

　햇살이 등을 비추고, 모든 세상을 비춘다.

大尾

그 후 1 교절(交節)

바둑알이 뚝, 떨어진다.

"졌습니다."

채규는 성의 없이 말했다.

"아직 자네에게 승산이 있어."

"질 생각입니다."

"그냥 하게. 명령이네."

"거역하니 어서 죽이십시오. 구워서 죽이든 찢어 죽이든, 구우면서 찢든 찢으면서 구우시든. 삶아도 좋고 튀겨도 좋습니다, 황상."

등에 닿는 햇살은 아직 따뜻하다. 그러나 이제 가을, 남쪽에서 나고 자란 채규가 버티기 힘들던 추위가 다시 올 것이다.

"그리도 살기 싫은가."

"참 지겹군요. 어떻게든 숨이 끊어진다면야, 그 가는 길이 매우 힘들더라도 견딜 것 같습니다."

참 지겹다.

지겨운 게 이리 지독한 것일 줄이야. 이제 지겨움은 하늘이 하늘이고 땅이 땅이라는 것만큼 그의 일상이 되고 있었다. 그리고 동시에, 일상적으로 가해지는 소리 없고 흔적 없는 고문이기도 했다.

황제는 채규를 유폐시킨 뒤 아무 일도 하지 않았다. 괴롭히지도, 고문하지도 않았다. 손바닥만 한 땅에 높은 담을 세우고 아무것도 없는 집을 한 채 지어준 뒤에 하루 세 끼 식사만 넣어주었다. 볼 책도 없고 이야기 나눌 상대도 없다.

처음 한 해는 그래도 보령이 옆에 있었으나, 얼마 뒤 황제가 시집보냈다며 없애 버렸다.

그 후로 보는 얼굴이라고는 식사를 놓고만 가는 시종과 종종 찾아와 바둑을 두는 황상이다.

반쯤 미쳐 가던 날 황제가 찾아오더니 바둑판을 놓았다. 설마 저걸로 날 한 대 치려나, 하고 보는데 황제는 한 판 두자며 앞에 앉았고 그 후부터 둘의 바둑이 시작했다.

처음에는 바둑판을 치웠으나 그다음에는 놓아두었다. 그리고 그 바둑판은 채규의 유일한 벗이 되어주었다. 그 뒤로 홀로 지내는 채규가 하는 일은 혼자서 두 사람이 되어 흑돌과 백돌을 연달아 놓는 것이 되었다. 어느 날에는 흑돌을 쥔 막채규가 이기고, 어느 날은 백돌 쪽 막채규가 이겼다.

그리 매일매일 보내며, 황상은 아무 말도 전하지 않았다. 화양의 가족들이 어찌 지내는지, 정세가 어찌 변하는지.

처음 몇 해는 날을 셌으나 이제는 세지 않았다. 그저 얼굴의 주름을 느끼고 손발의 힘이 빠지는 것으로 흘러간 날들을 가늠할 뿐. 그리고 황제의 수척해져 가는 얼굴을 보면서, 이 앞의 황제가 얼마나 간신히 버티어내는지 생각하기도 하면서.

"그리 죽고 싶나."

"살고 싶지는 않습니다."

"여기 섬돌은 딱딱하고 기둥도 단단하지. 지붕 위로 올라가 조준 잘하고 몸을 던지면 죽을지도 모르네."

"그럴 만한 배짱은 또 없군요. 그러니 그냥 죽여주십시오."

"우동관은 그릇의 물로 익사해 죽었지."

"그자만 한 배짱이라도 되었다면 여기 앉아 있지도 않았을 겁니다."

상산공 우동관은 전사했다고 알려졌으나, 이 황제가 그를 붙잡은 것은 해하 전투였다.

우동관의 아들들은 아버지가 살아 있다는 것을 굳이 확인하지도 않았으며, 일찌감치 죽은 것으로 여기고 서로 싸워댔다. 존경을 담보하지 않은 권력은 그리 쉽게 잊힌다. 우동관은 그 모든 것을 알게 되자, 물을 한 사발 가득 달라 했다. 그리고 그날 밤 그는 그 물로 자살했다.

황상은 직접 그것을 알려주며, 무척 안타까워했다.

'그날 밤 옆에서 지켜볼 걸 그랬네. 내가 그 모습을 두 눈으로 보지 못한 게, 참 아쉬워.'

채규는 자신만만하던 그 남자를 생각했다.

뭐가 더 수치스러웠던 걸까. 천하를 쥐지 못한 건지, 아니면 황제의 포로가 된 건지, 그저 진 건지.

그리고, 나는 지금 왜 살아 있는 건지.

수치스러워 죽어야만 할 정도의 일도 하지 못한, 나는.

그래도 견뎠다.

화양에 대한 이야기를 들은 것은 딱 두 번이었다. 하나는 셋째 아들 무건이 결혼할 때였고, 다른 하나는 화양공 지위를 장남에게 넘겨야 할 때였다. 처음은 혼주라서 알게 된 것이요, 다른 하나는 그래도 화양공은 화양공이라 그런 것이다.

지금 화양공은 장남이다. 그러나 형제 상속. 다음 화양공 자리는 무염의 아들이 아닌, 무흔이나 무건 둘 중 하나가 물려받을 것이다. 그리고 채규는 그 장남이 동생들의 몫을 가로채는 것 자체를 상상할 수가 없었다. 정해지면 정해진 대로 물려줄 것이다. 누가 뭐라 하든 간에.

무릉이 물려받을 거란 건 다 포기한 것 같다. 어차피 가벼운 녀석이었다. 성격이야 좋았으나, 채규도 그 무릉이 화양공으로 얼마나 쓸모없는지는 안다. 평화 시였다면 모두가 좋아하는 사내가 되었을 터인데, 목숨을 맡겨야 할 때니 그건 또 못하겠는 사내가 된 것이다.

그뿐, 손자는 몇인지, 장남이 어떻게 지내고 있는지, 다른 아들들은 또 어떤지…… 그리고 아내는 무엇을 하는지 아무것도 모른다. 아내는 그저 꿈으로만 볼 뿐. 그 꿈속의 아내는 채규의 소망과 절망을 모두 비추었다. 어느 날은 그를 그리워해 주었고, 어느 날은 저주하고, 어느 날은 잊은 채로 잘살고 있었다.

"화양공, 자네 막내아들이 나를 찾아왔다네."

"네?"

채규는 고개를 들었다. 황제는 속을 도무지 알 수 없는 그 얼굴로 채규를 마주하며 바둑판을 쳤다.

"그 아이가 왜 왔는지 궁금하면, 나를 이겨보게나. 이길 때마다 자네가 궁금해하는 것 하나씩 답해주지."

"그럼, 제대로 하지요."

일각도 안 되어 채규가 이겼다.

황제는 무릎을 두드리며 허탈하게 진 판을 본 뒤에 말했다.

"자네 아내가 아프다더군."

채규는 목이 굳었다.

아내의 얼굴이 보인다. 금방이라도 두 손으로 잡을 수 있을 듯. 황상이 아내에 대해 말하는 순간, 오랫동안 꿈과 기억 속에만 있던 아내는 그렇게 다시 눈을 뜨고 입술을 열고 체온을 얻었다. 여태 존재하지 않던 존재가, 실제 존재한다는 것을 확인받는 기분이다.

"그래서 자네가 돌아왔으면 좋겠다고 내게 부탁하더군."

"소인을 어떻게 하실 겁니까."

"그건 다음 판에 말하지."

황제는 채규의 얼굴이 변하는 것을 살핀 뒤에 일어났다.

"황상, 대체 언제쯤 충분해지는 겁니까."

"이보게, 세상에서 제일 힘든 게 바로 충분한 거야. 언제나 모자라거나 넘칠 뿐, 충분한 것만큼 어려운 것도 없지."

오랜만에 기억해 냈다.

그 검은 연못.

화양성 안에는 마치 못을 박았다 뽑은 듯 유달리 깊은 연못이 있었다. 그 깊이가 얼마나 되는지를 아는 자는 없었다. 바위에 밧줄을 묶은 뒤 던졌는데 열 길 넘는 밧줄이 다 되도록 바위가 멈추지 않았다고는 한다. 용궁으로 통하는 문이다, 바다로 향한다, 등등 많은 말들이 있지만, 그저 깊고도 깊다는 것만 제대로 안다.

화양은 할아버지가 섬기던 화양공의 폭정과 그 아들들의 내분 덕에 막씨 가문의 것이 되었다. 셋째 아들은 아버지의 수하였던 막채규의 할아버지와 손잡았고, 할아버지는 성이 손에 들어오자 자신을 성안에 불러들였던 그 셋째 아들을 죽이고, 성주도 죽였다. 채규의 할아버지는 그 검은 연못에서 화양성의 주인이었던 남자의 목에 바위를 달아 던졌다.

몇 년 뒤, 할아버지는 아들들을 불러다 앉혀놓고 형제간의 우의에 대해 말했다. 아버지는 그 말을 가슴으로 새긴 뒤, 할아버지의 뒤를 이어 화양공이 되자 배다른 동생들은 모두 죽이고 어머니가 같은 동생들은 변방으로 보냈다. 목적지에 도착한 동생들은 물론 없다. 갑자기 실종되거나, 어디선가 도적이 나와 변을 당했다.

아버지는 그다음 장남을 위해 다른 아들들을 다 두들겨 잡았다. 장남이 동생들에게 무슨 짓을 하든 내버려 두었고, 부추기거나 돕기도 했다. 본부인의 아들인 채규 역시 마찬가지, 채규에게 아버지는 그저 족보상의 아버지였을 뿐이다. 물론, 화양공이 된 뒤에 그 족보상의 아버지란 것이 얼마나 중요한 건지 알게 되었지만 말이다.

이런 막씨 가문에서 무염과 그 동생들이 사이좋게 지내는 것은 기적적인 일 중 하나. 그 아들들에게 좋지 않은 일은 없을 것이다. 있었다면, 황제는 분명 말했을 테니.

다음날, 다시 황제가 왔다.

"조카들이 요즘 문지방 닳도록 드나들지."

황제는 화양의 이야기는 하나도 하지 않으면서도, 자기 집안 이야기는 많이 했다. 황제의 손녀가 누구와 결혼했는지도, 무엇을 하는지도. 그 사위가 황성에 머물며 손녀와 함께 나라를 실질적으로 관리하고 있다는 것도 안다. 그 사위가 조평 승상의 뒤를 이어, 이 나라의 실질적인 관리자가 된 것이다. 한동안 이어진 평화와 안정은 그 덕, 황제는 오래 살아줌으로써 나라를 유지해 주는 데 기여하고 있었다.

다만, 이제 그것도 끝이다. 손녀는 여자이고, 손녀사위는 정통성이 없다. 그들이 이 황제의 뒤를 이으면 황제의 조카들은 반드시 트집을 잡고 군사를 일으킬 터.

"조카 녀석들은 제각각 군사들을 모으고 사당(私黨)을 만들더군. 장수들 중 몇은 입장을 정했으나, 대부분은 내가 어찌할지 몰라 가만히 있지. 그중, 자네 아들은 아무 말도 없이 가만히 있지."

황제는 흑돌을 옮겨놓았다.

"우동관의 아들, 우동관을 가장 먼저 배신한 우의신이 현재 내 조카 중하나와 붙어 있다네. 또, 다른 녀석은 북명에 피신해 있는 우범신과 손을 잡았지. 조카들 중 그 누구도 자네 장남과는 손잡으려 하지 않아. 자네 장남은 도움을 받을 자가 아닌, 경쟁자니까. 게다가 내 손녀사위가 자네 장남 편이기도 하고."

막채규는 백돌을 놓았다.

"내가 세상을 뜨면 다시 혼란해질 거야. 하지만 이번의 혼란이 마지막이 될 거야. 그것만은 분명히 알 수 있네. 다만— 내가 그 끝을 볼 수 있을지는 의문이지. 아냐, 없을 거야."

"황상, 모든 끝을 다 볼 수는 없습니다. 잘못되었던 길을 되짚어갈 수도 없고, 또다시 살 수도 없지요."

그리고 막채규는 백돌을 놓으며 말했다.

"제가 이겼습니다."

"그렇군."

"저를 어떻게 하실 겁니까."

"자네 아들은 황성 안에 있고, 내일 여기로 보내겠네. 같이 떠나게."

놀란 채규에게 황제는 웃어 보였다.

"어제 말했잖은가. 세상에 제일 힘든 것이 충분한 거라고. 자네와 내 사이가 충분한 건지, 넘치는 건지 모자라는 건지는 몰라. 다만…… 내가 할 수 있는 말은, 나는 끝나간다는 게지. 잘 가게. 배웅은 안 할 거야."

"황상—"

두렵다. 화양이 얼마나 변해 있을지, 얼마나 그를 잊었을지도 모른다.

무엇보다 두려운 것은 아내를 다시 만나는 것이다. 자신이 얼마나 변해 있을지 모르는데, 아내는 과연 그를 기억이나 해줄지.

그래도, 어제부터 다시 살아난 아내는 이제 옆에 있는 것 같다. 머리카락 내음이 생각나고, 목덜미의 온기가, 그리고 슬픈 눈까지 생각난다.

마지막으로 보았던, 그 슬픈 눈이.

용서를 받을 수 있을지 없을지도 모른다. 너무 오랜 시간이 지난 뒤라 그 용서란 것이 의미가 있는지도 모르겠고.

채규는 무릎을 꿇고 머리를 숙였다.

"감사합니다."

"감사할 일은 아니지. 그저, 할 일일 뿐."

황제가 그를 용서한 것인지, 아닌지는 모른다. 그저, 아내만 생각난다. 다시 만나 무엇을 말해야 할지, 무엇부터 말해야 할지.

다음날 아침 일찍, 드디어 문이 열렸다.

그 앞에 청년이 서 있었다. 분위기가 활기찬 젊은이였다.

청년이 무릎을 꿇었다.

"소자, 넷째 무흔입니다. 모시러 왔습니다."

정말로 몇 해가 흐른 건지. 그저 십 년이라 생각했는데 앞의 청년을 보니 그보다 더 긴 시간이 흐른 것 같다.

이 속에 얼어붙어 있는 동안, 세상은 도끼 자루가 썩을 정도의 시간이 흘러간 것 같다.

무염은 막냇동생으로부터 온 편지를 받았다.

"어떻게 되었나요."

사랑이 물었다.

"오신다는군."

황제가 앓아누웠다가 일어난 것이 지난달이다.

며칠 뒤, 황제가 아버지를 데리고 가라 전했다. 무건은 가지 못하고 무릉은 거부했기에, 무염은 막내 무흔을 보냈다.

그리고 아버지가 돌아온다.

그 아버지가.

"아버지께 어디서부터 이야기해야 할지 모르겠어."

"무흔 공자가 잘할 거예요. 말 잘하잖아요."

"그 녀석은 말을 잘하는 게 아니라 말이 많은 거지. 나는 그 녀석이 성년이 된 게 무서울 지경이야. 이제 뭐든 제멋대로 해도 되는데."

"아들도 크면 내보내야 하는데 하물며 동생인데. 너무 싸고돌지 말아요."

"그리 잘난 체하지 마, 당신은 세랑이 시집보낼 때 분명 펑펑 울 거다."

"나보다는 당신이 더 크게 울 텐데요."

"아, 그렇겠네. 미안. 내가 잘못했어."

"그러니 무흔 공자는 너무 싸고돌기 없기예요. 귀여운 시절 다 지난, 벌써 스무 살 넘은 청년이라고요. 봐요, 아버지 모시고 오는 일도 하잖아요."

무염은 좀 쑥스럽게 웃었다.

"사실, 나는 세준이를 보낼 생각이었어. 그런데 아버지가 모르는 사람이 왔다고 할까 봐."

"세준이가 더 어린데요."

"더 어른 같잖아."

"당신이 더 애 취급하는 거겠지요. 보고 있자면, 진짜 집안 막내는 누구인지 모르겠다니까.”

무염이 동생들을 싸고도는 것은 화양성에서 유명하다. 특히나 무흔이는 너무 싸고돈다 싶을 정도, 세준이조차 무흔을 동생처럼 대할 지경이니 오죽할까.

다만 그리 지내도 되는 평화로운 시절이 끝나려는 것 같다.

화양성 주변이 완전히 평정되며 평화로운 시절이 왔으나, 작년부터 다시 전란의 기미가 보인다. 황제의 조카인 고율과 고위가 지금 군사를 끌어 모으고 있고, 북명으로 간 우범신과 북서에서 다시 군사를 모으는 우의신 역시 위협이다.

그리고 황제가 아버지를 보낸다.

이것이 어찌 보일지.

무염은 사량을 보았다.

“주름살 세는 거면, 그만둬요.”

“세봤는데 하나도 없네.”

“그럴 리가.”

“정말 하나도 없다니까.”

사량의 얼굴이 웃는다.

그리고 아버지가 오면, 이 얼굴이 어두워질까 걱정이다.

잘하리라 믿으면서도, 하나에서 열까지 다 걱정되는 것도 어쩔 수 없었다.

“당신이 무슨 생각 하는지 알아요.”

“미안하군. 당신은 나한테 좋은 것만 주고 좋은 일만 해주었는데, 나는 항상 이러니.”

“염.”

사량은 무염의 머리카락을 쓸어 넘겨주고는 조용히 말했다.

"지난 일이에요. 나, 당신 아버지하고도 잘 지낼 수 있을 거예요."

"어머니께서……."

"네."

"어머니께서 뭐라 하실까. 아버지가 돌아온다는 것을 아셨다면."

사량의 얼굴이 어두워졌다.

"당신이 아니었어도 그리될 거란 말은 하지 않을게요. 슬퍼하지 말라고도 안 할게요. 하지만, 그건 정말 어쩔 수 없어요. 당신 노력으로 될 일이 아니잖아요."

그리고 사량은 안아주었다.

"잘될 거라는 말은 안 할게요. 그런데 잘해볼 거예요."

선대 화양공 막채규가 돌아온 것은 그해 가을의 일이었다.

할 말이 많았던 것 같은 막내아들은 정작 아버지와 같이 있게 되자 말을 잃었고, 화양으로 오는 내내 조용했다.

어색하기만 했다. 아들은 내내 조심하기만 했고, 또 조심하기만 했다. 옆에서 원숭이 털이라도 세는 건지. 덕택에 채규는 답답하기만 했고, 숨이 막힐 지경이었다. 그냥 너 말고 다른 사람 불러오라고 하고 싶을 지경이었다. 분명 나왔으나, 갇혀 있을 때와 별다를 바 없는 일정 끝에 화양에 도착했다. 그리고 그 화양으로 들어가는 입구에서 막채규는 의외의 인물과 만나게 되었다.

늘씬한 소년이 성 어귀에서 수하들과 함께 화양의 깃발을 세우고 막채규를 기다리고 있었다.

처음 보았을 때 누구인가 했다. 열대여섯 정도 될까, 어리다면 어린 소년이었다. 그러나 눈빛은 조숙하고 분위기는 다 큰 어른. 소년을 대하는 주변 무관들의 태도 역시 성인을 대하는 태도였다.

번듯한 콧날에 잘생긴 소년이었다. 무염과 닮기도 하고, 다른 이를 닮기도 했다. 그러나 이 압도적인 것은 뭔지. 냉정한 것도 폭력적인 것도 위압적인 것도 아니다. 자연스럽게, 풀이 바람에 숙이듯 이 소년을 중심으로 주변이 숙연해지고 있다.

"어서 오십시오."

소년이 말했다.

"세준입니다, 할아버지."

무염의 장남.

"아버지 대신 나왔습니다."

"그렇구나."

채규가 벽 안에 갇혀 있는 동안, 세상은 참 많은 일들을 해치워 버렸다. 소년이던 막내아들은 청년이 되고, 그때 태어난 아이는 이리 장성했다.

그렇다면 장남은 어찌 되고, 또 그 장남의 여자는 어찌 되었을 것이며, 아내는.

아내는 어찌 되었을까.

오면서 아내가 전하라 하는 말은 아무것도 듣지 못했다. 아내와 친했던 막내아들이라면 할 말이 많을 텐데, 한마디도 없다. 게다가 아내가 마중 나온다는 말도 없고, 어디에 머문다는 말도 없다. 좋은지 나쁜지, 행복한지 아닌지, 아무것도.

모두의 침묵 속에, 채규는 점점 더 가슴이 어두워지기 시작했다. 다시 그 마지막 슬픈 눈이 떠오른다.

거기서 끊어져, 더 잇지 못하는 기억이다.

"네 아버지는?"

"화양에서 기다리십니다."

"그래."

그리고 너도, 염아.

오는 내내 화양을 보며, 무염이 다스린 화양이 얼마나 달라졌는지를 보고 있었다. 남위의 북서까지 완전히 영향권 안에 넣어버린 화양, 남위의 양대 축이 아닌 남위의 실질적인 주인이나 다를 바 없는 화양이 되어 있었다. 그러나 장남은 거기서 멈추었다.

더 나아가지 않고, 이 화양에 머물렀다. 천하는 한숨 더 고르고 있었다. 한 발만 더 디디면 천하가 앞에 있어도 아들은 멈추어 동생들을 보듬고, 아내와 아이들과 머물며, 이 화양을 지키고 있다.

매일매일 좋기만 할 것 같구나. 전장에 나갈 필요도 없이, 그저 매일매일 평화로이. 전장으로 나가던 그 아이가 원하던 것이었다. 사랑하는 이, 사랑해 주는 이들만 지키고 보살피면 되는 아이였다.

아내도 그런 것을 바랐다.

천하를 가져다줄 남편이 아닌, 사랑해 줄 남편을.

"화양공."

황제가 호위로 보내준 무관이 불렀다.

그 무관은 하인을 불러, 짐 하나를 들고 오게 했다. 비단으로 잘 싸둔 궤짝이었다.

"황상께서 전하시는 겁니다. 도착하시는 대로 풀어보라 하시더군요."

"이게 뭔가."

"저는 잘 모릅니다. 그저, 황상께서 공이 남기고 가는 것이 없으면 좋겠다 하시며, 이건 공의 것이라 하시더군요."

받아보니 꽤 묵직했다.

"어디로 가실 겁니까."

세준이 물었다.

"일단 내원으로 가고 싶구나. 너는 네 아버지에게 가봐라. 내원에는 나 혼자 가고 싶으니."

"알겠습니다."

무염은 아들로부터 아버지의 도착을 들었다.

"먼저 내원으로 가셨습니다."

"아시나."

"모르시는 것 같았습니다. 저 역시, 아무 말 하지 않았고요."

"그래. 수고했다, 준아."

무염은 당장 달려갔다.

아버지를 찾아낸 것은 예상했던 곳이었다.

남자의 등을 보며, 무염은 멈추었다.

기척을 이미 느꼈음에도 채규는 돌아보지 않았다. 그 시선은 검은 비석을 향하고 있었다.

글자를 한 자 한 자 읽고, 다시 한 자 한 자 읽었음에도 믿어지지 않는 듯 등이 떨리고 탄식을 내쉬었다.

"언제였느냐."

묘비에 적힌 것을 보면서도 채규는 다시 물었다.

"세 해 전이었습니다."

"왜 알리지 않았던 거냐."

"워낙 빨리 진행되어서 틈이 없었습니다. 황성으로 전령이 도착했을 무렵, 이미 위독하셨습니다."

채규는 검은 비석에 적힌 아내의 이름을 다시 보았다. 다시 보고, 또 보고, 묘비에 적힌 온갖 칭송의 말을 읽고 또 읽어보았다.

"왜……"

이걸 알면서도 황상은 말없이 보냈단 말인가.

아니, 알았기에 보낸 것이다.

또한, 그랬기에 말하지 않은 것이다.

이 소식을 들었다면, 막채규는 그야말로 그날로 죽었을 것이다. 더 살 이유 같은 건 없었을 터이니.

"그 차디찬 담에 갇혀 버티며, 내가 바란 건 하나였다. 우동관이 스스로 목숨을 끊어도 버틴 이유는, 그저 하나였어."

그 좁디좁은 곳에서 기어코 버텨냈던 것, 그 춥디추운 방에서 버티고, 하늘만 보고 땅에 등을 대고 사는 그런 삶이었어도 버텼던 건, 그저 하나였다.

아내의 볼을 다시 만지고, 아내의 눈을 다시 보는 것, 아내의 목에 머리를 얹고 다시 사죄의 말을 하는 것, 용서받지 못해도 그저 아내를 다시 보기만 하면 되는 거였다.

생이 그다지도 쓰디써도, 비참해도, 그래도 버텼다.

"그런데……"

눈물이 고였다.

"마지막으로 남긴 말은 없느냐."

"죄송합니다."

눈물이 흘러 무릎 꿇은 허벅지 위로 떨어졌다.

이건 황상, 당신이 한 짓 중 가장 잔인한 짓이잖아.

이제는 용서받은 줄 알았어. 서로 늙고 지친 지금, 용서 못 할 일이 뭐 있겠냐 싶으며.

하지만 황제는 결국, 마지막까지 용서하지 않았다.

어찌하겠는가. 세상은 모두가 서로를 용서하며, 그 초라한 머리 조아리는 그런 것이 아닌 것을.

"나는 그 사람에게 잔인한 짓을 참 많이 했지. 하나하나 꼽아도 다 못 꼽았다……. 그래도 나는 기다렸다. 그저, 다시 만나기만 하면 된다고."

그래도 이러지는 말지. 그래도, 이렇게 잔인한 일을 내게 하지는 말지.

참았던 모든 눈물이 흐른다. 정지했던 시간이 한꺼번에 쏟아지고, 인내하던 슬픔도, 후회도, 다. 버티고 버텼는데, 그래도 버텼는데, 당신은 내게 왜 이리도 잔인한 일을 하고 간 거요.

"이만 쉬십시오. 슬픔을 달랠 시간은 남아 있을 겁니다."

아들이 다가와 말했다. 채규가 보낸 많은 날들이 머리카락의 검은 물과 생기를 씻어내고 흰 머리와 주름을 남기는 동안, 아들은 별 달라진 것도 없었다. 눈빛과 분위기만 달라졌을 뿐. 고요하고, 편안하고, 넓어진, 그런 분위기. 아버지를 힘겹게 보필하던 아들은, 이제 아버지가 무슨 일을 해도 상관없는 남자가 되어 있었다.

채규는 자신을 마중 나왔던 이 아이의 장남을 떠올리며, 평화롭기만 한 화양성의 분위기를 느끼며, 아들에게 복종하는 활달한 하인들을 보며, 불행할 기미조차 없이 내일만을 생각하는 막내아들을 보며, 장남이 성을 어떻게 꾸려오고 이끌어왔는지를 알 수 있었다.

"네 아들."

"네."

"잘 컸더구나."

"아직 클 날이 많이 남았습니다. 고작 열여섯인걸요."

"나는 아무것도 가르쳐 주지 못했는데."

"많이 가르쳐 주셨습니다. 화양이 이 정도 큰 데는, 아버지께서 기반을 닦아놓으셨기에 그런 겁니다."

"할 일이었다."

"하지 않는 사람이 더 많습니다."

"혼자 있고 싶구나."

"그러십시오."

아들은 고개 숙여 인사한 뒤에 물러났다.

이제 뭘 해야 하나. 그제야 하인이 옆에 두고 간 꾸러미가 옆에 있다는 것을 깨달았다.

황상은 분명 마지막으로 전할 말이 있어서 건넸을 것이다.

그러지 않고서야, 그 치밀한 노인네가 옜다 하며 주었을 리가.

궤를 열자 나온 것은 수북한 서신들이었다. 봉투마다 날짜가 적혀 있었다.

채규가 황성에 온 후로 매해 두 번씩, 어느 해는 세 번 네 번이 온 적도 있었다. 행여나 싶어 펼쳐 보았으나, 모두 무염이 보낸 것이었다. 처음에는 아버지의 안부, 겨울이 혹독하여 잘 지내시는지 여쭈어달라는 말들, 그다음에는 황성에 머무는 날이 너무 길어지는 것 같으니 돌아오시게 해달라는 말들.

아들이 아버지의 상황이 어떤지 모를 리 없었다. 최대한 정중하게, 황상의 의중을 모르는 척하면서 아버지를 보내달라 하고 있었다. 이번엔, 이번엔, 하고 기대하며, 이번에도, 이번에도, 하며 실망하며.

몇 년이 지나자 이제는 아버지가 고향에서 쉬게 해달라 하고, 그다음 드디어 어머니의 병에 대해 말했다.

너무 갑자기 안 좋아지셨습니다, 화서항에 머물고 계시는지라 그 병세에 대해 자세히 듣지는 못했으나, 위독하신 것 같아 감히 부탁드립니다. 아버지가 어머니를 지켜볼 수 있도록 해주십시오.

아내의 임종이 너무 급했다는 말은 맞는 것 같다. 보름 뒤에 무염은 어머니의 장례에 아버지가 오게 해달라 하고 있었다.

그리고 마지막에는 황상의 편지가 들어 있었다.

열어보니, 아무것도 적혀 있지 않은 백지였다.

슬픔과 수치심이 오른다.

뭘 보라고 이것들을 준 건지 알 것 같다.

아들은 아버지를 맞이하며 자신이 얼마나 노력을 했는지 알리지 않을 것이다. 그저 미안하다, 쉬라, 그리고 아버지가 무슨 말을 하든 묵묵히 죄송하다고만 할 거라 알아서 이 모든 것을 준 것이다.

용서도 없고 화해도 없다.

세상에 제일 힘든 것이 충분한 것.

언제나 넘치거나 모자란다.

황제는 바둑판을 물끄러미 보았다.

텅 빈 맞은편이다. 오늘 아침 전해진 것은, 화양공 막채규가 세상을 떴다는 소식이었다. 그리 버티더니, 돌아간 지 보름도 되지 않아 세상을 떠버렸다.

행여나 정신 놓고 목숨 놓을까 봐, 아내가 세상을 떴다는 것을 알아도 숨겨두었다.

황제는 자신이 끝날 때까지 그를 놓아줄 생각은 없었다. 그리고 지금이 그때.

다 끝난 건가, 황제는 바둑돌을 옮겼다. 그러나 마주해 움직이는 돌은 없었다. 바람이 불어와 낙엽이 흩날렸고 그중 하나가 맞은편에 살짝 앉았다가 다시 떠올라 사라진다.

원수조차도 없는 세상, 이제 무엇이 남았나.

하나도 없다.

어서 떠버리고 싶은데, 이놈의 세상이 그의 관을 닫아주지 않는다. 아내도, 자식들도 다 먼저 간 세상에, 어서 나도 좀 데려가 달라 하는데 목숨은 질기기도 질기다.

"황상."

고요한 목소리가 들렸다. 누구 목소리인가, 하며 눈을 뜨고 싶어도 떠지지 않는다.

다시, 조용한 목소리가 이어 들린다.

"아버지."

큰아들의 시신을 묻고 영원히 들을 수 없게 된 호칭이다.

누가 나를 그리 부르려나.

"아버지."

다시 들려온다.

눈을 크게 뜨고 싶었으나 떠지지 않는다.

다시 들려온다.

아버지, 아버지―

목소리는 점점 어려지고, 여러 가지가 된다. 이 아이가 아버지라 부르고 저 아이가 아버지라 부른다. 어린 시절에 잃은 딸아이의 목소리도 들리고 세 살 생일도 못 치르고 잃은 막내아들의 목소리도 들려왔다.

아버지, 아버지, 아버지―

그리고 마침내, 조용하고 기품 있는 목소리가 들려왔다.

"―천."

누가 이리 불러주었던가.

있었다. 아름답고, 아름답던 여자가.

그대에게 나라를 주고, 그대의 아이들에게 천하를 주고 싶었지. 저세상에서 그대와 만나, 우리 아이들이 천대 만대에 천하를 누리고 살고 있다고, 그리 하늘에서 굽어보고 싶었지.

일평생 꿈꾸던 것은 오로지 그 하나, 그 하나를 위해 달렸다. 달리고, 달리고, 달렸다. 깃발을 꽂고, 이기고, 천하를 정비하고 그 천하를 아들들에게 물려줄 수 있을 거라, 이(二)대를 이기면 성공한 거라던 난세를 이기고 뿌리내리길 바랐다.

이제, 남은 것은 몸뚱이 하나. 천하도 없고 아이들도 없고, 그녀도 없다. 그리도 바랐는데, 그리도 애썼는데, 그에게 주어진 거라곤 없다. 그것들을 앗아간 자들을 그리도 징벌하고 징벌해도, 아들들은 돌아오지 않는다. 조각난 꿈은 조각난 것일 뿐, 다시 붙지 않는다.

"할아버지!"

달려오는 소리가 들렸다.

"할아버지, 정신 차리세요! 할아버지!"

어깨에 닿는 팔이 느껴진다.

누구인지 안다.

말해주고 싶어도 목소리는 나오지 않는다. 범아야, 내 손녀야, 네 세상이 어떠한지 이 할아버지는 다 못 보는구나. 그래도 네가 그리 살아낼 수 있을 만큼 내가 버틴 것만도 얼마나 다행인지. 또, 지금 내 옆에 네가 있어서 이 얼마나 다행인지.

이보시오, 황후.

기뻐해 줘. 이게 우리가 남긴 거야.

모든 것이 그리 참혹하게 쓸려 나갔어도, 이리 남았지.

참 빛나지 않나.

너무 빛나서, 눈이 부셔.

웃었다. 그리 웃고, 웃으며 가을의 소리가 영원히 사라지는 것을 느꼈다.

다시 태어나면, 황제가 아닌 필부가 되어 그대 곁에 머물까.

아니지, 황제의 족쇄가 없으면 필부의 족쇄가 있을 것이다. 세상 사는 것이 죄 족쇄, 각자 자신이 짊어질 족쇄를 타고난다. 육신을 입고 태어난 모든 자가 그리 족쇄를 차고 덫에 걸려 산다.

어쩌겠는가.

삶이 덫인 것을, 세상이 또한 덫인 것을.

이제 정적이 온다. 깊은 잠이 온다. 그러나 그 깊은 잠 속에서 세상이 밝아오는 것을 느꼈다. 참 찬란한 세상이.

이제 다시 봄이 올 것이다.

이 땅에 수많은 이들이 뿌린 씨앗들이 자라나 창대한 세상이 되리라.

신록으로 우거질 것이다.

그 후 2 쟁패의 끝

······그 십왕쟁패의 끝에 대해서 뭐라 말할 수 있을까.

　쇠털처럼 많은 날들을 보낸 지금에서야 말할 수 있는 건, 그 시대는 해하 전투를 기점으로 분명 저물어가고 있었다는 것이다.
　남위 황제 고락천의 승하 후, 황제의 조카 고율이 일으킨 반란군이 황성을 점령하였다.
　황제의 유일한 직계 후손인 궁주 고범아는 할아버지의 장례를 치르지 못한 채 남편과 함께 황성을 탈출, 다시 황성이 탈환될 때까지 다섯 해를 밖에서 머문다.
　그 후, 극심한 난세의 시기.
　여명 직전의 시퍼런 추위 같은, 고통의 난세.
　고흘과 고위가 번갈아 제위를 차지하며 남위의 황성은 엄청난 약탈과 혼란에 휩싸이고, 백성은 성을 떠나 도망치며 다시 온 천하가 불바다가 된다.

그 혼란의 끝에 마침내 황성이 탈환되고, 탈환의 선두에 선 것은 그해 스물한 살 된 화양의 장공자 막세준. 외숙부인 갈사징과 함께 일대를 장악하고 고위에게 양위를 받아, 마침내 화양 막씨 가문이 천하의 유일한 주인이 된다.

그 부친인 화양공 막무염은 군사를 이끌고 북명과 고릉에서 마지막 전투를 벌이고 승리, 그 기세를 몰아 북명으로 진군하여 북명 역시 수도를 내어주며 멸망한다.

그로써, 막무염은 해하, 동량, 마침내 십왕쟁패의 마지막 전쟁이랄 수 있는 북명과의 고릉 전투까지 이기며 난세를 마무리하는 가장 중요한 전쟁에 모두 출정해 모두 이기는 이름을 남겼다.

용맹하던 상산, 한때 천하를 넘보던 북명, 가장 안정되고 강대 했던 남위, 그들이 이루지 못했던 천하통일을 남쪽에서 느긋하게 때를 기다리던 화양이 손에 쥔 것이다.

하필이면 왜 화양이었을까.

그 전대에만 해도 오패 제후 중 가장 존재감 없는 변방이던 화양이.

북부가 전란에 휩싸이는 동안에 내치가 안정되어 있었고, 필요한 개혁이 근방의 제후국 중 가장 성공적으로 이루어진 곳이 바로 화양이다. 점령과 정복이 아닌, 나무가 뿌리를 내리고 그 그늘을 드리우듯 진정한 나라가 되어 백성이 복종하였으니.

화양을 지키고 적들을 압도한 막무염, 그리고 양나라의 개국 공신, 제국의 치세와 경세의 근간을 마련한 명신(名臣) 갈사징. 그는 막무염의 처남인 동시에 위나라 마지막 황제 고락천의 손녀, 고범아와 혼인한 외척이기는 했으나 전세를 읽고 책략을 세우는 데 탁월한 안목의 소유자, 전쟁 시에는 용장이었으며 평화 시에는 나라의 근간을 세우고 다스리는 데 필요한 모든 것을 갖추었던 인재였다.

창업군주이자 수성군주는 막세준이 오르지만, 그들이 없었으면 화양— 양나라의 천하통일은 없었으니.

그렇게 십왕쟁패의 시대는 드디어 막을 내린다.

검은 하늘을 수놓은 빛나는 별들처럼 많은 삶이 빛나고 스러지고 다시 빛나던 시대.

어느 별이 새로 나고 어느 별이 지는지도 알 수 없던 시대.

누군가는 승자가 되고 누군가는 패자가 되고, 어느 나라는 멸망하고 어느 나라는 흥한다.

그래도 그 별 하나하나가 빛나 온 밤하늘을 가득 채우니.

그 별이 작고 흐려도 그 별 하나뿐, 하나인 삶.

천하에 모든 이를 소중하고 귀중하다 여기길, 그것이야말로 세상의 근원이니.

또한.

다시는 그 전란 속에 삶이 짓밟히지 않기를, 서로가 서로를 소중히 여기고 가진 것을 존중하는 것이야말로 진정한 치(治)의 근간, 후세는 이를 기억하기를 바란다.

천하를 쥐는 영웅도, 치세의 장대한 장을 여는 하늘의 인재도, 같이 빛날 별들이 없으면 그 빛이 흐려지리니. 그리고 그 별들이 보이려면 구름이 걷혀야 할지니.

결국 밤하늘은 모든 별들의 것이며, 세상은 천하 만백성의 것이다.

-終-

예원북스에서는
로맨스 작가님의 소중한 원고를 기다립니다.

투고해 주실 메일 주소는
yewonbooks@naver.com 입니다.
많은 관심 부탁드립니다.